KB150813

네헤마

우리들의 어머니

김민경

네헤마

우리들의 어머니

김민경

복고기봉

1

프롤로그

나는 땅끝까지 가보았네.
물이 있는 곳 끝까지도 가보았네.
나는 하늘 끝까지 가보았네.
산 끝까지도 가보았네.
하지만 나와 연결되어 있지 않은 것은
하나도 없었네.

나바호족의 노래

리치 쩨예치 비야 짜호오라니흐,
'붉은 절벽 아래의 부락'이라는 뜻이다.
　부락은 애리조나주(州) 동북부와 콜로라도 남서부에 걸쳐진 낮은 계곡 사이를 휘돌아 달리다 보면 먼저 붉은 절벽부터 마주치게 된다. 대체로 회백색의 고르지 않은 지세에서 절벽은 마치 불그레한 병풍처럼 앞을 가로막는 것이다. 그러나 그리 높지는 않다. 지질은 밟으면 물크러질 것 같은 무른 질감마저 풍긴다. 하지만 절벽 위의 잡목 두어 그루는 작고 마디다. 듬성듬성 박혀있는 풀들도 억세고 질기다. 절벽엔 작은 새 한 마리 쉬어갈 그늘 한 점 없다. 8월의 한낮 땡볕만이 벌겋게 될 뿐이다.

여전하군.

마을이 내려다보이는 나지막한 둔덕 위에 차를 세운 두산은 건너편 절벽을 올려다보며 중얼거렸다. 5년 남짓 만에 다시 보는 절벽이었다. 5년 전 부락을 떠나면서 자동차 백미러로 비춰본 게 마지막이었다. 그때 백미러 속으로 하염없이 따라오던 피드질과 피드질의 등뒤로 서서히 멀어지던 절벽은 이곳에 대한 기억의 마침표였다. 더이상 기억이 이어질 일은 없을 것이라 여겼지만 가끔 한 번씩 피드질에 대한 궁금증이 기억의 꼬리에서 불쑥불쑥 비어져 나오긴 했었다. 가끔이긴 했지만 피드질이 궁금했던 건, 그때 사람이 어떻게 그처럼 급속히 늙어버릴 수 있을까 싶을 만치 단기간에 노인이 되어버린 모습에 충격을 받았기 때문이었다. 불과 몇 달 사이 피드질은 이빨이 몽땅 빠지고 눈이 퀭한 노인이 되어있었다. 그러던 피드질이 자신을 꼭 한번 만나고 싶어 한다는 소식을 전해 들은 건 두 달 전이었다. 소식을 전해준 사람은 로빈이었다.

두산은 두 달 전에 로빈을 만났다. 모뉴먼트 밸리에서였다.

5년 만에 다시 만난 로빈은 뜻밖에 모뉴먼트 밸리 공원일주를 안내하는 현지 투어가이드가 되어있었다. 그곳에서 일한 지 꽤 되었다는 로빈은 관광객을 인솔하고 나타난 그를 보고 한동안 입을 다물지 못했다.

"대체 어떻게 된 거예요. 그동안 왜 한 번도 오시지 않았어요? 무슨 일이 있었어요? 혹시 한국에 가셨던 건가요? 한국인 가이드들에게 물어봐도 아무도 모른다고 해서 제가 LA 코리아타운으로 찾아간 거 아세요?"

연거푸 질문을 퍼붓는 것으로 기다림의 강도를 강조한 로빈은 두산이 인솔해 간 관광객들을 공원 투어 차량에 나누어 태우는 틈틈이 피드질의 근황을 빠르게 들려주었다.

"피드질 아저씨의 건강이 많이 안 좋으세요. 한때는 자리에 누워 못 일어나셔서 다들 여간 마음을 졸인 게 아니었는데 다행히 기운을 차리시긴 했어요. 그리고는 틈만 나면 제게 사장님 소식을 알아봐 달라고 조르시는데 연락할 방법이 있어야죠. 아무튼, 아저씨는 날이 갈수록 건강이 안 좋아지고 있는 건 분명해요. 지금도 힘겹게 버티시는 눈치인데 제 생각엔 아무래도 사장님을 만나기 위해서가 아닐까 싶어요."

피드질이 왜 자신을 만나고 싶어 하는지는 아무리 생각해도 짐작이 가지 않아 이유를 물었지만, 로빈도 모른다고 했다. 길게 얘기를 나눌 틈도 없어 큰아들 니욜아쉬키는 아직 소식이 없느냐는 말만 묻고는 헤어졌다. 로빈은 서둘러 현지 가이드를 나가야 했고 그도 일정에 맞춰 관광객들을 인솔해야 했기 때문이었다.

피드질이 기다린다는 말을 듣고도 그는 곧장 부락으로 달려갈 수가 없었다. 한국에서 돌아온 지 얼마 되지 않은 데다 당장 생활비가 부족했던 이유도 있었고 겨우 얻은 가이드 일자리도 소홀히 할 수 없었기 때문이었다. 가이드로 일하기에는 다소 나이가 많다는 것에 은근히 주눅이 들어있는 터여서 마음대로 할당 시간을 어길 형편도 아니었다.

딱히 여행업계에서 가이드의 나이 제한을 둔 건 아니었다. 하지만 그는 가이드란 광활한 미 전역에 산재해 있는 관광지를 짜인 일정에 맞춰 관광객들을 인솔해 다닐 수 있는 체력과 먼 거리 이동에 따른 장시간의 지루함을 커버할 풍부한 사전지식과 입담의 소유자여야 한다는 걸 누구보다 잘 알고 있었다. 여행업계가 유학생 출신이나 재기 넘치는 젊은 층을 선호하는 이유였다. 요행히 그가 비집고 들어갈 수 있었던 건 여행지에 대한 풍부한 지식과 한때 여행사를 경영했던 경험 때문이었다. 때마침 단기 여행 시즌이어서 차례가 자주 닥쳤다. 피드질을 만나러 가는 데 두 달이 걸린 이유였다.

피드질은 대체 무슨 일로 나를 만나고 싶어 하는 걸까?

중얼거리며 두산은 선글라스를 벗고 둔덕 아래의 부락을 내려다보았다. 부락은 안쪽 멀리에서 모퉁이가 허물어져 돌아앉은 붉은 절벽을 등 뒤로 두르고 앞으로는 겹겹이 구불거리는 구릉들에 둘러싸여 얼핏 지리적인 안온함을 풍기지만 다른 여느 곳처럼 메마르고 황량하긴 마찬가지였다. 거기다 5년 전보다 한층 더 피폐하고 퇴락한 기미가 뚜렷해 보였다. 한낮의 불볕만이 벌겋게 달구고 있었다.

그는 벗었던 선글라스를 도로 썼다.

푸른 감광 렌즈로도 부락의 퇴락은 가려지지 않았다. 원체 황량한 곳이라 달리 더 나빠질 것도 없는 퇴락의 정도가 한층 두드러져 보이는 건 아무래도 부락의 공동화(空洞化) 때문일 것이었다. 로빈도 부락민 대부분이 떠나버리고 남아있는 가구는 얼마 되지 않는다고 했다. 로빈의 말을 증명이라도 해 보이듯 한때 사람들의 발길로 반들거리던 부락의 대지는 지표가 부옇게 들뜬 채로 군데군데 마른 풀들이 가시처럼 박혀있었다. 띄엄띄엄 널려있는 초막과 호건들은 금방이라도 바스러질 듯 말라보이고 더러 문짝이 떨어져 나가거나 귀퉁이가 허물어진 것도 있었다. 가까이 보이는 목조가옥은 나무 거스러미가 허옇게 일고 둔덕 아래의 컨테이너 두 채도 페인트가 벗겨져 벌겋게 녹이 슬고 있었다. 부락 안에 달랑 두 그루뿐인 노간주나무도 꺼멓게 시들어있는 부락은 흡사 축(軸)이 부러진 회전체처럼 조용히 정지되어 있었다. 한때 나바호 레저베이션에서 열 손가락에 꼽히는 지파(支派)였다고 로빈이 자랑하던 부락이었다. 부락은 조만간 보호구역 내의 다른 많은 부락들처럼 유령화 되어가거나 사라질 것은 뻔해 보였다.

네헤마가 그토록 지키고 싶어 하던 부락이었는데…, 생각하며 그는 부락 한가운데에 널찍하게 비어있는 공터 쪽으로 시선을 던졌다. 저녁마다 모닥불이 피워지고 부락 사람들이 둘러앉아 담소를 나누던 공터는 휑하니 비어있었다. 마치 구심점처럼 타고 남은 나뭇재가 꺼멓게 쌓여있던 공터 가운데엔 마른 잡풀들이 가시처럼 박혀있었고 늘 자주색 솔을 두른 로빈의 할머니가 조형물처럼 앉아있던 노간주나무 아래도 텅 비어있었다. 5년 전까지도 부락의 온갖 의견들이 분분하던 곳이었다.

그는 그 분분하던 의견이 펼쳐지던 오래전의 어느 날 밤을 떠올렸다. 부락에서 보낸 몇 번의 밤중에서 유독 그날이 기억에 남는 건 난생처음 부락 회의를 지켜본 때문인지 몰랐고 밤하늘 위로 드높게 퍼지던 약간의 탁성인 네헤마의 목소리 때문인지도 몰랐다. 이마에 두른 넓적한 흰 띠에 독수리 깃털을 꽂고 어둠을 등 뒤로 하고 전면에 모닥불의 주홍빛 불빛을 받아 안은 몽환적인 모습 때문인지도 몰랐다. 아니면 네헤마의 입에서 흘러나온 쯔, 트, 니, 흐, 같은 생소한 언어 때문인지도 몰랐고 그 알아들을 수 없는 언어가 안타까워 곁

눈질로 옆의 로빈을 졸랐기 때문인지도 몰랐다. 로빈이 통역해 주던 그날 밤, 네헤마의 말은 잊혀지지가 않았다.

'우리 부락이 시위에 참여하는 인원의 수가 부족에서 가장 작다고 합니다. 그건 우리 부락의 자존심과 같은 거니까 다 같이 시위에 나서야 합니다. 우리 모두의 고향인 이곳을 지켜나가기 위해서는 다 같이 힘을 합쳐 관개수로(灌漑水路) 공사의 권리를 연방정부로부터 반드시 얻어내야 합니다!'

로빈의 통역이 채 끝나기도 전에 부락 전체를 뒤흔들던 함성에 덩달아 가슴이 달아오르던 느낌도 잊혀지지가 않았다.

그때만 해도 부락이 이렇게 빨리 퇴락해 버릴 거라고는 상상도 하지 못했다고, 그는 옆에 누가 있기라도 한 듯 소리 내어 중얼거렸다. 대답은 적막뿐이었고 햇볕이 뜨거웠다. 그는 부락을 처음 방문하던 날도 딱 이맘때였다는 걸 팔뚝에 닿는 햇볕의 뜨거움으로 문득 기억했다.

2

우연히 닿는 것

'붉은 절벽 아래의 부락'을 알게 해준 사람은 로빈이었다.

그가 로빈을 처음 만난 건 1991년 8월 하순의 어느 날이었다. 그 전날 새벽같이 LA에서 출발해 온종일 모하비사막을 건너 콜로라도강 언저리 라플린에서 하룻밤을 묵고 난 다음 날이기도 했다.

그는 날이 밝기가 무섭게 자신의 낡은 캐딜락을 몰고 콜로라도강을 건너 종일 애리조나와 유타주 일대를 돌아다녔다. 행여 숨어있는 비경이라도 하나 찾을까 해서였다. 찾아낸 비경은 곧 자신만의 관광 상품이 될 것이었고 새 상품은 묵은 여행코스에 작은 도움이 될 수도 있을 것이기 때문이었다.

그가 여행사를 설립한 건 2년 전이었다. 미국으로 이민 온 지 십년 남짓 지나서였다. 이민자 대부분이 그렇듯 미 주류사회의 밑바닥을 힘겹게 훑으며 살아낸 결실이라 할 수 있었다. 그러나 나름대로 신분 상승의 의미와 패기로 차린 여행사는 이내 극심한 경쟁에 시달리지 않을 수 없었다. 한인 커뮤니티를 상대로 하는 여행시장이 너무 좁은 데다 기존의 여행상품들도 나날이 신선도를 잃어가고 있었기 때문이었다. 게다가 일찌감치 여행상품의 단물을 다 빨아먹은 기존의 여행사들은 걸핏하면 가격 인하를 단행하기 일쑤였다. 가격 인하는 수지 균형이 맞지 않아서 신문 광고료와 관광버스 대여료도 지급하기 힘들 지경이었다. 신생 업체 대부분이 일 년을 버티지 못하고 문을 닫는 이유였다. 그런데도 신생 업체는 심심찮게 생겨났다가 사라지곤 했다. 하지만 그는 버티고 있었다. 다시 다른 일을 선택할 여지도 기력도 없었지만, 모국에서 시행되고 있는 해외여행 자유화의 기대감 때문이었다.

모국에서의 해외여행 자유화는 오래전에 시행되었지만, 이런저런 규제로 묶어 놓았다가 본격적으로 허용한 건 불과 2년밖에 되지 않았다. 그렇지만 관광객 유입은 많지 않았다. 아직은 개개인의 소득이 높지 않아서 경제적인 여유가 풍족하지 못해서겠지만 업계에선 조만간 물밀듯이 몰려올 것으로 예상하였다. 그럴 때를 대비해 기존의 여행사들은 일찌감치 본국의 대형여행사와 연계계약을 맺거나 지사를 설립해 두고 있었지만, 그는 그럴 엄두조차 내지 못하고 있었다. 전혀 시도하지 않았던 건 아니었다. 본국의 몇몇 여행사와 협업을 타진해 보았지만, 리무진 관광버스 한 대 보유하지 못한 소규모 현지 여행사와 연계하려는 곳은 없었다. 겨우 본국의 소형 영세여행사 두어 곳과 형식적인 협업을 맺었을 뿐이었다. 앞으로 협업이 얼마나 잘 이루어질지는 알 수 없지만, 그는 어떻게든 이민사업가로 성공하고 싶은 야망을 내밀하게 품고 있었다. 모국에서 반정부 운동의 주요 인물로 낙인찍혀 운신조차 자유롭지 못해 조국을 떠나온 유랑민 신세로서는 그럴 수밖에 없었다. 그는 자신이 성공할 것이라는 걸 낙관하고 있었다. 모국에서 꾸었던 이상은 탄압의 벽에 막혀 좌절되었지만, 미국에서는 맨몸으로도 꿀 수 있는 게 아메리칸 드림이기 때문이었다. 그는 막연한 이상향이 아닌 단순하고 현실적인 꿈에게조차 지고 싶지 않았던 것이다.

그는 틈나는 대로 여행상품을 찾아다녔다. 숨어있는 비경을 찾아 개발해볼 욕심에서였다. 여행상품은 개발한다고 해서 혼자 독점할 수 있는 건 아니지만 주 정부의 허가를 받으면 발견자의 권한으로 얼마간은 보유이익을 얻을 수 있을 것이기 때문이었다. 그는 차를 몰고 하루 종일 흙먼지 풀풀 거리는 오지의 너덜길을 돌아다녔다. 하지만 비경은 그리 쉽게 찾아지는 게 아니었다. 겨우 주요 관광 코스에 끼워 넣을 작은 눈요깃거리 하나만을 찾아냈을 뿐인 그는 해질 무렵 모뉴먼트 밸리로 차를 몰았다. 여행업계에서 입소문으로만 떠도는 석양을 눈으로 직접 보기 위해서였다.

당시 모뉴먼트 밸리는 관광지로서는 그리 선호도가 높은 편이 아니었다. 아무리 미사여구의 문안으로 광고를 해도 보러 가겠다고 나서는 관광객들은 많지 않았다. 앞서 다녀온 관광객들도 아무것도 볼 거 없다는 말로 기대감을 꺾어버리곤 해서 모뉴먼트 밸리는 그저 주요일정에 끼워진 부차적인 관광지로 먼발치에서 잠깐 바라보고는 서둘러 떠나는 곳에 지나지 않았다. 관광객들의 반응도 시큰둥해서 '미운 사람이나 버리고 가면 딱 좋겠군.' 할 뿐이었다. 사실 볼 게 아주 없다고는 할 수 없는 곳이었다. 모뉴먼트 밸리는 보려고 하는 사람에게만 보여주는 무엇이 있었다. 그게 뭔지는 두산 자신도 당시엔 잘 몰랐다. 가끔 관광객들을 인솔하여 다녀가면서도 건성으로 언제 한번 석양을 보러 와야지 벼르던 곳일 뿐이었다. 단지 석양만을 보기 위해서는 아니었다. 어쩌면 관광 상품이 될 수 있지 않을까 하는 계산속이 더 컸다고 할 수 있었다. 그로서는 그 어떤 것보다 새로운 관광 상품이 절실히 필요할 때였다.

해 질 무렵, 멀리 차창 전면으로 다가오는 모뉴먼트 밸리는 먼저 맑은 선홍빛으로 환하게 빛나고 있었다. 한낮의 거칠고 메마른 황량한 풍광이 아니었다. 반대편 쪽의 해 자락을 고스란히 되받아 안은 모뉴먼트 밸리는 흡사 바니시를 바른 듯한 말간 선홍색 광택으로 빛나고 있었다. 황량하기만 한 황무지도 하루 중 한때는 저렇게 빛날 때도 있구나, 생각하며 그는 흙먼지 풀풀 거리는 비포장도로를 천천히 달렸다. 그러다 불현듯 아름다운 풍광도 가까이 다가갈수록 원경의 정취를 상실한다는 걸 떠올린 건 도로변 옆 둔치에 올라앉아 있는 젊은 원주민 남자를 발견하고서였다. 남자의 곁에는 '호건[1]에서의 하룻밤 75불'이라고 쓴 팻말이 세워져 있었다. 인적이라곤 없는 광활한 곳에 자신 외의 다른 누군가가 있다는 것에 안도감을 느끼며 그는 도로변에 차를 세우고 둔치로 올라갔다. 멀리 모뉴먼트 밸리가 한눈에 바라보이는 전망 좋은 곳이었다. 그는 원주민 남자에게서 조금 떨어져 앉아 모뉴먼트 밸리를 바라보았다.

빛의 향연은 공원 전체를 환하게 빛나게 하던 선홍빛 해 자락이 세 개의 뷰트[2] 위로 속절없이 떠밀려나는 것으로 시작되었다. 뷰트 아래로는 짙은 진홍색 땅거미가 밀물처럼 차오르고 공원 너머 먼 지평선에는 색색의 빛의 단층이 쌓이고 있었다. 빛의 단층은 지평선이

---

1 통나무를 사용해 6면 혹은 8면의 벽채를 만들어 진흙으로 메꾼 나바호족 인디언의 전통 가옥.
2 오랜 세월 침식과 풍화에 의해 형성된 비석 형태의 거대한 돌기둥.

밑돌처럼 짙은 보라색의 금으로 그어지고 그 위로 다시 연보랏빛이, 투톤의 남청색 빛이, 주홍빛이, 치자 빛이, 청회색으로 어두워져 가는 하늘을 배경으로 층층이 쌓아지고 그 위로 조각조각 흩어진 구름들이 새빨갛게 물이 들어가고 있었다. 그 현란한 채광의 색들은 다시 시시각각 색을 달리하는 장관을 펼쳐 보이다가 종내는 짙은 검보라색으로 뭉그러져 공원 전체를 뒤덮었다. 검보라색으로 서서히 어두워져 가는 모뉴먼트 밸리는 다시 선계의 영역인 양 신묘해지고 지상의 기구(祈求) 같은 세 개의 뷰트는 영묘했다. 그러면서 온전히 어둡지 않은 모뉴먼트 밸리는 한없이 순요(純寥)했다.

그는 넋을 잃고 그 모든 빛의 향연을 지켜보았다. 모뉴먼트 밸리의 일몰을 상품화해 보겠다는 계산이 언제 사라졌는지는 알 수 없었다. 알고 싶지도 않았다. 그는 그저 자신의 머릿속에서 잡다한 생각들이 속수무책 빠져나가 자연의 채광 속으로 사라지는 걸 지켜보았고 일몰이 끝나면서는 맑은 물속에서 막 빠져나온 것 같은 개운한 느낌으로 온전히 어둡지 않은 모뉴먼트 밸리의 남은 잔영을 바라볼 뿐이었다. 그는 넋을 놓고 한동안 앉아있었다. 당장은 아무 생각도 나지 않았고 하고 싶지도 않았다.

저만치 앞에서 젊은 원주민 남자가 말을 걸어온 건 검보라색 어둠이 점점 검게 변해 갈 즈음이었다.

"저의 부족이 왜 이곳을 성지로 삼았는지 이해가 되십니까?"

낯선 이방인을 보면 피하기 바쁜 다른 원주민들과 달리 먼저 말을 걸어오는 건 소통이 가능하다는 뜻이었다. 그는 선뜻 대답할 말을 찾지 못했지만, 원주민 남자의 말은 간단명료했다.

"아무것도 없기 때문이죠."

그는 그렇구나. 하고 고개를 끄떡였지만 아무것도 없다 할 수 없는 무엇을 느끼며 의아한 눈으로 젊은 남자를 쳐다보았다. 젊은 남자는 말을 계속했다.

"아무것도 없기 때문에 여기서는 영혼이 자유로워지죠. 영혼이 자유로워지면 눈이 맑아지고 귀가 밝아져서 많은 것을 보고 들을 수 있게 되죠. 어머니인 대지의 말이 들리고 바람과 구름의 메시지를 알아차릴 수 있고 위대한 정령의 가르침에 귀를 기울이게 되죠. 그러면서 견딤과 수용을 배우지요. 저의 조상이 이 땅을 성지로 선택한 이유입니다."

원주민 남자의 말은 결국 유럽 이주민에 밀려 척박한 곳에서 살아갈 수밖에 없는 그들 나름의 생활철학에 지나지 않는 것이지만 두산은 고개를 끄덕여 동조해 보이고는 주변을 둘러보았다. 처음 도로변에 차를 세우면서 팻말에 적힌 하룻밤 숙박 요금을 보고는 뭐가 저렇게 비싸. 속으로 코웃음 쳤던 호건은 남자에게서 열 발짝쯤 떨어진 평지에 나지막이 웅크리고 있었다. 호건을 보자 슬며시 호기심이 일었다. 보호구역에서 호건을 볼 때마다 내부를 여간 궁금해하던 것이 아니었다. 그는 구경이라도 해볼 속셈으로 젊은 원주민 남자에게로 다가가 손을 내밀었다. 그가 바로 로빈이었다.

나바호족 원주민 대부분이 그렇듯 암갈색 피부에 다부진 체격을 지닌 스물네 살의 로빈은 유창한 영어로 자신을 소개하며 부족에서 부르는 나바호 이름이 '시케'라는 것까지 말해 주었다. 시케는 '그는 집에 앉아있다'라는 뜻이라고 했다. "보시다시피 저는 매일 여기 앉아 방랑객 여행자들을 기다리고 있으니까요." 하는 로빈의 말에 그는 그날 기꺼이 75불을 내고 로빈의 호건에서 하룻밤을 묵기로 했다.

랜턴 불빛에 비친 호건의 내부는 원통형으로 둥그렇게 쌓아 올린 흙벽 위에다 얼기설기 통나무로 지붕을 엮어 올린 구조였다. 지붕은 난로의 연통이 뚫려있었고 겨우 실내를 밝힐 정도의 작은 유리 조각이 동그랗게 박혀있었다. 통나무 천정은 머리에 닿을 듯 낮았고 드림캐처가 주렁주렁 매달려 있었다. 작은 양철 난로와 두 사람이 누울 정도의 양털 가죽 시트가 깔린 바닥은 평평하게 다져진 황토색 맨땅이었다. 벽에는 인디언 문양의 걸개 두 개와 모뉴먼트 밸리를 배경으로 찍은 존 웨인 사진이 커다랗게 확대되어 붙어있었다. 실내 한구석에는 작은 반닫이가 놓여있었고 반닫이 위에는 반듯하게 개킨 담요와 영어 서적 몇 권이 올려져 있었다. 출입문 옆에는 긴 나무 평상 하나가 세워져 있었고 삼나무껍질로 짠 바구니 두 개가 놓여있었다. 바구니에는 은으로 만든 세공품 몇 종류와 인디언 문양의 소품과 나무 재질의 공예품들이 담겨있었다. 모두 부락에서 직접 만든 것으로 낮에 도로변에 내놓고 파는 거라고 로빈은 말했다.

"드림캐처는 틈틈이 제가 만들기도 하고요."

그 밖에 자잘한 일상 용품들이 눈에 띨 뿐인 호건은 정갈하면서도 아늑했다.

로빈이 잠자리를 봐주고 나간 뒤 그는 양털 시트에 길게 다리를 뻗고 누웠다. 한낮의 열기에 달궈진 흙집의 따스함과 단내를 풍기는 흙냄새가 싫지 않았다. 피곤해서 눈을 감자 방학 때마다 유배 가듯 드나들던 어린 시절의 시골 외갓집이 뭉근하게 떠올랐다. 외갓집도 토벽의 초가집이었다. 여름이나 겨울이나 똑같이 열기에 달궈진 흙냄새가 맡아지던 곳이었다. 여름에는 햇볕이, 겨울에는 아궁이의 불이 흙집을 달구곤 했던 것이다. 이른 새벽 눈을 뜨면 부엌으로 난 봉창 문에 어른거리던 불꽃 그림자와 가마솥의 밥이 익어가던 냄새가 말할 수 없이 안온함을 안겨주던 것을 떠올리자 곧장 손끝이 풀어지고 전신이 늘어지는 느낌이었다. 노곤하고 달콤해서 그대로 잠이 들고 싶었다. 잠이 들면 밤새 달고 긴 잠을 잘 것 같았지만 잠을 자기에는 아직 이른 시간이었다. 그는 억지로 자리를 털고 일어났다. 로빈과 좀 더 얘기를 나누고 싶었고 얘기를 나누다 보면 혹 원주민들만이 아는 비경이라도 하나 얻게 될지도 모른다는 생각에서였다. 로빈은 호건 앞에 자신의 잠자리를 마련하고 모닥불을 피우고 있었다.

그는 자동차에 싣고 다니는 휴대용 아이스박스에서 캔 맥주 두 개를 꺼내 들고 로빈과 마주 앉았다. 모닥불이 광활한 황무지에 한 점의 작은 빛일 뿐인 밤의 사막은 기온이 빠르게 식어가고 멀리 어둠 속으로는 높고 낮은 구릉의 선들이 물결처럼 일렁거려 보였다. 모뉴먼트 밸리는 저만치에서 깊은 바닷속의 거함처럼 묵연히 가라앉아 있었다. 로빈이 캔 맥주의 마개를 따며 물었다.

"어때요? 저 밤하늘의 별들이 흡사 까만 천에 맺히는 지상의 이슬 같지 않아요?"

로빈의 예상치 못한 시적 표현에 흠칫 놀라며 두산도 밤하늘을 올려다보았다. 듣고 보니 정말 별들이 까만 천에 무수히 맺힌 작은 물방울들 같았고 금방이라도 한두 개씩 뭉쳐져 지상으로 뚝뚝 떨어질 것만 같았다.

"저의 부족은 저 별들이 새벽이 되면 모두 풀잎의 이슬로 맺힌다고 믿고 있지요. 물론 사실이 아니란 건 알죠. 그냥 황량하고 메마른 곳에서 살아갈 수밖에 없는 비애의 다른 표현일 뿐이죠."

로빈의 말이 부족 전체의 정서인지 아니면 로빈 자신만의 감수성인지 모르나 나바호 원주민 청년의 입에서 흘러나오는 말이라고는 믿기지 않아 그는 내심 감탄하며 로빈의 말에 귀를 기울였다. 스물네 살의 젊은 원주민 청년은 간간이 불티 튀는 소리 외에는 세상의 어떤 소음도 껴들지 않는 청정한 고요 속에서 부족이 보호구역에 내몰리게 된 핍박의 역사와 황량하고 척박한 땅에서 살아갈 수밖에 없는 현실의 고통과 상호존중의 철학과 자연 친화적인 삶에 대해 얘기하기 시작했다.

"저의 부족은 원(圓)을 생명의 고리로 인식하며 살아가죠. 세상에 존재하는 모든 종족, 모든 나무, 모든 식물을 하나의 원으로 연결되어 있다고 믿으니까요. 실제로 원은 서로 둥그렇게 이어져 있어서 어느 것 하나 존중하지 않고 수용하지 않으면 관계가 끊어지고 어그러지기 마련이죠. 조화롭지 않은 관계란 서로에게 해가 되고 불편만 안겨줄 뿐이죠. 저의 부족은 자연의 신성한 힘을 믿어요."

그는 간간이 고개를 끄떡이며 로빈의 말에 귀를 기울였다. 진지하게 생각하며 들었다. 여행업을 시작하면서 이런저런 관련 서적으로 원주민들에 대해 어느 정도 알고 있다고 생각했지만 정작 그들의 생활철학이나 정신세계까지는 알지 못했다.

그는 로빈의 입을 통해 처음으로 원주민들에게도 심오한 정신세계가 있음을 알았다. 문명과 동떨어진 삶을 살아가는 몽매한 집단이라고만 치부했던 자신의 생각이 얼마나 편협한 것인가도 깨달았다.

사실 그가 아는 인디언 원주민이란 할리우드 영화가 보여주는 그 이상도 이하도 아니었다. 모르긴 해도 전 세계인 대다수가 그렇지 않았을까. 모르긴 해도 백인 이주민들과의 영토싸움 끝에 보호구역으로 밀려 갇혀 사는 폐쇄적인 미개인 집단에 지나지 않는다는 것 정도로만 알고 있지 않았을까. 모르긴 해도 세상과의 통로가 막힌 그들로서는 자신들의 생활철학이나 자연과의 상호보완적인 삶의 방식을 말해 줄 수 없었던 건 아닐까.

나바호 부족은 그들 고유의 문자가 없다. 영어를 차용해 동사 중심의 언어를 표현하기 시작한 것은 세계 1차 대전 때부터였다. 조상들로부터 전해지는 삶의 지혜나 철학적인 사고는 자연 구전으로 이어질 수밖에 없었을 것이다.

맥주 한 캔과 모닥불의 열기로 얼굴이 붉어진 원주민 청년은 부족의 자연 친화적인 사고를 길게 들려준 후 현재 처해진 삶의 고통에 관해서도 얘기했다.

현재 부족의 가장 큰 문제는 물 부족으로 인한 부락의 와해였다. 물은 단순한 고통이 아닌 생존의 문제라서 물을 찾아 뿔뿔이 흩어지는 부락민들이 적지 않다는 것이었다.

"부락이 하나둘 사라진다는 건 가뜩이나 정체성을 잃어가는 부족에겐 장기적인 소멸을 의미하지요. 부족으로선 절대 받아들일 수 없는 문제여서 다들 고민이 여간 큰 게 아닙니다. 부족 자치국에서도 여러 대책을 마련하느라 고심 중이지만 저의 부락만 해도 조상들이 선택한 삶의 터전이 사라질까 봐 어른들의 걱정이 이만저만이 아닙니다."

로빈의 얘기는 자연스레 자신의 부락으로 이어졌다.

"이삼 년 전까지만 해도 저의 부락은 크게 물 걱정 없이 살아가고 있었지요. 물론 그 전부터 그랬던 건 아니었습니다. 오래전에 부락 근처의 작은 강줄기가 말라붙으면서 다른 부락들과 마찬가지로 고생이 몹시 심했다고 하더군요. 제 기억의 시작도 물통을 들고 아버지 따라 물 길으러 간 거였으니까요."

로빈은 어린 시절에 대해 잠깐 얘기하고는 부락에 물이 들어오기 시작한 건 자신의 나이 여섯 살 무렵이라고 했다.

"부락에서 멀리 떨어진 콜로라도강 지류에서 끌어온 물이었지요. 아시는지 모르겠지만,"

물은 마음대로 끌어올 수 있는 게 아니었다. 먼저 주(州) 정부의 허락을 받아야 하는데 다행히 부락에 군 복무를 마치고 돌아온 사람이 있어서 그나마 작은 혜택이라도 받을 수 있었다고 했다.

"하지만 땅을 파고 파이프를 묻는 공사는 부락에서 다 해결해야만 했지요. 강과는 거리가 워낙 멀어서 엄청난 비용과 노동력이 들었다더군요. 보호구역 밖에선 대수롭지 않은 일이겠지만 저의 부락으로선 대역사가 아닐 수 없었죠. 부락에 물이 들어오던 날의 기억이 아직도 생생해요. 부족의 대추장까지 참석해서 다들 베-나-아리-쪼시를 둘러싸고 북치고 노래하며 춤을 췄으니까요. 그 큰일을 베-나-아리-쪼시가 다 해냈거든요. 전 그분이 미소 짓는 걸 그날 처음 봤어요. 평소엔 잘 웃지도 않고 말이 별로 없으시거든요. 베-나-아리- 쪼시는,"하며 로빈은 모닥불 너머로 두산을 힐끗 쳐다보았다.

"그러고 보니 선생님도 베-나-아리-쪼시군요. 저의 부족어로 째진 눈이라는 뜻인데, 그분의 이름이기도 하지만 우리는 동양인을 그렇게 부르지요."

"동양인?"

로빈의 긴 얘기에 조금씩 지쳐가던 그는 동양인이라는 말에 다시 귀가 번쩍 뜨였다. 보호구역으로 종교를 전파하거나 의료봉사 갔다가 원주민과 결혼하여 정착한 외부인이 더러 있다는 걸 알고는 있었지만, 동양인까지 있으리라고는 미처 생각지 못했기 때문이었다. 동양인이라고 봉사활동을 하지 않는 건 아닐 테지만 그때만 해도 그는 동양인과 원주민을 연결 지을 어떤 일도 상상하지 못하고 있었다.

로빈이 말하는 베나아리 쪼시라는 사람은 아마도 중국인 아니면 일본인일 것이라고 그는 내심 단정 지었다. 만일 한국인이라면 자신이 모를 리가 없기 때문이었다. 여행사는 자연스레 소문이 모여들기 마련이어서 한인 커뮤니티의 일이라면 아무리 먼 다른 지역의 일이라도 대충은 알게 되는데 그는 그때까지 원주민과 교민이 연결된 어떤 소문도 들은 것이 없었다. 로빈은 얘기를 계속했다.

"물론 지금은 그렇게 부르질 않아요. 우리는 이제 그녀를 네헤마라고 부르지요. 네헤마는 우리들의 어머니라는 뜻입니다."

"뭐, 그녀?"

그는 놀라서 되물었다. 그 동양인이 여자라고?

로빈은 미소를 지었다.

"네, 무척 아름다운 동양인분이죠. 지금은 부락의 추장이세요."

추장이라는 말에 그는 한층 더 놀라 눈을 크게 떴다. 인디언 원주민들 세계에 여추장이 있다는 건 그때까지 그로선 금시초문이었다. 어디서 들은 적도 본 적도 없었다. 머릿속으로 추장의 이미지가 빠르게 지나갔다. 그가 아는 추장은 당연히 남자였다. 물론 할리우드 영화 탓이었다. 서부 개척 시대의 영화에 빠짐없이 등장하는 추장의 이미지는 암갈색 피부에 탄탄한 근육질의 몸매에다 머리에 독수리 깃털이 달린 관을 쓰고 말을 달리며 화살을 쏘아대는 용감무쌍한 남자였다. 영토분쟁이 사라진 지금은 서부영화 속의 추장은 아닐지 몰라도 한 집단의 리더로 표상되는 인물인 만큼 여자로 대치될 수 있는 연약한 이미지는 결코 아니었다.

그는 믿을 수 없다는 표정으로 멍하니 로빈을 쳐다보았다.

"보호구역 밖에서는 여자가 추장이라고 하면 다들 놀라는데 그게 그렇게 이상한 일인가요?"

로빈은 어깨를 한번 들썩여 보이고는 이해할 수 없다는 듯 머리도 흔들었다.

"사람들이 놀라는 건 아마도 추장의 지위가 남자들만의 권력이라고 생각하기 때문일 테죠. 하지만 저의 부족에서는 추장은 권력자가 아닙니다. 추장은 그저 한 집단을 대표하는 인물로 모든 것을 함께하는 사람을 뜻할 뿐이죠."

로빈은 남은 맥주를 입안에 마저 털어 넣은 후 추장제도에 대해 설명하기 시작했다.

인디언 원주민들은 부족 전체를 대표하는 대추장과 각 지파를 대표하는 소추장 제로 부족을 이끌어간다. 대추장과 소추장은 4년마다 투표로 추대되지만 큰 결격사유가 없는 한 연임되는 게 다반사이다. 간혹 대물림하는 경우도 있지만 추장으로 추대될 때는 이미 부락에 끼친 공로가 적지 않거나 신망이 두텁기 때문이다.

로빈은 얼마 전에 있었던 부락의 투표에서 여추장이 다시 추대되었는데 이번이 세 번째 연임이라고 했다. 막연히 힘의 우위로 지배층이 형성되어있을 것으로만 여겼던 원주민집단에 민주적인 투표 방법이 시행되고 있다는 것도 놀라운 일이었지만 여추장의 등장은 두산에게는 적지 않은 충격이었다. 게다가 세 번씩이나 연임되고 있다는 것에는 입이 다물어지지 않았다.

그는 한 번도 자신의 손으로 뽑아본 적이 없는 모국의 대통령을 떠올렸다. 대통령은 4년마다 선거인단으로 선출된 사람들에 의해 간접선거로 치러졌다. 선거인단은 물론 국민의 투표로 선출되지만 그렇다고 선거인단의 선택이 국민 개개인의 선택이라고는 볼 수 없었다. 그런 걸 바로 잡고자 또 앞장서서 싸웠지만 얻은 건 하나도 없었다. 보다 더 강력한 군부 정치가 들어섰을 뿐이었다. 그리고는 정부의 비밀스러운 압력이 가해졌다. 제대로 일자리조차 가질 수 없었던 그는 새삼 자신이 모국을 버렸는지 아니면 쫓겨났는지를 생각하며 중얼거렸다.

"동양인 여자가 어떻게 세 번씩이나 연임될 수 있지?"

그의 중얼거림에 로빈은 여추장은 아마도 오래도록 추대될 것이라고 했다.

"부락 사람들 모두가 그녀를 여간 존중하고 사랑하는 게 아니니까요."

비록 소집단이긴 하지만 사랑과 존중을 받는다는 건 결코 쉬운 일은 아닐 것이다. 그녀는 대체 어떻게 해서 그런 신임을 받고 있는 건지 의아해하자 로빈은 부락에 다시 물을 끌어들이기 위해 추장은 지금도 무던히 애를 쓰고 있다는 말로 연임의 이유를 대신했다. 불가능한 일은 아니었다. 로빈은 현재 묻혀있는 파이프라인을 더 멀리 떨어진 다른 강의 지류로 연결하면 된다면서 말을 이었다,

"문제는 그 거리가 무려 20마일이 넘는다는 거죠. 묻어야 하는 파이프라인이 얼마나 될까요." 하고는 그 비용을 마련하기 위해 추장은 지금도 열심히 세공품을 만들고 있다고 말했다. 하지만 옛날처럼 잘 팔리지 않고 관광지의 기념품 가게에서 조금씩 팔리는 게 고작이라며 로빈은 한숨을 쉬었다.

실제로 관광객들을 인솔해서 기념품 가게에 들러도 세공품을 사는 사람은 많지 않았다. 관광객들이 사는 거라곤 값싼 드림캐처나 원주민 고유 문양이 수놓아진 소품 종류나 싸구려 목공예품 정도가 고작이었다. 세공품은 선뜻 손이 가지 않을 정도로 가격이 비싼 탓도 있었다.

그는 오래전 보호구역 내 국도변의 좌판에서 처음으로 산 아내의 팔찌를 떠올렸다. 그때도 가격이 만만치 않았던 것을 떠올리며

"그분의 국적은 어디지?"

지나가듯 물었다. 로빈은 고개를 갸웃거리며 글쎄요, 하고는 말을 이었다.

"오래전에 피드질 아저씨가, 아, 피드질 아저씨는 추장의 남편인데 저의 부락에서 유일하게 군 복무를 마친 분이죠. 그분이 오래전에 동양의 한 작은 나라로 파병 갔다 돌아올 때 함께 왔다니까 아마도 그 나라가 아닐까 싶어요."

그가 파병 갔던 나라를 묻자 로빈은 고개를 흔들었다.

"모르겠어요. 한번 듣긴 했는데, 동양 쪽은 워낙 아는 게 없어서."

미 파병 국가는 동양 쪽에선 한국과 일본뿐이다. 동남아 쪽도 파병하는지 어떤지는 잘 모르지만 작은 눈의 동양인이라면 거의 한국과 일본 쪽을 가리킨다. 분명 두 나라 중 하나겠지만 그가 은근히 놀란 것은 원주민이 아직도 파병군에 합류한다는 사실이었다.

나바호 부족의 언어를 필요로 했던 태평양전쟁 때는 원주민을 '코드 토커'라는 암호병으로 차출해서 복무케 했다는 건 여행사를 운영하면서 찾아본 관련 책자에서 알았지만, 전쟁이 끝난 다음에도 파병군에 소속시키고 있을 줄은 몰랐다. 하긴 전 세계 어느 곳에서 언제 전쟁이 발발할지는 아무도 모르는 일이었고 그에 대한 대비는 항상 해둘 필요는 있을 터였다. 한국전쟁만 하더라도 전쟁이 끝난 게 아닌 사실상 휴전상태에 놓여있었고 휴전은 언제 터질지 모르는 준전시 상태와 같은 것이어서 주둔군의 필요성이 줄곧 강조되어오고 있는 실정이긴 했다. 그 파병군에 원주민 군인까지 끼어있으리라고는 미처 생각지 못했던 그는 거푸 놀라지 않을 수가 없었다. 암호가 전쟁에서 하나의 전략으로 쓰인다면 나바호족 언어를 쓰는 원주민이 파병군에 포함되는 건 지극히 당연한 일인지도 모를 일이었다. 그렇다면 혹시, 생각이 차츰 한국의 주둔군으로 좁혀지려는데 로빈이 무심코 말을 던졌다.

"참, 피드질 아저씨는 그분을 부를 때 순이! 라고 하더군요. 아마도 그분의 나라에서 부르던 이름이 아닐까 싶지만 무슨 뜻인지는 모르겠어요."

이튿날 날이 밝기가 무섭게 두산은 로빈에게 부락의 추장을 만나게 해달라고 졸랐다. 도저히 동양인 여자 추장에 대한 호기심을 누를 수가 없어서였다.

엄밀하게는 원주민 청년의 입에서 발음된 순이라는 이름은 선이로도 발음될 수 있었고 선이는 발음상의 영어 이름인 써니일 수도 있었다. 어느 쪽이든 순이라는 이름을 듣는 순간의 충격은 컸다. 꼭한번 확인해보고 싶다는 충동을 불러일으키기에는 충분한 이름이었다.

만일 순이라는 이름의 주인공이 한국인 여자라면, 하는 전제하에 그려지는 여러 상상들로 그는 75불을 치른 호건에서의 하룻밤을 거의 설치며 보냈다.

사실 파병군인과 한국 여자의 만남이, 만일 사실이라면 특별할 것은 조금도 없었다. 한국에는 미군이 주둔하는 곳이면 으레 기지촌이라 불리는 유흥가가 있기 마련이었고 기지촌 주변에서 많은 혼혈 아들을 보는 건 조금도 어려운 일이 아니기 때문이었다. 그런데도 적지 않은 관심과 흥미가 쏠리는 건 이곳이, 여기가 미국의 여느 평범한 지역이 아닌 바깥세상으로부터 격리된 원주민 보호구역이라는 것과 외부의 출입마저 꺼리는 집단의 완강한 폐쇄성 때문이었다. 더러 보호구역 밖의 사람들이 들어와 살고 있다지만 당시의 그에게는 보호구역은 접근이 쉽지 않은 미지의 세계와 조금도 다르지 않았다. 그런 곳에 어떻게 한국인 여자가 들어오게 되었는지, 전혀 불가능한 일은 아닐지라도, 만일 들어왔다면 문명의 혜택이라곤 전혀 찾아볼 수 없는 황량하고 척박한 곳에서 어떻게 살고 있는지, 무슨 생각으로 그 모든 결핍을 견디는지가 알고 싶었다. 물론 순이라는 이름의 여자가 한국인이라는 전제하에서였다.

로빈은 처음엔 그분의 의사를 모르고는 만나게 해줄 수 없다며 완강히 거절했다. 적당한 사례를 하겠다는 제안도 거부했다. 그는 쉽게 물러서지 않겠다는 뜻을 밝히며 로빈이 가져다준 한 줌의 물로 고양이 세수를 하고 아침 식사로 마른 빵 한 조각과 사과 한 개를 베어 먹으며 버텼다. 로빈은 아침 내내 호건 주변의 나지막한 둔덕에 걸터앉아 멀리 모뉴먼트 밸리의 말간 아침 햇살을 바라보며 좀처럼 허락할 기미를 보이지 않다가 비스듬히 기울어 비치던 햇살이 꼿꼿이 일어설 때쯤에서야 마지못한 듯 승낙했다.

'붉은 절벽 아래의 부락'은 로빈의 호건에서 꽤 멀었다. 자동차로 한 시간 남짓은 족히 달려야 하는 거리였다.

부락은 온전했다. 온전하다는 것의 기준을 무엇에 맞춰야 할지는 모르겠지만 우선 보호구역 곳곳에 뿔뿔이 흩어져 사는 산개(散開) 단위가 아닌 집단주거지로서는 온전하다 할 수 있었다. 그렇다고 보호구역 내에 집단주거지가 전혀 없는 건 아니었다. 전통적인 모계 중심의 부락은 보호구역 전역에 널리 퍼져있었다. 다만 워낙 광대한 지역에 흩어져 살고 있어서 쉽사리 눈에 띄지 않을 뿐이었다.

다음으로는 부락은 열려있다고 할 수 있었다. 보호구역을 돌아다니며 기웃거려 본 다른 부족의 부락들과는 달리 담장 같은 높다란 철조망도 없었고 스스로 빗장을 굳게 닫아건 완강한 폐쇄성도 없었다. 외부인의 발길이 닿지 않아서인지 아무런 경계의 눈빛도 보이지 않았다. 낯선 사람의 방문에 벗은 몸의 아이들만이 부리나케 숨어버릴 뿐인 부락은 자주색 숄을 두르고 노간주나무 아래에 앉아있는 노파의 눈빛은 무심했고 초막집 그늘에 모여앉아 담배를 피우는 노인들의 표정은 온화하기만 했다. 물통을 든 여인은 몹시 수줍음을 타며 빠르게 지나갔고 웃통을 벗고 목조가옥의 계단을 손보는 젊은 남자의 팔뚝은 튼튼했다. 부락 앞을 겹겹이 둘러싼 구릉 자락에서는 옥수수 대궁들이 말라가고 있었고 구릉 너머에서는 양 울음소리가 들렸다. 갈기 짧은 노새는 햇빛 가리개 아래에서 옥수수 대궁을 씹고 있었다.

서로 간의 사생활을 고려해 부러 멀찍이 떨어져 짓는다는 호건과 초막은 사람의 온기로 촉촉해 보였고 몇 채뿐인 목조가옥의 계단은 빠짐없이 반들거렸다. 나지막한 토벽의 움막들도 군데군데 눈에 띄었다. 움막 앞에는 진흙으로 빚어 만든 두툼한 화덕이 놓여있었고 화덕 위에는 무쇠로 된 용광로가 올려져 있었다. 하나같이 아궁이가 꺼멓게 끄슬러진 화덕 주변에는 풀무와 부젓가락, 장작토막 등이 아무렇게나 나뒹굴고 있었다. 어느 움막에서는 쇠붙이 두드리는 소리와 함께 알아들을 수 없는 말들이 새 나오기도 했다. 공터는 부락 한가운데쯤에 널따랗게 펼쳐져 있었다. 옆에다 구부정하게 휘어진 노간주나무를 끼고서였다. 수령이 얼마인지 알 수 없는 노간주나무는 기둥이 거무스름했고 가지마다의 바늘잎들은 성글었다. 공터의 지면은 부러 다듬은 듯 고르면서 평평했고 타고 남은 나무 잿더미가 한복판에 수북이 쌓여있었다. 로빈이 옆에서 말해 주었다.

여긴 부락 회의가 열리는 곳이죠. 일종의 의회인 셈인데 밤이면 부락 사람들이 모닥불을 피워놓고 담소를 즐기기도 하지요.

공터에서 위로 조금 더 올라간 구릉 아래쪽에는 로빈이 말하던 예의 그 커다란 물탱크가 묻혀있었다. 물탱크는 모두 세 개로, 비스 듬히 흘러내린 구릉 자락의 지형을 따라 아래쪽으로 나란히 묻혀있 었다. 서로 아귀를 맞댄 채였다. 첫 번째 물탱크 위로는 구릉 자락에 서 빠져나온 쇠 파이프가 길게 걸쳐져 있었다. 물은 그 쇠 파이프에 서 흘러나와 첫 번째 물탱크를 채우고 흘러넘쳐 다시 두 번째 것을 채우고 다시 나머지 세 번째 것을 마저 채운 다음 마당 한가운데로 작은 도랑을 이루며 흘러 주변의 식물들까지 키웠다고 옆에서 로빈 이 설명했지만, 이제는 바짝 말라 있었다. 세 번째 물탱크에만 물이 반쯤 차 있었다. 그 물은 부락민들의 식수로 피드질이 틈나는 대로 트럭으로 실어다 날라 부어놓은 거라고 했다. 물탱크 주변에는 질척 거림을 방지하기 위한 듯 자잘한 돌멩이들이 널찍하게 깔려 있었다. 물 부족으로 언젠가는 부락민들이 뿔뿔이 흩어질 거라는 로빈의 걱 정과는 달리 어쨌든 부락은 잘 정비되어 있었고 온전했다.

사실 부락에 오기 전까지는 그렇게 온전할 거라고는 생각하지 않 았다. 보호구역 곳곳에서 흔히 볼 수 있는 여느 부락들처럼 잡초가 무성한 곳에서 녹슨 철조망을 두르고 있거나 집집마다 창문이 깨지 고 벽에 구멍이 숭숭 뚫려있을 것으로 여겼다. 목조가옥은 노인의 잇속처럼 계단이 덜렁거리거나 떨어져 나가고 한여름에도 두꺼운 외투를 입은 남자들이 풀린 눈으로 현관에 앉아있거나 문기둥에 기 대어 멍하니 서 있을 것으로만 상상했을 뿐이었다.

그는 환경과 형태는 달라도 한국의 여느 촌락들과 비슷한 정서적 안정감을 풍기는 부락의 분위기에 놀라며 물탱크 주변의 자갈밭을 한참이나 서성거렸다.

그는 그날 추장을 만나지 못했다. 추장은 남편과 함께 출타 중이었다. 이틀 후에나 돌아올 거라고 로빈이 자주색 숄을 두른 노파에게 묻고 나서 통역해 주었다. 노파는 로빈의 할머니였다.

3

여기가 어딘가

바다는 파랗지 않았다. 그냥 희끄무레할 뿐이었다. 그러면서 몹시 넓었다. 넓은 바다에 파도가 끊임없이 밀려왔다 부서지곤 했다. 파도는 높지 않았지만 밀려들 때마다 동실 몸이 떠올랐다. 그럴 때마다 같이 풀쩍 뛰어야만 했다. 그렇지 않으면 내려앉는 파도에 맞아 사정없이 내동댕이쳐지기 때문이었다. 물속에 내동댕이쳐지면 짠 바닷물이 입으로 코로 사정없이 들어왔다. 모래톱으로 쓸려나가 일어설 때까지 정신이 하나도 없었다. 그래도 입에선 쉴 새 없이 웃음이 터져 나왔다. 까르르, 까르르! 동무들도 따라 웃었다. 제각기 입을 벌리고 소리 내어 크게 웃었다. 웃는 얼굴들이 희미하게 어른거렸다. 얼굴은 눈에 익었지만 이름은 단 한 명도 생각나지 않았다. 이름이 생각나지 않아서 누가 누군지 알 수가 없었다. 알 수 없어 애를 쓰는데 멀리서 부르는 소리가 났다. 순아! 순아! 부르는 소리는 단번에 의식의 밑바닥을 긁었다.

서러움과 아릿한 통증을 느끼며 네헤마는 움찔 눈을 떴다. 요즘 들어 부쩍 부르는 소리가 잦았다. 지금처럼 설핏 선잠에 들거나 약초를 찾아 산속을 헤매고 다닐 때, 도로변에 좌판을 펴고 혼자 앉아 뜨개질을 하거나 세공품을 만들고 있을 때 불쑥불쑥 부르는 소리가 들리곤 했다. 부르는 소리는 매번 가슴속 저 깊은 곳을 건드렸다. 그곳엔 슬쩍 건드리기만 해도 벌겋게 성을 내는 종기가 도사리고 있었다.

네헤마는 미간을 찌푸리며 설핏 눈을 떴다. 눈을 뜨는 서슬에 성을 내려던 종기는 도로 잦아들었지만, 의식은 여전히 몽롱했다. 대뜸 선잠이 떨어지지 않는 실눈 앞으로 드넓은 평원이 펼쳐졌다. 붉고 낯설었다. 언뜻 여기가 어딘가 싶었다. 멀리 지평선 끝에서는 작은 주먹만 한 붉은 해가 슬몃슬몃 따라오고 있었다. 마치 눈치를 보며 어미의 뒤를 따라오는 아이 같다고 생각하며 네헤마는 자꾸만 감실거려지는 실눈을 감았다. 붉은 해는 곧장 따라 들어와 감은 눈시울 위로 봉긋이 뜨고는 주위로 얼기설기 잔가지를 뻗고 기둥을 세우고는 달랑 하나 남은 감 홍시로 매달렸다.

네헤마는 감나무 아래서 감 홍시를 올려다보는 조그만 계집아이를 보았고 또 그 계집아이를 바라보며 섰던 한 명의 열예닐곱 살의 처녀 아이를 겹쳐 보았다. 처녀 아이는 물에 퉁퉁 불은 손을 앞치마자락으로 감싸 쥐고 서서 계집아이가 왜 그토록 홍시를 먹고 싶어 했을까를 생각했다. 딱 하나 남아서일까. 아니면 배가 고파서일까.

감은 홍시가 되기 전에는 먹을 수 없는 땡감이었다. 먹을 수 없는 감은 해마다 참 많이도 열렸다. 가지가 휘도록 열린 땡감은 서로를 떨쳐내서 아침이면 감나무 밑에는 밤새 떨어진 감들이 수북이 널려있곤 했다. 상처 없는 것들만 주워 소금물에 삭혀 읍내 시장에 내다 팔았다. 하지만 감은 잘 팔리지 않았다. 마을에 감나무가 흔했기 때문이었다. 그래도 어떡하든지 팔아야 했다. 팔지 못하면 저녁밥 대신 먹었다. 소금으로 삭힌 감은 떫으면서도 달았다. 그래도 홍시보다 맛이 없어 감이 익기를 기다렸지만 감은 채 홍시가 되기도 전에 껍질을 깎아야 했다. 곶감을 만들기 위해서였다. 밤마다 무딘 칼로 껍질을 깎고 앉아있으면 희미한 알전구는 졸음을 불러다 주었고 방바닥은 절로 몸이 쓰러질 정도로 따스했다. 바구니의 감이 반으로 줄어들기도 전에 머리가 끄떡거려지고 몸이 비틀리면 누군가의 주먹이 사정없이 머리통을 쥐어박았다. 다담시리 안 할 끼가? 그렇게 쥐어박혀도 쏟아지는 잠을 어쩌지 못하고 잠이 들었다 깨면 언제나 아침이었다. 그렇게라도 자고 났을 때의 가뿐함이 문득문득 생각나는 건 오래도록 단잠을 자본 적이 없어서일 것이다. 아무리 몸이 고단하고 기운이 없어도 늘 선잠밖에 잘 수가 없었다. 항상 반은 자고 반은 깨서 천지를 헤매고 다니기 일쑤였다. 밤새도록 캄캄한 산속을 헤매거나 숨이 턱에 닿도록 가파른 언덕을 기어올랐고 어디가 어딘지 알 수 없는 낯선 곳을 한없이 맴돌다 깨어나곤 했다. 잠결의 반을 왜 그렇게 천지를 헤매고 다니는지 알 수가 없었다. 그런 꿈 없는 잠을 자고 싶었다. 단 한 번이라도 죽은 듯이 자고 싶었다. 그러면 좀 살 것 같았다.

돌부리에 걸린 트럭이 풀썩 뛰어올랐다가 덜컹 내려앉았다. 그 서슬에 네헤마는 언뜻 눈을 떴다. 그새 해는 져서 차창 밖이 어스름 어둡고 전조등 불빛 속으로 비탈 가파른 산들이 연이어 다가왔다가 지나가곤 했다. 산은 구불거리는 구릉 같기도 절벽 같기도 했다. 낯설었다. 문득 여기가 어딘가 싶었다. 산각(山脚) 따라 휘어지는 실뱀 같은 길도 낯설고 길 아래의 계곡도 처음 보는 듯했다.

네헤마는 어리둥절해 하며 운전석 쪽을 돌아보았다. 반쯤 귀를 덮은 긴 머리의 남자가 트럭이 흔들릴 때마다 같이 흔들리고 있었다. 둥글넓적한 광대뼈와 묵직하게 뻗은 높은 콧날과 느슨하게 다문 입매의 옆얼굴이 낯설었다. 핸들을 감아쥔 억센 손과 옷소매 아래로 일렁이는 술이 낯설었다. 남자는 눈에 익었지만, 기억에 없는 사람처럼 모호하게 느껴졌다. 자신을 살피는 시선을 의식했는지 남자가 돌아보며 사과했다.

"저런, 내 운전 솜씨가 또 잠을 방해한 모양이군. 미안. 하지만 길이 험하니 어쩔 수가 없소."

세상에서 자신을 순이라고 불러주는 단 한 사람 남편 피드질이었다. 피드질은 부족의 이름인 네헤마보다 순이라는 이름으로 부르길 더 좋아했다. 뜻도 모르고 그렇게 불렀다. 순이라는 이름이 선잠을 떨쳐내 주면서 비로소 주변의 정경이 낯익기 시작했다. 네헤마는 피드질의 사과에 고개를 저어 보이고는 순이라는 이름의 뜻이 뭘까를 생각했다.

어느 한순간의 움직임이나 연관된 사물의 특징이 바로 이름이 되는 이곳.

아히가(그는 싸운다) 날니쉬(그는 일하다) 이스카(밤이 지나간다)처럼 한국에서는 움직임 같은 것으로 이름을 짓지 않는다는 걸 막연히 알 것 같았지만 그래도 뜻은 있을 것이었다. 이름의 세 글자 중 성이 김이라는 건 알지만 순이는 뭘 뜻하는지 알 수가 없었다. 무슨 뜻인지 알 수 없는 순이라는 이름 대신 부락 사람들은 처음엔 자신을 베-나-아리 쪼시라고 불렀다. 베-나-아리 쪼시는 '째진 눈'이라는 뜻이라고 했다. 몇 년 뒤에는 추장으로 추대해 놓고는 자기네들끼리 또 네헤마라고 고쳐 불렀다. 네헤마는 '우리들의 어머니'라는 뜻이다.

이렇듯 이곳 사람들은 수시로 이름을 바꿔 불렀다. 일상에 변화가 생기거나 신분이 바뀌면 바로 그 상태가 이름이 되는 것이다. 존이라는 미국식 이름을 가진 남편도 부락으로 돌아와서는 피드질로 바뀌었다. 피드질은 '그는 강하다'는 뜻이다. 어릴 때 불리던 날니쉬라는 부족의 이름이 피드질로 바뀐 건 부락에서 유일하게 군인으로 복무하고 돌아왔기 때문이었다.

피드질이 순이라는 이름을 더 좋아하듯 네헤마 역시 존이라는 이름을 더 좋아했다. 아무리 나바호어에 익숙하지 않다고 해도 동작을 이름으로 부르기에는 아무리 해도 어색함을 떨쳐낼 수가 없어서였다. 하지만 그런 것 역시 세월이 많이 흘러서인지 좋고 싫고의 차이도 둔감해져 버린 지는 오래였다.

계곡을 벗어난 트럭은 다시 높고 낮은 구릉 사이 길을 달리기 시작했다. 사방이 좀 더 어두워지고 있었고 전조등 불빛이 닿는 길섶으로 짜-아스-지의 크림색 꽃이 촛불처럼 여기저기 솟아올라 있었다. 짜-아스-지 꽃[1]은 늦봄에 피지만 건기 때 비가 내리면 드물게 가을에 피기도 했다. 네헤마는 가을에 피는 꽃을 특히 중요하게 여겼는데 이유는 해마다 윈도우락의 축제에 참석했다 돌아갈 때쯤 피기 때문이었다. 여름 내내 비가 한 번도 오지 않으면 못 보고 지나가기도 하지만 윈도우락의 축제와 짜-아스-지 꽃은 네헤마에게 매년 바뀌는 햇수의 기점이 되었다. 남편을 따라 처음 당도한 곳이 윈도우락이었고 그곳에서 부락으로 돌아갈 때 길섶에 촛불처럼 즐비하게 핀 짜-아스-지 꽃을 보았기 때문이었다.

---

1 유카꽃의 일종. 북아메리카가 원산지. 꽃봉오리가 종처럼 생긴 것과 길쭉하게 촛불처럼 생긴 것, 선인장처럼 생긴 것이 있다.

윈도우락의 축제는 해마다 9월 초에 열리는 부족의 최대명절 행사였다. 7일간 진행되는 축제는 부족의 여러 문제점을 논의하는 추장 회의를 중심으로 갖가지 주술행사와 로데오 경기, 창던지기 시합, 황소 타기 씨름대회 등, 춤과 노래가 어우러지는 전통 의식으로 부족의 결속을 다지는 화합의 장으로 치러지는 것이다.

그 행사에 '붉은 절벽 아래의 부락'이라는 지파의 추장으로 독수리 깃털로 장식된 커다란 관을 쓰고 비버 털로 테두리를 두른 망토를 걸치고 푸른 터키석이 큼직하게 박힌 홀(笏)을 들고 일주일 동안 여러 지파의 추장들 틈에 끼어 부족 회의에 참석하고 행사를 관전했다. 축제는 오래전부터 이어져 오고 있었지만 해마다 시들어가는 활기를 뚜렷이 느낄 정도로 참석하는 지파의 수도 줄어들고 있었다. 때문에 전사들이 아무리 북을 쳐도 소리가 우렁차지 않았고 아무리 땅을 구르고 춤을 춰도 어머니인 대지가 미소를 지을 것 같지가 않았다. 전임 대추장인 리치아나(붉은 눈)가 살아있다면 주름투성이인 눈을 껌벅이며 이렇게 탄식할 것 같았다.

'다들 어디 갔지? 하스띤, 시체이, 필라카나는 왜 보이지 않지? 대체 다들 어디로 간 거야?'

해마다 친구들을 그리워하던 리치아나 대추장도 이 년 전 행복한 세계로 떠났다. 하스띤, 시체이, 필라카나는 오래도록 부락 회의에서 얼굴을 맞대던 다른 지파의 추장들이었다.

네헤마는 처음 윈도우락에 당도했을 때 자신을 열렬히 환영해주던 그들을 기억했다. 다른 두 명의 병사와 함께 해외파병을 마치고 돌아온 피드질을 자신들의 아들인 양 자랑스러워하며 피드질이 데려온 자신과 아들 존을 위해 누구보다 신명 나게 땅을 구르고 북을 치며 노래하던 그들을 잊지 않았다. 비슷한 나이였던 그들은 일 년의 시차를 두고 차례로 행복한 세계로 떠났다. 떠난 사람은 그들만이 아니었다. 네헤마의 부락에서도 스물다섯의 띠스가 술과 마약에 절어 죽었고 호끼의 아버지 야니신(부끄러운)이 도박중독으로 자살했다. 이웃 부락에서도 스스로 목숨을 끊은 젊은이들의 소식이 심심찮게 들려왔다. 나이 많은 사람들의 죽음은 거스를 수 없는 것이지만 멀쩡한 젊은이들이 죽어가는 건 부족 전체의 근심이 아닐 수 없었다.

그렇게 젊은이들이 스스로 목숨을 끊는 건 정체성을 잃어버린 탓이라고 교육받은 몇몇 젊은 추장들이 목소리를 높이면서부터 추장회의가 수시로 열리고 끝없는 논의가 이어졌다. 그러다 오래전부터 이어져 오던 나바호 자치 행정국가가 마침내 미연방 정부로부터 정식으로 승인을 받아 탄생한 건 겨우 이 년 전이었다.

부족 고유의 국가로 인정받은 나바호 네이션은 수도를 윈도우락으로 정하고 입법 사법 행정부를 갖춘 국가의 형태로 부족의 전통성과 권익을 확립하고 젊은이들의 구심점이 될 것이라고 하지만 네헤마는 정체성이 뭘 의미하는지 모르듯 다른 여타의 말도 정확히 이해하지 못하기는 마찬가지였다. 그저 막연한 느낌으로 부족을 위해 좋은 것과 나쁜 것만으로 이해하며 부족의 많은 젊은이들이 할 일을 잃고 자살하거나 멀리 떠나는 일만은 없기를 바랄 뿐이었다.

그런 마음으로 축제의 마지막 날인 오늘의 논의에서도 보호구역 어딘가에 카지노를 유치하자는 의견에 찬성표를 던졌다. 그러나 논의는 전체적인 기상이 강건하기 이를 데 없는 다른 지파의 추장인 니챠드(부풀다)의 열변에도 불구하고 또다시 흐지부지되고 말았다.

니챠드는 이 년 전 다른 지파에서 선출된 젊은 추장이었다. 드물게 대학을 졸업하고 몇 년간 백인사회에서 일하다 돌아왔다는 젊은 추장은 오늘의 논의에서 카지노를 유치함으로써 얻게 될 여러 가지 이익 중에서 특히 부족의 많은 젊은이들이 얻게 될 일자리를 강조했다. 일자리는 비단 젊은이들뿐만 아니라 부족의 많은 사람들이 간절히 원하는 것 중의 하나였다. 게다가 고향을 떠나지 않고 가족들과 함께 지내면서 일할 수 있다면 더 바랄 나위 없는 조건이랄 수 있었다.

그럼에도 대추장인 리춰아친(붉은 코)을 비롯한 대다수 지파의 연로한 추장들은 반대표를 던졌다. 이유는 주류사회의 거대자본이 끼어들 것이 분명한 도박장의 일자리란 기껏해야 도박꾼들의 시중을 들거나 청소 경비 등의 일자리뿐일 것이며 그런 일에 자긍심을 느낄 까닭이 없는 젊은이들이 종내는 도박의 유혹에 빠져들지 않을 거라는 보장이 없다는 것이었다. 그뿐만 아니라 도박의 폐해는 부족 전체를 병들게 할 수도 있다고 했다. 능력껏 일해서 정당한 대가를 얻기보다는 허황된 행운만을 바라는 쓸모없는 사람으로 만들기 십 상이라는 것이었다. 땀 흘려 얻는 기쁨보다는 눈을 감았다 뜨는 것만큼이나 짧은 순간에 사라져 버릴 찰나적인 사행심만 가지게 될 뿐이라고 했다. 어머니인 대지에 깊이 뿌리 내리지 못하는 삶은 사막을 굴러다니는 칼소[2]와 다름없다고도 했다. 카지노가 뭔지 자세히는 모르지만 자살한 호끼의 아버지 야니신를 보면 대충 알 것도 같아 부족민들이 칼소와 다름없을 것이라는 말에 반대의 여지가 없었지만 젊은 추장 니챠드가 일자리 다음으로 강조하는 다른 이익에는 귀가 솔깃하지 않을 수가 없었다. 바로 카지노를 유치함으로써 얻어지는 이익으로 개관수로 공사를 벌일 수 있다는 것이었다.

---

2 회전초. 뿌리에서 분리되어 바람에 굴러다니며 종자를 뿌리는 식물. 미국에서는 텀블링 위드, 혹은 텀블링 브러시라고도 부른다.

부족은 현재 어느 지파를 막론하고 물 부족으로 여간 고통을 당하고 있는 게 아니었다. 물이 없어 농사를 못 짓는 건 차치하고서라도 다들 목 축이기에도 급급한 실정이었다. 때문에 많은 부락민들이 물을 찾아 뿔뿔이 흩어지는 통에 부락 자체가 통째로 없어지는 일이 이제 예사로울 지경이었다. 가까운 이웃인 '골짜기에 숨어 사는 사람'의 부락도 그렇게 해서 사라졌다. '팔 걷고 나서' 부락에 사는 한 노파는 손자에게 먹일 물을 얻으러 몇 마일을 걸어 부락으로 온 적도 있었다.

자신의 부락도 피드질이 틈틈이 트럭으로 물을 길어 나르고 있지만, 언제까지 그렇게 살 수는 없는 일이었다. 이미 두 가족이 부락을 떠난 일까지 있었다. 피드질이 트럭으로 실어 나르는 물을 아무 대가 없이 받아먹을 수 없다는 이유에서였다. 말려도 소용없었고 그렇게 떠나는 가족이 언제 또 있을지는 아무도 모르는 일이었다. 지금은 다행히 피드질이 틈틈이 '토닐싼(샛강)'의 물을 길어 나르고는 있어 그나마 견디고 살지만 '토닐싼'의 물마저 말라버리면 그때는 정말 큰 일이 아닐 수 없었다.

부락에는 물만 넉넉하면 다른 부족함이나 불편 따위는 얼마든지 참아낼 사람들이 살고 있었다. 하지만 물이 없으면 사람들은 결국 떠날 수밖에 없을 것이었다. 그건 다른 부락도 마찬가지일 텐데 부족의 많은 지파들이 카지노 유치보다 물 부족의 고통을 선택하는 이유를 네헤마는 이해하지 못했다. 그들이 반대할 때는 그만한 이유가 있을 거라는 걸 모르지는 않지만, 부락이 사라지고 난 뒤의 이유가 다 무슨 소용인가 싶었다. 대추장도 그 점을 강조하며 다시 한번 부락민들을 설득해 줄 것을 간곡히 호소했지만, 부락에서 누구보다 강경한 태도로 반대하는 모야그(절대 침묵하지 않는 자) 노인을 설득하는 것부터가 문제였다.

처음부터 카지노 유치를 반대하고 나선 모야그 노인은 부락을 대표해 다른 부족의 카지노 시설을 둘러보고 와서는 한층 더 완고해져서 걸핏하면 부락 사람들 앞에서 목소리를 높이곤 했다.

'내가 카지노 유치를 반대하는 건 그것이 우리의 영혼을 빨아들이고 좋은 햇볕과 맑은 공기를 잊게 할 것이고 어머니인 대지가 우리에게 일러준 모든 것들을 헛되게 할 것이라는 걸 단박에 알아봤기 때문이라오. 그리고 그것을 끌어들인 그곳 부족 사람들을 보고 더욱 확신할 수 있었지. 그곳 부족 사람들은 저기 저 추스카 산에서 서로 짝을 차지하기 위해 시퍼렇게 눈을 빛내는 코요테의 눈빛 같은 기계에 홀려서 밤과 낮을 잊고 있었고 바람에 풀잎의 이슬이 타지는 것 같은 아름다운 기계의 음향에 현혹되어 위대한 정령의 가르침에 귀를 막고 있었다오. 게다가 그들은 마멋(들쥐의 종류)의 꼬리 같은 정부의 생활보조금마저 그 기계 속으로 다 집어넣고도 내일의 삶을 걱정하지 않는 것 같았소. 그런 것에 우리가 무슨 가치를 바랄 수 있으며 거기서 이익을 얻는다 한들 무슨 근거로 기뻐할 수가 있겠소. 그런 이유들로 나는 절대 찬성할 생각이 없다오.'

모야그 노인이 말하는 폐해는 냉철한 판단과 현명한 지혜로 얼마든지 극복할 수 있다고 대추장을 비롯한 몇몇 젊은 추장들이 반박하고 나섰지만, 어느 쪽으로든 물을 찾아 뿔뿔이 흩어지는 것보다는 낫지 않을까 네헤마는 생각했다. 하지만 나이 많은 노인들을 설득하기란 쉬운 일은 아니어서 절로 한숨이 쉬어졌다. 이미 수차례 가졌던 부락 회의의 논쟁에서 어른들 쪽의 반대가 단단히 굳어진 터여서 다시 설득하기도 쉬울 것 같지 않았다. 그래도 마지막으로 한번 더 설득해볼 생각으로 네헤마는 피드질을 슬쩍 돌아보았다. 부락 어른

들을 설득하는 데 피드질의 도움이 절대적인데도 피드질은 네헤마
와는 달리 태평스레 노래를 흥얼거리고 있었다. 여태 한 번도 자신
의 의견에 반대한 적이 없던 피드질은 이번 카지노 유치안만은 전에
없이 심드렁해하는 눈치였다. 딱히 목소리를 높여 찬성하는 것도 반
대하는 것도 아니었다. 네헤마는 노래의 긴 꼬리를 머금고 부드럽게
목청을 떠는 피드질을 가만히 쳐다보았다.

모든 것이 아름답다. 내 앞의 모든 것이 아름답고,
내 뒤의 모든 것이 아름답고, 내 아래의 모든 것이 아름답고,
내 둘레의 모든 것이 아름답다.

축제 때나 행사 때 자주 듣던 노래였다. 하지만 매번 처음 듣는
듯 낯설게 느껴지는 건 아마도 처음 이곳에 당도했을 때 제일 먼저
들었기 때문일 것이라고 생각하며 네헤마는 등받이에 머리를 기댔
다. 7일간 강행했던 부족의 행사 때문인지 전신이 아플 만치 피곤했
다. 잠시 피드질의 노래에 귀를 기울이자 문득 잊고 있었던 길 멀미
가 기억의 저 끝에서 슬며시 고개를 내미는 것 같았다. 네헤마는 질
끈 눈을 감았다.
　낯익은 곳에서 낯선 곳으로의 이동은 참으로 멀고도 멀었다. 얼
마나 먼지 자신의 능력으로서는 잴 수조차 없는 이곳은, 생전 처음
타는 비행기에서 열병 같은 멀미에 시달리며 토하고 널브러지기를
수없이 거듭해야만 비로소 닿는 곳이었다. 그러고도 몇 번이나 더 차
를 갈아탔는지도 알 수 없는 혹독한 여정을 거쳐야 하는 곳이었다.
　그렇게 해서 닿는 이곳은 또 얼마나 사람을 기겁하게 만들었던
가. 얼마나 무서웠으면 길고 긴 여정의 고통이 끝났다는 안도감을

채 느껴보기도 전에 기절해 버리고 말았을까. 피드질의 부축을 받고 차에서 내릴 때 천지를 진동하던 북소리와 일제히 괴성을 질러대던 험상궂은 인상의 사람들을 어찌 쉽게 잊을 수가 있을까.

이제 공포의 정도는 가뭇없이 흐려져 생각조차 나지 않았지만, 뇌리에 깊이 새겨진 그때의 영상은 아마도 죽을 때까지 지워지지 않을 거라고 네헤마는 생각했다.

이곳 나바호 레저베이션에 오기 전에 피드질이 부족에 대해 말해주지 않은 건 아니었다. 피드질은 틈만 나면 말했다.

'우리 부족도 여기 한국 사람들과 조금도 다르지 않소. 키도 별로 크지 않고 코도 높지 않고 다만 피부색이 조금 검붉을 뿐이오. 우리 부족도 이곳 사람들처럼 옥수수 농사를 짓고 양을 기르며 살아가지만 많이는 하지 못하오. 왜냐하면, 비가 오지 않기 때문이오. 대신 우린 실버워크를 해요. 실버스미스라고도 하는데 은이나 쇠붙이를 녹여 여러 가지 세공품을 만드는 일을 하지요.'

피드질의 말은 굳이 확인할 필요가 없었다. 그의 말대로 피드질은 여느 백인 군인들처럼 키도 크지 않았고 코도 그다지 높지 않았기 때문이었다. 다만 피부색이 조금 검붉을 뿐이었다. 검붉은 피부의 남자는 주변의 시골 농부들도 많아서 이상할 것이 하나도 없었다. 게다가 피드질은 부드럽고 따스한 성품을 지니고 있었다. 그래서 미국이라는 나라의 어딘가에 피드질 같은 사람들이 모여 살고 있는 줄 알았다. 피드질의 말대로 옥수수를 심고 가축을 기르면서 뭔가를 만들면서 사는 줄 알았다. 다른 게 있다면 말일 것이었다. 하지만 말은 배우면 되는 것이었다. 부대 내 세탁소에서 한두 마디씩 영어를 배우듯 나바호어도 그렇게 배우면 될 것이었다. 그래서 뒤도 돌아보지 않고 피드질을 따라온 것이었다.

그런데 윈도우락에서 자신을 기절시킨 사람들은 피드질과 같은 사람들이 아니었다.

그 사람들은 포천에서 피드질과 함께 딱 한 번 보았던 서부영화 속의 그 인디언들이었다. 우락부락한 얼굴로 말을 타고 달리며 화살과 창을 던지며 마차에 불을 질러 사람들을 죽이고 머리 가죽을 벗기는 험상궂고 잔인한 미개인들이었다.

그 미개인들이 한꺼번에 괴성을 지르면서 달려드는데 어찌 기절하지 않고 배길 수 있었으랴. 누군가가 피드질이 자신에게 잘못한 것을 말하라고 한다면 주저 없이 서부영화 속의 인디언에 대해 말해 주지 않은 것이라고 할 수 있을 것이다. 그때 만일 피드질이 사실대로 말해 주었다고 해도 그 말을 곧이들었을까.

자신이 심한 고열에 시달리며 혼절을 거듭하는 사이 윈도우락에서 축제가 벌어졌다는 건 나중에 알았다. 온전히 정신을 차린 건 사흘이 지나서였지만 공포감이 사라진 건 아니었다. 매 순간 몸이 떨리고 심장이 조여 오는 걸 견디며 아들 존과 달아날 기회만 엿보았다. 그러나 기회는 좀처럼 오지 않았고 중단되었던 환영식이 다시 열렸다. 이번에는 다들 눈치를 살피며 조심스레 춤을 추고 조용히 노래를 불렀다.

오늘 우리는 이 아름다운 아기로 축복을 받았습니다.
그의 발이 동쪽을 향하고, 그의 오른손이 남쪽을 향하고,
그의 머리가 서쪽을 향하고, 그의 왼손은 북쪽을 향하기를,
그가 어머니 대지 위에서 평화롭게 걷고, 평화롭게 머물기를.

늦었지만 존의 탄생을 축복해 주는 노래라고 했다. 부족의 축복

이 어떠하든 한시바삐 달아나고만 싶었다. 하지만 끝내 달아날 수가 없었다. 뒤도 돌아보지 않고 한국을 떠나왔듯 돌아가는 것도 쉬울 줄 알았는데 그렇지 않았다. 비록 돌아가는 길이 죽음과도 같은 멀미에 시달릴지라도 돌아가려고 했지만, 자신에겐 한국은 영영 돌아갈 수 없는 곳이 되어 버린 것은 오래전이었다. 이젠 가고 싶지도 않았고 굳이 돌아갈 이유도 없었다. 단지 태어나고 자랐다고 해서 그리워해야 할 필요는 없었다. 세월도 셀 수 없을 만치 많이 흘렀다.

네헤마는 소리 죽여 길게 숨을 내쉬었다. 혼자 끌어안고 삭혀온 수많은 일들이 날숨을 타고 나갔다가 다시 들숨을 따라 들어왔다. 아들 존이 숨길에 턱 걸렸다.

존의 부족 이름은 니욜아쉬키(바람의 소년)이다. 니욜아쉬키로 지어진 것은 늘 바람처럼 어딘가로 돌아다니기를 좋아해서였다.

니욜아쉬키가 윈도우락의 축제에 참석하지 않은 지도 벌써 두 해가 지났다. 아들이 있었다면 축제가 좀 더 흥겨웠을까. 부족의 여느 청년들보다 키가 한 뼘이나 더 큰 니욜아쉬키는 주술적인 춤도 잘 추었고 노래하는 목청도 좋았다. 말도 잘 타서 이웃의 호피족이나 수우족과의 로데오 경기에서 이겼을지도 몰랐다.

삼 년 전 하이스쿨을 졸업한 니욜아쉬키는 의사가 되려고 했지만 입학을 허락해준 대학은 단 한 군데도 없었다. 그래도 실망하지 않고 일 년 뒤 다시 재도전했지만 결과는 마찬가지였다. 한국 땅 포천에서 태어난 니욜아쉬키는 아버지의 이름인 존으로 세상 밖으로 나가고 싶어 했지만 세상은 보호구역 밖으로 나가는 걸 선뜻 허락해주지 않았다. 그렇다고 스무 살의 젊음을 온전히 내려놓기엔 부락은 너무 좁고 답답했던지 니욜아쉬키는 원주민 관리사무국에서 보호구역 밖으로의 외출을 받아 한동안 도시와 부락을 오가더니 얼마 전부터는 아예 소식도 없이 돌아오지 않고 있었다. 소식 없는 아들이 때때로 몸이 아픈 건 아닌지, 혹 나쁜 일은 당하지 않았는지 이따금씩 애가 타고 뼈가 시렸다. 니욜아쉬키는 대체 어디 있는 걸까. 새삼 가슴이 아리고 눈앞이 흐려졌다. 걱정과 그리움이 저절로 말이 되어 나왔다.

"지금 니욜아쉬키는 대체 어디 있는 걸까요?"

네헤마의 느닷없는 물음에 피드질은 움찔 노래의 긴 음을 삼켰다. 한 번도 자식 걱정하는 내색을 보이지 않던 네헤마여서 내심 놀라지 않을 수 없었던 것이다. 피드질은 꿀꺽 마른침을 삼키고 나서 말했다.

"그 앤 어딘가에서 잘 지내고 있을 거요. 이젠 어린애가 아니니까."

"그럴까요?" 되묻고는 네헤마는 스스로를 안심시키듯 말했다.

"그렇겠죠. 잘 지내고 있겠죠. 그런데 어째서 편지 한 통도 보내지 않는 걸까요?" 하고 걱정을 숨기지 않았다.

피드질은 문득 자신의 가슴에 파랑이 이는 걸 느끼며 슬며시 팔을 뻗어 네헤마의 손을 더듬어 잡았다. 마른 가지처럼 앙상한 손에 나무 옹이 같은 마디가 도도록이 만져졌다. 피드질은 엄지손가락으로 네헤마의 손마디를 차례로 문질렀다. 손은 언제나 그렇듯 차가웠다. 피드질이 기억하는 한 네헤마의 손이 따뜻한 적은 단 한 번도 없었다. 그래서 가끔은 원래 마음이 차가운 사람이 아닐까 생각하곤 했다. 자신에게나 아이들에게 결코 다정하다고 말할 수 있는 사람이 아니기 때문이었다. 네헤마는 꼭 필요한 것 외에는 말하는 법이 없었고 잘 웃지도 않았다. 언제나 차가운 얼굴을 하고 있는 사람이었다. 그런 네헤마가 뜻밖에 니욜아쉬키를 걱정하고 있는 것이었다.

피드질은 목 안에서 치미는 따뜻한 기운을 의식하며 말했다.

"우린 그 아이의 편지보다 얼굴 보기를 더 기다리고 있지 않소. 그 아이도 그걸 알고 곧 얼굴을 보여주려고 올 거요."

"정말 그럴까요?"

"그렇소. 집이 여긴데 그 애가 돌아올 곳은 여기밖에 더 있겠소."

집이 여기라는 피드질의 말이 어떤 위로보다 마음을 놓게 했다.

"그러네요. 집이 여긴데, 여기 집이 있는데, 어딜 가겠어요."

네헤마는 중얼거리며 오랫동안 비워진 니욜아쉬키의 호건을 생각했다. 주인 없는 빈방의 썰렁함과 정적을 떠올리자 마음이 절로 움츠러드는 것 같음을 느끼며 네헤마는 말했다.

"그 애가 내일이라도 돌아올지 모르니까 미리 호건을 손봐 둬야겠군요. 그 애는 나무집보다 호건에서 지내는 걸 더 좋아하니까요. 진흙을 캐다 바람구멍을 막고 난로의 연통도 다시 고치고 새 양가죽 시트도 갖다 놓아야겠어요. 도시의 나쁜 기운을 태울 머그워트도 많이 준비해 두고 새 옷도 마련해 두어야겠어요. 그 애의 집은 여기니까요."

피드질은 새삼 눈시울이 시큰해짐을 느끼며 네헤마의 손을 힘주어 잡았지만, 네헤마는 눈으로 차창 밖을 가리키며 손을 뺐다. 좁은 구릉 사이의 모퉁이를 부딪칠 듯 돌아가는 트럭의 핸들을 얼른 두 손으로 부여잡으며 피드질은 네헤마의 손이 빠져나가도 전처럼 마음이 허전해지지 않는 걸 이상하게 여겼다. 여느 때는 아무리 힘주어 잡고 있어도 좀처럼 마음이 채워지지 않던 네헤마의 손이었다. 처음 네헤마의 손을 잡았을 때 느껴지던 차가움을 아직도 기억하고 있어서일까.

구릉 사이를 돌아나가자 멀리서 절벽이 천천히 다가오고 부락 앞

둔덕 위로는 희미하게 불빛이 떠 있었다. 피드질이 미소를 띠며 말했다.

"부락 사람들이 또 모닥불을 피우고 모여 있는 모양이군."

네헤마는 외출했다 돌아올 때면 드는, 오래전에 잃어버린 집을 겨우겨우 찾아온 듯한 안도감으로 가만히 중얼거렸다.

저기가 집이네.

4

민들레 홀씨 하나

멀리 구릉 사이를 돌아 나온 빨간색 자동차 한 대가 빠르게 둔덕 위로 달려와서는 두산의 차 옆에 덜컥 멈춰 섰다. 투 도어짜리 소형 자동차. 먼 길을 달려왔는지 지붕 위에 흙먼지가 뿌옇게 덮여 있었다. 꼭이 먼 길이 아니어도 흙먼지는 주변을 조금만 돌아다녀도 뒤집어쓰기 마련이긴 했다. 방문객인지 어떤지는 모르지만, 두산은 다른 자동차의 등장이 우선은 반가웠다.

5년 전까지는 부락의 자동차라곤 피드질의 낡아빠진 트럭과 소형 자동차 한 대가 전부였다. 그 두 대의 차로 피드질은 생필품을 사다 나르고 물을 길어 날랐다. 아침저녁으로 아이들을 학교로 데려갔다가 데려오고 부락민들의 먼 친척 방문과 나들이를 도왔다. 이제 그 차들은 보이지 않았다. 생필품을 사러 가는 것은 물론이고 물도 실어 나를 수 없을 터일 것이다. 남아있는 부락 사람들이 그런 문제들을 어떻게 해결하고 있는지 궁금해하는데 빨간 자동차에서 갓 소년티를 벗어난 듯한 청년이 내려섰다. 그는 단번에 청년을 알아보았다.

"오! 호끼?"

첫눈에 알아보고 이름을 불러주는 두산을 청년도 금방 알아보았다.

"리처드 아저씨?"

그와 청년은 서로 손을 움켜잡았다. 비쩍 말라서 볼품없던 소년기와는 달리 호끼(버려진 아이)는 못 본 사이 듬직한 체격의 청년으로 변모해 있었다. 가출한 엄마를 찾아 나간 어린 호끼를 부락 사람들과 함께 애타게 찾아다니던 어느 해 칼바람 부는 겨울날을 떠올리며 두산은 얼굴 가득 미소를 지었다.

"이제 완전히 핸섬 가이가 다 되었네."

호끼는 약간 수줍어하며 "로빈 형을 만나셨군요. 그렇죠?"라고 묻는 것으로 피드질이 기다리고 있음을 자신도 안다는 인상을 풍겼다. 부락을 떠나지 않았다는 의미로도 들려서 두산은 호끼를 칭찬했다.

"그래, 적어도 젊은 사람 한두 명쯤은 부락에 남아있어야지."

그러나 호끼의 대답은 달랐다.

"아뇨. 전 피닉스에서 지내요. 그곳에서 일자리를 얻었거든요. 오늘 여기 온 건 부락 어른들을 잠깐 돌봐 드리기 위해서죠."

하긴 젊은이들에게 불모지의 부락을 지켜달라고 할 수는 없지, 생각하며 두산은 고개를 주억거렸다. 누구나 좋은 환경을 택해 살 자유와 권리는 있었고 고향이라는 이름으로 묶어둘 수는 없었다. 90년대 중반까지도 원주민들은 허락을 받지 않으면 보호구역을 벗어날 수 없었지만, 이제는 자유롭게 거처를 옮겨가며 살 수 있게 된 터였다.

"부락을 떠나도 남아있는 어른들을 보살펴 드리는 게 저희가 할 일이니까요."하고는 호끼는 자신의 차에서 큼직한 종이봉투 여러 개를 꺼내 들었다.

"아직은 조금씩밖에 가져오지 못해요."

봉투 속에는 담배와 빵, 음료수와 통조림 등이 담겨있었다. 두산은 물을 가져왔다며 자신의 차 트렁크를 열어 보였다. 부락으로 오는 도중 마트에 들러 구입한 페트병 상자가 빈틈없이 들어차 있었다. 호끼는 짧은 휘파람 소리로 감사를 표한 후 부락은 이제 식수 정도는 걱정하지 않아도 된다며 윈도우락의 자치행정부에서 물이 부족한 부락을 찾아다니며 식수 정도는 나눠주고 있다고 말했다. 목마름이 그렇게라도 해결되고 있는 것은 여간 다행스러운 일이 아니었지만, 식수의 해결만으로는 부락의 지속을 바랄 수는 없는 일이었다. 생활용수도 식수 못지않게 중요하다고 생각하며 두산은 봉투를 갖다 놓고 다시 오겠다며 부락 어귀 쪽으로 내달려가는 호끼를 잠시 지켜보았다. 그리고는 여섯 개들이 물병 상자 두 개를 어깨에 들쳐 메고 부락으로 내려갔다. 어귀로 들어서자 가까운 초막에서 한 노인이 얼굴을 내밀었다. 원주민 특유의 무표정해 보이는 얼굴이 낯익었다. 두산은 오래전 앞장서서 자신을 둔덕 위로 쫓아내던 노인의 험악한 얼굴을 기억하며 미소를 지었다.

"아예떼 쁘에 나니나?"

무표정한 노인의 얼굴이 웃을 듯 말 듯 반가움을 드러냈다. 그는 상자에서 물병 두 개를 꺼내 노인에게 들려주었다. 물병을 받아든 노인의 손이 떨렸다. 노인은 나직하게 웅얼거렸다. 호조니!

앞서간 호끼가 불러냈는지 피드질은 자신의 목조가옥 앞에서 거의 울 것 같은 표정으로 기다리고 있었다. 로빈에게서 듣던 대로 5년 전보다 상태가 훨씬 더 나빠 보였다. 희끗희끗하던 머리는 온통 새하얘졌고 등도 많이 굽어 있었다. 몸은 야윌 대로 야위어서 뼈만 앙상했다.

두산은 맞잡은 피드질의 손이 자신보다 한 살 아래의 나이라고는 도무지 믿어지지 않았다. 50대 후반의 나이를 결코 노인이라고 할 수는 없었다. 두산은 피드질의 피폐한 모습에 할 말을 잃고 손을 흔드는 대로 그저 멀거니 쳐다보기만 했다.

애초 당일로 잠깐 다녀가려던 계획을 접고 그가 피드질의 목조가옥으로 들어간 건 거의 해가 기울 무렵이었다. 그전까지 그는 절벽 뒤쪽의 산속을 다녀왔고 부락의 노인들을 돌보는 호끼를 도왔다. 호끼와 함께 거동이 불편한 노인들을 찾아다니며 빵과 물병 담배 등을 나눠주고 노인들이 필요로 하는 작은 일손을 거들었다.

네헤마의 뒤를 이어 추장이 된 피드질은 예전처럼 부락 일을 잘 해 낼 수는 없었다. 그럼에도 추장 자리에 머물러 있는 건 부락엔 노인들만 남아있었고 피드질은 그나마 가장 젊은 사람이기 때문이었다. 건강이 많이 나쁘긴 하지만 피드질은 매일 부락을 돌며 노인들을 돌보고 틈틈이 드림캐처 같은 목공예품을 만든다고 호끼가 귀띔했다. 아마도 기력을 잃지 않으려고 애를 쓰는 것 같다는 호끼의 말을 인정해주고 싶을 만치 몸과 마음이 쇠잔해진 피드질은 해 질 무렵 호끼가 돌아가고 난 뒤 그에게 저녁을 준비해 주겠다며 목조가옥에서 기다리게 한 것이다.

피드질의 목조가옥은 달라진 건 아무것도 없었다. 다만 나무계

단 두어 개가 다른 판자로 땜질 된 것과 걸음을 옮길 때마다 삐꺽거리던 바닥 마루가 5년 전보다 한층 더 찌그덕 대는 것뿐이었다. 원래 엉성했던 거실의 나무 탁자는 이제 조금만 건드려도 흔들렸고 선반의 집기들은 그대로인 채 색이 바래져 가고 있었다. 깨진 들창문 절반이 종이로 발라진 것만 달랐다. 달라진 것은 또 있었다. 반닫이 위에 놓여있던 네헤마의 얼굴 사진과 벽면에 줄지어 붙어있던 가족사진이 모두 치워져 보이지 않는 것이었다.

그는 네헤마의 사진이 보이지 않는 것에 몹시 실망했다. 로빈에게서 피드질이 만나기를 소원한다는 말을 들었을 때 내심 가장 반겼던 것은 네헤마의 얼굴을 찍을 수 있겠다는 기대였다. 오래전 니욜 아쉬키의 호건에서 슬쩍 훔쳐 가진 네헤마의 사진을 어딘가에서 흘려버린 것을 못내 아쉬워하던 참이었다. 다행히 반닫이 위의 장방형 패널 사진 두 개는 그대로 걸려있었다. 하나는 추장 차림의 네헤마 사진이었고 하나는 군복차림인 피드질의 젊은 얼굴이었다. 그는 열려있는 뒷문으로 피드질의 기척을 확인하고는 크로스 백에서 소형 디지털카메라를 꺼냈다. 그리고는 네헤마의 전신사진에 초점을 맞추고 버튼을 눌렀다. 찰칵, 소리가 유난히 크게 났다. 그는 흠칫 놀라 뒷문 쪽을 돌아보고는 얼른 한 번을 더 찍었다. 그런 다음 저장된 화면을 돌려보았다. 천정의 그늘 때문인지 두 번 다 선명하지가 않았다.

그는 다시 벽 가까이로 다가가서 카메라를 치켜들고 버튼을 눌렀다. 연거푸 두어 번을 눌렀다. 그런 다음 의자에 앉아 찍은 사진을 되돌려보았다. 역시나 찍은 사진은 벽의 원본만큼 선명하지 않았다. 그는 크로스 백에 카메라를 넣고 잠시 가만히 앉아있었다. 피곤했다. 등받이 낮은 의자에 길게 몸을 기대고 두 손을 깍지 껴서 뒤통수를 받쳤다. 장방형 패널 사진이 곧장 눈으로 들어왔다. 그는 치아 고른 미소를 짓고 있는 젊은 피드질의 눈치를 보며 네헤마를 보았다. 부분 부분 나눠서 보았다. 먼저 이마에 흰 띠를 두르고 독수리 깃털을 꽂은 네헤마의 얼굴을 보고 그다음엔 비버 털이 장식된 긴 망토 자락을 걸친 좁은 어깨를 보았다. 큼직한 터키석이 박힌 홀(笏)과 공작 깃털 부채를 들고 있는 양손을 보고 단단한 금속의 목걸이를 몇 겹씩 두른 가늘고 긴 목을 보았다. 필요 이상의 풍성한 주름으로 흡사 부댓자루 같은 앞여밈의 상의와 긴 주름치마를 입은 가녀린 체형을 보았고, 보호구역 전체를 압축해 놓은 듯 아득히 넓은 원근의 배경과 천지간에 홀로 남은 것 같은 쓸쓸함을 보았다. 마지막으로는 먼 곳을 바라보는 갸쭉한 홑겹의 두 눈을 오래도록 바라보았다. 사진 속에서도 네헤마의 두 눈은 손을 대면 금방이라도 물기가 묻어날 것만 같았다.

그는 그 눈을 처음 본 1992년 11월의 어느 날을 기억했다. 로빈을 따라 부락을 처음 방문한 지 일 년이 훨씬 지나서였다. 그전에는 그는 네헤마의 존재를 거의 잊고 지냈다. 그렇다고 아주 까맣게 잊은 건 아니었다. 간간이 생각은 했지만 당장의 흥미나 관심도 시간이 지나면 흐려지는 법이어서 시간을 억지로 내면서까지 찾아갈 마음이 들지 않았던 것이다. 가끔 한 번씩 순이라는 이름을 가진 동양인 여추장의 정체를 궁금해하며 언제 한번은 확인해 봐야지 건성으로 벼르기는 했었다. 혹 자신이 모르는 소문이라도 있을까 하여 한동안은 LA 한인 커뮤니티에 귀를 기울이기도 했지만, 함부로 말하고 다니지는 않았다. 확인되지 않은 일을 섣불리 떠벌릴 수는 없었고 그럴 정도로 한가하지도 않았다. 한국에서 관광객들의 유입이 점차 늘어나기 시작할 때여서 다른 일에 신경 쓸 여유가 없었다. 꼭이 바빠서만은 아니었다.

그는 여전히 코리아타운의 큰 여행사에서 미처 소화하지 못한 관광객들을 양도받아 일정을 대신해 주는 처지를 벗어나지 못하고 있었다. 일이 여느 때보다 조금 많아진 것뿐이었다. 그나마도 리무진 관광버스 대여를 확보하지 못하면 타 커뮤니티로 넘어가기 일쑤였다. 일을 뺏기지 않으려고 다른 차량으로 대체하면 곧 불만의 소리가 터져 나왔다. 몇 번의 곤혹을 치른 그는 리무진 버스 구입의 필요성을 느끼지 않을 수가 없었다. 장기적으로 살아남으려면 버스 한 대 정도는 필수적으로 보유하고 있어야 할 것 같았다. 문제는 구입 자금이었다. 은행에서 빌려 쓸 수 있는 대출한도는 이미 초과 상태였고 달리 빌릴 곳도 없었다. 궁리 끝에 그는 이혼한 전처에게 도움을 청해보기로 했다.

전처는 이혼한 후에 도심의 도매시장에서 교포 상인들을 상대로 사채놀이를 하는 속칭 일수꾼이 되어있었다. 급하게 자금을 필요로 하는 상인들에게 목돈을 빌려주고 고리의 이자를 붙여 매일 일정액을 받으러 다니는 것이다.

그는 전처가 어떤 계기로 그런 일을 하게 되었는지, 무슨 자금으로 하는지를 이따금씩 궁금하게 여기긴 했지만 굳이 알고 싶어 하지는 않았다. 다만 적지 않은 자금을 필요로 하는 사채시장에 어느 정도의 액수를 풀어놓고 있는지만 궁금할 뿐이었다. 그가 알고 있는 전처는 이혼하기 전까지 사채놀이를 할 정도의 자금을 절대 가질 수가 없었다. 이혼하면서 재산이라고 할 수도 없는 소유물을 반반씩 나누어 가지긴 했지만, 미국으로 이민 오기 전까지도 양쪽 다 변변한 일자리 하나 없이 단기직과 일용직을 전전하며 궁핍하게 살았던 터였다. 이민도 가진 것 탈탈 털어 간신히 건너온 형편이었고 이민

초기 몇 년까지도 온갖 일을 함께하며 아메리칸드림을 꿈꾸어 왔기 때문이었다.

아내와의 이혼은 사사건건 충돌을 일으킬 정도의 극심한 성격 차이 때문이었다. 흔히 쉬운 말로 성격 차이 정도쯤은 극복할 수 있다고 하지만 극복하지 못할 정도의 성격 차이도 있는 법이었다.

아내는 본래 까칠하달 수 있는 성격의 소유자였다. 까칠하다기보다는 가끔은 극단적으로 치닫기도 하는 감정의 소유자였다. 연애 시절 친구 커플들과의 모임에서 조금만 비위에 거슬리는 일이 있으면 발딱 일어서서 가버리는 정도는 예삿일이라 할 수 있었다. 주변에선 아내의 성격을 지적하고 걱정했지만 그는 오히려 재미있어했다. 매력적이라고까지 생각했다. 그는 아내의 예민하고 까칠한 성격을 얼마든지 포용할 자신이 있다고 큰소리쳤고 그럴 정도로 아내를 사랑하고 있었다. 그런데도 주변의 만류를 뿌리치고 결혼을 강행하고 났을 때는 조금 지치는 느낌이 드는 걸 어쩌지 못했다.

그의 노력에도 아내의 성격은 달라지지 않았다. 틈만 나면 희망이 보이지 않는다며 그를 비난했고 생활의 어려움을 질타했다. 한국에서는 사회적 입지가 별 볼 일 없었던 만큼 그는 아내의 불만을 감수했지만, 이민 와서까지 사사건건 트집을 잡고 비난하는 데는 인내의 한계를 느끼지 않을 수가 없었다. 그는 점차 아내의 히스테리를 참을 수 없게 되어갔고 급기야는 아내와 함께 있는 시간을 피하기 시작했다. 그러면 아내는 또 그것을 트집 삼아 무섭게 힐책하고 난동에 가까운 횡포를 부리기 일쑤였다. 이러지도 저러지도 못하는 생활을 몇 년간 끌다가 먼저 이혼을 제의한 쪽은 아내였다. 아내의 이혼 사유는 그의 무능이었다.

아무리 봐도 희망이 없는 것 같아. 이렇게 살 바에야 헤어지고 혼자 자유롭게 살고 싶어.

　아내를 피곤해하긴 했어도 이혼할 생각은 추호도 없었던 그는 멀리 이국땅에서조차 아내 한 사람 보듬지 못했다는 자괴감을 느끼며 한동안 아내를 달랬다. 자신에게 좀 더 시간을 달라고 사정도 해보았다. 하지만 결핍의 상처가 깊은 아내는 그에게 시간을 줄 정도의 여유를 지니고 있지 않았다. 그는 어쩔 수 없이 이혼에 동의했지만 마음은 쓰렸다. 아이들은 아내가 맡았다. 이미 사춘기에 접어든 아이들은 아내와의 불화를 지켜보며 성장해서인지 크게 상처를 받는 것 같지도 않았고 이미 자립의 나이가 가까워서 크게 걱정하지 않아도 되었다.

　아내와 헤어진 후 그는 청소 대행업과 야간 경비원 일을 병행해 가며 얼마간의 돈을 모았다. 그리고는 은행에서 자금의 절반을 대출받아 여행사를 설립했다. 이민 온 지 십 년 남짓의 시간이 지난 뒤였다. 설립 당시 그는 절반은 성공한 셈이라며 자축했지만 현실은 달랐다. 그렇다고 쉽게 포기할 수는 없었다. 그는 고객들에게 최선을 다하고 나름의 철칙을 지키려 애쓰며 회사를 운영했다. 하지만 나름의 철칙을 지키려고 애를 쓸수록 적자는 늘어만 갔다. 주변에서 이죽거리는 소리가 들리지 않은 건 아니었지만 못 들은 척했다. 주변의 이죽거림 따윈 귀담아들을 필요가 없다는 게 그의 생각이었다. 대신 회사의 어려움을 감수해야만 했다.

　이혼 후 어쩌다 길에서 마주쳐도 쌩하니 외면해 버리던 전처를 우연히 목격한 곳은 다운타운의 도매시장이었다. 다음 일정의 고객들에게 나눠줄 기념품을 사기 위해 다운타운의 도매시장으로 가던 길이었다.

　캘리포니아주에서 가장 크다는 도매시장은 허름한 창고 같은 건

물마다 소상공인들이 빼곡하게 밀집되어 이루어진 무질서한 형태의 시장이었다. 게다가 수많은 홈리스들이 근거지로 삼고 있어서 거리는 말할 수 없이 불결했고 언제나 악취가 코를 찌르는 곳이었다. 한창 붐빌 때는 각지에서 몰려든 소매상인들과 홈리스들이 서로 뒤엉켜 지나가기조차 힘들 정도로 복잡했다. 그런 거리를 헤집고 다녀도 구입한 물품들이란 거의가 비슷비슷해서 그는 아예 시장 초입의 도매상점 한 곳을 정해 놓고 필요한 것을 사곤 했다.

이혼 후 다운타운의 봉제공장에 다니는 줄로만 알았던 아내를 우연히 목격하게 된 건 여느 때처럼 주차장에 차를 주차하고 단골 도매상점으로 가던 길이었다. 해가 중천에 뜬 아침나절이었다. 거리는 여전히 더러웠고 온갖 쓰레기들이 널려있었다. 미션에서 나눠주는 음식이 마음에 들지 않은 홈리스들은 아무 데나 먹을 걸 내던지며 다녔다. 그는 버려진 음식물을 피하고 홈리스들과 부딪치지 않으려 조심하며 단골 가게로 향했다. 구경꾼들이 길을 막고 몰려있었다. 이민 온 이래 처음 대하는 싸움판이어서 그는 발돋움으로 구경꾼들 어깨너머를 기웃거렸다. 여자 둘이 서로 머리채를 움켜잡고 바닥을 뒹굴고 있었다. 그는 산발한 머리로 거리의 오물을 전신에 묻히며 상대 여자와 맞붙어 뒹구는 아내의 모습을 보고는 몹시 경악했다. 어떻게 현장을 빠져나왔는지 기억조차 할 수 없을 정도였다. 어떤 이유에서든 사채는 절대 해서는 안 되는 일 중의 하나라는 인식이 강했던 그는 아연실색하지 않을 수 없었다. 그는 한 달에 한 번씩 만나는 아이들을 걱정했고 아이들의 장래를 염려했다. 그는 전처를 찾아가 사채 일을 그만두라고 설득했다. 아이들의 교육비와 생활비 때문이라면 자신이 모두 책임지겠다고 했다. 이혼하고부터 무섭게 살이 찌기 시작한 전처는 싸늘하게 대꾸했다.

더러운 변기통 청소하고 햄버거 먹는 거보다 더하겠어?

그는 전처의 영혼에 새겨진 결핍의 상흔들을 보았다. 처음부터 보지 못했던 건 아니었다. 보고 알았지만 심각하게 여기지 않았던 것은 시간이 지나면 자연히 나아지거나 자신이 낫게 해줄 수 있을 것으로 믿었기 때문이었다. 하지만 아내의 상흔은 자신의 능력으로는 없어지게 할 수 있는 게 아니었다. 어쩌면 영영 낫지 않을 수도 있다는 걸 깨달은 건 아내의 집을 나오면서였다.

전처는 혼외자였다. 세무사였던 전처의 아버지는 자식이 넷이나 되는 유부남이었다.

상고를 졸업한 전처의 어머니는 세무사 사무실에서 경리를 겸한 잡무 일을 맡아 하다가 스물두 살의 나이로 딸을 낳았다. 딸을 등에 업은 전처의 어머니는 기고만장해져서 본처와의 이혼을 끈질기게 요구했지만, 딸이 초등학교에 입학할 무렵에 되레 버림을 받았다. 버림받은 친모는 딸도 외면했다. 딸은 할 수 없이 아버지의 집으로 들어가 큰어머니라고 불러야 하는 본처와 한 명의 오빠와 세 명의 이복 자매들로부터 갖은 멸시와 구박을 받으며 대학을 졸업했다. 전처는 자신의 성장기를 들려줄 때마다 이를 갈았다.

식탁에 같이 앉지도 못하게 했어. 밥을 먹을 때면 그년들이 뭐라고 했는지 알아? 나더러 넌 화장실 변기통 옆에서 처먹어. 그러더라고.

그렇게 자란 아내가 먼 나라로 와서 이국인들이 어질러 놓은 오물 가득한 아파트의 화장실을 청소할 때 무슨 생각을 했을지 알 수는 있었다. 그는 미안하다고 사과했지만 아내는 받아들이지 않았다. 여기 이민 오면 처음엔 누구나 다 그런 일을 하고 살아. 우리만 그런 게 아니라고. 하고 말했을 때 아내는 거품을 물었다.

그러니까 언제까지 이러고 살아야 하는 건데! 대체 언제까지 살아야 하냐고!

어차피 고리의 이자를 목적으로 하는 사채라면 아이들의 아버지인 자신에게도 얼마든지 빌려줄 수 있지 않을까 했던 그의 생각은 전처의 집 대문을 채 두드려보기도 전에 어긋나고 말았다. 전보다 한층 더 몸이 비대해진 전처는 혼자가 아니었다. 어딘지 모르게 수상쩍어 보이는 남자와 함께 집 안으로 들어가는 전처를 보고 핸들을 돌리지 않을 수 없었던 것이다.

거의 일 년 넘게 잊고 있었던 '붉은 절벽 아래의 부락'을 떠올린 건 리무진 관광버스 대여 예약에 실패하고 나서였다. 추수감사절을 앞두고 관광객들이 몰리면서 각 여행사들이 먼저 버스 대여를 예약 선점해둔 탓이었다. 그 때문에 본국의 영세관광회사에서 겨우겨우 꾸려 보내는 관광객 팀도 받기 어려웠다. 간신히 여기저기서 일반 버스와 중형 밴 몇 대를 예약해 놓고 그는 무작정 차를 몰고 나왔다. 생각이 많아지고 마음이 어지러워질 때면 그는 늘 어딘가로 돌아다녔다. 겉으로는 새로운 관광 상품을 찾는다는 명분이었지만 내심으로는 마음을 가라앉히는 나름의 방법이었다. 전처와 함께 지낼 때도 그는 혼자 달아나듯 어딘가로 갔다가 되돌아오곤 했었다.

그는 먼저 1번 해안도로를 달렸다. 해안도로를 낀 태평양을 바라보면서 두고 온 친구들과 어머니와 형제들을 그리워했고 조국에 대해서도 생각했다. 아이들을 생각했고 현재의 삶을 분석했다. 미래에 대한 불안감으로 한숨을 쉬기도 했다.

'붉은 절벽 아래의 부락'이 떠오른 건 그런 잡다한 생각의 어느 틈새에서였을 것이다. 그는 주저 없이 핸들을 돌렸다. 해가 막 서쪽으로 옮겨 앉은 후였다.

밤늦게 광활한 모하비 사막을 건넌 그는 라플린의 단골 호텔에서 하룻밤을 묵고 다음 날 마트에 들러 텍사스주의 야구팀 모자와 약간의 먹을 것을 사 들고 로빈을 찾아갔다.

로빈은 호건에 없었다. 호건은 다른 원주민 청년이 지키고 있었다. 청년은 로빈은 며칠 동안 오지 않을 거라고 했다. 그는 로빈 없이 혼자 부락을 찾기가 망설여졌지만, 그냥 되돌아가기에는 달려온 길이 너무 멀었다. 그는 청년에게 부락으로 가는 길을 물었다. 로빈의 안내로 한번 다녀가긴 했지만, 부락으로 접어드는 길은 여러 군데의 너덜길로 갈라져 있어 자칫 헤매고 다닐 번거로움을 겪을 것 같아서였다. 다행히 청년이 일러준 길은 찾기가 쉬웠다.

부락에 도착한 그는 어귀에서 마주친 노인에게 추장을 만나러 왔다고 말했다. 영어를 알지 못하는 노인은 어디에선가 소년 한 명을 데려왔고 소년은 곧 추장을 불러왔다.

그날 처음 본 추장은 그가 상상했던 모습이 아니었다. 그렇다고 어떤 구체적인 모습을 그렸던 건 아니었다. 그는 추장이라면, 비록 여자라 할지라도 어느 정도의 우람한 풍모를 예상했었고 그에 걸맞은 위세와 쉽게 접할 수 없는 기세를 풍길 거라 여겼을 뿐이었다. 영토분쟁이 사라진 지금 예전의 전투적인 모습은 아닐지라도 한 집단을 다스릴 만한 여장부의 면모를 유감없이 발휘하지 않을까 했었다. 거기에다 지난 세월의 어떤 흔적도 약간은 지니고 있지 않을까 했었다. 그런데 아니었다.

그날 부락 안쪽 멀리에서 소년의 뒤를 따라 천천히 걸어오던 추장의 모습은 먼저 그가 상상했던 우람한 체구의 풍모가 아니었다. 멀리서도 추장 지위에 걸맞은 여장부의 면모라곤 찾아볼 수 없는 가녀린 체격의 소유자였다. 키는 중키로 띄엄띄엄 흩어진 집들 사이로 발갛게 다져진 길을 따라 아무런 서두름 없이 무심한 듯 걸어오는 모습은 한국의 여느 시골 마을 아낙과 조금도 달라 보이지 않았다. 검게 그을린 누르스름한 얼굴빛이 그랬고 햇볕에 탈색된 듯한 갈색 머리가 그랬다. 차림은 색 바랜 노란 체크무늬의 낡은 블라우스와 회색 통치마였다. 그래선지 추장은 흡사 억세 밭에 잘못 날아들어 핀 민들레를 연상케 했다.

추장은 따가운 햇볕에 얼굴을 약간 찌푸린 채 가끔씩 주변을 돌아보며 아주 천천히 느리게 다가와서는 그의 앞에 멈춰 섰다. 그리고는 그를 빤히 쳐다보았다. 로빈이 째진 눈이라고 하던 갈쭉한 홑겹의 눈이었다. 무슨 일이냐는 듯 쳐다보는 빤한 시선에도 눈매가 왠지 물안개 자욱한 강변처럼 고적해 보였고 두 눈은 강물처럼 깊고 어두웠다. 검게 그을린 피부는 거칠고 윤기가 없었지만, 얼굴 전체 윤곽은 놀라우리만치 단아했다. 정수리로 앞가르마 탄 이마는 반듯했고 눈썹은 흐트러짐 없이 가지런했다. 코는 알맞게 높았고 입술은 그린 듯 단정했다. 표정은 차갑고 무표정했다. 나이는 얼핏 가늠이 되지 않는 채로 적어도 자신과 비슷하거나 두어 살 정도는 많지 않을까 생각하며 두산은 넋을 잃고 추장을 쳐다보았다. 상상 밖의 모습에 얼른 말이 나오지 않았다. 추장도 선뜻 입을 열지 않았다. 의혹에 찬 눈빛으로 빤히 쳐다보기만 할 뿐이었다. 어딘지 모르게 경계의 빛이 엿보이는 것도 같았다. 그는 약간 긴장했다. 로빈에게서 자신의 얘기를 들었다면, 그리고 만일 한국인이라면 저렇듯 아무렇지 않게 쳐다볼 수 있을까 하는 생각에서였다. 어쩌면 로빈에게서 아무 말도 듣지 못했거나 한국인이 아니거나 들어도 오래되어 잊어버렸거나 셋 중 하나일 거라고 생각하며 그는 미소를 지어 보였다. 옆의 소년이 추장 대신 무슨 일로 왔느냐고 물었다. 그는 로빈에게서 추장의 이름을 듣고 혹시 한국인이 아닐까 하여 방문했다고 말했다. 속으로는 한국인이라면 깜짝 놀랄 것으로 기대했지만 추장은 아무런 반응을 보이지 않았다. 역시 순이라는 이름은 로빈이 잘못 알아들었거나 아니면 자신이 잘못 알아들었거나 둘 중 하나라고 생각하며 그는 한 번 더 확인하듯 말했다.

"혹시 한국 분이 아닌가 해서요."

반응이 없으면 그냥 돌아설 생각이었는데 뜻밖에도 추장이 보일 듯 말 듯 고개를 끄떡였다. 그는 자신도 모르게 왈칵 치미는 반가움에 탄성을 질렀다.

"오!"

그리고는 한국말로 재차 물었다.

"정말 한국 분 맞으세요?"

추장은 다시 고개를 끄떡였다.

"역시 제가 잘못 들은 게 아니었군요. 아이고, 반갑습니다. 이런 데서 한국 분을 다 만나다니요. 도저히 믿어지지 않네요."

그는 필요 이상 반가움을 드러내며 너스레를 떨었다. 하지만 추장은 별다른 반응을 보이지 않았다. 뚫어지게 가만히 쳐다만 볼 뿐이었다. 그는 어쩐지 김이 새는 느낌이었다. 타향에서는 고향 까마귀도 반가운 법인데 유난스럽게는 아니어도 어느 정도는 반가워해야 하는 거 아닌가 하는 생각이 들었던 것이다. 더구나 예사로운 곳이 아닌 원주민 보호구역이었다. 그는 사라지려는 자신의 미소를 억지로 돋우며 몇 마디 말로 연신 반가움을 드러내 보였지만 추장은 여전히 아무 반응을 보이지 않았다. 그는 그만 머쓱해져서 주변을 둘러보았다.

어느새 저만치 앞에서 부락 사람들이 지켜보고 있었다. 검붉고 무표정한 얼굴들에서 호기심에 찬 시선들이 쏟아졌다. 그중에서도 유독 한 남자의 시선이 따가웠다. 가까이에서 많은 원주민을 대하는 게 처음인 그는 어떻게 처신해야 할지 몰라 연신 미소를 지어 보였지만 아무도 따라 미소 짓지 않았다. 난감했다. 당황해하는 그에게 추장이 처음으로 입을 열었다.

"로빈이 누가 왔다고 했지만 이렇게 다시 찾아올 줄은 몰랐어요."

영어였다. 약간의 탁성인 목소리로 뚝뚝 끊어 말하는 단문의 영어는 매끄럽지 않았고 발음은 약간 어눌하고 딱딱했다. 한국인이면 당연히 한국말을 해야 하지 않나, 생각하는 그에게 추장이 다시 물었다.

"그런데 여긴 무슨 일로?"

그는 그만 할 말을 잃고 말았다. 방금 확인차 방문했다고 말해주었지만 그게 목적으로 받아들여지지 않으니 정말 무슨 일로 왔나 싶었다. 제어할 틈도 없이 왜 저렇게 태도가 뻣뻣하지, 하는 아니꼬운 생각이 불쑥 치밀어 올랐다. 표정도 냉랭하기 이를 데 없어서 더 이상 어떤 교감도 기대하기 어려울 것 같았다. 괜히 왔다는 후회와 함께 부락 사람들 보기에도 민망해서 그는 입맛이 썼다. 이쯤에서 미련 없이 돌아서는 게 낫겠다 생각하는데 모여선 사람들 속에서 노인 한 사람이 천천히 추장에게로 다가갔다. 노인은 나직이 추장에게 뭐라고 속삭였다. 노인의 입에서 츠, 크, 흐 같은 발음이 새 나왔다. 그는 알아들을 수 없는 노인의 말을 들으며 돌아설 기회를 엿보았다. 잠시 뒤 노인은 그를 향해 돌아서서 미소 띤 얼굴로 왼쪽 가슴에 손을 대며 말했다. 호조니! 잠깐의 틈을 두고 추장의 입에서도 어눌한 말소리가 새 나왔다.

"우리 집 가서 차 마시고 가시요."

한국말이었다.

추장의 집은 붉은 절벽 가까이에 지어진 목조가옥이었다. 집터는 다른 데보다 지대가 높은 절벽 자락 아래였고 집은 사람 키만큼 돋워지어서인지 대여섯 개 정도의 계단을 올라 쪽마루 같은 데크(deck)에 서면 마을 전경이 한눈에 내려다보였다. 집 앞 너른 마당 한쪽에는 진흙으로 만든 화덕과 낮은 토벽의 움막이 있었고 띄엄띄엄 흩어진 호건과 초막 너머로 시선을 던지면 멀리 구불거리는 구릉의 등선이 바라보였다. 목조가옥 뒤로는 절벽 자락이 비스듬히 흘러 내리고 중턱쯤에는 세 채의 호건이 띄엄띄엄 지어져 있었다.

목조가옥의 실내는 두 칸으로 나뉘어 하나는 거실로 하나는 곡식 저장용으로 사용되고 있는 듯했다. 그는 거실로 안내되었다.

기대했던 것과는 판이한 추장의 냉담에 마음이 상한 채로 노인의 권유와 부락 사람들의 시선에 떠밀리다시피 추장을 따라온 그는 거친 질감의 나무 의자에 앉아 방안을 두리번거렸다. 좁고 작은 장방형의 실내에는 출입문 외에 뒷문이 하나 더 있었다. 뒷문은 닫혀 있었지만, 나무막대기를 받쳐 열어둔 들창문으로는 햇볕 쏟아지는 황톳빛 너른 앞마당이 내다보였다.

들창문 위의 선반에는 진흙으로 빚은 듯한 토기 찻잔과 접시, 플라스틱 제품의 물컵들이 나란히 얹혀있었고 옆방과 칸을 나눈 엉성한 나무 벽에는 장식 띠처럼 사진들이 옆으로 아래로 길게 줄지어 붙어있었다. 맞은편 벽 쪽에는 거칠게 짜 맞춘 반닫이 두 개가 나란히 놓여있었고 반닫이 위에는 세공품을 담은 작은 상자들이 뚜껑이 열린 채 나란히 진열되어 있었다. 상자 뒤로는 검은색 테두리를 두른 큼직한 사진틀이 놓여있었다. 사진틀에는 프레임 가득히 확대된 추장의 얼굴이 들어있었다. 사진 속의 추장은 방금 전에 본 추장이리라고는 믿어지지 않을 정도로 젊은 얼굴이었고 뚜렷한 흑백의 명암 탓인지 놀랍도록 아름다웠다.

그는 눈을 크게 뜨고 유심히 사진을 쳐다보았다. 흘러내린 머리카락 몇 올이 걸쳐진 이마 아래의 두 눈은 방금 전 자신을 뚫어져라 쳐다보던 눈이 아니었다. 어디를 보는지 시선이 아주 멀리 가 있었다. 표정은 쓸쓸했지만 기품이 있었다. 어디에도 화려한 유흥가의 흔적은 찾아볼 수가 없었다. 그는 다시 반닫이 위쪽으로 시선을 들었다. 몇 가닥 빛살이 새드는 거친 나무 벽에 긴 장방형 패널 사진 두 개가 더 걸려있었다. 모두 흑백사진으로 하나는 미 육군 군복차림인 원주민 남자의 얼굴이었고 다른 하나는 부족의 전통 복장 차림인 추장의 전신사진이었다. 온화한 표정으로 치아 고른 미소를 짓고 있는 군복차림의 남자는 누가 말해주지 않아도 추장의 남편이라는 걸 금방 알 수 있었고 옆의 추장은 제대로 격식을 갖춰 입고 있어서인지 한결 위엄이 서리고 기품이 있어 보였다.

그는 두 개의 패널 사진을 번갈아 보면서 뒤늦게 신선한 충격을 받았다. 동시에 비현실적인 느낌도 지울 수가 없었다. 아마도 원주민 보호구역이라는 지역의 특수성 때문일 것이었다. 문명과는 거리가 멀고 세상과도 담을 쌓고 살아가는 폐쇄적인 집단이 외부인의 출입조차 꺼리면서 어떻게 먼 곳에서 온 이방인의 여자를 추장으로 추대할 수 있는지 좀처럼 이해가 되지 않았다. 로빈은 부락에 끼친 공로 때문이라고 했지만, 당시의 그로서는 선뜻 이해할 수 없는 일 중의 하나였던 것은 1992년은 전반적인 여성 우대의 시대가 결코 아니었다. 근현대의 격동기를 거치면서 여성에 대한 인식이 급격히 변하고는 있었지만, 대다수 사회에서는 여자는 여전히 약하고 보호받아야 하는 수동적인 존재로 취급받을 때였다. 더구나 인디언 보호구역이었다. 그는 반닫이 위의 젊은 네헤마와 추장 차림의 네헤마를 번갈아 보고 또 보았다.

　그때 새긴 눈의 기억은 네거티브 필름 같아서 생각이 네헤마의 근처만 얼씬거려도 영상이 뚜렷이 재생되곤 했다. 언제든 비춰볼 수 있었고 어디서든 꺼내 볼 수 있었다. 그것은 작은 위안이었고 소소한 기쁨이었다. 하지만 이제는 날로 감퇴하는 시력과 함께 눈의 기억도 서서히 흐려져 재생이 선명하지 않았다.

　그는 반닫이 위에서 치워진 네헤마 사진을 몹시 아쉬워하다가 급히 자세를 고쳐 앉았다. 쟁반을 든 피드질이 들어오고 있었다. 피드질은 탁자에 찻잔을 내려놓으며 이제 겨우 차를 끓여왔다고 말했다.

　"조금만 더 기다려주면 곧 저녁을 준비해 오겠소."

　그는 사양하는 대신 고개를 끄떡였다. 집 안으로 들어오기 전 피드질이 자신의 저녁 대접을 받아달라고 간곡히 청했기 때문이었다. 그는 도와주겠다는 제안을 거절하고 서둘러 밖으로 나가는 피드질의 굽은 등을 불편한 눈으로 쳐다보며 자신을 기다렸던 이유가 편치 않은 몸으로 저녁을 지어줄 만큼 중요한 것인가를 생각했다. 하지만 아무리 머릿속을 헤집어 봐도 딱히 자신을 기다릴만한 이유가 짚이지 않았다. 잠시 기다리면 알게 되겠지 생각하며 그는 찻잔을 들여다보았다.

　피드질이 끓여온 차는 머그워트였다. 머그워트 티는 말린 인디언 쑥을 달인 것으로 차라고 하기보다 한약에 가까웠다. 꿀을 넣어주긴 하지만 쓴맛이 강해 기호에 맞지 않았다.

그는 선뜻 손이 가지 않는 찻잔 속의 머그워트 티를 멀거니 들여다보았다. 차는 두어 군데 이가 빠진 불그레한 단지 모양의 찻잔에 담겨 옅은 기름 막을 띄우고 있었다. 기름 막 위로 부락 앞 구릉 너머의 인디언 쑥밭과 깨진 플라스틱 바가지로 조금씩 물을 흩뿌려주던 네헤마의 모습이 어른거렸다.

머그워트 티는 네헤마가 키우고 말려둔 인디언 쑥으로 끓인 것일 터였다. 그 쑥이 아직도 남아있었는지가 궁금했다. 세월이 많이 흘렀다. 많이 흘렀다고 생각하자 오래전의 시간이 도르래에 말린 듯 끌어올려져 탁자에 내려앉았다.

오래전에도 탁자에 놓아진 것은 머그워트 티였다.

목조가옥에 자신을 앉혀놓고 사라진 네헤마가 한참이 지나서 가져온 것이었다. 색깔이 검어서 커피인 줄 알았다. 얼핏 한약 같은 냄새가 맡아지긴 했지만 커피는 기호에 따라 각각의 맛이 다르기도 해서 별 의심 없이 한 모금 마셨다가 하마터면 토할 뻔했다. 물어보지 않은 잘못보다 차를 가져다주고도 말 한마디 건네지 않는 게 더 괘씸해서 있는 대로 인상을 썼다. 네헤마가 영어로 말했다.

"머그워트 티입니다."

머그워트 티? 처음 듣는 이름이었다. 그가 의아해하자 네헤마가 다시 한국말로 말했다.

"쑥 삶은 거요."

'삶은'이 살먼으로 들렸다. 오랫동안 모국어를 쓰지 않아서일 거라고 생각하자 괘씸함이 눈 녹듯 사라지는 걸 느끼며 그는 물었다.

"아, 쑥이요? 여기서도 쑥이 자랍니까?"

"물, 주면요."

그때는 네헤마가 말하는 쑥이 한국의 야산 어디에서나 흔히 볼 수 있는 그런 쑥인 줄 알았다. 그게 인디언 쑥이라는 걸 안 것은 훨씬 나중의 일이었다. 인디언 쑥은 웬만큼 메마르고 척박한 곳에서도 자랄 만큼 강인한 생명력을 지니고 있지만, 보호구역 같은 황무지에서는 보기 어려운 식물이고 주로 약재로 쓰인다는 걸 안 것도 훨씬 뒤였다. 그때는 그저 한국에서 흔한 쑥을 부족에서는 차 대용품으로 키우나보다 생각했을 뿐이었다.

그는 한 번 더 맛을 보았다. 꿀을 넣었는지 달았지만 쓴맛이 훨씬 강했다. 한약 같아서 자신의 기호에는 맞지 않았다. 그는 찻잔을 내려놓고는 슬쩍 네헤마를 쳐다보았다. 시선이 마주쳤다. 시선이 마주쳐도 차가 입에 맞지 않느냐는 말 같은 건 묻지 않았다. 대신 쳐다보는 시선이 조금 누그러진 듯했다. 시선이 누그러지자 고적해 보이는 눈매가 한층 더 고적해 보였다. 그는 물었다.

"여긴 언제 오신 겁니까?"

네헤마의 표정이 다시 싸늘해졌다. 누그러진 듯한 시선에도 의심의 빛이 어른거렸다. 마치 그런 걸 왜 묻느냐는 듯한 눈빛이었다. 묻지 말아야 할 것을 물은 건 아니었다. 대답하기 싫으면 그만이지, 기분이 나빠진 그는 네헤마의 시선을 맞받았다. 이래저래 냉대받는 것에 불쾌한 빛을 숨기지 않자 네헤마는 슬며시 찻잔 쪽으로 시선을 돌렸다. 시선을 돌린 눈매는 쓸쓸했고 표정은 여전히 차가웠다. 한 얼굴에서 어떻게 두 가지 분위기가 공존할 수 있는지 의아했지만 그런 차이 때문인지 그는 불편한 심사이면서도 좀처럼 시선을 뗄 수가 없었다.

그는 눈앞의 나이 든 네헤마와 반닫이 위의 젊은 네헤마를 번갈아 쳐다보았다. 실재와 인화지의 극명한 차이에도 불구하고 어느 쪽도 눈을 뗄 수가 없었다.

사진은 이제 보이지 않았다. 앞으로도 영영 볼 수 없을지 몰랐다. 그는 사진이 놓였던 빈자리를 쳐다보며 혼잣말로 중얼거렸다. 대체 사진을 왜 치운 거지? 피드질에게 물으면 당연히 대답해줄 터이지만 그는 자신이 절대 묻지 못할 거라는 걸 알았다.

어느새 실내가 어슴푸레 어두워지고 있었다. 그는 의자에서 일어나 들창문 밖을 내다보았다. 멀리 구릉 너머로 낙조가 잔불처럼 사위어가고 있었고 오후 한때 호끼가 잔바람처럼 휘젓고 간 탓인지 해질 녘의 부락은 한층 더 적막했다. 어디에서도 인기척조차 들리지 않았다. 그는 들창문 밖을 한참 기웃거리다가 뒷문 밖의 데크로 나가 비스듬히 치켜 오른 언덕 중턱을 바라보았다. 열 걸음 정도의 간격을 두고 위아래로 엇비슷이 지어진 세 개의 호건 중 가운데 호건만 문이 열려있었다. 희미하게 불빛이 새어 나오는 거로 보아 피드질이 저녁 준비를 하고 있는 모양이었다. 뭘 만드는지 시간이 꽤 걸린다 싶었다. 어쩌면 나바호 타코를 만들고 있는 건 아닌가 싶었지만 이내 고개를 저었다. 나바호 타코는 손이 많이 가는 음식으로 몸이 편치 않은 피드질이 굳이 빵을 튀기고 콩을 삶고 고기를 다져야 하는 번거로움을 택할 것 같지는 않았다. 그래도 그 요리를 하고 있다면 말려야 하나 어째야 하나 생각하며 그는 잠시 데크를 서성이다가 다시 실내로 들어와 의자에 앉았다. 눈앞에서 잊혀진 차는 미지근하게 식어있었다.

그는 한약을 삼키듯 머그워트 티를 한 모금 찔끔 마셨다. 쓰고 달았다. 5년 전, 피드질이 네헤마가 말려둔 쑥이 얼마 남지 않았다며 낙심하던 것이 생각났다. 그 쑥이 아직도 남아있었던 건지 아니면 피드질이 재배를 계속하고 있는지 궁금했지만 머그워트 티를 그만 마시라고 피드질에게 조언했던 것을 그는 기억했다.

　LA 코리아타운의 한의사에게 쑥의 효능에 관해 물어본 건 만나는 원주민마다 머그워트 티를 얘기하면 다들 고개를 갸웃거렸기 때문이었다. 인디언 쑥은 기침을 하거나 무릎의 관절이 나쁠 때 약으로 조금씩 마실 뿐 차로는 마시지 않는다는 것이었다. 물론 많이 마셔도 크게 나쁘지는 않다면서도 한의사는 장기간의 복용은 권할 수 없다고 했다. 자칫 몸이 냉해지는 부작용이 있을 수 있다는 것이었다. 이걸 피드질은 아직도 마시고 있나 보다 생각하며 그는 할 일 없이 다시 낮은 등받이에 허리를 기대고 뒤로 길게 몸을 폈다. 반닫이 위의 패널 사진이 곧장 눈으로 들어왔다. 어둠이 거뭇거뭇 번져가는 벽에서 추장 차림의 네헤마는 이제 몽화처럼 흐릿해 보였다. 그는 눈을 감았다. 피로가 해일처럼 전신을 덮쳐왔다. 그는 피로를 떨쳐내려 애를 쓰며 네헤마의 말을 들었다.

　"여기 스무 살 때 왔으니까,"
　이곳에 언제 왔느냐는 물음에 대한 답을 듣기는 틀렸다고 거의 포기했을 때쯤 네헤마가 말했다.
　그는 스무 살이라는 말에 흠칫 놀라며 구부렸던 상체를 곧추세워 앉았다. 맞은편 탁자 바투 아래서 차례로 접히고 펴지는 네헤마의 열 손가락이 보였다. 손가락을 꼽아보는 손이 몹시 거칠고 투박했다. 손톱 끝은 하나 같이 갈라지고 거뭇거뭇했다. 그는 네헤마의 거친 손과 얼굴을 번갈아 쳐다보았다. 네헤마는 얼굴을 들지 않은 채 말했다.

"이제, 스물두 해가 되었네요."

스무 살에 와서 이십이 년째라면 나이가 마흔두 살이라는 소리였다. 마흔두 살은 자신보다 다섯 살 아래의 나이였다. 적어도 자신과 같거나 두서너 살쯤 많을 거로 짐작했던 그는 뜻밖의 나이에 놀라며 네헤마를 새삼 유심히 살펴보았다. 햇볕에 검게 그을린 얼굴이 비록 거칠긴 해도 나이를 알고 봐서인지 푸릇하게 남은 젊음이 엿보이긴 했다. 애리조나주인지 콜로라도주인지 모를 서북부의 따가운 햇볕에서는 누구나 겉늙기 마련이긴 했다. 게다가 물마저 귀한 곳이었다. 그는 미간을 찌푸리며 다시 반닫이 위를 쳐다보았다. 처음 볼 때보다 흑백사진 속의 네헤마가 한층 더 아름답게 느껴졌다. 아마도 겉늙은 모습에서 느껴지는 안타까움 때문인지도 몰랐다. 옆의 세공품에 박힌 큼직한 터키석이 흑백사진 옆에서 유독 파랗게 두드러져 보였다.

터키석은 특유의 청록색을 자랑하지만, 광채가 없다. 빛이 없어서 보석이긴 하지만 보석으로 취급받지 못하는 준보석이다. 그는 온통 나무 재질뿐인 실내와 여기저기 눈에 띄는 허름한 생활용품들을 돌아보았다. 마흔두 살의 아름다운 여인이 허름한 목조가옥 안에서 아무런 빛도 없이 앉아있는 것이 한순간 허상처럼 느껴졌다. 그는 실체를 확인하듯 물었다.

"로빈이 그러던데, 부락에서 직접 세공품을 만든다고요?"

네헤마는 잠깐 머뭇거리다 대답했다.

"에, 쪼끔 씩요."

"추장님도 직접 만드세요?"

이번에는 대답 대신 고개를 끄떡였다. 그는 네헤마의 갈라진 손톱을 한 번 더 확인해 보려고 허리를 곧추세웠지만 보이지 않았다.

불쑥 생각지도 않았던 말이 툭 튀어나왔다.

"로빈이 세공품 판매가 어렵다고 하던데 제가 좀 도와드려도 될까요?"

별생각 없이 말해놓고 나서 그는 내심 당황했다. 네헤마는 의아한 눈으로 쳐다보았다. 그는 어색하게 웃어 보이며 생각나는 대로 다운타운의 거대 도매시장과 LA 코리아타운의 한인 소매상들에 대해 떠벌리기 시작했다. 캘리포니아주 전체의 소매상과 휴일마다 열리는 벼룩시장에 대해서도 얘기했다. 말을 하면서 그는 네헤마가 어쩐지 자신의 말을 알아듣지 못한다는 느낌을 받았지만, 도중에 말을 끊거나 의문을 나타내지 않아서 얘기를 계속했다. 말을 마치자 네헤마는 기다렸다는 듯 물었다. 영어로 물었다.

"선생님은 레저베이션 어디에서 살아요?"

순간 그는 자신의 귀를 의심했다. 네헤마는 자신이 살고 있는 지역적 특성과 위치에 대해서 아무것도 모르는 눈치였다. 어떻게 모를 수가 있을까 싶었지만, 한국에서 곧장 보호구역으로 왔다면 모를 수도 있겠다는 생각이 들긴 했다. 낯선 이국의 땅은 누가 말해주지 않으면 모를 수밖에 없는 데다 특히나 출입이 자유롭지 않은 보호구역이었다. 문득 원주민이 아닌 한국인도 바깥출입에 제한을 받고 있는 건 아닌가 하는 의문이 들었다. 그렇지 않고서는 자신이 살고 있는 입지적 상황을 모를 수가 없을 것이었다. 행여 자신이 미처 알지 못하는 어떤 제약을 받고 있는 건 아닌지 물어보려는데 이미 사진으로 낯을 익힌 네헤마의 남편이 기척도 없이 들어섰다. 부락 어귀에서 강한 눈빛으로 쏘아보던 바로 그 남자였다. 네헤마가 의자에서 일어서며 남편을 소개했다. 이름이 피드질이었다. 그는 왠지 모르게 불안과 적의가 실린 눈빛인 피드질의 손을 잡고 악수를 한 다음 명함을 내밀었다. 피드질은 명함을 건성 훑어보고는 관심 없다는 듯 탁자 위에 내려놓으며 네헤마에게 뭐라고 나직하게 말했다. 그가 알아듣지 못하는 나바호어였다. 두 사람은 잠깐 짧은 대화를 주고받았다. 무슨 내용인지 모르지만 대화의 끝은 피드질이 의자에 앉는 것으로 끝이 났다. 네헤마는 잠시 멈췄던 질문을 반복했다.

"선생님은 그럼 어느 레저베이션에서 사나요?"

그는 피드질을 힐끗 쳐다보았다. 피드질은 시선을 피했다. 검붉은 얼굴에 당혹감이 서려 보였다. 그는 왜 그런지를 알 것 같았지만 모른 척 목소리를 조금 높여 한국말로 말했다.

"저는 인디언 레저베이션이 아닌 캘리포니아주 로스앤젤레스라는 곳에서 살고 있습니다. 그중에서도 우리 교민들이 많이 모여 사는 코리아타운에 거주하고 있지요."

네헤마는 잠시 어리둥절한 표정이다가 말을 받았다.

"그럼 그곳은 코리안 레저베이션이겠네요."

그는 기가 막혔다. 그는 한 번 더 힐끗 피드질을 쳐다보고는 자신이 살고 있는 곳은 레저베이션이 아니라 그냥 우리 교민들이 모여 사는 곳일 뿐이라고 말해주었다. 네헤마는 얼른 이해가 되지 않는 표정으로 두어 번 눈을 깜박였다. 그리고는 짧게 반문했다.

"교민, 들이 누군데요?"

이번에는 영어가 아닌 한국말이었다. 그는 아마도 교민이라는 말을 잊어버린 모양이라고 생각하며 같은 동포들이라고 고쳐 말해주고는 이민 온 한국 사람들이 한데 모여 LA에 작은 커뮤니티를 이루며 살고 있다고 설명했다.

"한인 커뮤니티는 LA만 있는 게 아닙니다. 동포들이 많이 모여사는 곳이면 미국 전역 어느 곳이든 다 있어요."

네헤마는 많이 놀라는 눈치였다. 보호구역이 세상의 전부로 알고 있었다면 당연히 놀랄 수밖에 없을 것이지만 그럴 정도로 보호구역 밖 사정을 모르고 있다는 것이 그는 언뜻 이해가 되지 않았다. 보호구역 밖으로 여행 나간 적도 없는지 의아했다. 물론 원주민들이 보호구역 밖의 출입에 제약을 받고 있는 건 알지만 그건 원주민들에게나 해당하는 일이지 외국인인 네헤마에게는 적용되지 않을 것이었다. 어쩌면 원주민과 결혼했으니 또 다른 어떤 규제조항이 있는지도 모르겠다고 생각하는데 네헤마가 또 물었다.

"거기는 여기서 얼마나 가야 해요?"

부락에서 LA까지는 세 개의 주를 거쳐야 갈 수 있는 거리였다. 그 먼 거리를 어떻게 설명해야 할지를 몰라 하며 그는 말했다.

"여기서 아주 멀어요. 자동차로 쉴 새 없이 달려도 하루가 꼬박 걸릴 정도지요. 하지만 그렇게는 갈 수가 없으니까 중간에서 하룻밤 쉬었다 가야 해요. 말하자면 이틀거리인 셈이죠."

네헤마는 이틀거리가 짐작이 되지 않는지 잠깐 생각을 더듬다가 다시 또 물었다.

"거기는 어느 나라 말을 하고 사나요?"

모르니까 궁금할 수밖에 없을 것이지만 묻지 않아도 알 수 있는 것을 묻는 네헤마의 질문을 어이없어하며 그는 한 번 더 피드질을 흘겨본 후 한국 사람들끼리는 당연히 한국말을 하고 살지만, 주류사회에서는 영어를 쓴다고 말해주었다. 그리고는 네헤마가 뭔가를 더 묻기 전에 얼른 먼저 물었다.

"한국엔 자주 다녀오시는 편이세요?"

그 물음에 대한 네헤마의 답은 없었다. 말없이 맞은편 벽 쪽을 쳐다보는 갸름한 홑겹의 두 눈에 알 수 없는 감정들이 얼핏 설핏 스치는 것만 보였다. 그는 궁금한 것을 또 물었다.

"혹 한국 다녀오시는 데 무슨 문제 같은 건 없나요?"

네헤마는 의아한 표정으로 "무슨 문제요?"하고 되물었다. 어투로 보아 한국으로의 왕래는 자유로운 모양이라고 그는 생각했다. 그러면 보호구역 밖의 출입도 아무 문제가 없을 것이다. 그런데도 보호구역 밖으로 한 번도 나가본 적이 없었다면 그건 아마도 다른 문제일 것이다. 그는 눈으로 탁자 위에 놓인 자신의 명함을 가리키며 말했다.

"언제 시간이 되시면 LA에 한 번 오시죠. 우리나라 사람들도 만나고 구경도 하실 겸 해서요."

인사치레이긴 했지만 정말로 LA로 온다면 기꺼이 안내를 맡겠다고 생각하며 그는 "LA는 구경할 게 아주 많습니다. 디즈니 월드도 있고 유니버설 스튜디오도 있고……"라고 떠벌리다가 자신을 노려보고 있는 피드질의 시선과 마주쳤다. 피드질의 시선에서는 빨리 가주기를 바라는 눈치가 역력해 보였지만 그는 모르는 척 붉은 토기 찻잔을 들고 머그워트 티를 한 모금 마셨다. 그새 식어버린 머그워트 티는 더 쓰고 달았다. 한약도 차도 아닌 애매한 맛에 미간을 찌푸리며 찻잔을 내려놓는데 네헤마가 지나가듯 물었다.

"거기선 김치도 담가 먹나요?"

지나가듯 묻지만 약간의 탁성인 말소리에 깃들여 있는 간절함을 그는 놓치지 않았다.

김치는 모국이 심어준 미각의 유전인자이다. 관광객 중에는 여행길에서 하루만 지나도 김치 찾는 사람이 꼭 있기 마련일 정도로 한국인들 미각의 시원이라 할 수 있을 것이다. 네헤마는 오래도록 보호구역에 갇혀 살았다. 김치 생각을 한 번도 하지 않았다면 거짓말일 것이다. 그는 짐짓 목소리를 높여 아, 그럼요. 하고는 말을 이었다.

"김치만 아니라 다른 음식도 다 해 먹습니다. 솜씨 좋은 사람들은 만들어 팔기도 하고요. 한국 음식점도 많아서 먹고 싶은 건 마음껏 골라 사 먹을 수도 있지요. 그러니까 오시기만 하면 제가 김치뿐 아니라 먹고 싶은 거 전부 다 대접해 드리겠습니다. 저기 명함에 적힌 번호로 전화만 하시면 언제든 제가 안내를 해드리지요."

호기롭게 말했지만, 네헤마는 끝내 명함을 보지 않았다. 나중엔 소중히 간직하고 있었다는 걸 알았지만 그때의 네헤마에겐 명함 같은 건 아무 소용이 없었다. 왜 소용이 없었는지를 알았을 때의 충격은 컸다. 그녀는 글을 읽을 줄 몰랐다.

5

스물세 번째 타-칠(작은 식물 3월)의 달

타-칠의 달이다. 타-칠은 작은 식물이라는 뜻이다.

목조가옥의 곡식 저장 방에서 호두 한 줌을 꺼내 들고 호건으로 올라가다가 네헤마는 문득 걸음을 멈추었다. 길옆 비탈 쪽에 막 땅거죽을 뚫고 올라오는 푸른빛의 싹을 보고서였다. 아직도 차가운 골짜기의 바람이 때때로 흙먼지를 품고 심술을 부리는 날이 잦은데도 싹이 트는 걸 보니 타-칠(작은 식물의 달)이긴 한 모양이라고 생각하며 네헤마는 싹 주변에 방해가 될 것 같은 돌멩이 몇 개를 치워준 뒤 부락 너머 멀리 구릉 쪽을 바라보았다.

어귀 쪽의 둔덕과 절벽 모서리 사이에서 비껴든 아침 햇살이 부락을 건너뛰어 멀리 구릉의 능선 쪽에 걸터앉아 있었다. 어슷비슷 겹겹이 포개진 구릉의 능선들이 얼핏 설핏 연둣빛이 어리고 있었다. 연둣빛은 타-칠의 달이 곧 타-쬬(큰 식물의 달 4월)의 달이 된다는 신호였다.

타-쪼의 달이 되면 구릉들은 모두 초록색으로 뒤덮인다. 구릉뿐만 아니라 부락 주변 일대가 파랗게 바뀌는 것이다. 일 년의 절반 넘게 긴 건기와 한겨울 칼바람을 견딘 땅이 겨울철 우기 때의 눈과 비와 진눈깨비 모두를 흠뻑 빨아들인 덕분이었다. 그 덕분에 부락 주변은 온갖 꽃이 피고 나무는 빠짐없이 새순이 돋고, 씨앗을 뿌리면 이내 싹이 트고 산에는 약초가 자라고 야생 베리는 열매를 맺는다. 부락 사람들이 일 년 중 가장 행복해하는 계절이 되는 것이다. 하지만 초록빛 생명은 아주 짧다. 풀은 오래도록 양의 배 속을 채워주지 못한 채 말라가고 꽃은 피면서 이내 시든다. 야생 베리는 넉넉하게 열매 맺을 기회조차 얻어보지 못하고 옥수수 알갱이는 따가운 햇볕에 거의 타버리고 만다. 물이 없기 때문이다. 물만 있으면, 이곳은 비가 오지 않아도 얼마든지 지낼 만한 곳이라는 걸 스물두 번의 타-칠의 달을 보내고 이제 스물세 번째의 타-쪼의 달을 기다리며 알아낸 일이다. 그런 것을 자신보다 훨씬 더 오래 살았을 부락의 어른들은 모르지 않을 텐데 어째서 개관수로 공사를 할 수 있는 카지노 유치를 반대하는지 알 수 없어 하며 네헤마는 부락을 내려다보았다.

피드질이 아이들을 싣고 학교로 데려다주러 간 뒤의 부락은 늘 그렇듯 조용했다. 로빈의 할머니 웨노나(첫딸)만이 자주색 숄을 두르고 멀리 공터의 카드(노간주) 나무 아래에 조는 듯 앉아있을 뿐이었다. 햇볕을 기다리고 있는 것 같았지만 구릉 쪽으로 건너뛴 햇볕은 한참 후에서나 부락에 내려앉을 것이었다.

웨노나는 아직 바람이 찬 데도 밖에 나와 앉아있는 날이 요즘 부쩍 잦았다. 그건 기력이 쇠하여 가는 걸 뜻했다. 웨노나의 쇠약이 워즈-체인드(날카로운 목소리 2월)의 달에 불던 흙바람처럼 마음을 스산하게 하는 걸 느끼며 네헤마는 두 아이의 산고 때 손을 잡고 격려해 주던 웨노나의 든든함을 떠올렸다. 그 든든함은 첫 아이 존을 낳을 때의 외로움과 서러움과 공포를 지우고도 남았다. 내게는 카호(엄마) 같은 분. 중얼거리며 네헤마는 햇볕이 얼른 웨노나에게 내려앉기를 바라며 호건으로 들어갔다. 그리고는 서둘러 갈던 옥수수를 마저 갈았다. 잘 연마된 넓적하고 둥근 돌확으로 평평한 화강암 바닥에 반쯤 갈다가 만 옥수수에다 가져온 호두를 넣고 마저 갈았다. 잣도 한 줌 섞어 돌확을 공 굴려 가며 갈았다. 가루는 반은 죽을 쑤고 반은 밀떡을 부칠 생각이었다.

이곳에 옥수수 밀떡이 있다는 것이 네헤마에게는 여간 다행스러운 일이 아니었다. 나바호 타코 같은 음식이 아무리 맛있다고 해도 자신에게는 좀처럼 입맛에 맞지 않았고 다른 음식도 마찬가지였다. 하지만 밀떡은 그렇지 않았다. 먹을 때의 쫀득한 식감과 맛의 고소함이 한국의 떡과 같아서인지도 몰랐다. 그래도 가끔은 입맛을 잃고 끼니를 거를 때가 많았다. 밥과 김치가 먹고 싶어서였다. 임신했을 때는 특히 심했다. 피드질에게 쌀과 배추를 구해달라고 해서 만들어 먹기도 했지만 어떻게 해도 본래의 맛이 나지 않았고 만들기도 쉽지 않았다. 어쩔 수 없이 포기하고 지낸 지 오래였다. 이제는 한국의 음식이 어떤 것이었는지도 잘 기억나지 않았고 구체적인 맛의 미감도 세월의 두께에 눌려 거의 잊고 지냈었다. 그런데 그 사람, 한국 남자. 네헤마는 죽을 끓이고 밀떡을 부치면서 생각했다.

처음 로빈에게서 어떤 한국 남자가 만나고 싶어 한다는 말을 들었을 때 제일 먼저 든 생각은 엉뚱하게도 차지고 고슬고슬한 흰밥과 매콤하고 새콤한 김치였다. 일 년이 지나 나타난 남자를 봤을 때도 마찬가지였다. 생판 낯선 사람에게서 왜 그런 생각이 들었는지는 알 수 없었다. 이젠 한국 음식을 잊었다고 여겼는데 그렇지 않은 모양이었다. 그 사람이 살고 있다는 곳은 정말 언제든 김치와 밥을 먹을 수 있는 곳인가.

네헤마는 기름 두른 팬에 밀떡 반죽을 떠 놓으며 미국 어디에 모여 사는 한국 사람들을 상상해보려 했지만 좀처럼 그려지지 않았다. 어떻게 그렇게 많은 한국 사람들이 모여 살 수 있는지도 의심스러웠다. 설마, 네헤마는 고개를 저었다. 거짓말이라고 생각하고 싶지 않았다. 이름이 김두산이라고 했던가.

자신이 글을 모른다는 게 그렇게 놀랄 일인지 눈을 동그랗게 뜨고 이름을 말해주던 김두산의 모습을 떠올리며 네헤마는 미간을 찌푸렸다.

그에게 이름을 물어본 건 알고 싶어서가 아니었다. 명함에 적혀 있는 세 글자의 이름 중 성(姓)이 같은 김이어서 물어본 것뿐이었다. 만일 자신의 이름 글자조차 모르고 있었다면 물어보지도 않았을 것이다. 김은 유일하게 알고 있는 자신의 이름 세 글자 중 하나였다. 김순이. 그나마 이름자를 알게 된 건 포천에서 같이 지낸 언니 같은 친구 덕분이었다.

아침마다 책가방을 숨기는 아버지 때문에 초등학교에 입학한 지 세 달 만에 학교를 그만두었다는 친구는 이름만이라도 쓸 줄 알아야 한다며 몽당연필로 이름 쓰는 연습을 시켰다. 하나에서 오십까지 숫자 세는 것도 가르쳐주었다. 그 뒤로는 세지 못했다. 친구는 적어도 백까지는 셀 줄 알아야 사람 구실을 한다며 손발 시린 겨울이 지나고 해가 긴 여름이 되면 의정부에 있는 야간학교에라도 다니자고 약속했지만 끝내 그러지 못했다. 그 뒤로도 좀처럼 글 배울 기회를 얻지 못했지만, 자신이 글을 모른다는 게 그렇게 놀랄 일인가 싶었다. 어쩌면 놀란 것만은 아닐지도 몰랐다. 속으로 은근히 얕보고 두 번 다시 찾아오지 않을지도 모를 일이었다. 말은 오겠다고 했지만 믿을 수는 없었다. 자신이 아는 한국 남자들 대부분이 믿을 수 없었던 것처럼 그 남자도 그런 사람일지 모르는 일이었다.

처음 그 사람이 찾아왔을 때 조금도 반갑지 않았던 건 그런 이유 때문이었다. 더구나 알지도 못하는 사람이었다. 무슨 일로 왔는지도 의심스러웠다. 남자라면 싫은 기억이 대부분이어서 대면하고 싶지도 않았다. 그러면서 이상하게 말은 하고 싶었다.

로빈에게서 그 사람에 대한 말을 들었을 때 제일 먼저 생각났던 건 말이었다. 우리말이 하고 싶었던 것이다. 하지만 정작 낯선 사람과 대면했을 때는 아무 말도 생각나지 않았다. 묻는 말에 대한 대답도 엉뚱하게 영어가 튀어나오곤 했다. 잊어버린 건 아닌데 생각이 바로 말이 되어 나오지 않았다. 몇 번을 더듬거리다가 간신히 입이 떨어지긴 했지만 생각대로 말이 술술 나와지지는 않았다. 아마도 이십 년도 넘게 우리말을 하지 않았기 때문일 것이다. 그래도 웬만큼 할 수 있었던 건 김두산의 말대로 모국어는 잘 잊히는 게 아니기 때문일 것이다. 사실 모국어라는 말은 김두산에게서 처음 들은 말이었고 태어나고 자라면서 어머니로부터 배운 말의 의미라는 것도 이번에 처음 알았다. 모국어는 비록 읽고 쓰지 못해도 저절로 알아듣고 배워지는 모양이었다.

이국의 말은 그렇지 않았다. 이국의 말은 언제나 모국의 언어를 거쳐야 수용되는 언어였다. 저 말은 무슨 뜻이지? 어떻게 하라는 소린가? 뭘 원한다는 말이지? 먼저 모국어로 이해해야만 대응할 말이 찾아지고 행동할 수 있는 이국의 언어는 아무리 세월이 흘러도 여간 힘들고 번거로운 것이 아니었다. 어떤 때는 머리가 다 아팠다. 그냥 아무 어려움 없이 생각이 말이 되어 술술 나오는 말을 하고 싶었다.

그런 말을 언제 또 할 수 있게 될까.

부탁하지도 않았는데 세공품이 잘 팔릴 수 있게 도와주겠다던 김두산은 몇 달이 지나도 소식이 없었다. 그 말을 믿은 건 아니었지만 그래도 은근히 기다려지는 건 묻고 싶은 게 많아서였다. 서울엔 아직 전차가 다니는지, 혹시 동대문 시장을 알고 있는지, 바다는 어디쯤에 있는지, 날씨는 어떤지, 비는 지금도 그렇게 자주 오는지, 겨울엔 눈이 내리는지 묻고 싶지만 어쩌면 그 사람은 두 번 다시 오지 않을지도 몰랐다. 자신이 아는 한국 남자들의 말은 모두 헛소리들이었고 약속 따위 지키는 꼴을 보지 못했기 때문이었다. 그 사람도 어쩌다 로빈에게서 내 얘길 듣고 호기심으로 한 번 와 본 것일지도 모른다고 네헤마는 생각했다. 분명 그럴 거라고 단정 지으며 네헤마는 끓인 죽을 토기 그릇에 담고 밀떡은 두 개의 종이에 싸서 호건을 나섰다.

밖은 그새 환하게 밝아져 있었다. 부락을 건너뛰어 멀리 구릉의 등성 쪽에 걸쳐 있던 햇살도 능선을 타고 내려와 웨노나의 등에 닿을 듯 가까워지고 있었다.

네헤마는 언덕을 내려가서 목조가옥 앞의 너른 마당을 거슬러 공터 쪽의 웨노나에게로 갔다. 잠이 들었는지 웨노나는 눈을 뜨지 않았다. 네헤마는 종이에 싼 밀떡을 웨노나 곁에 가만히 내려놓으며 주름투성이의 검은 얼굴과 몽당치마 아래로 드러난 오래된 신발을 보았다. 밑창이 떨어진 신발 사이로 두꺼운 발톱의 엄지발가락이 비어져 나와 있었다.

이곳에 첫발을 디딘 그해 겨울날, 자신의 오래된 모카신을 깨끗이 손질해 슬며시 문 앞에 두고 가던 웨노나를 떠올리며 다음 생필품 구입하러 나갈 때 피드질에게 웨노나의 새 신발을 사 오라고 해야겠다고 생각하는 사이 기척을 느낀 웨노나가 눈을 뜨고 네헤마를 올려다보았다. 항상 그렇듯 표정에 변화가 없지만 네헤마는 웨노나의 침침한 눈에서 다정한 미소를 볼 수 있었다. 마음 같아선 잠시 곁에 앉아 말동무라도 되어주고 싶었지만 그럴 틈이 없었다. 서둘러 카키(갈까마귀) 노인에게 옥수수죽을 갖다주어야 했고 다른 할 일도 많았다. 네헤마는 다정하게 웨노나의 어깨를 한번 쓸어주고는 카키 노인의 집으로 향했다.

카키 노인의 호건은 부락 안쪽 외진 곳에 있었다. 가까운 이웃과도 한참 거리를 둔 곳이어서 노인의 호건은 언제나 쓸쓸해 보였지만 호건 안은 아침 일찍 누군가가 지펴주고 간 화덕의 군불로 따뜻이 데워져 있었다. 카키 노인은 자리에서 일어나 담배를 피우고 있었다. 화덕 위의 작은 무쇠 주전자에선 양젖이 끓고 있었다.

네헤마는 작은 소반에 죽 그릇을 받쳐 노인의 앞에 놓아주고는 토기 컵에 무쇠 주전자의 양젖을 부어 출입구 앞에 놓고는 조금 떨어져 앉았다. 한때 강건한 몸으로 부락의 땔감을 도맡아 나르던 노인은 이제 가벼운 숟가락에도 손을 떨며 힘겹게 죽을 떠먹었다. 노인의 헝클어진 머리 위로는 천정의 햇빛이 뿌옇게 새어들고, 햇빛은 둥그런 흙벽의 사이서도 새어들고 있었다.

지난가을, 피드질이 부락의 장정들과 함께 노인들의 호건을 돌아다니며 벽이나 천정의 틈새를 찾아 모두 진흙으로 메웠는데 그때 미처 보지 못하고 빠뜨렸거나 한겨울 칼바람에 새로 금이 갔거나 한 모양이었다. 한여름 열기와 건기에 곧잘 갈라지는 호건의 틈새는 아무리 작아도 그곳으로 새 드는 겨울 칼바람은 몹시 차갑기 마련이었다. 네헤마는 피드질이 돌아오면 바로 손을 보게 해야겠다고 생각하며 노인의 길게 헝클어진 머리를 쳐다보았다.

노인이 머리 자르기를 거부한 것은 지난 초겨울 무렵부터였다. 분명 겨울을 넘기지 못하고 행복한 세계로 떠날 것으로 여긴 모양이지만 다행히 노인은 무사히 겨울을 넘기고 타-칠의 달을 맞았다. 하지만 언제 떠날지는 아무도 모르는 일이었고 그 사이 또 몇 번이나 산속의 오두막으로 가겠다고 고집을 피울지 알 수 없었다.

노인에게는 세 아들이 있었다. 도시를 떠돌다 알코올 중독자가 되어 돌아온 큰아들은 몇 년 전 술에 취해 산속을 헤매다 얼어 죽었고 작은아들은 불미스러운 일로 오래전부터 감옥에 복역 중이었다. 막내아들은 다른 부족의 여자를 사랑해서 아내의 부족으로 이주해 살고 있었다. 가끔 아버지를 보러 오지만 아내 부족의 일원이 된 아들은 이미 부족의 일원이 아니었다. 때문에 카키 노인을 돌보는 건 부락의 책임이었고 의무였다. 오래전 조상 때부터 이어져 오는 관습이라고 했지만, 굳이 관습이 아니어도 보살펴야 하는 건 당연한 일로 여겼다. 다만 산속의 오두막으로 가겠다는 고집만 피우지 않았으면 싶었다. 그럴 때마다 여간 애를 먹는 게 아니었다.

임종이 가까운 노인들이 산속의 오두막으로 가겠다고 하는 건 거처에서 눈을 감으면 영혼이 집을 떠나지 못하고 남은 가족들에게 해를 끼친다는 믿음 때문이었다. 이미 오래전부터 사라져 가는 풍습이었다. 그런데도 막무가내로 고집을 피우는 노인들이 있었는데 카키 노인도 그중의 한 사람이었다. 하지만 카키 노인은 결코 산속의 오두막으로 가는 일은 없을 것이다.

카키 노인이 기침을 하기 시작했다. 죽을 잘못 삼킨 모양이었다. 요즘 들어 노인은 자주 사레가 들렸는데 사레들림이 잦다는 건 그만큼 죽 삼키기도 힘들다는 것을 뜻하는 것이었다. 네헤마는 문 앞에 두어 식힌 양젖을 얼른 노인에게 가져다주고는 다시 조금 떨어져 앉았다.

심한 기침을 한 탓인지 노인의 얼굴이 붉었다. 네헤마는 노인의 붉은 얼굴에서 불현듯 아버지의 얼굴을 보았다. 아버지도 기침할 때마다 얼굴이 붉었다. 가만히 있을 때는 종잇장처럼 하얗던 얼굴이 기침할 때는 벌겋게 달아오르면서 숨이 넘어갈 듯 캑캑거리곤 했다. 때론 수건도 찾았다. 수건을 가져다주면 재빨리 입을 틀어막고 피를 토했다. 수건에 벌겋게 묻어난 피를 보고 네헤마는 질끈 눈을 감았다 떴다. 기억은 떠오를 때처럼 불현듯 사라졌다.

기침이 진정되어도 노인은 더는 죽을 먹지 않았다. 토기 그릇의 죽이 반나마 남아있어서 네헤마는 조금 더 먹기를 권했지만 노인은 고개를 저었다.

매번 호두죽 아니면 옥수수죽이어서 입맛이 없는 건 아닌지를 생각하며 죽 그릇을 덮어 화덕 가까이에 두고 노인의 빈 물 초롱을 살폈다. 비어있었다. 물 초롱을 들고 일어서는데 노인이 자리 밑을 더듬어 뭔가를 꺼내 놓았다. 항상 허리춤에 달고 다니던 낡고 오래된 가죽 주머니였다. 노인은 그르렁거리는 소리로 말했다.

"매달 받는 정부 보조금에서 조금씩 떼어 모아둔 것이오. 오래도록 작은아들 변호사비용을 갚느라 얼마 모으지 못했지만, 파이프 사는 데 도움이 되면 좋겠소."

네헤마는 놀라서 노인을 쳐다보았다. 노인의 속 깊은 뜻보다는 이제 정말 노인이 떠나려는 건 아닌가 하는 생각이 먼저 들었다. 친숙한 사람들과의 이별은 당장은 야단스럽지 않아도 오래도록 마음을 눅진하게 하던 것을 생각하며 네헤마는 주머니를 도로 노인의 앞으로 디밀어놓았다. 노인은 말없이 네헤마를 바라보았다. 네헤마는 다소곳이 앉아 노인의 시선이 하는 말을 들었다.

'지난번 부락 회의 때 추장의 의견에 반대표를 던진 걸 부디 이해해주기 바라오. 내가 반대하는 이유는 모야그와 닐따의 생각과 같은 것이오. 추장은 우리가 반대하는 이유를 불평하겠지만 우린 우리 나름대로 지켜야 할 조상의 넋이 있어서 그런 거니 서운해하지 않길 바라겠소. 그렇다고 추장이 부락을 위해 애쓰는 걸 막을 생각은 추호도 없소. 이것은 추장에게 작은 도움이 되고 싶어서 주는 것이니 부디 거절하지 말아 주오.'

네헤마는 보일 듯 말 듯 고개를 끄떡였다. 노인의 뜻은 받아들였지만, 주머니는 사양했다. 사양했지만 주머니는 결국 피드질에게 전해질 것이었고 자신의 사양은 노인의 뜻을 한층 더 높여주는 것이 되어 부락 사람들의 칭송을 더 듣게 될 터였다.

네헤마의 마음 쓰임을 알아챈 노인은 기쁜 표정으로 담배를 찾았다. 네헤마는 화덕의 잿불에 담뱃불을 붙여 노인에게 쥐여주고는 밖으로 나왔다.

노인의 빈 초롱을 들고 물탱크 쪽으로 바삐 걷다가 네헤마는 맞은편에서 작은 함지박을 들고 종종걸음쳐오는 쩨(바위)의 아내 네조니(예쁘다)와 마주쳤다. 부락 안을 오며 가며 얼굴을 마주칠 때마다 미소를 잃지 않던 네조니는 얼른 고개를 숙였다. 네조니가 고개를 숙이기 시작한 건 지난가을에 있었던 부락 회의에서 카지노 유치 건에 반대표를 던지고 나서부터였다. 세공품 작업에도 얼굴을 잘 내밀지 않았다. 그런 일로 미안해하지 않아도 된다고 몇 번이나 설득했는데도 네조니의 눈치 살피기는 계속되었다. 가족들이 쓸 물도 모두가 잠든 한밤중에 살그머니 떠가곤 했다. 누군가의 마음을 불편하게 하는 것은 네헤마에게도 편치 않은 일이었다. 네헤마는 오늘 부락의 아낙네들과 토닐싼으로 빨래하러 갈 예정인데 함께 가지 않겠느냐고 물었다. 네조니는 고개도 들지 않은 채 다른 할 일이 있다고 둘러대고는 옆을 스쳐 지나갔다. 네헤마는 다시 걸음을 떼놓으며 어떻게 하면 네조니의 마음이 편안해질까를 생각했다. 해결책은 하루빨리 물을 끌어오는 것뿐이었다. 물만 넉넉하면 네조니는 미안해할 이유가 없을 것이고 부락은 다시 아무 불편 없이 살아갈 것이었다. 물탱크의 물은 네조니가 미안해할 만큼 반나마 줄어있었다. 어제 하루종일 피드질이 물을 날라다 채워놓은 것이었다.

네헤마는 노인의 빈 초롱을 채우며 위쪽 구릉 너머 지금은 말라버린 샛강에 방치되어있는 파이프를 떠올렸다. 그 파이프를 다시 20마일 밖의 작은 강으로 연결시키자고 제의한 건 1년 남짓 전이었다. 반대한 사람은 아무도 없었지만 막대한 파이프 비용에는 모두가 한숨을 쉬었다. 부락의 수입이라곤 정부에서 주는 약간의 생활보조금과 세공품 판매가 전부였는데 주 수입원인 세공품 판매가 나날이 줄어들기 시작한 건 벌써 오래전이었다. 게다가 막대한 비용을 들여 파이프를 연결한다 해도 지금의 샛강처럼 20마일 밖의 작은 강도 언제 말라버릴지 알 수 없다는 회의론도 곁들여지고 있었다. 실제로 작은 강이 마르지 않을 거라고는 아무도 장담할 수 없는 일이었다. 몇몇 광산업자들이 날마다 저 위쪽 블랙 메사의 땅을 자꾸만 파헤치고 있고 추스카 산 너머 어디에서는 주류사회의 거대자본이 땅속의 물을 끌어 올려 도시로 내다 팔기 때문이었다. 자연히 보호구역 전체의 물이 말라갈 수밖에 없었고 물이 마르지 않게 하는 가장 최선의 방법은 로키산맥에서 흘러내리는 콜로라도강의 풍부한 물줄기를 끌어오는 것이라고 회의 때마다 열을 올리는 젊은 추장 니챠드의 주장은 로키산맥이 어디 있고 콜로라도강은 본 적도 없지만 가장 확실한 방법으로 여겨져서 주 정부를 상대로 개관 수로 공사에 대한 담판을 짓기 위한 부족의 시위에 적극적으로 참여해 온 지도 몇 년째였다. 하지만 주 정부는 시종일관 반응이 없었고 목이 타는 쪽은 부족이었다. 아무리 시위를 벌여도 별 소득이 없자 부족의 여러 지파들이 자체적으로 문제를 해결할 수밖에 없다는 것에 모두 의견일치를 보았지만 정작 비용 문제 해결에 도움이 될 카지노 유치에는 각 부락의 많은 원로들이 반대하고 나섰다. 부락도 예외는 아니었다.

네헤마는 카지노 유치를 반대하는 노인들의 이유를 도무지 이해할 수가 없었다. 아무리 정신이 병들고 생활이 망가진다고 하지만 물 부족으로 부락이 사라지는 것보다 중요할까 싶었다. 네헤마는 부락이 사라지는 건 상상조차 할 수가 없었다. 부락은 이제 자신의 고향이었고 죽어서도 아이들을 보러 와야 할 곳이어야 했다. 큰아들 존도 기다리고 있어야 하는 곳이었다. 존은 대체 지금 어디 있는 걸까. 잠시 잊고 있었던 존의 걱정이 또다시 스멀스멀 밀고 올라왔다. 피드질의 말대로 이젠 어린아이가 아니니까 걱정할 필요가 없을지 모르지만 당장 눈에 보이지 않은 자식은 언제나 걱정이었다. 자식이란 원래 이런 건가. 네헤마는 미간을 찌푸렸다. 이런 의문에는 언제나 미간이 찌푸려지는 건 한 번도 자식이 되어본 적이 없는 기억 때문일 것이다.

구릉 너머에서 양 울음소리가 들렸다. 양들은 아까부터 울고 있었다.

네헤마는 서둘러 초롱에 물을 채워 카키 노인의 호건에 갖다 놓고는 구릉으로 올라갔다. 거의 열흘 가까이 흙바람이 심해 발걸음하지 않았던 구릉엔 햇살이 화사했다. 오랜만의 햇살 좋은 날이었다. 햇살은 앞쪽 구릉과 뒤쪽 능선 자락 사이에도 환하게 깔려 있었다. 건기 때는 마른 땅일 뿐인 평지에도 듬성듬성 돋은 풀싹이 보였다. 뒤쪽 능선 자락을 타고 군락을 이룬 유카의 마른 잎들도 검푸른 빛을 띠고 있었다. 가축 울타리 옆의 노간주나무 바늘잎도 기운이 돋아 보였다. 우리에서 열 마리 남짓한 양들이 목을 빼 들고 울었다. 먹이를 달라는 신호였다. 양을 보는 건 오랜만의 일로 겨우내 양을 돌본 사람은 피드질이었다.

네헤마는 서둘러 나무상자에서 두 팔 가득 마른 건초를 안아다 양들에게 골고루 흩뿌려주었다. 작년 타-칠의 달에서부터 베-네-에-에-자-쪼(큰 파종 6월)의 달까지 틈틈이 베다 말려둔 건초는 이제 얼마 남아있지 않았다. 한때 수십 마리였던 양도 이제 열 마리 남짓밖에 남아있지 않았다. 모두 아이들의 학비가 되었기 때문이기도 했고 갈수록 건기가 심해 키우기 힘든 탓도 있었다. 네헤마는 잠시 양들을 돌보고는 우리에서 멀찍이 떨어진 언덕바지 쑥밭으로 갔다.

지난가을 잎을 모두 따버린 뒤 가시처럼 말라비틀어진 쑥 대궁들이 우기철의 수분을 잔뜩 머금고 꼿꼿이 뿌리를 내리고 있었다. 이제 곧 타-쪼의 달이 되면 제일 먼저 잎을 띄울 것이었다.

네헤마는 허리를 구부리고 겨울 칼바람에 날아든 마른 검불들을 걷어냈다. 쑥밭에서 구르기를 멈춘 텀블링 브러시도 들어냈다. 관련된 사물마다는 기억을 불러내는 주술적인 힘이 있는지 오랜 세월의 갈피를 들썩이며 바람이 차갑게 불어대는 바닷가 언덕이 떠올랐다. 그때 오들오들 떨었던 기억만으로도 바람도 없고 햇볕 따스한 구릉 사이의 언덕바지에서 금방 몸이 얼고 손이 곱을 것 같았다.

곱은 손으로 마른풀을 뒤적이며 삐죽이 돋아나는 여린 쑥을 캤다. 동무가 한 명 있었던 것 같은데 이름은 기억나지 않았다. 대신 한겨울 추위가 채 가시기도 전에 구멍 뚫린 바구니와 몽당칼을 쥐여주며 쑥을 캐오라고 내쫓던 어머니의 기억만은 뚜렷했다. 쑥 캐기는 이른 봄부터 늦가을까지 계속된 것 같았지만 분명하지는 않았다.

바람 부는 언덕에서 마른 풀을 뒤적이며 캐다 준 쑥은 끼니마다 아버지의 국이 되었다. 아버지는 하루도 거르지 않고 쑥국에 밥을 말아 먹었다. 밥 먹는 아버지를 부럽게 쳐다보는 어린 자식들 앞에서 혼자서만 밥을 먹었다. 그러면서 걸핏하면 피를 토했다. 어렴풋이 어디가 아픈 건 알았지만 결핵을 앓았다는 걸 알게 된 건 훗날 어른이 되어서였다. 쑥이 또 결핵에 좋다는 걸 알게 된 건 이곳에서였다. 이곳에서의 쑥은 거의 만병통치약으로 쓰이고 있었다. 한국의 쑥도 여기 인디언 쑥처럼 약효가 있는지는 알 수 없지만 그만큼 쑥국을 먹었으니 아버지는 아마도 병이 낫지 않았을까. 궁금했지만 알 길은 없었다. 아버지의 기억은 거기까지였다. 아버지에게는 어떤 감정도 없었지만 기억을 떠올리고 난 뒤의 마음은 언제나 좋지 않았다. 다만 병이 나아 동생들만은 고생시키지 않았으며 바랄 뿐이었다. 동생들은 어떻게 지낼까. 동생들이 많았던 것 같은데 생각나는 건 바로 아래 동생 두 명뿐이었다. 그 아래로 한 두 명이 더 있는 것 같았지만 기억이 뚜렷하지는 않은 채 이곳으로 올 때 가져온 유일한 것은 동생들에 대한 걱정뿐이었다. 다들 고생이나 하지 않는지, 지금은 무엇을 하며 어떻게 사는지. 동생들 소식만이라도 알 수 있었으면, 중얼거리며 네헤마는 치마를 털고 일어섰다.

우리에서 양들이 다시 울었지만, 더 줄 만큼 건초는 넉넉하지 않았다. 양들은 이제 곧 연한 새 풀을 먹게 될 것이지만 그것도 아주 잠시뿐일 것이다. 풀들은 금방 억세어지고 건기 때가 되면 모두 말라붙는다. 풀만이 아니다. 모든 것이 다 말라버린다. 여기는 그런 곳이다.

네헤마는 서둘러 등선을 올라 다시 능선을 타고 종종걸음으로 내려갔다. 할 일이 많았다. 피드질이 돌아오면 먼저 부락의 아낙들과 함께 트럭을 타고 멀리 토-닐-싼으로 빨래하러 가야 했고 돌아와서는 그저께 피드질이 주문받아온 몇 가지 세공품도 만들어야 했다. 밤에는 호끼의 찢어진 옷도 꿰매 주어야 했다. 그리고 내일은 피드질을 따라 월넛 캐니언의 기념관에 들렀다가 딸 예파를 보러 갈 예정이었다. 프레그스텝이라는 곳에서 하이스쿨에 다니고 있는 딸은 지난 추수감사절에도 학기말 겨울방학 때도 얼굴조차 내밀지 않았다.

학교 교사를 꿈꾸는 예파의 꿈이 큰아들 존의 꿈처럼 멀어지는 일이 없기를 바라며 네헤마는 서둘러 호건으로 들어가서 빨랫감을 찾아 챙겼다. 같이 빨래하러 갈 이웃의 부인들에게 나눠줄 말린 유카뿌리도 챙겼다. 유카뿌리는 부락에서 쓰는 비누였다. 부락에서는 유카뿌리로 머리를 감고 목욕을 하고 빨래를 했다. 유카뿌리는 아무리 문질러도 거품이 나지 않아 개운한 감은 없었지만 어쨌든 그럭저럭 쓰이고 있었다. 네헤마는 삼나무로 짠 둥근 바구니에 빨랫감과 유카뿌리를 담아 등에 지고 호건을 나섰다. 목조가옥에서 피드질을 기다렸다가 트럭을 타고 갈 예정이었다. 아이들을 학교로 데려다주러 간 피드질이 벌써 돌아와야 하는데도 아직 오지 않는 걸 의아해하며 호건에 문을 닫고 돌아서는데 멀리 둔덕 위에 멈춰 선 피드질의 차가 보였다.

피드질은 차에서 커다란 가방을 꺼내 들고 있었다. 이어 예파가 모습을 드러냈다. 지금쯤 학교에 있어야 할 예파였다. 지난 추수감사절에도 겨울방학 때도 아르바이트를 핑계로 집에 오지 않던 예파였다. 멀리서도 예파의 머리가 노란 게 보였다. 딸의 머리 색깔이 달라진 것에 네헤마는 얼굴을 찌푸렸다.

피드질이 꺼내든 가방은 예파가 집에 머물렀다가 돌아갈 때면 준비물을 담아가는 짐 가방이었다. 예파가 호건 쪽을 쳐다보았다. 여느 때 같으면 손을 흔들었을 예파는 어떤 반가움도 보이지 않았다. 되레 피드질의 등 뒤로 숨으려 하고 있었다. 무슨 일이 있구나. 직감적으로 어떤 불안을 감지하며 네헤마는 삼나무 끈을 잡아당겨 등 바구니를 등 뒤로 바짝 추켜올렸다.

6

부락탐방의 시작과 끝

어렴풋이 부르는 소리가 들렸다. 선생!

누가 어디서 부르는지 얼른 알아차리지 못하는데 다시 부르는 소리가 났다. 선생!

두산은 언뜻 눈을 떴다. 부르는 소리는 피드질의 목소리였다. 두산은 의자에서 벌떡 일어섰다. 어느새 주위가 거뭇거뭇 어두워져 있었다. 잠깐 눈을 감았는데 자신도 모르게 잠이 들었던 모양이었다. 두산은 탁자 모서리에 허벅지를 부딪치며 급히 뒷문 밖으로 나갔다.

이마에 랜턴 불빛을 매단 피드질이 데크 아래에서 등불을 올려주며 곧 저녁을 가져오겠다고 했다. 두산은 항아리 모양의 등불을 받아들며 청대 빛으로 어두워진 하늘과 띄엄띄엄 돋아난 별들을 보았다. 한여름 밤에 별이 보이기 시작하는 시간은 밤이 꽤 여물었다는 걸 알려주는 것이다. 피드질이 구부정한 등으로 호건으로 되올라가는 걸 보고 나서 그는 등불을 거실 탁자 한쪽 귀퉁이에 놓았다가 다시 반닫이 위에 올려놓았다. 방안의 사물들이 제각각의 그림자를 데리고 모습을 드러냈다. 그는 가방에서 폴더 폰을 꺼내 시간을 확인했다. 어느새 여덟 시가 훌쩍 넘어있었다. 들창 밖에선 긴 여름날의 노을을 가뭇없이 넘겨버린 먼 구릉들이 희끄무레한 어둠 속에서 구불구불 선을 긋고 있었다. 어둠 속인데도 구릉의 선들이 맑고 선연해 보였다. 밤이면 구릉들이 저렇게 맑은 선을 긋는구나 싶었다. 한밤중에 네헤마가 구릉을 넘어 다녔던 것도 어쩌면 저런 정취에 이끌려서가 아니었을까 그는 문득 생각했다.

집 모퉁이로 피드질이 돌아 나오는 걸 보고 그는 급히 뛰어나가 쟁반을 받아들었다. 훅 김치 냄새가 끼쳤다. 쟁반에는 김치볶음밥이 담긴 커다란 사발과 작은 접시 두 개가 올려져 있었다. 그는 거실로 들어가며 뒤따라오는 피드질에게 어떻게 김치가 다 있었냐고 물었다.

"로빈에게서 선생 소식을 듣고는 늘 준비를 해뒀었소."

피드질이 대답했다. 저녁을 준비하느라 기운을 소진했는지 말소리가 조금 지쳐 들렸다. 로빈을 만난 건 두 달 전이었다. 두 달 동안 언제 올지 모를 자신을 위해 김치를 마련해 두느라 신경 썼을 것을 생각하자 두산은 가슴이 뭉클해짐을 느꼈다. 김치 구하는 게 어려웠을 텐데, 라고 하자 피드질은 손을 내저으며 로빈과 호끼가 피닉스의 한인마켓에서 번갈아 사다 주었다고 했다.

"오히려 보관이 더 어려웠소. 덕분에 김치볶음밥을 만들어서 부락의 어른들과 자주 나누어 먹을 수 있어서 좋았소."

부락의 어른들이 김치볶음밥을 다 먹느냐고 그가 놀라워하자 피드질은 서운한 표정으로 눈을 치떴다.

"벌써 잊은 모양이오. 오래전 선생이 가져온 김치로 네헤마가 볶음밥 요리를 해서 부락 사람들과 나누어 먹었던 것을요.”

두산은 뒤늦게 기억해냈다. “아, 그때요!”

부락에 처음 김치를 가져간 것은 네헤마와 첫 대면을 한 지 반년이 지난 다음 해 봄이었다. 아마 1994년 5월 초순쯤이었을 것이다. 그때 그는 김치와 함께 20파운드짜리 쌀 한 포대도 곁들어 가져갔다. LA 코리아타운에서 김치도 해 먹느냐고 묻던 네헤마의 간절함이 잊혀지지 않아서였다. 마음 같아선 그때 LA로 돌아가자마자 즉시 부락으로 김치를 가져다주고 싶었지만 그러지를 못했다. 집으로 돌아가자마자 바로 한국의 동생들이 각자의 식솔들을 거느리고 관광을 겸한 방문을 하겠다는 연락을 받았기 때문이었다. 아내와 이혼한 후로 혼자 적적하게 지내던 그는 오랜만에 동생들의 식솔과 함께 왁자한 시간을 보냈다. 동생들이 떠나고부터는 바로 겨울이었다. 겨울철엔 보호구역 곳곳이 통제되는 곳이 많아 자칫 날을 잘못 잡으면 헛걸음하기가 십상이어서 선뜻 발걸음 하기가 주저되고 그즈음 겨울 추위를 피해 LA로 오는 본국의 관광객들이 부쩍 많아져서 조금 바빠진 탓도 있었다.

그는 직접 관광객들을 인솔하는 가이드로도 일하면서 겨울을 보냈다. 전속 가이드를 거느릴 정도로 회사 사정이 좋지 않았고 그럴 정도로 관광 신청도 많지 않았다. 회사도 대폭 줄여 창구업무 직원 두 명만을 남겨두었을 뿐이었다. 그런데도 그는 여전히 쪼들렸고 자금난에 시달렸다. 은행 이자에 골머리를 앓았고 아이들의 학비 마련에 전전긍긍했다. 아이들은 학비가 비싼 사립에 다니고 있었다. 전처는 아이들이 미들스쿨에 들어갈 때부터 사립을 고집했다. 굳이 학비 비싼 사립에 보낼 필요가 있냐고 반대하자 전처는 뾰족한 칼끝을 들이대듯 말했다.

아이들만은 제대로 키우고 싶어서 그래. 왜? 그렇게도 못 해?

그렇게 겨울을 보내는 동안 네헤마의 생각을 전혀 하지 않은 건 아니었다. 네헤마는 그의 의식 속에 조용히 깃들어 있다가 중간중간 흡사 물속의 해마처럼 불쑥불쑥 떠오르곤 했다. 그건 아무 대책 없이 내뱉었던 스스로의 약속 때문인지도 몰랐다. 세공품 같은 액세서리 종류의 판로를 전혀 알지 못하면서 불쑥 도와주겠다고 한 자신의 태도가 스스로 생각해도 어이가 없었지만 어쨌든 그는 자신이 내뱉은 말에 책임을 지고 싶었다. 굳이 책임질 일이 아니라는 걸 알면서도 그는 왠지 네헤마에게는 그러고 싶지 않았다. 이유는 어쩌면 자신보다 네헤마의 나이가 다섯 살 아래라는 것에 놀라서였는지도 몰랐고 어쩌면 자신의 명함조차 읽지 못하는 문맹이라는 것에 더 큰 충격을 받았기 때문인지도 몰랐다.

어찌 보면 네헤마의 문맹은 그렇게 충격을 받을 일은 아니었다. 나이를 따져보면 6·25 동란 전후의 황폐한 시기에 성장기를 보냈을 것이기 때문이었다. 정부의 교육체계와 재정이 바로 잡히지 않을 때여서 교육을 받지 못한 아이들이 부지기수일 때였다. 게다가 해방 전의 일제 강점기를 겪으면서 글자를 깨치지 못한 문맹자들도 헤아릴 수 없이 많았다. 문맹자들 속에는 자신의 누이도 있었다.

누이의 문맹은 일제 강점기의 억압 때문도 6·25동란 때문도 아니었다. 누이는 남아선호사상으로 똘똘 뭉쳐진 아버지의 최대희생자로 아주 어린 나이에 먼 친척 집으로 보내졌다가 병을 얻어 더는 일을 할 수 없게 된 스물다섯의 나이가 되어서야 겨우 집으로 돌아올 수 있었다. 아버지는 학교에 보내준다는 친척의 말을 믿었다고 자못 분개했지만 정작 자신의 잘못이 뭔지는 몰랐다.

학부 시절 그가 굳이 고향을 택해 농촌계몽 운동을 펼쳤던 건 누이 때문이라 할 수 있었다. 그는 낮엔 고향의 농사일을 거들고 밤에는 야학을 열어 문맹자들에게 한글을 가르쳤다. 당연히 누이도 끼어있었다. 야학에 모여든 문맹자들 대부분은 나이 든 사람들이었지만 또래도 많았다. 또래보다 훨씬 어린 청소년들도 있었다. 누이는 나이가 많다고도 작다고도 할 수 없었지만, 누구보다 열심히 글자를 깨쳤다. 아무리 몸이 아파도 야학에 한 번도 빠지지 않았고 틈틈이 읽고 쓰기 연습을 게을리하지 않았다. 그렇게 해서 글자를 깨친 누이는 바로 책 읽는 것에 재미를 들이기 시작했고 서울의 자취방으로 편지를 써서 보내기도 했다. 하지만 누이가 쓴 편지는 고작 서너 번 정도로 그쳤고 누이가 읽은 책도 몇 권 되지 않았다.

모르긴 해도 네헤마도 누이와 비슷한 경우가 아니었을까. 만일 전쟁 통에 부모를 잃은 고아가 아니라면 가난한 집안의 희생자이거나 가부장적 남아 사상의 희생자이거나 둘 중의 하나일 것이다. 어느 쪽이든 누이는 그나마 글을 깨칠 수 있었지만, 네헤마는 영영 글을 배울 기회조차 갖지 못했을 것이 분명했다.

두산은 그때 그렇게만 생각했었다. 네헤마에 대해 아는 게 아무것도 없을 때였다. 그는 자신이 자주 네헤마를 생각하고 떠올리는 건 자신의 말에 대한 책임감에서라기보다 누이에 대한 죄의식과 미안함 때문이 아닐까를 때때로 생각했다. 아무튼 이유가 무엇이든 그는 가능하면 네헤마를 도와주고 싶었다. 할 수만 있다면 물 부족에 시달리는 부락에 물을 끌어올 수 있는 파이프 비용도 벌게 해주고 싶었다.

그가 다시 부락을 방문한 건 긴 겨울이 지나고 봄이 되어서였다. 봄이라고 하기엔 많이 늦은 5월이었다. 그는 다운타운의 단골 액세서리 가게에서 소개받은 두 명의 상인과 함께 부락으로 향했다.

몇 달 만에 나타난 그를 대하는 네헤마의 태도는 덤덤하기만 했다. 싫어하는 기색도 아니었다. 그저 무덤덤한 얼굴로 한두 마디 인사말을 건네고는 목조가옥 거실로 일행을 안내한 후 머그워트 티를 대접하고 세공품을 보여줄 뿐이었다. 피드질은 처음 대면 때보다는 불안한 기색이 많이 가신 듯했지만 그다지 친절이 느껴지지 않는 행동으로 움막에서 나무상자를 가져와 세공품을 보여주고 제품설명을 해주었다.

부락의 세공품은 국립공원 관광지마다 흔히 볼 수 있는 것들로 거의가 은으로 만든 수제품이었고 대부분이 터키석으로 장식되어 있었다. 제품은 직접 손으로 일일이 다듬어 만들었다고 믿어지지 않을 정도로 정교하고 섬세해서 미국뿐만 아니라 전 세계의 온갖 액세서리를 취급하는 상인들도 감탄할 정도였지만 전체적인 느낌이 투박하다는 것에는 의견을 같이했다. 온전히 쇠를 벼려 만든 헤비메탈 스타일의 금속제품도 있었다. 두 상인은 서로 상품의 역할과 가치와 고객들의 취향에 대한 의견을 주고받은 뒤 빠른 판단과 계산속으로 헤비메탈 스타일의 금속제품 대부분을 선택했다. 약간의 은 세공품도 샀다. 마음에 썩 흡족할 정도는 아니었지만 첫 거래치고는 괜찮았는지 네헤마는 일행에게 점심을 대접하겠다고 했다. 해가 중천을 한참 벗어난 늦은 오후였다.

두산은 일행들과 함께 공터의 노간주나무 아래에 앉아 기다렸다. 늦은 봄날의 고산지대는 햇볕이 뜨겁지는 않았지만 쨍쨍하게 밝았다. 바람도 없었다. 보호구역 밖의 어떤 매연도 티끌도 날아들지 않은 청정한 대기 속으로 매큼하고 시큼한 향이 퍼진 건 한참이 지나서였다. 한국적인, 너무나도 한국적인 냄새가 이곳에서 퍼지다니!

하며 상인들은 난생처음 김치 냄새를 맡은 것처럼 코를 큼큼거렸지만, 부락 사람들은 김치볶음밥이라는 걸 처음으로 맛본 날이었다.

그날 분명 호불호가 갈렸을 부락 사람들은 이제 거의 다 부락을 떠나고 없었다. 더러는 행복한 세상으로 떠났고 더러는 물을 찾아 뿔뿔이 흩어졌다. 남아있는 사람은 노인들뿐이었다. 채 육십도 되지 않은 피드질도 노인이 되어있었다. 십 년 남짓의 세월은 어느 틈엔가 가버리고 기억은 남아있는 사람들의 몫이 되었다. 시간의 톱니바퀴에 마모되어 날이 갈수록 희미해지는 게 또 기억이라지만 기억은 나눠 가지면 선명해지는 법이어서 두산과 피드질은 처음으로 김치볶음밥을 먹은 부락 사람들의 반응을 떠올리며 함께 웃었다.

"모야그(절대 침묵하지 않는 자) 노인은 그날 물을 엄청 마셨지요. 아마 평생 마실 물을 그날 다 마셨을 게 틀림없을 거예요."

"어린 호끼는 손으로 자꾸만 혓바닥을 닦아냈었지요."

"내 친구 쩨(바위)는 땀을 뻘뻘 흘리면서도 접시를 내밀지 뭡니까."

피드질은 얘기하면서 웃었고 두산은 얘기를 들으면서 웃었다. 웃으면서도 둘은 상대방이 정말로 웃고 싶어서 웃는 게 아니라는 걸 알아챘지만 내색하지는 않았다.

"그 뒤로도 네헤마는 자주 볶음밥을 만들어야 했소. 부락 사람들이 먹고 싶어 했거든요. 물론 선생이 김치를 가져다주지 않으면 할 수 없는 것이긴 했지만."

김치를 가져다준 기억은 많지 않았다. 정확히는 모르지만 아마도 겨우 몇 번에 그쳤을 것이다. 겨우 몇 번이었을 뿐인 횟수,

LA 한인 커뮤니티에 네헤마의 소문이 퍼진 건 순식간이었다. 소문의 진원지는 말할 것도 없이 부락에 동행했던 다운타운의 액세서리 도매가게 상인들이었다. 도매시장은 캘리포니아 전역에서 소매상인들이 몰려들기 때문에 소문이 퍼지는 건 당연한 일이었고 소문은 또 각각의 지역으로 전파되었다. 막을 수도 없고 막을 일도 아니었다. 소문은 빠르게 돌아 그에게 부락으로의 동행을 의뢰하는 소매상인들이 나타나기 시작했다.

그가 두 번째로 '붉은 절벽 아래의 부락'으로 갔을 때는 네 명의 소매상인들이 그의 차에 타고 있었다. 두 번째 상인들은 첫 번째 상인들보다는 한결 시끄러웠고 예의가 좀 없는 편이라 할 수 있었다. 인원이 많아서겠지만 인원이 네 명인 것에 비해서는 첫 번째 상인 두 명보다는 제품을 많이 사지 않았다. 한바탕 떠들썩하게 부락을 들쑤셔놓기만 하고는 귀갓길에선 그가 일부러 피해 다니는 라스베이거스에 들렀다 가자고 조르기도 했다.

네헤마의 소문은 그들에게서 한층 더 부풀려 퍼지면서 그에게 방문 안내를 의뢰하는 상인들이 점차 늘어나기 시작했다. 호기심 많은 일반인까지 끼어들었다. 처음 몇 번까지는 기꺼운 마음으로 안내를 자청한 그는 차츰 난감해지지 않을 수 없었다. 매번 마음 편히 사람들을 안내하고 다닐 처지가 못 되었기 때문이었다. 사업은 날로 힘들어지고 적자는 쌓여만 가고 있는 터였다. 회사를 설립하면서 대형 관광회사로 키워보겠다는 나름의 포부는 나날이 말린 대추처럼 쪼그라들고 있는 형편이었다. 한가하게 사람들을 데리고 다니며 희희낙락할 수 있는 상황이 아니었다. 그렇다고 동행인들에게 소요경비 외의 수고비를 더 청구할 배짱도 없었다. 부락과의 왕래를 끊고 싶은 생각은 더더구나 없었다. 그는 자신이 할 수 있는 한의 도움을 네헤마에게 주고 싶다는 생각을 한 번도 접지 않았다. 메마르고 황량한 그녀의 부락에 물이 흐르도록 해주고 싶었다. 이유는 없었다. 단지 그녀가 보다 편안히 지내기를 바라는 선의(善意)였을 뿐이었다. 하지만 선의는 현실을 누르지 못했다. 선의는 곱고 추상적인 데 반해 현실은 구체적인 체감이기 때문이었다. 그가 '붉은 절벽 아래의 부락'을 관광 상품화할 생각을 하게 된 계기였다.

인디언 보호구역 원주민부락 탐방! 원주민의 생활상을 직접 접할 수 있는 절호의 기회. 한국인 여추장이 다스리고 있는 충격적인 부락 현장답사.

여태 아무도 생각지 않았고 아무도 시도한 적이 없는 미답지의 관광 상품이 될 것 같았다. 매일 매일이 똑같은 권태감을 견디며 살아가는 교민들에게 신선한 호기심을 안겨주기에는 이만한 호재도 없지 싶었다. 잘만 하면 자신만의 독점상품이 될 것도 같았다.

그는 가슴이 뛰었지만 한편으로는 현실적으로 쉽지 않다는 것을 누구보다 잘 알고 있었다. 아무리 부락을 도와준다는 선의의 취지를 내세운다고 하더라도 부락 사람들은 근본적으로 외부인의 출입을 꺼리는 원주민들이었다. 막상 자신들의 생활을 송두리째 보여주는 것에 선뜻 동의할지부터가 의문이었다. 설사 동의한다 해도 까다로운 행정상의 규제도 따를 것이었다. 보호구역 내에는 작은 가게 하나마저도 허가를 받아내는데 2년이라는 긴 시간이 걸렸다. 하물며 신규관광의 허락이었다. 허락을 받아낼 수 있을지도 알 수 없었다.

그는 한동안 포기와 집착 사이에 시달렸다. 그러는 동안에도 부락으로의 동행을 문의하는 사람들은 꾸준히 늘고 있었다. 쉽사리 계획을 포기할 수 없게 하는 요인이었다.

한동안의 궁리 끝에 그는 일단 한번 부딪쳐 보기로 마음먹고 다시 '붉은 절벽 아래의 부락'으로 차를 몰았다. 만일 부락이 개방을 거절하면 일찌감치 접어버릴 생각에서였다. 한인마켓에 들러 몇 가지 저장식품과 함께 쌀과 김치 사는 것도 잊지 않았다.

몇 번의 방문에도 네헤마는 그다지 반가워하는 기색이 아니었다. 가져간 식품을 받아드는 표정도 무덤덤하기만 했다. 그는 그런 네헤마의 태도가 매번 서운했지만 내색할 수는 없었다. 대신 잠깐씩 이런저런 말을 나누는 사이 어눌했던 네헤마의 한국말이 차츰 자연스러워져 가는 것만이 반가울 뿐이었다. 피드질은 이제 드러나게 그의 방문을 달갑게 여기는 눈치가 아니었다.

그는 네헤마와 피드질에게 자신의 의견을 제안했다. 자신은 여행사를 운영하는 오너로서 아무런 이익 없이 무한정 사람들을 데려오고 데려갈 수 없다는 사정을 말하고는 서로의 이익을 위한 몇 가지 방안을 늘어놓았다. 피드질이 반대하고 나선 건 채 본론을 끝내기도 전이었다. 피드질은 단호하게 머리를 흔들며 언성을 높였다.

"안 될 말이오. 그건 절대 있을 수 없는 일이오. 맙소사! 부락을 구경거리로 만들자고 하다니, 어떻게 그런 무례한 생각을 할 수 있단 말이오."

피드질은 자못 불쾌한 듯 표정까지 일그러뜨렸지만, 네헤마는 아무런 반응을 보이지 않았다. 특유의 갸름한 홑겹의 눈으로 맞은편 벽 쪽을 가만히 응시할 뿐이었다. 피드질은 그런 네헤마를 흘끔거리며 한층 더 언성을 높여 말했다.

"부락은 당신들이 함부로 할 수 있는 게 아니오. 부락은 우리 부락민들의 자존심을 품고 있는 곳이지 당신들의 구경거리가 아니란 말이오. 우린 절대 당신의 생각에 동의할 수 없으니 이제 그만 돌아가 주시오."

필요 이상 울근불근해하는 피드질을 보며 두산은 결국 안 되는 일이었구나. 속으로 낙담했다. 항상 그렇듯 일이 여의치 않을 때면 먼저 돌아갈 길이 아득히 멀게 느껴지면서 입맛이 썼다. 그는 찻잔을 들고 머그워트 티를 한 모금 마셨다. 여전히 기호에 맞지 않았다. 백 년을 마셔도 내 입맛에는 맞지 않겠다고 생각하며 찻잔을 내려놓는데 미동도 없이 앉아있던 네헤마가 조용히 의자에서 일어섰다. 하도 조용해서 마치 그림자가 일어서는 것 같았다. 네헤마는 피드질에게 나바호어로 뭐라고 말했다. 알아들을 수 없는 언어 속에서 존이라는 이름이 툭툭 불거져 들렸다. 피드질의 미국식 이름이 존이라는 걸 그는 처음으로 알아차렸다. 네헤마는 그에게 잠깐 기다려 달라 말하고는 피드질을 데리고 밖으로 나갔다. 무슨 일로 나가는지 어림잡히지 않은 건 아니었지만 알 수는 없었다. 그는 반닫이 위의 네헤마와 벽에 걸린 두 개의 장방형 패널 사진을 올려다보았다. 반닫이 위의 네헤마는 여전히 아름다웠고 벽에 걸린 젊은 피드질은 여전히 행복한 얼굴로 웃고 있었다. 하지만 추장 차림의 네헤마는 여전히 쓸쓸해 보였다. 그는 어쩌면 두 번 다시 저 사진들을 볼 수 없을지도 모르겠다고 생각하며 보았다. 그래선지 사진 속의 네헤마는 애잔하면서도 아름다웠고 아프면서도 쓸쓸했다. 그런 이유로 그는 사진 속의 피드질을 한참 째려보았다.

네헤마와 피드질이 다시 거실로 들어온 건 굳이 두 사람을 기다리고 있을 필요가 뭐가 있나 싶어 막 의자에 일어서려고 할 때였다. 피드질이 말했다.

"네헤마와 잠시 얘기를 나누었는데, 이 문제는 우리가 결정할 수 있는 게 아니라서 먼저 부락 회의를 열어 사람들의 의견을 들어보기로 했소."

한 발짝 양보하겠다는 내용의 어투는 마지못한 듯 들렸고 표정은 부어 보였다. 그는 네헤마가 피드질을 데리고 나가 설득했다는 걸 단번에 알아차렸다.

부락 회의는 미룰 것 없이 저녁에 열기로 했다며 네헤마는 그에게 의견을 물었지만 그로서는 반대할 이유가 없었다. 오히려 회의의 결과를 알기 위해 LA에서 부락으로 왔다 갔다 하는 수고와 시간과 비용을 덜 수 있는 것만 해도 어딘가 싶었다. 어쩔 수 없이 하룻밤을 묵어야 하는 곳은 아들 니욜아쉬키의 호건이었다.

니욜아쉬키의 호건은 목조가옥 뒤쪽, 붉은 절벽 자락의 언덕배기에 있었다. 그곳엔 세 개의 호건이 열 발짝 정도의 간격을 두고 어슷비슷 지어져 있었다. 그중 가장 큰 것이 네헤마의 호건이고 나머지는 딸 예파와 아들 니욜아쉬키의 거처라는 걸 안 건 나중의 일이었다. 당시 입이 부어있는 피드질에게는 아무것도 물을 수가 없었다.

일 년도 더 지난 뒤에서야 피드질은 세 개의 호건 중 가장 큰 것을 가리키며 네헤마의 호건이라고 했다. 네헤마의 호건이라고 해서 네헤마 혼자만의 거처는 아니었다. 피드질과 함께 지내는 그들의 보금자리였다. 그런데도 피드질은 우리의 호건이 아닌 네헤마의 호건이라고 불렀다.

두산은 피드질이 자신들의 거처라고 하면 될 것을 왜 굳이 네헤마의 호건이라고 하는지를 묻지 않고도 바로 알아차렸다. 나바호 부족은 모계중심사회였다. 여성들을 우대해서라기보다 여성을 존중하는 사회라고 하는 게 더 옳았다. 우대와 존중은 높이 대우해주는 것과 귀하게 중히 여기는 것과의 차이가 있었다. 네헤마는 부족의 출신이 아닌 먼 곳에서 온 이국의 여자인데도 피드질은 네헤마를 중심으로 일족을 이루고 있었던 것이다. 그것만으로도 두산은 피드질을 끝내 미워할 수가 없었다.

  피드질의 안내로 들어간 니욜아쉬키의 호건은 방주인이 장기간 부재중이라는 것을 모를 만치 사람의 손길로 데워져 있었다. 보호구역 밖으로 일자리를 찾아 나간 아들이 2년째 소식이 없다는 걸 안 건 시간이 훨씬 지나서였다. 니욜아쉬키의 호건은 로빈의 호건보다 훨씬 컸다.

  그는 천정에서 새들어오는 빛으로 정교하게 쌓아 올린 육각형의 흙벽과 깔끔하게 마감질 된 목재 천정과 벽면을 따라 배치된 좁다란 목제 침대와 책상과 서랍장과 방 한가운데에 놓인 작은 양철 난로 등을 빠르게 훑어보았다. 벽에는 인디언 문양의 걸개와 재학 중이었을 때의 하이스쿨 전경과 각종 행사팸플릿과 여러 개의 텍사스 야구팀 모자와 친구들과 찍은 사진들이 각진 벽면마다 덕지덕지 붙어있었다. 그는 흡사 수천 년 전의 고대인 무덤에서 현대 지식인의 서재를 보는 것 같은 느낌으로 책상 위에 가지런히 정리된 교재와 각종 서적을 살펴보고는 벽에 붙은 사진들을 찬찬히 들여다보았다. 사진의 대부분은 혼자거나 친구들과 찍은 것들이었고 중간중간 가족사진도 섞여 있었다. 아들의 얼굴은 금방 알아볼 수 있었다. 아버지인 피드질을 거의 빼닮아 선량하고 부드러운 인상의 잘생긴 미남이었다. 활달하고 밝은 성격임을 금방 알아볼 수 있을 정도로 사진 속의 아들은 생기가 넘쳐 보였다. 가족사진에는 딸의 얼굴도 있었다. 딸은 아버지보다 네헤마를 거의 닮아있었다. 전체적인 이미지도 동양적인 분위기였다. 아들은 아버지를 닮고 딸은 엄마를 그대로 빼닮은 게 신기하게 느껴졌다. 가족사진 중에는 네헤마의 젊고 앳된 얼굴도 있었다. 두 장이었다. 하나는 젖먹이를 안고 앉아있는 젊은 시절의 모습이었고 다른 하나는 햇볕에 얼굴을 찡그리고 선 더 젊은 날의 사진이었다. 둘 다 초기 컬러사진으로 선연하지 않은 채도의 배경은 화단이었다. 각도가 조금 다를 뿐 두 장 모두 같은 배경이었다. 단번에 한국에서 찍은 거구나, 싶을 정도로 옷차림과 화단의 배경이 낯설지 않았다. 그는 가까이 얼굴을 들이밀고 유심히 사진을 들여다보았다. 젖먹이를 안고 있는 것으로 보아 이곳으로 오기 전일 텐데도 얼굴에 드리워진 그늘은 그때도 짙었고 표정은 닫혀 있었다. 어디에도 화려한 유흥가의 흔적은 보이지 않았다. 어쩌면 짙은 그늘이 그런 행적의 흔적인지도 모를 일이었지만 그늘 밑으로 보이는 어린 나이는 아무리 봐도 수수께끼였다.

그는 어린 나이에 친척 집으로 보내졌던 누이를 떠올렸다. 누이가 친척 집으로 보내졌을 때 그는 겨우 걸음마를 떼는 나이였다. 누이의 얼굴을 자세히 익히지 못한 채 유년기를 지나 청소년기를 거치는 동안 몇 번이나 봤을까 싶었던 누이는 늘 남처럼 서먹하기만 했다. 누이가 집으로 아주 돌아온 건 대학에 들어가고 난 뒤였다. 그러나 함께 지낼 기회는 많지 않았다. 누이와 함께 지낸 기간이라고는 고향에서 농촌계몽 활동을 펼쳤던 그해 여름방학 한 달 남짓이 고작이었다. 앞뒤로 나이가 많거나 어린 사람들 사이에 끼어 앉아 글을 배우던 병색 완연한 누이의 얼굴이 네헤마 위로 겹쳐지면서 그는 새삼 눈시울이 뜨거워지는 걸 느꼈다.

그는 쉬고 있으라며 피드질이 닫고 나간 나무 문을 밀치고 밖으로 나왔다. 머리 위로 8월의 햇볕이 쨍하니 내려앉았다. 뜨거웠다.

그는 뜨거운 햇볕을 온몸으로 뒤집어쓰고 자신의 호건 앞에서 양철통 화덕에 불을 피우고 있는 네헤마를 보았다. 십 대로 보이는 소녀와 함께였다. 머리를 노랗게 물들였지만, 소녀의 모습이 방금 본 사진 속의 딸이라는 걸 그는 단박에 알아챘다. 딸은 무쇠솥에 쌀을 붓고 있었다. 손에 들린 쌀 포대가 눈에 익었다. 딸이라면 지금쯤 학교에 있어야 하지 않나 의아해하며 그는 천천히 그녀들에게로 다가갔다. 네헤마가 그를 보고는 딸에게 먼저 소개했다.

"예파 인사해라. 한국 아저씨다."

예파(설녀)는 그에게 살짝 무릎을 굽히고 인사했다. 사진 속처럼 네헤마와 거의 닮았지만 가늘게 쌍꺼풀진 두 눈만은 약간 달랐다. 그래도 갈쭉한 눈매가 멀리서 보면 영락없는 네헤마였다. 노랗게 물들인 머리를 밀어내며 자란 검은 머리가 뚜렷이 그려주는 갸름한 얼굴이 소녀답지 않게 어두운 것도 네헤마와 닮았다. 그는 만나서 반갑다며 손을 내밀었다가 쌀 포대가 들린 예파의 손을 보고는 도로 내렸다. 양철통 화덕의 연기를 피해 옆으로 비켜서는 예파의 배가 약간 불룩해 보였다. 배가 나올 정도로 살이 찐 건 아닌데, 의아해하기도 전에 네헤마가 예파의 손에서 쌀 포대를 빼앗으며 뭐라고 말했다. 어감이 무척 차가웠다. 자신의 딸에게도 저렇듯 냉정한 걸 보니 원래 성정이 차가운가 싶었다. 그는 뺏어든 포대의 쌀을 무쇠솥에 마저 털어 붓는 네헤마와 말없이 돌아서서 자신의 호건으로 가는 예파의 뒷모습을 번갈아 쳐다보았다. 모녀 사이에 살갑지 않은 분위기가 느껴졌다. 네헤마는 씻지 않은 쌀에 밥물을 붓고는 화덕 위에 올려놓았다. 물이 귀한 곳이니 어쩔 수 없는 일일 거라고 이해하며 그는 무쇠솥 가득한 쌀을 보며 말했다.

"밥을 많이 하시네요."

네헤마는 얼굴을 찌푸리며 차갑게 대답했다.

"부락 사람들과 나눠 먹으려고요."

찌푸린 얼굴이 연기 때문인지 말 건네는 것을 귀찮게 여겨서인지는 알 수 없었다. 어느 쪽이든 가까이하기에는 참 어려운 사람이라 생각하며 그는 언덕 아래로 시선을 돌렸다. 부락이 한눈에 내려다보였다. 호건 앞에서 내려다본 부락은 어귀 쪽에서 볼 때보다 한층 더 붉었다. 마치 햇볕에 벌겋게 달궈진 것 같았다. 거무레하게 시들어가는 노간주나무와 목조가옥의 색 바랜 지붕과 초막지붕의 마른 풀들만이 점박이 무늬처럼 찍혀 보였다. 멀리 공터 옆의 노간주나무 아래에는 자주색 숄을 두른 로빈의 할머니가 조는 듯 앉아있었다. 따가운 햇볕 아래에 숄을 두른 로빈의 할머니는 마치 조각가가 빚어놓은 조형물처럼 보였다.

부락 회의는 날이 어둑해질 무렵 공터에서 열렸다. 회의가 열리기 전에 부락 사람들은 먼저 네헤마가 만든 김치볶음밥을 조금씩 나눠 먹었다.

그날 네헤마는 그가 가져다준 쌀 전부를 털어 밥을 지었다. 한꺼번에 지을 큰솥이 없어 부락의 몇몇 집과 쌀을 나누어서 지었다. 그런 다음 지어진 밥을 한데 모아 가져간 김치를 모두 썰어 넣고 볶음밥을 만들었다. 아껴둔 햄과 소시지도 다져 넣었다. 그렇게 만들어진 김치볶음밥은 회의가 열리기 전, 공터에 모인 부락민 모두에게 조금씩 나누어졌다. 부락 사람들은 여기저기 흩어져서 먹었다. 많지 않은 양인데도 얕은 신음소리를 내면서 먹었다. 분주히 땀을 훔치거나 기침을 하는 사람도 있었다. 하지만 거절하거나 물리치는 사람은 아무도 없었다.

그날의 김치볶음밥 파티를 피드질은 몇 번째로 기억하고 있을까.

사람들은 저마다 마음속의 마음이란 게 있어 같은 장소 같은 상황이라도 기억하는 게 서로 다르기 마련이었다. 만일 피드질이 그날

112

을 기억한다면 어떤 것을 기억할까.

한바탕 두서없이 기억을 되새김질한 후 피드질은 접시에 볶음밥을 덜어 그에게로 건넸다. 밥하느라 기운을 탕진해서인지 접시 든 손이 가늘게 떨렸다. 그는 접시를 받아 볶음밥을 한 술 떠먹었다. 맛보다는 볶음밥에 들인 피드질의 어떤 간절함이 먼저 입안에 씹혔다.

이렇게 저녁을 지어 줄 정도로 나를 기다렸던 이유가 대체 뭘까. 궁금해하며 그는 피드질을 흘긋 쳐다보았다. 피드질은 맛을 묻는 시선으로 그를 쳐다보고 있었다. 등불에 비친 피드질의 표정이 낮에 볼 때보다 한결 가벼워 보였다.

그는 부락 회의가 열리던 날, 노환을 앓고 있는 카키(갈까마귀) 노인을 안고 와서 둥그렇게 둘러앉은 사람들 사이에 조심스레 앉히던 피드질을 기억했다.

그날은 별빛 대신 달빛이 밝은 밤이었다.

공터 주변 여기저기 흩어져 김치볶음밥을 나눠 먹은 부락 사람들은 회의가 시작되자 모닥불을 중심으로 둥그렇게 원을 그리며 둘러앉았다. 제각기 낮고 조그마한 의자를 가져 나와 앉았다. 겨우 엉덩이만 걸칠 수 있을 뿐인 작은 의자는 뒤늦게 온 사람들이 끼어 앉을 때마다 조금씩 원을 넓혀나갔다. 모닥불도 점점 커졌다. 더 늘릴 수 없을 만큼 원이 커지자 또 하나의 원이 겹으로 만들어졌다. 여인들이나 아이들이라고 해서 원 밖으로 물러나 앉거나 쫓겨나는 일은 없었다. 한국에서는 남자들이 모인 자리에 아이들이나 여자가 끼어 앉는 일은 흔치 않았다. 아니 숫제 끼어들지 못하게 했고 끼어들 생각조차 하지 않았다. 도시에서는 조금씩 그런 폐단이 없어지고 있었지만, 시골선 일종의 관습처럼 여자들은 언제나 보이지 않는 곳에 숨어있는 걸 예의로 알았고 아이들은 얼씬도 하지 못했다. 그는 둥 그런 원 속에 끼어 앉은 아이들과 여자들을 돌아보며 신선한 충격을 받았다. 그는 로빈이 들려주던 원의 사상을 떠올리며 피드질이 건네 주는 의자에 앉으면서 물었다.

"부락 회의에 아이들도 참석하는 겁니까?"

피드질은 당연한 걸 왜 묻느냐는 표정으로 퉁명스럽게 한마디 내뱉었다.

"아이들이라고 생각이 없는 건 아니잖소."

그는 부락에서 자신에게 가장 친절하지 않은 사람을 들라면 서슴 없이 피드질을 꼽을 거로 생각했다.

부락 회의는 추장 차림의 네헤마가 상단 자리에 앉는 것으로 시작되었다. 추장 차림이라고 해서 격식을 다 갖춰 입은 건 아니었다. 희고 넓은 띠를 이마에 두르고 독수리 깃털 두어 개를 꽂은 것뿐이었다. 그런 네헤마가 두산에게는 영 생경해 보였던 것은 아마도 장소가 원주민 보호구역이고 그녀가 이국인이기 때문일 것이지만 그보다는 풍모나 풍채가 추장과는 영 어울리지 않아서라고 할 수 있었다.

그런데도 네헤마는 허리를 꼿꼿이 펴고 일어서서 나바호 언어로 말했다. 약간의 탁성인 목소리로 트, 프, 쯔, 흐 같은 파열음과 파찰음을 번갈아 내며 목소리를 높였다. 그는 입을 벌리고 네헤마의 나바호 언어를 들었다. 짧은 단문으로 뚝뚝 끊어 말하던 영어와는 달리 네헤마의 나바호 언어는 자연스러웠다. 얼마나 자연스러운지는 알 수 없었지만, 그는 원주민 말을 하는 네헤마를 신기해하느라 옆에 누가 끼어 앉는 것도 몰랐다.

네헤마의 말은 길지 않았다. 네헤마에 이어 부연 설명하는 피드질의 말이 더 길었다. 길었지만 말투는 시큰둥하기만 했다. 처음부터 반대하고 나섰으니 부락 회의가 못마땅할 것이 분명해서 그는 혹 자신이 알아듣지 못하는 말로 부락 사람들을 반대쪽으로 선동하는 건 아닐까 은근히 걱정될 정도였다.

부연 설명을 마친 피드질은 가늘고 긴 나뭇가지를 사람들 앞에 흔들어 보인 후 옆 사람에게 건네주었다. 옆 사람은 받아든 나뭇가지를 살짝 꺾어 마디를 낸 뒤 다시 옆 사람에게로 돌렸다. 일종의 투표방식이라는 걸 누가 말해주지 않아도 금방 알아챌 정도로 단순하고 명쾌한 행위였다. 언제 왔는지 어깨에 얇은 카디건을 걸친 예파가 옆에서 나직하게 일러주었다.

"추장의 제안에 찬성하면 마디를 꺾는 거예요. 부족의 투표방식이죠."

낮에 네헤마에게 냉대받고 돌아서던 시무룩한 모습과는 달리 말씨가 상냥했다. 그는 예파에게 미소를 지어 보였다. 아니, 미소가 저절로 지어졌다.

나뭇가지 마디가 채 몇 개 꺾이기도 전에 한 노인이 지팡이를 짚고 일어서서 큰 소리로 말했다. 알아들을 수 없는 말이 달빛 밝은 하늘로 우렁우렁 울렸다. 회의장이 일제히 술렁거리기 시작했다. 여기저기서 사람들이 뭐라고 소리치며 고개를 끄떡이기도 했다. 그는 영문을 몰라 예파를 쳐다보았다. 예파는 미소를 지었다.

"닐따 시체이(완고한 할아버지)가 투표 같은 건 할 필요가 없다고 하시네요. 다른 사람들도 다 찬성이라고 하고요."

"그러니까,"

"추장이 하는 일에 반대하지 않겠다는 뜻이지요."

그는 언뜻 로빈의 말을 떠올렸다. 로빈은 추장은 아마도 오래도

록 연임될 것이라고 했다. '부락 사람들 모두가 그녀를 여간 존중하고 사랑하는 게 아니니까요.'

추장이라고는 하지만 네헤마의 지위는 나바호 부족의 한 지파인 수장 자리에 불과했다. 지파의 집단단위는 부족에서 열 손가락 안에 드는 규모라고 로빈이 자랑했지만, 한국으로 치면 작은 군(郡)이나 읍(邑) 정도의 동네에 지나지 않는 규모일 것이다. 정확히는 모르지만 부락민의 수도 그리 많아 보이지 않았다. 그렇다고 해도 한 집단에서 완벽한 지지를 얻기란 힘들다. 추장의 건의가 설령 부락을 위한 것일지라도 반대의견이 없을 리가 없는 게 세상 이치의 숨은 개성이라 할 수 있었다. 혹 속내를 숨기는 사람이 있을지 모르지만, 겉으로 드러난 만장일치가 그는 그저 놀랍고 신기하기만 했다. 배경이 원주민 보호구역이라서 그런지도 몰랐고 네헤마가 한국인이라서 더 그런지도 몰랐다.

그는 감탄했고 예파는 짧게 대꾸했다.

"우리 어머니 부락에서 인기가 아주 많아요."

부락 회의는 싱거우리만치 아무 잡음 없이 끝났다. 사람들은 네헤마에게 몇 가지 질문을 던지는 것으로 회의의 분위기를 좀 더 끌다가 하나둘씩 슬며시 자리를 뜨기 시작했다. 네헤마도 들어가고 피드질까지 보이지 않을 때는 젊은 사람 몇 명만이 띄엄띄엄 남아 얘기를 나누고 있을 뿐이었다. 예파는 가지 않았다. 여름이지만 고산지대의 밤 기온이 점점 차가워지고 있었다. 그가 춥지 않으냐고 묻자 예파는 그에게 모닥불 가까이로 가자며 의자를 끌어다 앉았다. 그도 의자를 끌어다 예파와 나란히 앉았다. 예파는 사위어가는 모닥불에 나무토막 몇 개를 더 집어 던졌다. 나무토막은 연기도 피우지 않고 불이 붙었다. 나무라곤 없는 황량한 곳에 풍부한 땔감이 놀라

윘다.

카디건을 어깨 위로 끌어올리며 예파가 물었다.

"한국은 어떤 나라예요?"

그는 예파의 질문을 반기며 어머니가 말해주지 않았냐고 되물었다. 예파는 고개를 저었다.

"어머닌 자신의 나라에 대해 말해준 적이 한 번도 없어요."

"왜?"

의아해하며 물었지만 한 번도 말하지 않았다면 그만큼 말하고 싶지 않은 이유가 있을 거라고 그는 생각했다. 그런 이유가 혹 자신의 과거와 연관되어서가 아닐까 하는 생각도 들었다. 한편으로는 낮에 니욜아쉬키의 호건에서 봤던 네헤마의 젊다기보다 어려서 오히려 슬퍼 보이던 사진은 아무래도 의문이었다. 설마 그 나이에, 싶었지만 알 수 없는 일이었다.

그는 오래전에 가본 적이 있던 미군 부대의 기지촌과 기지촌 주변의 어수선한 풍경을 떠올리며 예파에게 한국에 대해 말하기 시작했다. 먼저 중국과 일본 사이에 낀 한국의 지리적 위치와 서로 다른 이념으로 갈라져 준전시 상태를 유지하고 있는 남북에 대해 말해주고는 국토의 대부분을 차지하는 산과 강과 삼면을 둘러싼 바다와 사계절이 뚜렷한 자연의 아름다움을 말해주었다. 그리고는 덧붙였다.

"하지만 아저씨가 떠나올 무렵에는 사람들은 날마다 최루탄 가스로 눈물을 흘리며 다녀야 했지."

조용히 듣고 있던 예파가 그의 말을 받았다.

"지금은 그렇지 않죠."

"그렇지 않다는 걸 어떻게 알지?"

"언젠가 신문에서 우연히 본 적이 있어요. 신문 귀퉁이에 한국

기사가 실려 있어서 관심을 가지고 봤죠. 어머니 나라니까요."

그는 웃었다. 아무리 연방정부가 금을 긋고, 원주민 스스로가 고립을 원한다 해도 세상의 소식은 후대의 몸에 묻어오기 마련인 모양이었다. 그는 학부 시절의 정치적 상황과 현재의 발전상을 간단히 들려주고 나서 예파에게 슬며시 물었다.

"그동안 어머니 친척이나 형제들이 여길 방문한 적이 한 번도 없었나?"

예파의 대답은 아주 짧았다.

"어머니에게는 패밀리가 없어요."

막연히 전쟁고아가 아니었을까 했던 짐작이 맞았구나. 그는 속으로 중얼거렸다.

네헤마의 나이면 전쟁고아라고 해서 특별한 경우는 결코 아니었다. 전쟁의 소용돌이 속에서 본의 아니게 고아가 된 아이들은 수도 없이 많았고 네헤마도 그런 고아 중의 한 명일 뿐이었다. 만일 고아가 분명하다면 네헤마는 전쟁의 후유증이 극심할 때 불우한 청소년기를 거쳤을 것이고 혼자 자립의 길을 걸으면서 자신의 의지와는 상관없는 숱한 일들을 겪으며 성장했을 것이다. 얼굴이 어두운 건 아마도 그래서가 아니었을까. 그는 생각했다. 두산 자신도 전쟁을 겪은 세대지만 전쟁고아들만큼 혹독한 편은 아니었다. 비록 세상과 균형을 맞추지 못한 부모이긴 했지만, 무수히 많은 전쟁고아들이 거리를 헤매는 사진을 보면 비교적 보호받고 자란 셈이라 할 수 있었다. 네헤마가 그 험난함을 어떻게 견뎌냈는지 알 수 없지만 아마도 주변 사람들로부터 수없이 상처받고 이용당하며 성장했을 것이란 짐작은 어렵지 않았다. 성정이 차가운 건 그래서일까.

그는 낮에 딸을 대하던 네헤마의 차가운 어투를 생각하며 예파를 쳐다보았다. 어깨에 걸친 카디건 자락 사이로 봉긋이 부풀어 오른 배가 눈에 띄었다. 설마 싶었지만, 지금쯤 학교 기숙사에 있어야 할 소녀가 눈앞에 있는 것부터가 부인할 수 없는 사실일 것 같아 그는 어쩐지 마음이 쓰렸다.

예파는 한국 얘기를 더 해 달라고 졸랐다. 밤이 꽤 깊은 것 같았고 피곤이 스멀거렸지만, 그는 기꺼이 한국의 문화와 역사, 음식과 사람들에 대해 얘기해 주었다. 아주 길게 얘기해 주었다. 다른 사람은 몰라도 예파는 알아야 할 것 같아 생각나는 대로 아는 데로 많은 것을 들려주었다. 예파는 눈을 반짝이며 들었다. 간간이 질문을 던지고 되물으면서 귀를 모아들었다. 그리고는 조용히 말했다.

"언젠가는 꼭 가볼 생각이에요. 어머니 나라니까요."

LA로 돌아온 그는 서둘러 새 일정표를 짜기 시작했다. 일정표를 짤 때 가장 우선시해야 하는 건 동선이었다. 워낙 광활한 지역에 관광명소들이 흩어져 있어서 이동시간과 연료비를 고려하지 않을 수 없기 때문이었다. 그는 기존의 코스를 동선에 맞게 이리저리 꿰맞추고 떼어내고 하면서 '붉은 절벽 아래의 부락'을 중심으로 몇 개의 일정표를 짜는 한편, 두어 번 부락으로 달려가 구체적인 세부 사항을 의논하기도 했다. 가이드는 당연히 자신이 전담할 생각이었다. 부락탐방은 오직 자신만의 독점 품목이어야 했고 부락에서도 다른 사람의 출입을 절대 허락하지 않겠다고 했기 때문이었다. 부락의 그런 제의는 그로서는 여간 흡족한 것이 아니었지만 파이프 비용만 마련되면 즉시 부락탐방을 끝낼 것이라는 선언은 마음에 아쉬웠다. 하지만 그는 파이프 비용이 쉽게 모아질 것으로는 보지 않았다. 묻어야할 파이프라인이 무려 20마일이었다. 부락탐방의 이익 절반을 나누어 준다고 해도 금방 마련될 수 있는 금액이 아니었다. 그리고 부락 탐방을 이어가는 동안 어떤 변수가 생길지는 아무도 모르는 일이었다. 그는 가능한 부락탐방을 오래 계속하고 싶었고 은근히 그럴 속셈이었다.

그는 신문에 짧은 광고 문안을 실었다.

인디언 보호구역의 원주민 부락탐방. 베일에 가려졌던 원주민들의 생활상을 직접 접할 수 있는 절호의 찬스. 세공품 수작업을 지켜볼 수 있는 흔치 않은 기회. 오직 백두산 여행사에서만 가능한 미답지의 여행. 부락의 여추장이 한국인이라는 대목은 넣지 않았다. 무슨 이유에서인지 피드질이 허락하지 않았기 때문이었다. 그렇다고 탐방을 신청하는 사람들이 모를 리가 없었다.

예상대로 광고가 나가자마자 28인승 미니버스 한 대분의 관광객이 부락탐방 신청을 해왔다. 신청자는 대부분이 세공품 구매를 겸한 소매상인들이었다. 물론 호기심으로 신청한 일반인 관광객도 몇 명 있었다.

그는 대여한 미니 관광버스에 고객을 태우고 첫 번째로 2박 3일 간의 일정을 떠났다. 일정은 모하비 사막을 건너 라플린에서 1박한 다음 콜로라도강을 건너 세도나와 두어 곳의 유명 캐니언과 모뉴먼트 밸리를 차례로 돌아보고 이후 '붉은 절벽 아래의 부락'을 탐방하고 나서 주변의 소소한 볼거리 몇 군데를 둘러보면서 되돌아오는 코스였다.

그는 누구보다 가이드 역할에 충실하려 애를 썼다. 고객들에게 흔히 지나치기 쉬운 길목의 진귀한 것들을 빠짐없이 보여주려 애를 썼고 그런 것을 설명해 주는 것에 정성을 담았다. 가이드의 능력에 따라 여행사의 신뢰와 인지도가 달라지기도 하기 때문이었다.

'붉은 절벽 아래의 부락'으로 갈 때는 나바호족이 눈물의 여정이라고 부르는 핍박의 역사를 간단히 들려준 뒤 무엇보다 예의를 지켜줄 것을 당부했다.

"백인 이주민들에게 당한 피해의식에서 아직도 헤어 나오지 못하고 살아가는 사람들입니다. 때문에 외부인의 발길을 무척 꺼리지요. 이웃 간에도 서로의 사생활을 배려해 멀찍이 떨어져 집을 짓고 살 정도로 서로를 존중하며 사는 부족입니다. 사색을 즐기고 자연과의 교감을 중시하는 사람들이지요. 친구라고 여겨지는 사람들에게는 한없이 친절한 것이 또 그들입니다. 부디 좋은 기억으로 남을 수 있는 사람들이 되어주시기를 간절히 부탁드리겠습니다."

대충 언제쯤 갈 거라고 정해준 대로 네헤마는 부락 어귀까지 나와 일행을 맞이했다. 어서 오라는 인사말을 건네는 모습은 담담했지만 이십 년 넘어 처음 만나는 동포들이 반가운지 그녀답지 않게 얼굴이 붉었다. 옷차림에도 신경 쓴 티가 역력했다. 거칠고 메말라 보이던 얼굴 피부도 여느 때와는 달리 윤기가 돌았다. 여느 때와 마찬가지로 전혀 화장하지 않았는데도 그녀는 그날따라 눈에 띄게 젊고 아름다웠다. 네헤마를 본 남자 관광객들은 눈을 껌뻑거렸고 여자들은 작은 소리로 감탄하며 네헤마를 둘러싸고 이런저런 질문들을 던지기 시작했다. 고객들이 무슨 질문을 했고 네헤마가 얼마만큼 대답했는지는 알 수 없었다. 그가 멀찍이 떨어져 지켜본 것은 네헤마의 미소뿐이었다. 양쪽 뺨에 옅게 보조개가 패이는 것도 그는 그날 처음 보았다.

그가 정한 부락에서의 체류시간은 두 시간이었다. 부락의 안내는 피드질이 맡았다. 피드질이 관광객들을 데리고 부락을 둘러보는 사이 네헤마는 딸 예파와 부락의 부녀자들과 함께 머그워트 티를 준비하고 어귀에 펼쳐둔 가판대에 세공품을 진열하느라 분주히 움직였다. 관광객들은 그가 한 당부대로 예의 바르게 부락 사람들에게 미소를 지어 보였고 피드질이 안내하는 대로 부락의 이런저런 모습을 구경했다. 움막 안에 모여 서서 세공품 만드는 걸 지켜보기도 했다. 소매상인들은 약간의 세공품들을 구매했고 관광객들도 기념품으로 한두 개씩 골라 샀다. 고가 제품인 인디언 문양의 벽걸이 양탄자도 두 개나 샀다. 돌아갈 때 네헤마는 그에게 고맙다고 인사했다. 여러 번의 발걸음에도 그가 네헤마에게서 고맙다는 말을 듣기는 처음이었다. 그는 흡족한 마음으로 다음 일정을 말해주고는 부락을 떠났다.

그 뒤로도 부락탐방은 계속되었다. 삼사일 간격의 일정표가 한 번도 무산되지 않을 정도로 신청자가 꾸준히 이어지고 있었다. 대신 한인 커뮤니티에는 네헤마의 소문이 다양하게 채색되거나 여러 각도로 변질되어 퍼지기 시작했다. 듣기 거북한 소문도 나돌았다. 그는 소문을 접할 때마다 마음이 불편했지만, 소문을 바로 잡을 어떤 근거도 제시하지 못했다. 할 수가 없었다. 소문은 한층 더 호기심을 자극해서인지 신문광고를 하지 않아도 어떤 때는 45인승 대형 리무진 버스를 빌려야 할 정도로 신청자가 밀렸다. 하지만 대형 리무진 버스로 부락을 다녀온 것은 단 두 번으로 그치고 말았다.

뭔가 석연치 않은 낌새를 느끼기 시작한 건 처음으로 45명을 인솔하여 다녀온 뒤부터였다. 어쩐지 부락의 분위기가 좋지 않았던 것이다. 갈 때마다 일행을 환영해주던 부락 사람들이 점차 한두 명씩 모습을 감추는 것 같았고 탐방객들에게 짐짓 보란 듯 열어두던 호건의 휘장도 초막의 널빤지 문도 닫혀 있기 일쑤였다. 네헤마는 변함없이 고객들을 맞이하고 차를 대접했지만, 네헤마 역시 왠지 처음 같지 않았다. 피드질은 특히 정도가 더 심했다.

부락탐방은 채 열 번도 채우지 못하고 끝이 났다. 탐방을 시작한 지 석 달 남짓만이었다. 그 사이 김치를 가지고 간 적은 몇 번 되지 않았다. 관광객을 인솔하는 가이드로서 챙길 게 너무 많았던 탓이었다. 바쁘게 출발하고 나면 뒤늦게 생각나기 일쑤였다. 단 두 명뿐인 창구의 여직원은 김치까지 챙겨 줄 정도로 한가하지는 않았다.

마지막 부락탐방에 나선 것은 그해 11월 초순이었다. 추수감사절을 이십일 정도 앞둔 때인데도 신청자가 많아 대형 리무진 버스를 대여해야만 했다. 신청자 중에는 뜻밖에 전처도 끼어있었다. 어쩌다 길에서 마주쳐도 쌩하니 외면하던 전처는 남자친구와 함께 여행에 나선 것이었다. 여행은 분명 남자친구가 우겨서 왔는지 전처는 줄곧 떨떠름한 표정을 지우지 않았다.

그는 리무진 버스에 45명의 고객을 태우고 부락으로 향했다. 대형버스로 부락에 가는 건 두 번째였다. 그는 버스를 가득 채운 고객에 더 없이 만족한 기분이 들어야 하는데도 왠지 마음이 무겁기만 했다. 기분도 좋지 않았다. 전처가 끼어있어서가 아니었다. 전처의 남자친구 때문만도 아니었다. 여느 때와 다른 고객들의 산만한 행동 때문만도 아니었다. 부락탐방의 횟수가 거듭될수록 점점 마음이 편치 않아지는 어떤 느낌 때문이었다. 뭔지 모르게 불안했다. 부락탐방으로 겨우 숨통이 트이는가 싶던 참이었다. 불안은 적중했다. 그날 부락 안으로 발도 들이지 못하고 쫓겨난 이유를 알게 된 건 일 년이 훨씬 지나서였다.

"맛이 없나 보군요."
피드질이 말했다. 두산은 아니라고 얼른 손사래 쳤지만 사실 맛은 없었다. 먹는 둥 마는 둥 하면서 딴생각에 잠긴 걸 피드질이 한참을 지켜보고 있었다는 걸 그는 알아챘다. 피드질의 접시도 그대로였다. 그는 왜 먹지 않느냐고 피드질에게 물었다.

"이젠 먹지 않아도 될 것 같소."

의자에 등을 기대며 피드질이 말했다.

"오랫동안 억지로 먹어왔거든요."

그는 피드질의 늘어진 셔츠 위로 앙상하게 드러난 빗장뼈를 보았다. 부실한 영양 섭취 때문인지 정말 어디가 나빠서인지 알 수 없지만, 생존을 위해 억지로 먹었다면 쉽지 않았을 거라는 생각이 들었다. 그는 그래도 먹어야 한다고 달랬지만 피드질은 고개를 저었다.

"오늘은 선생과 편안하게 얘기만 나누고 싶소."

그는 어쩔 수 없이 그러자며 숟가락을 내려놓았다. 피드질은 자신이 정성 들여 만든 김치볶음밥이 그대로 남은 것에 실망하는 표정으로 식탁을 치웠고 그는 피드질을 대신해 쟁반을 뒷문 밖 데크에 내놓았다. 조금 전 몇 개의 별을 게워내던 밤하늘에 그새 제법 별들이 총총했다. 밤공기도 청정했다. 청정한 공기는 밤이 깊어질수록 차가워지겠지만 안에서 등불을 태우며 얘기를 하느니 별빛 밝은 데크에 앉아 얘기를 나누는 것도 좋을 것 같아 그는 실내로 들어와 피드질의 의향을 물었다. 피드질도 흔쾌히 그러자고 했다. 두 사람은 등불을 끄고 앞 데크로 나와 낡은 의자에 앉았다. 작고 낡은 의자는 움직일 때마다 다리가 흔들거렸고 나무 바닥은 밟으면 삐걱 앓는 소리를 냈다. 바람은 있는 듯 없는 듯했지만 살갗으로는 바람의 결이 느껴졌다. 불빛 한 점 없는데도 주변의 사물들을 알아보는 게 어렵지 않을 정도로 별빛이 밝았다.

"얘기 나누기 좋은 밤이군요."

두산은 말했고 피드질은 고개를 끄떡였다. 두 사람은 잠시 너른 마당 주변의 삭막한 밤 풍경을 둘러보았고 나지막이 엎드린 호건과 초막들 사이로 허리 굽은 굼뜬 그림자 하나가 천천히 지나가는 걸 지켜보고 어느 쪽에서 들리는지 무엇인지 모를 사물의 메마른 신음 소리를 들었다. 그리고는 잠시 멀리 구릉 쪽에서 어른거리는 지난날의 환영을 각자의 몫으로 나누어 보았다. 먼저 입을 연 사람은 피드질이었다.

　"로빈에게서 들어 아시겠지만, 선생, 난 이제 기력마저 잃어가고 있소. 도무지 뭘 할 수 없을 정도요."

　기운 없는 말소리였다. 그는 기운을 내라고 말해주었지만 스스로도 왠지 성의가 느껴지지 않았다. 피드질도 시큰둥하게 말했다.

　"선생 말대로 기운을 내려고 해도 잘 되질 않소. 이러다 언제 어떻게 될지 모르겠소."

　그는 이디가 아파서 그런 것이 아니냐고 물었고 피드질은 딱히 아픈 건 아니라고 말했다.

　"아마도 기다림이 힘들었던 모양이오."

　그럴 정도로 기다렸단 말인가. 의아해하며 그는 피드질을 돌아보았다. 피드질은 어깨를 뒤로 젖히고 굽은 등을 폈다. 얼굴을 찡그린 채였다.

　"정말이지 지난 5년은 온통 기다림의 시간이었소. 난 기다림이 그렇게 지루하고 힘들고 신경이 곤두서는 일이라는 걸 처음 알았소. 그런 힘든 시간 끝에 다행히 선생은 이렇게 와주었지만, 아들은 여전히 소식이 없소."

　피드질이 탄식했다.

　"그 애가 일자리 찾아 세상 밖으로 나간 지도 이제 십 년이 넘었소. 대체 어디서 뭘 하느라 오질 않는지, 도무지 알 길이 없소."

십 년이 넘도록 소식이 없다는 것에는 두산도 고개가 갸웃거려졌다. 보호구역도 이젠 예전처럼 출입이 엄격히 제한되어 있지 않았다. 허가를 받으면 보호구역 밖으로의 거주까지도 가능하게 되어있었다. 그런데도 소식을 끊고 지낸다는 게 의아했다. 혹 신변에 무슨 변이 생긴 건 아닐까 하다가 두산은 황급히 고개를 저었다. 피드질에게 더 이상의 불행은 생각조차 하기 싫었다. 그는 어슴푸레한 어둠 속에서도 완연해 보이는 피드질의 앙상한 모습을 훔쳐보며

"설마 무슨 일이야 있겠어요. 혹 누가 알아요. 내일이라도 자신의 아내와 아이를 데리고 정말 바람처럼 나타날지."

진심으로 그러기를 바라며 말했지만, 피드질은 아무 대답 없이 멀리 구릉 쪽으로 시선을 던졌다. 앙상하게 여읜 옆모습에서 체념의 빛이 어른거렸다. 침묵이 흘렀다. 그는 피드질이 자신을 기다린 이유가 몹시 궁금했지만 묻지 않았다. 잠시 뒤 피드질이 물었다.

"혹 니욜아쉬키가 어디서 태어났는지 알고 있소?"

말소리에 조금 기운이 도는 것 같았다.

그는 오래전 니욜아쉬키의 호건에서 본, 아이를 안은 네헤마의 사진을 떠올리며 알고 있다고 했다. 안고 있는 아이가 분명 니욜아쉬키일 것이다.

"그렇소. 니욜아쉬키는 한국의 포천에서 태어났소. 하지만 난 그때 아이가 태어나는 걸 지켜보지 못했소. 본국의 귀대명령을 받았기 때문이었소. 어쩔 수 없이 순인 혼자서 아이를 낳아야만 했는데, 참, 선생은 순이라는 이름이 뭘 의미하는지 혹 알고 있소?"

갑자기 생각났다는 듯 피드질이 그를 돌아보며 물었다. 그는 글쎄요. 하며 고개를 갸웃했다.

한국의 이름은 한자에 의미를 두고 짓기 때문에 한자를 알아야만 이름의 뜻을 알 수 있는 것이다. 오래전, 뭔가를 똘똘 말아 싼 작고 누런 손수건을 내밀며 제 이름은 김순이라고 합니다. 라고 알려주던 네헤마 역시 한자를 알 리가 없을 터였다. 네헤마는 자신의 이름 석 자만 겨우 읽을 줄 아는 사람이었다.

순이라는 이름은 한국에서 가장 흔한 이름으로 여자들의 대표적인 이름 중 하나였다. 자신의 누이 이름에도 순(順)자가 들어있었다. 김명순. 그는 자신의 누이를 순이 누나라고 불렀다. 그리고 네헤마, 김순이. 지극히 평범하고 너무도 흔하게 불리던 이름. 그래서 조금은 식상할 수 있는 이름이 네헤마에게서 흘러나오는 순간의 신선함은 지금 생각해도 의아하기만 했다. 아마도 이곳이 원주민 보호구역이어서인지 몰랐고 네헤마와는 영 다른 느낌의 이름이어서인지도 몰랐다. 아무튼 이곳 보호구역의 오지에서 피드질의 입으로 순이라는 이름이 무수히 불리었다는 것에 그는 새삼 가슴 뭉클해짐을 느끼며 가장 흔한 한자어인 順을 택해 아마도 성격이나 태도가 부드러워서 지은 의미일 거라고 말해주었다. 피드질은 조금의 망설임도 없이 머리를 흔들었다.

"그런 뜻이라면 틀렸소, 순인 결코 성격이 부드럽다고는 할 수 없는 사람이오."

그는 피식 소리 죽여 웃었다. 실제로 네헤마는 부드러운 사람은 아니었다. 사람들을 대할 때도 차갑고 무덤덤하기만 했다. 부락 사람들에게도 다정하다거나 상냥하다고는 느껴지지 않았다. 그런데도 어떻게 추장으로 추대될 수 있는지 알 수 없을 정도였다. 아마도 자라난 환경 탓이라 할 수 있겠지만 피드질에게조차 그리 살가운 아내는 아니었던 모양이었다. 피드질은 그게 불만이라는 듯 부족의 이름인 네헤마의 뜻에 대해 말하고는 "부락 사람들은 그녀를 사랑했지만 내겐 사실 참 버거운 사람이었소." 하며 고개를 저었다. 네헤마는 성 정이 차가울지는 모르지만 버거울 정도로 기가 센 편으로는 여겨지 지 않아서 그는 고개를 갸웃거리며 물었다.

"어떤 면에서요?"

피드질은 잠깐 생각하고는 말했다.

"모든 면에서요. 모든 면에서 순인 소리 없이 강한 여자였소."

그는 처음 부락탐방을 제의하던 날을 떠올렸다. 그때 본론에 접 어들기도 전에 완강히 반대하고 나서는 피드질을 네헤마는 몇 마디 말로 조용히 데리고 나갔다. 그리고는 다시 피드질과 함께 조용히 들어왔다. 밖에서 무슨 말로 어떻게 설득했는지 모르지만 나가 있던 시간도 그리 길지 않았다. 피드질은 입이 부어있었지만 부락 회의 를 열어 결정하자는 네헤마의 말에 한마디도 토를 달지 않았다. 그 하나의 예를 비추어 봐도 만만치 않았음을 알 수 있었지만 피드질의 말소리는 사뭇 탄식조였다.

"난 한 번도 순일 이겨본 적이 없었소."

두산은 다시 또 픽 웃었다. 이겨본 적이 없는 게 아니라 아예 이 기려고 하지도 않았겠지, 싶었다. 피드질은 웃는 그를 힐끗 쳐다보 고는 짐짓 한숨을 쉬었다.

"한 번도 이겨본 적은 없지만 그래도 졌다는 생각이 들지 않는 게 더 이상하지 않소?"

이번에는 소리 내어 웃었다. 피드질도 따라 피식 웃었다. 어두워 서 이빨이 몽땅 빠진 동굴 같은 입속은 보이지 않았지만 그렇게라도 기운을 차린 듯해서 그는 마음이 좀 놓였다. 피드질은 거푸 말했다.

"선생도 어느 정도 알고 있겠지만, 혹 순이가 이곳에서 어떻게 지냈는지 좀 더 자세히 알고 싶은 생각 없으시오?"

말소리에도 한결 힘이 실린 듯했다. 그는 듣고 싶다고 했다. 이곳에서의 생활이 어땠는지 대충 알고는 있었지만 세세한 것까지는 알지는 못했다. 그는 네헤마가 여기서 어떻게 지냈는지, 어떻게 세상으로부터 소외된 결핍의 생활을 견뎠는지 자세히 알고 싶었다. 피드질은 그의 대답을 흡족해하며 말했다.

"좋소. 내가 선생을 기다린 이유 중의 하나가 순이의 얘기를 꼭 들려주고 싶어서였소. 물론 선생이 아닌 다른 누구에게라도 들려줄 수 있지만 꼭 선생이어야만 했소. 이유는 선생이 순이와 같은 한국인이기 때문이오. 왜 한국인이어야 하는지는 이따가 알게 될 거요. 혹 피곤하지는 않으시오?"

그는 괜찮다고 했다. 피드질은 잠깐 호흡을 가다듬었다. 숨을 깊숙이 들이마셨다가 길게 천천히 내뱉는 것이 무슨 의식을 치르는 듯했다. 피드질은 말했다.

"순이가 여기 온 것은 그녀의 나이 스무 살 때인 1970년 가을이었소."

1970년이라면 32년 전의 일이었다. 32년은 니욜아쉬키의 호건에서 본, 아이를 안은 네헤마의 사진을 떠올리게 했다. 사진의 배경이 한국이었다면 아이를 안은 그녀의 나이는 갓 열아홉쯤 되었을 것이다. 이곳으로 왔을 때의 나이가 스물이었다면 어떻게 그 어린 나이로 이곳의 낯섦을 극복했는지 궁금해하며 그는 피드질의 얘기에 귀를 기울였다.

7

긴 여정

본국의 귀대명령을 받고 입국한 지 딱 일 년이 지난 뒤 피드질은 다시 한국으로 날아갔다. 제대 만기의 휴가를 이용해 군 수송기를 타고 순이를 데리러 간 것이다. 오로지 순이를 데려오기 위해 나머지 복무기간 동안 입술이 갈라지고 눈이 충혈되도록 군 복무에 최선을 다해 견딘 결과였다. 수송기를 타고 날아가는 시간이 십 년의 세월로 늘어나는 것 같은 지루함과 초조함을 달래가며 다시 만날 기쁨에 눈 한번 부치지 못할 만큼 설렌 것에 비해 순인 반드시 데리러 오겠다는 피드질의 약속을 노새의 꼬리만큼도 믿지 않고 부대 앞 민간인 세탁소에서 세탁부로 일을 하고 있었다. 아이를 등에 업은 채였다. 피드질이 떠날 때 제법 배가 불러오던 순인 사내아이를 낳아 기르고 있었던 것이다.

"순인 일 년 만에 나타난 날 마치 유령을 보듯 봤소. 도무지 믿기지 않았던 모양이었소. 그도 그럴 것이, 선생도 알다시피 기지촌 주변엔 버림받은 아이들과 여자들이 얼마나 많았소."

순인 아이를 키우며 혼자 살 생각으로 일하고 있었다. 피드질이 떠날 때 생활비로 쓰라고 주고 간 800불도 그대로 간직한 채였다. 당시 800불이면 한국에선 꽤 큰 액수였고 그 돈이면 일하지 않고도 아이와 함께 충분히 편안하게 지낼 수 있었다.

"한데도 순인 그 돈을 한 푼도 쓰지 않고 간직해 두었다가 나중에 아이가 커서 아버지를 찾아가겠다고 할 때 줄 생각이었다고 하더군요."

그 말을 할 때 울었던 사람은 순이가 아닌 자신이었다고 말하는 피드질의 목소리는 조금 떨렸다.

"순인 여간해서 눈물을 흘리지 않았소. 그만큼 마음이 단단한 사람이었던 거요. 아시잖소?"

그는 네헤마가 우는 걸 딱 한 번밖에 보지 못했음을 기억했다. 울었던 흔적으로 눈이 부은 얼굴을 본 건 두 번이었다. 만일 눈물이 흔한 사람이었다면 네헤마는 수도 없이 울면서 살았을 것이라 생각하며 두산은 선선히 고개를 끄떡여 보였다.

순이와 아이를 데려올 때도 군 수송기를 탔다. 당시 군 수송기는 파병군의 가족이면 별문제 없이 탈 수 있었다. 파병군인만이 받을 수 있는 혜택이었고 70년대 행정상의 허술함 때문이기도 했다. 대신 결혼증명서는 있어야 해서 급히 부대 내의 군목 앞에서 결혼식을 올리고 증명서를 받았다. 정식 결혼식은 돌아가는 즉시 윈도우락에서 군 복무를 마친 기념환영식과 겸하기로 약속을 해둔 터였다. 당시 부족에는 군 복무를 마치고 돌아오는 제대군인은 피드질 말고도 두 명이 더 있었다. 모두 이웃 부락에 사는 친구들로서 함께 하이스쿨을 졸업한 동창생이기도 했다. 물론 그들은 파병군인은 아니었다.

"그때 순이와 함께 돌아가는 게 어찌나 행복하던지, 그저 꿈만 같았소."

하지만 순이에겐 죽음과도 같은 긴 여정일 뿐이었다. 난생처음 비행기를 타보는 순인 초주검 같은 멀미에 토하고 널브러지기를 수 없이 반복해야만 했다. 다행히 군의관이 타고 있어서 보살핌을 받으며 무사히 도착하긴 했지만, 문제는 정작 윈도우락에서의 일이었다.

비행기에서 내려 제대 수속을 밟을 때까지 부대 근처 모텔에서 며칠 안정을 취한 순인 다시 몇 번의 버스를 갈아타는 도정에서도 지독한 차멀미에 시달려야만 했고 윈도우락에 도착해서는 전통 복장으로 환영식을 해주기 위해 기다리고 있는 부족 사람들을 보고는 아예 기절해 버리고 만 것이다.

"다 내 잘못이었소만, 순이에게 부족 얘기를 전혀 하지 않았던 건 아니었소. 틈틈이 부족에 대한 얘길 들려주긴 했지만, 더 자세한 얘길 나누기엔 우리에겐 시간이 별로 넉넉하지 않았고 게다가 문화의 차이 같은 얘길 나누기엔 순인,"

피드질은 뒷말을 얼버무렸지만, 두산은 피드질이 하고 싶어 하는 말의 뜻을 알아차렸다. 어느 나라 말이든 외국어는 전문적인 학습을 통하지 않고는 유창하게 대화를 나눌 수는 없었다. 오래도록 현지에 거주하면서 반복해 듣고 익히면 가능하지만 오며 가며 주워들은 단문의 몇 마디로는 대화가 어려울 수밖에 없을 것이다.

그가 단문으로 짧게 뚝뚝 끊어 말하던 네헤마의 영어를 생각하는 사이 피드질은 가만히 한숨을 쉬었다. 밤 기온이 한결 서늘해지고 있었다. 공기의 결도 차츰 차가워지고 있었다. 그는 어깨를 한번 움츠렸다 폈다. 추워서가 아니었다. 그냥 의자에 앉아있는 불편을 잠깐 털어냈을 뿐이었다. 한숨을 쉬고 난 피드질이 물었다.

"그래도 순인 참 영특한 사람이었소. 그렇게 생각지 않소?"

두산은 주저 없이 그럼요. 하고 맞장구쳤다. 피드질은 씩 웃었다.

환영식에서 기절했던 순인 사흘이 지나서야 겨우 깨어났다. 정신적인 충격도 컸겠지만 긴 여정의 여독도 겹쳤을 것이다. 순이가 깨어나자 중단되었던 환영식이 다시 열리고 결혼식도 치러졌다. 당연히 반쪽짜리 경사일 수밖에 없었다. 순인 반쯤 넋이 나간 채 아이를 끌어안고 떨고만 있었다. 간신히 행사를 치르고 부락으로 돌아왔어도 순인 좀처럼 안정을 찾지 못했다. 부모님이 지어놓은 호건에 들어가는 것도 질색해서 한동안 바람구멍 숭숭한 목조가옥에서 지내야만 했다. 순인 먹지도 자지도 않았다. 어떻게 하던 아이를 안고 달아날 기회만 노리는 눈치였다. 아무리 달래고 설득해도 소용없었다. 부락의 어른들은 시간이 지나면 나아질 거라면서 인내심을 가지라고 했지만 잠시라도 한눈을 팔다 보면 순인 어느 틈엔가 사라지기 일쑤였다. 부락 사람들과 함께 미친 듯이 찾아다니다 보면 순인 어떻게 갔는지 모르게 몇 마일 밖의 산속을 헤매고 있거나 햇볕 쨍쨍한 벌판을 비칠거리며 걸어가고 있기 일쑤였다. 그런 일이 몇 번 반복된 뒤의 마지막은 저 위쪽 메사의 절벽 끝이었다. 순인 아이를 안고 금방이라도 떨어질 듯 위태롭게 서 있었다. 어떻게 할 수 없는 절망감에 처음으로 목 놓아 울었다. 순일 데리고 온 지 두 달이 지난 닐-치-쪼시(작은 바람의 달 10월)의 달이었다. 하는 수 없이 한국으로 돌아가게 해주겠다는 약속을 하고는 준비를 시작했다. 하지만 순인 돌아갈 수가 없었다.

"무엇 때문인지는 선생도 이미 알고 있는 그대로요."

두산은 고개를 끄떡였다. 오래전에 들어 알고 있는 일이었다. 피드질은 얘길 계속했다.

순이에게 돌아갈 수 없는 이유를 말해주기 전에 그즈음 오래도록 노환을 앓던 부락의 친척 어른이 돌아가셨다. 장례식을 치르고 한동안 추모의 시간을 가졌다. 그러는 사이 닐-치-쪼(큰 바람의 달 11월)의 달이 되고 야스-닐-떼스(얼어붙은 눈 12월)의 달이 되었다. 계곡엔 칼바람이 불기 시작했고 눈이 내렸다. 눈은 여느 해보다 많이 내려 계곡의 길이 미끄러웠고 칼바람이 불면 차가 흔들렸다. 자연히 바깥출입은 어려워지고 부락은 적막에 휩싸였다. 물론 햇볕 따뜻한 날도 많았다. 햇볕 따뜻한 날에는 은을 녹이고 세공품을 만들었다. 그러는 동안에도 순인 호건에서 꼼짝도 하지 않았다. 순이가 그토록 질색하던 호건에 들어간 건 칼바람이 춥기도 했지만, 아이가 자주 감기에 걸렸기 때문이었다. 그렇게 겨울이 가고 겨울 끝자락과 함께 진눈깨비 흩날리는 우기철이 시작되면서 작은 식물의 달이 되었다. 봄은 변화의 계절이어서 황량하고 메마른 북서부의 땅에도 갖가지 꽃이 피고 키 작은 잡목들까지 새순을 틔웠다. 부락에서도 노간주나무의 바늘잎이 파랗게 생기를 돋우고 여름내 마른 땅을 굴러다니던 세이지 브러시도 연둣빛 잎을 틔우고는 이내 자잘한 꽃을 피웠다. 건기 때 누렇게 말라버린 유카의 뾰족 잎도 진녹색으로 부드러워졌다. 변화는 또 있었다.

겨우 내 호건에 틀어박혀 있던 순이가 잠깐씩 밖으로 모습을 드러내기 시작한 것이다. 큰아들 니욜아쉬키 때문이었다. 어린 니욜아쉬키의 다리에 한창 힘이 오를 때여서 아이는 아무 데고 뛰어다녔다. 당시 부락의 대지엔 돌들이 많이 굴러다녔고 마른 잡풀 뿌리들이 무성하게 박혀있었다. 땅도 고르지 않았고 함부로 돌아다니는 가축의 배설물로 불결하기 이를 데 없었다. 그 때문에 아이들은 걸핏하면 풀뿌리나 돌멩이에 걸려 넘어지기 일쑤였고 온몸에 가축의 배설물을 묻힌 채 놀고 있는 건 예사로운 일이었다. 니욜아쉬키도 곧잘 넘어져 팔에 피가 나거나 무릎이 까졌다.

순이가 부락의 잡초를 뽑고 돌멩이와 가축의 배설물을 치우고 움푹하게 꺼진 곳을 흙으로 메우거나 고르기 시작한 건 그래서였다. 순인 혼자 조용히 그런 일들을 했다. 누구에게 도움을 청하거나 같이 일하자고 부탁한 적은 한 번도 없었다. 부탁하고 싶어도 할 수 없었을 것이다. 부족 말을 한마디도 하지 못할 때였다.

"순인 나한테도 도움을 청하는 법이 없었소." 하고 피드질은 말했다.

도움을 청하지 않아도 혼자 일하는 걸 말릴 수도 모른 척할 수도 없었다. 가뜩이나 눈치를 살피던 때였다. 같이 일하다 보면 행여 마음이 돌아서지 않을까 하는 기대감을 품고 순이가 하자는 대로 일을 도와주기 시작했다.

순이의 첫 번째 요구는 구릉 너머에 우리를 짓고 가축을 가두는 일이었다. 가축우리는 혼자 할 수 없는 일이어서 친구인 쩨에게 도움을 청했고 쩨는 다시 부락의 장정들을 불러들였다. 가축우리를 짓고 나서는 부락에 지천으로 굴러다니는 돌을 치우기 시작했다. 땅속 깊이 박힌 돌부리까지 뽑아내면서 일은 자연스레 굴곡이 심한 곳에는 축대를 쌓게 되고 지면이 높은 곳은 깎아내리는 정비작업으로 이어졌다. 정비작업에는 물론 부락 사람들 모두가 참여했다. 부락 사람들이 그렇게 모여 일하기는 처음이었다. 제각기 움츠러들어 꼼지락거리며 겨우겨우 살아가던 때였다. 부족에서는 무슨 일이든 강요하지 않는 걸 원칙으로 살아가고 있었기 때문에 이웃에서 누가 뭘 하든지 아무도 간여하지 않을 때여서 억지로 끌어들이는 일은 없었다. 모두 자진해서 참여한 것뿐이었다. 하지만 그렇게 하도록 이끈 사람은 있었다.

"누구였겠소?"

피드질이 물었다. 두산은 대답 대신 미소를 지어 보였다.

"가끔 생각했소. 부락 사람들이 유독 순일 따랐던 이유가 뭐였을 까 하고."

글쎄, 무엇 때문이었을까. 두산은 생각했다. 먼 나라에서 온 이국 인이어서였을까. 아니면 그녀가 풍기는 동양적인 신비로움 때문이 었을까. 알 수 없었다. 피드질은 그에게 길게 생각할 틈을 주지 않으 려는 듯 곧장 얘기를 계속했다.

아무튼 부락은 차츰차츰 달라져 갔다. 곳곳이 울퉁불퉁 사납던 부락의 대지가 고르고 평평하게 다져지면서부터 억센 검불과 날카 로운 돌들이 갈라놓던 이웃집과의 사이에 길이 생기고 화단이 만들 어지면서 생기가 돌기 시작한 것이다. 아이들은 더 이상 돌부리에 걸려 넘어지거나 허방에 빠지지 않아도 되었고 노인들은 어두운 밤 에도 마음 놓고 마당을 거닐 수 있게 되었다.

일은 물론 단기간에 끝난 건 아니었다. 축대 한곳을 쌓아 올리는 데도 따지고 생각할 것은 많았다. 주변의 지세를 살펴야 하고 돌들 의 존재 이유도 따져야 했다. 인간의 편의만을 위해 어머니인 대지 를 함부로 훼손하지 않는 게 부족의 철학이었다. 아무튼 부락은 생 각지도 않은 사이 정비작업이 이루어지고 주변 환경이 나아져서인 지 모르지만, 부락 사람들도 어딘지 모르게 생기가 돌았다. 세공품 작업에도 알게 모르게 변화가 일고 있었다. 세공품은 부락의 주 수 입원으로 집집마다 가족 단위의 친인척들끼리 따로 만들어 두었다 가 중간 상인들이 오면 각자 내다 파는 가내공업 수준이었다.

"우리 집도 아버지를 중심으로 어머니와 동생들이 움막에 모여 세공품을 만들곤 했었소."

그 작업장에 언제부터 순이가 기웃거리기 시작했는지는 알지 못했다. 다만 어머니가 처음 작업장을 기웃거리는 순일 보고 너무 놀라 못 본 척하며 저기 베-나-아리-쪼시가 들여다보고 있네. 하고 동생들과 살며시 귓속말을 나누었다고 말해 준 것만 알고 있었다.

당시 순인 부락에서 베-나-아리-쪼시라는 이름으로 불리고 있었다. 부족어로 째진 눈이라는 뜻이었다. 동양인을 가리키는 말이기도 했다.

순인 그렇게 차츰차츰 부락 생활에 젖어 들고 있었지만 그래도 언제 돌아가겠다고 할지 몰라 여간 마음을 졸인 게 아니었다. 가족들도 다들 조마조마해 하며 순이의 눈치를 살피고 드러나지 않게 보살피며 도와주는 사이 순인 마치 안개가 스며들 듯 세공품 만드는 일도 배우기 시작한 것이다.

"순인 정말 빠르게 일을 배우기 시작했소. 뭐든 유심히 보고 몇 번 만지작거린다 싶으면 이내 똑같이 만들어낼 정도였소. 솜씨도 매우 좋았소."

순이가 만든 세공품은 흠잡을 데 없이 말끔하고 단정했다. 같은 완제품이라도 부락 사람들이 만든 것과는 확연하게 표가 날 정도였다. 크게 다르게 한 것도 아닌데 눈에 띄게 섬세하고 정교했다. 세공품 판매 중간 상인들이 그런 걸 놓칠 리가 없었다. 중간 상인들은 순이가 만든 것만을 고르고 주문하기 시작했다.

그렇게 되면 자연히 시기와 질투가 일어나지 않을 수 없었을 것이다. 균형이 한쪽으로 치우치면 분란이 일기 마련이기 때문이다. 부락의 부녀자들이 모두 순일 불편해했겠다고 두산이 말을 거들자 피드질은 아무런 망설임 없이 고개를 저었다.

"아니요. 그런 일은 결코 없었소."

서로 상호존중의 철학이 삶의 뼈대를 이루고 있는 부족에서는 누굴 시기하거나 질투하는 일은 결코 있을 수 없었다. 그렇다고 마냥 받아들인다고만은 할 수 없었다. 무슨 일이든 마음에 들지 않아 하는 사람은 반드시 있기 마련이었다. 그럴 때는 몇 마디 자신의 견해를 밝힌 후 의견이 수용되지 않아도 그대로 받아들이거나 받아들일 수 없다면 조용히 집단을 떠나는 것으로 갈등을 피하는 것이 부족의 법칙이었다. 절대 자신의 아집을 강요하거나 분란을 일으키지 않는 걸 원칙으로 삼았다.

"요즈음은 부족의 철학도 다른 이해타산으로 많이 희석되어가고 있지만 그때까지는 그랬소."

피드질은 잠시 눈을 감았다 떴다. 보일 듯 말 듯 미간이 찌푸려졌다가 펴졌다.

아무튼 순이가 만든 세공품은 빠르게 팔려나갔고 세공품 만드는 법을 완전히 익힌 순인 자신만의 모형을 고안해 내기에도 이르렀다. 자신만의 모형이라고는 하지만 완전히 달라진 건 아니었다. 오랫동안 부락에서 사용했던 고유 문양에 여러 변형을 주는 정도였다. 가령 고리 모양의 귀걸이에 다른 형태의 문양을 덧대거나 변형시키고 은으로 만든 별 모양의 브로치에 작은 비즈의 장식을 넣거나 금속 테두리의 돋을무늬에 자신만의 문양을 새기는 것 등이었다. 그것만으로도 제품의 신선도는 충분해서 순이의 도안은 보호구역에서 지리적 위치가 가장 나쁜데도 불구하고 중간 상인들을 불러 모으기에 충분했다. 급기야 부락 사람들 모두가 순이의 작업에 일손을 거들지 않을 수 없을 만큼 주문이 밀려들면서부터 부락에서도 변화가 일기 시작했다. 그때까지 각각의 집에서 가족과 친인척들이 모여 세공품을 만들어 두었다가 중간상인이 오면 내보이곤 하던 것이 차츰차츰 부락 전체의 공동협업 형태로 변해가는 것이었다. 일은 남자와 여자의 몫으로 나누어져서 남자들은 주로 쇠를 녹여 벼리거나 은을 녹이고 터키석을 다듬거나 조각도로 금속제품의 돋을무늬를 각인(刻印)하는 것 같은 힘든 일을 맡아서 했고 여자들은 구슬을 갈아 비즈를 만들거나 문양에 맞춰 색색의 비즈를 이어붙이는 일이나 알모겐[1]으로 은을 탈색하거나 닦는 일 등을 했다. 그 밖의 여러 자질구레한 일에도 부락 사람들은 다투어 힘을 보탰다. 누가 시킨 것도 부탁한 것도 아닌데 자연스레 그렇게 되었다. 물론 그 중심에는 순이가 있었지만 순이가 의도적으로 그렇게 이끈 건 아니었다. 순이의 세공품 솜씨가 그렇게 이끌었다고 할 수 있었고 급기야는 부족의 자치국에서도 부락 고유브랜드를 부여해줄 정도였다.

부락은 차츰차츰 부자가 되어갔다. 부자라고 해봐야 바깥세상에서는 우스울 정도였지만 부락에 그만큼 여유가 생긴 건 처음이어서 부락 사람들 모두가 여간 흡족해하지 않았다. 이익은 각 가정마다 공평하게 나누어졌고 부락 공동의 필요경비는 따로 떼어 모았다. 돈이 모이면서 순이의 이런저런 제안도 늘어갔다. 아이들을 모두 학교에 보내자는 제안이 그것이었고 아이들을 학교까지 태워다 나를 차도 마련하자고 했다. 자치행정부에서 부락의 진입로에 부려놓은 땔감을 실어다 나를 나귀와 수레도 그때 마련했다. 그전에는 모두 남자들이 어깨로 짊어다 나르던 것이었다.

"사실 그 모든 것은 진즉에 해야 했을 일이었소. 그런데도 그때

---

1 나바호족이 은 세척을 위해 전통적으로 사용했던 천연미네랄 소금의 일종.

까지 아무도 그런 생각을 하지 않고 살았다는 게 너무 이상하지 않소?"

피드질이 물었다. 두산은 자신도 그게 의문이었다고 대답했다. 피드질은 잠시 뜸을 들이고는 탄식했다.

"다 피해의식 때문이었소. 가진 것을 부당하게 뺏겨본 사람들만이 가지는 두려움과 불안 같은 거 말이오. 오래전 선조들이 당했듯 우리 부족의 의식 속에는 언제 또 어디로 쫓겨날지 모른다는 두려움과 초조함이 항상 도사리고 있으니까요. 겉으로는 정부가 주는 생활비로 평화로이 사는 척하지만, 마음속의 불안감은 지워지는 게 아니오. 연방정부에서 우리 원주민들에게 땅을 소유할 수 있는 개인적인 권한을 전혀 주지 않는 것만 봐도 알 수 있지 않겠소. 그건 언젠가는 여기서도 쫓아낼 수 있다는 암시가 아니고 뭐겠소."

피드질의 말은 나바호 원주민들의 핍박의 역사인 '눈물의 여정'과 모국의 일제 강점기 시대를 생각나게 했다. 양쪽 다 힘의 우위에서 밀려난 쓸쓸한 역사를 가진 점에선 같다고 할 수 있었다. 하지만 한국은 지금 굳건히 자강의 길을 향해가고 있는 중이지만 이곳 원주민들은 여전히 보호구역에 갇혀 움츠린 채 살아가고 있는 상태였다. 상대의 힘이 너무 강해서일까. 세계의 여러 강국 사이에서도 맏형처럼 군림하는 연방정부를 상대로 원주민들이 과연 뭘 할 수 있을까. 그런 강국에 살러 온 나는 또 어떤 존재인가. 어떤 존재이기에 밤늦은 시간에 풀벌레 소리 하나 들리지 않는 황량한 곳에서 한 원주민의 얘기를 들어주고 있는 걸까. 생각하며 두산은 새삼 어둠 속을 둘러보았다. 두어 발짝쯤 떨어진 의자에 앉은 피드질은 데크 아래의 어둠 속을 노려보고 있었다. 하지만 잔뜩 구부린 등과 무릎까지 떨어진 고개는 어쩔 수 없이 무기력해 보였다.

하늘에는 별이 점점 더 많아지고 있었다. 언뜻언뜻 시선이 닿을 때마다 누군가가 한 주먹씩 유릿가루를 흩뿌려 놓는 것 같았다. 아름다웠다. 하늘은 저토록 아름다운데 하늘 아래의 이곳은 어째서 이렇게 서러운가. 생각하는데 피드질이 문득 접었던 허리를 펴고 고개를 들었다.

"그래도 어쩌겠소. 쫓아내면 또 다른 곳으로 갈 수밖에."

"설마 또 그러기야 하겠어요. 세상이 많이 변했는데."

자조적인 피드질의 말에 위로처럼 한마디 했지만 알 수 없는 일이었다. 다만 두 번 다시 원주민들에게 아무 일도 일어나지 않기를 바랄 뿐이었는데 피드질은 그 한마디에 희망을 걸듯 그럴까요? 그렇겠지요. 당연히 그래야겠지요. 거푸 중얼거리고는 다시 네헤마의 얘기 계속했다.

"아무튼, 부족의 아픈 역사를 알 턱이 없는 순인 여기 이 부락을 자신의 고향으로 여기려 마음먹은 것 같았소. 물론 그렇게 말을 한 적은 없소. 아시잖소. 그녀가 말을 많이 하는 사람이 아니라는 걸. 그래도 감지할 수는 있었소. 얼마나 다행스럽던지, 비로소 마음이 놓이더군요."

부락에 끼친 순이의 가장 큰 공은 물을 끌어온 것이었다. 그때까지 아무도 생각지 못했고 누구도 시도하지 않았던 일이었다. 물론 경비 문제 때문이긴 했다. 순이가 물 끌어올 생각을 하게 된 것도 부락에 돈이 모이면서였다. 그렇다고 넉넉한 건 아니었다. 게다가 물은 함부로 끌어올 수 있는 게 아니라서 먼저 주 정부의 허락을 받아야만 했다. 다행히 파병군인의 복무 경력이 도움이 되었다.

부락에서 멀리 떨어진 강의 지류까지 땅을 파고 파이프를 묻는 일에는 부락 사람들의 노동력이 제공되었다. 공사는 타-쪼의 달(4

월)에 시작되어 베-네-에-에-자-쪼의 달(6월)에 끝났다. 건기로 접어들 때였다. 우기 때의 수분이 빠르게 증발하면서 천지가 말라갈 즈음 미리 마당에 묻어둔 세 개의 물탱크에 물이 줄줄 흘러들기 시작할 때의 기쁨을 어떻게 잊을 수가 있을까. 물은 쉴 새 없이 흘러들어 세 개의 물탱크를 차례로 채우고도 남아, 부락의 마당으로 작은 실개천을 이루며 흘러 주변의 식물들까지 키웠다.

늘 조금씩의 물로 겨우겨우 목을 축이며 살던 부락 사람들은 마음껏 물을 마실 수 있었고 무슨 요리든 해먹을 수 있었다. 작은 실개천에서는 아낙네들이 빨래를 했고 노인들은 땀 천막에서 목욕도 자주 할 수 있게 되었다. 부락의 장정들은 틈나는 대로 물을 날라다 옥수수밭에 뿌렸고 콩을 길렀다. 감자도 심어 키웠다. 마른 풀이나 땔감을 태우고 남은 재가 거름이 된다는 걸 말해준 사람은 순이였다. 사람들은 다투어 모닥불이나 화덕의 재를 긁어다 자신들의 텃밭이나 화단에 뿌려대는 통에 모형을 뜨기 전에 거푸집에 발라야 하는 재까지 동이 날 지경이었다. 순이는 구릉 너머 한쪽 편에 밭을 일구어 인디언 쑥을 키웠다. 순이에게 인디언 쑥을 가르쳐 준 사람은 로빈의 할머니 웨노나였다. 웨노나에게서 인디언 쑥이 어떤 것인지를 알게 된 순인 근처 산과 구릉 너머를 뒤지고 다니며 인디언 쑥의 뿌리를 캐어다 자신의 밭에 심었다. 그리고는 날마다 물을 뿌려주며 키웠다. 원래 생명력이 강한 쑥은 쑥쑥 자라서 낱 잎을 풍성하게 펼치곤 했다. 순인 그 낱 잎을 따서 말렸다가 차를 끓여 마셨다.

"순인 다른 차는 잘 마시지 않는데 머그워트 티만은 하루에 한 번씩 꼭 마시더군요. 내가 보기엔 별로 좋아하는 것 같지 않은데도 말이오. 혹 그것에 대해 아는 게 있소?"

피드질은 물었다.

두산은 모른다고 했지만 사실은 알고 있었다. 속으로 굳이 숨길 일도 아닌데 모른다고 할 필요가 있을까 싶었지만 피드질의 얘기는 계속되었다.

아무튼 순인 부락에 물을 끌어들인 공로로 추장으로 추대되었다. 부락에 온 지 십 년 남짓 지나서였다. 꼭이 물 때문만이라고는 할 수 없었다. 다른 보이지 않는 여러 가지 공로와 신뢰가 있었기에 가능했다. 부락 사람들은 그때까지 베-나-아리-쪼시로 부르던 순이의 이름을 다시 네헤마라고 고쳐 부르기 시작했다. 순이가 추장 자리를 덥석 받아들인 건 아니었다. 처음엔 않겠다고 여간 고집을 부리지 않아서 부락의 원로들이 돌아가며 설득을 해야만 했다. 오랜 설득 끝에 결국 추장 자리를 받아들이긴 했지만 그다지 탐탁해 하지는 않았다. 그러면서도 부락을 위해서는 무슨 일이든 하려고 애를 썼다. 겨우 대화 정도 간단히 나눌 수 있게 된 부족어로 부족 회의에도 꼬박꼬박 참석했고 부족의 연례행사에도 빠짐없이 참여했다.

"물론 내가 항상 따라다녀야만 했소. 부족 말이 서투니까 어쩔 수 없는 일이었지요."

처음 부족의 전통 환영식 때 기절 소동을 벌였던 순인 서서히 부족의 문화도 거부감 없이 받아들이기 시작했다.

"문화를 받아들인다는 건 곧 동화(同化)의 의미가 아니겠소. 난 그게 무엇보다 기뻤소. 그래요. 순인 마침내 부족의 행사 때도 스스로 전통 복장으로 차려입고 나갈 정도가 되었소. 시위에 나설 때도 마찬가지였소. 머리에 쓴 두건에 독수리 깃털 꽂는 것도 거부하지 않았고 얼굴에 울긋불긋 물감칠하는 것도 마다하지 않았소. 심지어 하얗게 칠하는 것도 싫다고 하지 않았소. 어떻게, 상상할 수 있겠소? 부족의 전통 복장 차림으로 얼굴에 희고 붉은 물감을 바른 순이의 모습을.”

글쎄요. 두산은 고개를 갸웃거렸지만 사실 상상하기는 어렵지 않
았다. 언젠가 관광객들을 인솔하여 40번 국도를 달려가던 중 원주
민들의 시위행렬을 본 적이 있었기 때문이었다. 그때 관광버스 전면
차창으로 내다보이던 시위대 전부가 전통 복장 차림은 아니었다. 선
두의 몇몇 사람만 전통 복장이었을 뿐, 나머지는 모두 얼굴에 불긋
불긋한 물감칠만 하고 있었다. 검붉은 얼굴에 발라진 갖가지 물감이
햇빛을 받아 번들거리던 것이 기억났다. 자동차들만 쌩쌩 지나다닐
뿐 인적이라곤 없는 텅 빈 국도변을 묵묵히 걸어가던 원주민들의 외
롭고 고단한 시위행렬을 보고 이죽거리던 몇몇 사람도 생각났다. 혹
그 시위대에 네헤마도 끼어있었던 건 아니었을까.

순인 그렇게 서서히 부족의 일원이 되어갔다. 그런 순일 옆에서
지켜보는 게 너무나 기쁘고 행복했었다고 말하는 피드질의 목소리
가 조금 들뜬 듯 들렸다. 지나간 일의 회상만으로도 가슴에 생기가
돌 정도면 실제로는 얼마나 행복했을지 짐작하는 건 어렵지 않았지
만, 피드질의 목소리에서 슬며시 기운이 빠지기 시작한 건 몇 가지
에피소드를 늘어놓은 뒤였다.

“그렇지만 순인 조금도 행복한 얼굴이 아니었소.”

한국에서 지낼 때보다는 많이 나아진 것 같긴 했지만 순인 여전
히 말이 없고 여전히 표정이 어두웠다. 니욜아쉬키의 일곱 번째 생
일을 보내고 난 몇 달 후 딸 예파가 태어났다. 이름이 예파인 것은
한겨울 눈이 내릴 때 태어나서였다. 만일 아들이었으면 야스(눈)라
고 지었을 거라고 피드질은 덧붙였다.

부족 말이 동사 중심언어여서 어떤 사람의 행동이나 상황이 곧
그 사람의 이름이 되는 것이다. 가령 지진이 일어날 때 태어나면 ‘마

라라'라는 이름이 주어지고, 어떤 이름 모를 사람이 이쪽을 향해 걸어오면 '파얏'이라고 부르고 누군가가 일을 방해하면 '아따 할네'라고 짓는 식이다.

예파는 순이를 닮아 신비로운 분위기를 지닌 사랑스러운 아이였다. 부락에서뿐만 아니라 먼 이웃에서도 보러 올 정도로 아이의 사랑스러움은 소문이 났지만 순인 이상하게도 아이들에게 그리 다정하다고 할 수 없는 어머니였다. 여기 처음 당도해서 달아나려고 할 때도 항상 존을 끼고 있었던 건 어머니로서의 본능이었을 뿐 사랑은 아니었다. 그렇다고 어머니로서의 역할을 하지 않은 건 아니었다. 먹이고 재우고 안아주고 씻기고 꾸짖고 아프면 보살펴주고, 여느 어머니들처럼 의무를 다하긴 했다. 하지만 다정함은 없었다. 자상하다고 할 수도 없었다. 아이들을 대하는 모습에서 따뜻함이 느껴졌던 적이 한 번도 없을 정도로 순인 아이들을 사랑하는 것 같지 않았다. 그래선지 아이들은 할머니와 고모를 더 따랐다. 아이들은 누가 자신을 더 많이 사랑해주는지 본능적으로 알아서 어머니보다는 할머니를 더 좋아하며 자랐다. 순이의 일손이 한창 바쁠 때이기도 했지만 어쨌든 순인 좋은 엄마라고는 할 수 없었다.

피드질은 그게 무엇보다 마음이 아프고 신경이 쓰였다고 말했다. 부락을 위해 노력하고 부락에서 잘 지내려고 애쓰는 것은 더 바랄 나위 없이 좋았지만, 아이들에게도 좀 더 다정한 엄마였으면 싶었다. 아이들을 따뜻하게 대하는 모습도 보고 싶었다. 그렇다고 강요할 수는 없는 일이었다. 다행히 아이들은 별문제 없이 자랐고 시간은 흘렀다.

"나중에 생각해보니 순인 아이들을 사랑하지 않은 게 아니라 사랑하는 방법을 몰랐던 거였소."

피드질의 말이 틀린 건 아니었다. 사랑도 받아 본 사람이 할 줄 알았다. 그는 네헤마의 차갑고 무표정한 얼굴과 물안개 자욱한 강변 같은 두 눈을 생각했다. 차가운 얼굴 뒤에 숨겨진 수많은 상흔과 슬픔을 상상했다. 피드질은 과연 네헤마의 그런 상흔과 슬픔을 얼마나 알고 있을까.

두산은 낮은 등받이에 대고 허리를 길게 폈다. 하늘엔 별이 좀 더 많아진 듯했다. 밤이 꽤 깊은 것 같아 시간을 확인하고 싶었지만, 오늘은 밤이 저 혼자 깊어가게 놔두어야 할 것 같았다.

피드질이 몸을 뒤척이자 의자와 마룻바닥이 똑같이 삐걱거렸다. 굽은 등으로 의자에 오래 앉아있는 게 불편할 것 같아 차라리 안으로 들어가는 게 낫지 않을까 싶었지만, 거실의 의자도 낡고 불편하긴 마찬가지일 것 같아 그는 못 본 척 고개를 돌렸다.

"이제 순일 만난 얘기를 좀 해도 되겠소?"

피드질이 물었다. 두산은 흔쾌히 그러라고 했다. 순이의 얘기라면 그는 어떤 것도 듣고 싶었다.

피드질이 군 모집병으로 자원입대한 것은 하이스쿨을 졸업한 이듬해였다. 군 모집병에 자원입대한 건 대학엘 가기 위해서였다. 군 복무를 마치면 학비를 면제받을 수 있고 여러 가지 혜택도 주어지기 때문이었다. 대학을 졸업하면 부족을 위해 일할 생각이었다. 군에 입대해서 일 년간의 혹독한 훈련 끝에 한국으로 파병되었다. 파병되기 전까지는 한국은 한 번도 들어본 적이 없는 미지의 나라였다. 물론 파병되기 전에 현지에 대한 교육을 받긴 했었다. 주둔지는 포천이었다. 군 수송기를 타고 한국에 도착했을 때는 온 산이 붉고 온 들판이 노란 가을이었다.

"세상에! 한국이 그렇게 아름다운 나라일 거라고는 상상도 못 했 었소. 군 수송기에서 내려 트럭을 타고 부대로 이동하던 중에 내다 본 산과 들이 어찌나 아름답고 평화롭던지, 여기 미국 중서부도 아름다운 곳이 많지만, 이곳의 아름다움이 거칠고 웅장하다면 한국은 아담하고 부드럽고 섬세한 느낌이었소. 여기 이곳의 자연이 인간 지배형이라면 한국의 자연은 인간 친화적이라는 걸 금방 느낄 수가 있었소. 아주 오래전의 기억이지만 아직도 눈에 선하오. 아무튼 여러 색깔의 나무들 사이로 보이는 산등성의 곡선은 부드럽고 우아하기 이를 데 없었고 곡식이 익어가는 들판은 평화롭고 아늑하게만 보였소. 도저히 준 전시상태의 나라라고는 여겨지지 않았소."

그리고 곧 겨울이 되었다. 한겨울, 여기 애리조나주 북부에서만 부는 줄 알았던 칼바람이 그곳에서도 똑같이 불었다. 한밤중 막사 지붕을 때리던 바람의 기세가 저기 블랙 메사의 골짜기를 넘어오는 바람과 조금도 다르지 않았다. 부락에 두고 온 양들이 걱정되어 잠을 설칠 정도였다. 눈은 사흘이 멀다 하고 내렸다. 바람은 쌓인 눈의 냉기까지 쓸어 담고 살갗을 베듯 불었다. 그곳에서 1년 반 남짓 복무하면서 두 번의 겨울을 보냈다. 사계절이 뚜렷한 나라에서 유독 겨울이 기억에 선명하게 남은 건 그 바람 속에 순이가 있었기 때문이었다. 한겨울 속의 순이.

순인 군부대 안에서 민간인이 운영하는 세탁소의 세탁부였다. 세탁소에는 군복을 빠는 세탁 팀과 다림질 팀, 수선 팀으로 나뉘어 있었는데 순인 세탁 팀 소속이었다. 나이도 세탁부에서 가장 어렸다. 그래선지 순인 주로 운동화와 모자, 각반과 토시 같은 부속물을 세탁하는 허드렛일을 맡아서 했다. 당시 세탁소 건물 안에는 반 수동식 세탁기가 있어서 세탁부들은 따뜻한 실내에서 일했지만 순인 세탁소 건물 뒤 시냇가에서 일했다. 흐르는 시냇물에 운동화와 모자를 솔질해 땟물을 빼고 토시를 주물러 빨았다. 물론 혼자는 아니었다. 비슷한 또래의 아가씨 한 명이 더 있었다.

"그렇다고 덜 추운 건 아니지요."

피드질의 목소리에서 오래 묵은 연민이 묻어났다. 연민은 어쩌면 지금 피드질의 얘기를 듣고 있는 자신의 내부에서도 우러나고 있는지도 모르겠다고 생각하며 두산은 귀를 기울였다.

"시냇가의 빨래터엔 물론 연탄 화덕이 놓여있긴 했소. 손을 녹이기 위해서라는 것쯤은 누가 말해주지 않아도 알 수 있었지만 그래도 찬물로 일하는 건 보통 추운 일이 아니라서 아가씨 두 명 다 여간 추워 보이지 않았소. 그중에서 순인 유독 추워 보였는데 아무래도 입고 있는 옷 때문인 듯싶었소. 그렇소. 옷 때문이었소. 다른 아가씨의 옷차림이 두툼한 데 비해 순인⋯."

순이의 옷차림은 군데군데 털이 뭉친 낡은 주홍색 스웨터와 검게 물들인 군복 바지였다. 그 차림은 두 번의 겨울을 보내는 동안 한 번도 바뀌지 않았다. 그래서 더 기억에 남아있는지도 몰랐다. 그 옷차림으로 순인 하루 종일 시냇가에서 일을 했다. 잠깐씩 연탄 화덕에 손을 녹여가며 일했다. 때문에 두 손은 항상 물에 퉁퉁 불어 있었고 손등은 빨갛게 얼어 터져 피가 났다. 그 손을 한 번만이라도 잡아보고 싶어 얼마나 애를 태웠던지.

애를 태운 군인은 혼자만이 아니었다. 부대에서 구보 행진이나 유격훈련 나갈 때면 으레 지나가기 마련인 세탁소 뒤의 오르막길에서 철조망 너머 시냇가 쪽으로 일제히 시선을 돌리는 군인들의 수는 헤아리기도 벅찼다. 물론 모두 순이만을 본다고는 할 수 없었다. 같이 일하는 다른 아가씨도 있었다. 하지만 막사에서나 연병장에서 들리는 한담은 거의 순이에 대한 것뿐이었다. 같은 내무반에서도 주말 데이트를 벼르는 자들이 많았다. 그럴 때마다 내심 여간 초조한 게 아니었던 건 그들 모두는 주류사회의 미국인이었고 자신은 네이티브 원주민이었기 때문이었다. 원주민의 위치는 언제 어디서나 불리하다는 것은 선교단체에서 운영하는 하이스쿨에 다니면서 알게 된 사실이었다. 혼자 애를 태우는 밤들이 일 년 가까이 이어졌다. 더는 참을 수 없게 된 건 다시 겨울이 되었고 그 겨울 속에 여전히 순이가 있었기 때문이었다. 마음을 단단히 다져 먹고 어느 주말 저녁, 데이트 신청을 하기로 결심했다. 거절을 당했을 때의 아픔은 오래 가겠지만 체념은 빠를수록 좋을 것 같아서였다. 주말에 일찌감치 부대를 나와 순이의 집 길목에서 기다렸다. 주말에도 순이의 퇴근은 늦었다. 잔일을 하기 때문이었다. 순이의 집을 아는 사람은 부대 안에서 유일하게 자신뿐이라는 것만으로도 허름한 판잣집들 사이로 부는 겨울 칼바람을 얼마든지 견딜 수 있었다.

순이의 집을 알게 된 것을 우연이라 해야 할지 아니면 운명이라 해야 할지 알 수 없지만 지금 생각해보면 운명이 아닐까 싶어진다고 피드질은 덧붙여 말했다.

한국에 파병되었던 그해 겨울을 보내고 이듬해 초여름의 어느 주말, 부대에서 그리 멀지 않은 옥수수밭으로 간 것부터가 그런 것 같았다. 그곳에 간 이유는 구보 행진 나갈 때마다 길가에 즐비하게 자라는 옥수수를 보고 고향 생각이 나서였다. 고향 옥수수와 한국의 옥수수를 비교해 보고 싶었던 것이 이유였다. 고향 옥수수는 알갱이가 부실한 데 비해 한국의 옥수수는 알갱이가 무척 실해 보였던 것이 호기심을 자극했기 때문이었다. 물론 기후와 환경의 차이 때문이라는 건 알지만 그래도 뭐가 어떻게 다른지 비교해 보고 싶었던 건 대학을 마치고 부족 자치국에서 일할 때를 대비한 작은 준비라고 할 수 있었다.

초여름 옥수수밭에서는 부녀자들이 옥수수를 거둬들이고 있었다. 벌써 알곡이 맺었나 생각하며 가까이 다가가서 살펴보고 싶었지만 그럴 수가 없었다. 부대에서 근처 주민들에게 함부로 가까이하지 말라는 훈령을 수시로 받기 때문이었다. 별수 없이 멀찍이서 지켜볼 수밖에 없었던 부녀자들은 모두 흰 수건을 머리에 쓴 채 자신들보다 키가 크고 억센 대궁을 휘어잡고 옥수수를 따고 있었다. 고향의 옥수수는 키가 작고 대궁이 약했지만 옥수수 따는 것은 별반 다르지 않았다. 주변에 뛰어다니는 풀벌레와 들꽃들이 더 시선을 끌었다.

"그곳엔 참으로 다양한 풀벌레가 있고 꽃들이 피더군요. 하나같이 작고 신기하고 아름답고 귀여워서,"

한참을 구경하다가 혼자만의 무료함을 이기지 못하고 읍내 영화관에서 영화나 봐야겠다고 생각하며 돌아섰다. 그때 순이를 발견한 건 우연이라기보다는 기적같이 느껴졌다. 세탁물 맡기러 갈 때마다 가슴 뛰게 했던 순인 다른 부녀자들과 똑같이 머리에 수건을 쓰고 있어서 하마터면 못 알아보고 지나칠 뻔했던 것은 지금 생각해도 가슴을 쓸어내릴 일이었다. 꼭 봐야 할 사람은 반드시 눈에 띄는 법이라던 부락 어른들의 말이 그때처럼 실감 났던 적은 없었다. 당연히 영화 볼 생각 따윈 사라지고 멀찍이서 순이를 지켜보며 혼자 좋아서 웃었다.

순인 간간이 터지는 부녀자들의 웃음마당에도 끼어드는 법 없이 혼자 외떨어져 옥수수를 따서 소쿠리에 담고 소쿠리가 채워지면 그것을 머리에 이고 고랑 사이로 걸어 나와 모아놓은 수확물에다 한데 붓기를 반복했다. 한겨울 시냇가에서 빨래할 때보다는 덜 애처로웠지만 언제나 일만 하는 모습이 안쓰럽기는 마찬가지였다. 마음 같아선 당장 일을 그만두게 하고 싶었지만 그렇게는 할 수 없어 일이 끝나기만을 기다렸다. 어떻게 할 생각으로 기다린 건 아니었다. 그냥 온전히 혼자 보고 있는 것만으로도 좋았고 달리 할 일이 없어서도 기다렸다. 운이 좋으면 말이라도 건넬 기회가 올지도 모를 일이었다.

옥수수 수확은 생각보다 일찍 끝났다. 품삯으로 받은 것인지 아니면 얻었는지 모를 한 보따리의 옥수수를 받아 머리에 이고 돌아가는 순이의 뒤를 조용히 따라갔다. 머리에 인 보따리를 대신 들어주고 싶은 충동으로 혼자 걸음을 빨리했다 늦췄다 했지만 한 번도 뒤돌아보는 법 없이 타박타박 걸어가는 순이의 뒷모습에선 말 한마디 붙일 틈조차 보이지 않았다. 순인 인분 냄새가 코를 찌르는 밭둑길을 지나 이따금씩 차들이 뿌연 흙먼지를 일으키는 신작로로 나가 한참을 걸어서 읍내 시장으로 갔다. 그리고는 난전의 행상인들 틈에 끼어 앉아 이고 간 옥수수를 팔았다. 옥수수가 지천인 곳에서 옥수수가 금방 팔릴 리는 없었다. 초여름의 긴 해가 저물 때까지도 순인 단 한 개의 옥수수도 팔지 못했다. 어디선가 풍겨오는 한국 음식 특유의 냄새로 하루 종일 아무것도 먹지 않았음을 알아챌 때까지도 마찬가지였다.

행상인들이 모두 자리를 뜬 뒤에 옥수수를 도로 보자기에 싸는 순이에게로 다가가서 모두 사겠다고 했다. 그러면서 달러를 내밀었다. 십 불짜리였다. 달러가 한국에서 얼마만 한 가치를 지니고 있는지를 알고 있어서 내심 순이의 놀란 표정을 기대했지만 뜻밖에 순이의 얼굴은 몹시 사납게 변했다.

"사나웠지만 눈엔 눈물이 그득한 것처럼 보였소, 선생도 아마 알

거요. 순인 아무리 사납게 화를 내도 눈만은 어떻게 할 수 없이 슬프
게 보인다는 것을.”

　피드질은 동의를 구하듯 두산을 돌아보았다. 두산은 오래 더듬지
않고도 금방 기억해낼 수 있었다. 얼굴 전체가 가눌 수 없는 화로 일
그러졌어도 눈만은 정말 어찌할 수 없이 슬퍼 보이던 것을. 그 눈을
본 건 마지막 부락탐방을 왔던 날이었다.

　부락탐방의 마지막 날, 네헤마는 매번 그랬듯이 사전에 약속해
두었던 날짜에 맞춰 부락 어귀에 나와 있었다. 혼자였다. 주변엔 아
무도, 아무것도 없었다. 옷차림도 여느 때와 달랐다. 평소 늘 입던
그대로 빛바랜 체크무늬의 낡은 블라우스와 통 좁은 후줄근한 긴 치
마차림이었다.

　그 차림으로 네헤마는 흡사 정문을 지키는 수위 병처럼 부락 어
귀 한가운데에 꼿꼿이 서 있었다. 표정이 좋지 않았다. 화가 난 것도
같았고 슬퍼 보이는 것도 같았다. 세공품이 차려져 있어야 할 매대
도 보이지 않았고 유창한 영어로 관광객들에게 제품을 설명해 주던
딸 예파도 부락의 여인들도 보이지 않았다. 두산은 탐방 준비를 하
는 내내 자신을 괴롭히던 찜찜함의 정체를 어렴풋이 알 것 같았지만
애써 미소를 지으며 인사를 건넸다.

　“며칠 만에 또 보네요. 별일 없으셨죠?”

　네헤마는 인사를 받지 않았다. 대신 조금 슬퍼 보이는 표정으로
말했다.

　“미안하지만, 오늘은 그냥 돌아가 주세요.”

　뜻밖의 말에 깜짝 놀라며 두산은 되물었다.

　“아니, 왜요? 부락에 무슨 일이라도 생긴 겁니까?”

네헤마는 대답 대신 시선을 내렸다. 얼굴빛이 심상치 않았다. 그는 고개를 빼 들고 네헤마의 어깨너머로 부락 안을 기웃거렸다. 부락 안 저만치에 부락 사람들이 모여 있었다. 부락민 대부분이 모인 듯 여느 때보다 수가 많아 보였다. 피드질은 보이지 않고 딸 예파가 무리에서 좀 떨어져 서 있었다. 그는 직감적으로 무슨 일이 있었구나 싶었지만 그대로 돌아설 수는 없었다.

"무슨 일인지 모르지만, 이왕 이렇게 왔으니 오늘만 하던 대로 진행하고 다음부터는 어떻게 할지를….."

네헤마는 고개를 저었다.

"미안합니다. 그냥 돌아가 주세요."

그는 당황하지 않을 수 없었다.

"그래도 여기까지 왔는데, 그냥 돌아갈 수는 없지 않습니까. 세공품 사러 온 사람들도 있고,"

네헤마는 자르듯 거절했다.

"세공품도 이제는 팔지 않습니다."

세공품마저 팔지 않겠다는 건 부락탐방을 완강하게 거부한다는 뜻이어서 두산은 그만 머릿속이 하얗게 비어가는 느낌이었다. 예감이 불길하긴 했지만 이런 일이 벌어질 거라고는 미처 예상하지 못했던 그는 멍하니 네헤마를 쳐다보았다. 버스에서 기다리고 있던 관광객들이 하나둘 언덕을 내려오고 있었고 등 뒤에서 수군거리는 소리가 들렸다. 저 여자가 바로 그 여잔가 보네. 맨얼굴이라서 그런가. 소문만큼 미인은 아니네요. 그러네요. 별로 젊은 것 같지도 않고. 추장이라고 해서 풍채가 그럴 줄 알았는데 그냥 시골 촌부네요, 뭐.

두산은 절박한 심정으로 다시 부락 안을 넘어다보았다. 평소 호의적이 아니긴 해도 피드질을 찾아 사정이라도 해 볼 생각이었는데 피드질은 아예 몸을 숨겼는지 보이지도 않았다. 예파라도 붙들고 얘기 해 볼까 하는데 등 뒤에서 전처의 뾰족한 목소리가 재촉했다.

"아니 뭐해요? 얼른 일정을 진행하지 않고."

그는 퍼뜩 다운타운의 시장바닥에서 머리끄덩이를 잡고 싸우던 모습을 떠올리며 경황 중에도 전처를 막아서며 관광객들에게 말했다.

"아마도 부락에 무슨 일이 생겼나 봅니다. 오늘은 부락탐방이 어려울 것 같으니까 이만," 하는데 전처가 그를 밀치며 "무슨 말이에요." 하고는 네헤마 앞으로 나섰다.

"사정이 뭔지는 모르지만 여기까지 온 사람들을 이렇게 대접하는 건 말이 안 되지요. 그러니 어서 안내를 해요!"

네헤마는 사과는 하면서도 뜻은 굽히지 않았다.

"미안하지만 이제 부락은 보여주지 않을 겁니다. 세공품도 팔지 않습니다. 죄송하지만 그만 다들 돌아가 주세요."

전처의 말소리가 대번에 높아졌다.

"그만 돌아가라니요. 먼 길 달려온 사람들을 그냥 돌아가라니, 돈 안 벌 거요?"

네헤마는 미간을 찌푸렸다. 그는 황급히 전처를 잡아끌었지만 전처는 사납게 그의 손을 뿌리치고는 소리쳤다.

"이대로는 못 가지. 부락탐방인지 뭔지는 하고 가야잖아."

전처는 네헤마에게 빨리 부락 안으로 안내하라고 언성을 높였다. 전처의 남자친구도 나서서 같이 거들었다.

"거, 햇볕도 뜨거운데 이렇게 세워둘 거요? 빨랑빨랑 일정을 진행합시다."

그러자 다른 몇몇도 거들었다. 부락 보려고 왔는데 이제 와서 안

된다니 말이 돼? 부락에 금을 숨겨놨나 왜 안 보여주지? 이거 계약 위반 아닌가?

그는 어떻게 수습할지를 몰라 당황했고 전처와 남자친구는 번갈 아 언성을 높이며 연신 재촉해댔다. 네헤마는 아무 말도 하지 않았 다. 가만히 서 있기만 했다. 그런 네헤마의 태도가 더 화를 돋우는지 급기야 전처의 입에서 막말이 튀어나오기 시작했다.

"야! 추장이 무슨 벼슬이야? 도도하고 고상한 척하기는, 한국에 서 온갖 추잡한 짓은 다 하고 온 양공주 주제에!"

두산은 아연해 하며 황급히 전처의 입을 막으려고 했지만, 전처 의 남자친구가 먼저 그를 떠밀어냈다. 그는 거의 쓰러질 듯 휘청거 렸고 전처는 악을 썼다.

"내가 뭐 틀린 말 했어? 야! 이 양갈보 년아! 여기서 고상한 척하 면 니 과거가 없어지기나 한 대? 저기 저 인디언들은 니가 무슨 짓을 하고 왔는지 알고는 있어?"

관광객들이 수군거리기 시작했다. 어머나! 난 선교사 출신인 줄 알았는데. 선교사는 무슨, 기지촌 출신이라고 소문이 자자하더만. 세상에 양공주 출신이 여기서 추장 노릇을 하다니! 어떻게 이런 일 이! 과거를 숨기고 있나 보지 뭐.

두산은 경황없는 와중에도 파랗게 질리는 네헤마를 보았다. 앞으 로 모아 쥔 두 손이 덜덜 떨리는 것도 보았다. 어떻게 수습할 사이도 없이 파랗게 질린 네헤마가 소리쳤다.

"양공주요? 양공주면 뭐가 어때서요? 양공주는 사람이 아닙니 까? 누군 양공주 노릇 하고 싶어 하는 줄 아세요? 그 일이라도 해야 하니까 하는 거지 그게 그렇게 나쁜 일인가요? 그게 당신들에게 무 슨 해를 입혔습니까? 왜 욕을 하는데요? 대체 욕을 왜 하는데요?"

네헤마의 말은 고르지 않았다. 중간중간 더듬고 어순이 틀린 데도 있었다. 격한 감정으로 호흡도 고르지 않았다. 이십 년 넘게 갇혀 있던 모국어가 황량하고 메마른 서북부의 오지에서 날카로운 파편처럼 튀었다. 네헤마는 몇 마디 더 악을 쓰듯 소리치고는 잠시 관광객들을 노려보았다. 두 눈에 형언할 수 없는 슬픔이 일렁거렸다. 슬픔은 금방이라도 물이 되어 흘러내릴 것 같았다. 그러나 눈물은 끝내 흐르지 않았다. 그는 망연히 네헤마를 쳐다보았다. 절대 그냥 물러서는 법이 없는 전처가 다시 뭐라고 욕설을 퍼부었지만, 네헤마는 더 이상 대응할 힘을 잃었는지 풀썩 바닥에 주저앉았다. 파랗게 질린 얼굴이 하얗게 변하고 있었다. 부락 안 멀찍이서 지켜보던 부락민들이 일제히 달려 나왔다. 그들은 흡사 물줄기처럼 갈라져 여자들은 네헤마에게로 남자들은 관광객들 앞을 막아섰다. 그리고는 험악한 표정으로 관광객들을 밀어내기 시작했다. 폭력을 행사하거나 욕설을 하는 건 결코 아니었다. 그저 험악한 표정으로 입을 굳게 다문 채 관광객들을 한 걸음 한 걸음 밀어낼 뿐이었다. 관광객들은 다투어 뒷걸음질 치다가 허겁지겁 언덕으로 달아났다. 그 와중에도 간간이 전처의 욕설이 이어졌지만, 그는 만류할 기운조차 없었다. 그 뒤의 일은 생각도 하기 싫었다. 한 가지만은 분명했다. 분명해졌다고 생각했다. 순이였던 시절의 네헤마 정체였다. 그전에는 그래도 설마, 했었다. 기지촌의 양공주로 지냈을 거라고 여기기에는 너무도 어린 나이였기 때문이었다. 역시 그랬구나. 그는 단정 지었다. 그런데도 파랗게 질린 얼굴에서 유독 슬퍼 보이던 두 눈만은 오래도록 잊히지 않았다.

"그날, 나는 옥수수를 사지 못했소."

피드질의 이야기는 계속되었다.

"순인 내가 내민 달러를 보고는 옥수수를 도로 보자기에 싸버렸기 때문이었소. 나는 금방 알아챘소. 달러를 준 내 행동이 순일 모욕했다는 걸. 즉시 사과하고 다시 한국 돈을 꺼내 주었지만 그녀는 본 척도 하지 않았소. 그리고는 뒤도 돌아보지 않고 가버렸소."

그래도 포기하지 않고 순이의 뒤를 따라갔다. 어떻게든 사과를 해야겠다 싶어서였다.

사과하지 않으면 두 번 다시 보지 못할 것 같아서 미안하다는 말을 숱하게 건네며 따라갔지만 순인 끝내 받아주지 않았다. 대신 사는 곳을 알게 된 작은 기쁨을 얻을 수는 있었다. 순인 읍내 변두리의 어느 허름한 집 문간방에서 살고 있었다. 혼자가 아니었다. 기지촌에서 일하는 친구와 함께 살고 있었다. 친구가 기지촌에서 일한다는 걸 그 자리에서 당장 알았던 건 아니었다.

그렇게 해서 알게 된 순이의 거처는 기쁨이었지만 가까운 거리가 천 길보다 먼 것 같은 아득한 그리움으로 더욱더 애가 타는 날이 많아졌다. 주말마다 집 주변을 서성거리다 할 일 없이 돌아오곤 하는 동안 여름이 가고 가을이 지나면서 다시 겨울이 되었다. 겨울은 일하는 순이의 모습을 보는 게 더욱 괴로운 철이었다. 더는 참을 수가 없어 거절을 각오하고 어느 주말 그녀의 집 앞을 서성거렸다.

바람이 불고 구름 잔뜩 낀 날이었다. 순인 그날도 잔일을 마치고 늦게 돌아왔다. 낡은 스웨터 주머니에 두 손을 찌르고 어깨를 잔뜩 움츠리고 돌아오는 순인 몹시 춥고 피곤해 보였다. 순인 별로 놀라는 기색이 아니었다. 주말마다 집 주변을 서성거리는 걸 알고 있던 모양이었다. 한참을 멀거니 쳐다보던 순인 뜻밖에도 안으로 따라오라고 했다.

그날 안으로 데려간 이유는 찬바람에 코와 뺨이 빨갛게 얼은 모습이 가여워서 그랬다고 훗날 순이가 말해주었다면서 피드질은 아련한 표정으로 웃었다. 이빨이 몽땅 빠진 입으로 웃는 웃음은 공허하기 이를 데 없었지만, 기억을 되새김질하는 퀭한 눈에는 그 시절의 기쁨이 고스란히 고여 있었다.

전혀 생각지도 않게 들어가 본 순이의 방은, 진한 향수 냄새와 화려한 드레스와 갖가지 화장품이 진열된 화장대와 침대가 놓여있는 방 옆으로 여닫이문 하나를 가운데 둔 작은 온돌방이었다. 아랫목에 담요 한 장만 달랑 깔려있을 뿐인 순이의 방은 작고 초라했지만 정갈했다. 순이는 들어가자마자 서둘러 두 개의 방에 연탄이라는 걸 갈고 나서 아궁이 위에 올려진 커다란 솥의 물로 크림과 설탕을 듬뿍 넣은 커피를 타 주었다.

"내 생전에 그렇게 맛있는 커피를 마셔본 건 그때가 처음이었소. 바닥이 따뜻한 방에 앉아 보는 것도 처음이었고, 한국식 침구도 처음 보았소. 연탄이라는 것도 처음 보았고, 그날 나는 또 처음으로 한국식 저녁밥도 먹어볼 수 있었소. 아, 모든 것이 어찌나 생소하고 신기하던지, 그래요. 내게는 한국식의 온돌방과 생활, 음식 등이 순이처럼 신비하고 아름답기만 했소. 마치 낙원 같았지."

솔직히 그 방에서 밤새도록 순이와 함께 있고 싶었지만, 저녁을 먹자마자 방을 나와야 했다. 함께 사는 친구에게 방을 비워주어야 하기 때문이었다. 달리 갈 곳이 없어 순일 데리고 영화를 보러 갔다. 이름도 없는 삼류 서부극영화였다. 외국영화는 처음 본다는 순이에게 화면에 비치는 인디언들을 자신의 부족과 같은 원주민들이라고는 차마 말해주지 못했다. 화면에 그려지는 인디언의 무자비하고 냉혹한 습격의 장면을 어떻게 설명해 주어야 할지 몰라서였다. 나중에 천천히 말해주리라 생각했지만, 서부영화를 볼 기회를 다시는 갖지 못했다. 순인 외국영화를 보지 않으려고 했기 때문이었다. 영어 대사를 알아듣지 못해서가 아니라 자막을 읽지 못해서라는 걸 안 것은 얼마 지나지 않아서였다. 그래도 아무 상관 없었다.

"배울 기회를 가지지 못했다면 모르는 게 당연하지 않소?"

피드질은 자신의 생각에 동의하라는 듯 힘주어 말했다.

데이트는 주말마다 이어졌다. 토요일 오후에 만나 말없이 산책을 하고 한국 영화를 보고 밥을 먹었다. 한국 영화는 말을 못 알아들어서 지루했지만 순일 위해서 참았다. 일요일엔 일찍 부대에서 나와 버스를 타고 멀리 서울이라는 곳까지 갔다가 되돌아오곤 했다. 서울은 굉장히 크고 복잡했는데 순인 어딘가를 찾아다니는 듯했지만, 어디라고는 말해주지 않았다. 말한다고 해도 소통은 어려웠을 것이었다. 순이의 영어는 아주 짧고 간단한 몇 마디가 고작이었기 때문이었다. 그래도 함께 있는 것이 좋았다. 순인 어땠는지 모르지만 자신은 그랬었다고 피드질은 덧붙였다.

순이와 함께 살던 친구가 자살한 건 이듬해 봄이었다. 피드질은 순이의 친구가 왜 자살했는지 그 이유를 아직도 정확히 모른다고 말했다. 두산은 알고 있었지만 말하지 않았다. 피드질이 굳이 알 필요는 없다는 생각에서였다. 불미스러운 일의 바탕에는 누추함만이 있을 뿐이었고 그걸 다 말해줄 수는 없었다.

하루아침에 친구를 잃은 순인 장례식이 끝날 때까지 말 한마디 하지 않다가 물었다.

당신의 나라로 나를 데려가 줄 수 있어요?

그렇지 않아도 제대 후의 일을 고민하고 있을 때였다. 순이와 함께 고향에서 사는 걸 꿈꾸었지만 순이가 가기 싫다고 하면 어떡해야 하나 고민하던 참이어서 순이의 그런 제의가 뛸 듯이 기뻤다. 물론, 물론이고말고.

순인 비로소 안심된다는 얼굴로 친구의 유품을 정리했다. 유품은 유족에게 전해졌고 순인 곧 이사를 했다. 어느 집 뒤 단칸방이었다. 단칸방 쪽마루 앞에는 제법 넓은 뒷마당이 있었고 장독대와 작은 화단이 있었다. 그해 여름 화단에는 선생이 가져다준 꽃과 같은 종류의 꽃들이 가득 피어있었다.

주말 저녁마다 단칸방 문을 열고 그 꽃들을 내다보며 순이와 얘기를 나누다가 잠이 들곤 했다. 그때도 순인 잠을 잘 자지 못했다. 한밤중에 눈을 떠보면 순인 쪽마루에 나가 앉아 밤하늘을 올려다보고 있거나 마당을 서성거리곤 했다. 그때는 그저 잠이 좀 없는 사람인 줄로만 알았다. 늘 반은 자고 반은 깨어 꿈속을 헤매고 다니는 줄은 몰랐다. 그저 순이와 함께 있게 된 것만 좋았고, 말할 수 없이 행복하기만 했다. 그러나 그 기간은 길지 않았다. 그해 가을 본대 귀대 명령을 받았기 때문이었다.

순인 임신 중이었다. 순이 없는 세상은 단 한 번도 생각해보지 않았기 때문에 수중에 지녔던 8백 불을 쥐여주고는 반드시 데리러 올 테니 기다려 달라고 했다. 당시 8백 달러는 한국에서는 꽤 큰 가치를 지니고 있었다. 그 돈이면 자신이 데리러 갈 때까지 아무 일도 하지 않고 편안히 지낼 수 있었다. 하지만 순인 믿는 눈치가 아니었다. 두 번 다시 볼 수 없는 사람을 눈에 담아두려는 듯 한참을 빤히 쳐다보는 시선으로 알 수 있었다.

"그럴 만도 했지요. 주변에 버려진 혼혈아들이 얼마나 많았습니까."

피드질은 그 순간마저 그리운 듯 나직하게 말했다.

미국 본대에서 치루는 나머지 복무기간은 길고도 길었다. 어떻게 그 시간을 견뎠는지는 기억조차 하기 싫지만 길고 긴 시간도 결국은 지나가기 마련이어서 마침내 순이와 아이를 만난 것만으로도 충분히 가치를 지닌 시간이었다고 피드질은 회상했다.

아이는 니욜아쉬키였다. 순인 아이의 이름을 피드질의 미국명인 존으로 부르고 있었고 여전히 세탁부 일을 하고 있었다. 이번에는 부대 안이 아닌 부대 인근의 민간인 세탁소에서였다. 순인 그곳에서도 군인들의 군복을 빨고 있었다. 이번에는 세탁소 앞마당 우물가에서 아이를 등에 업은 채였다.

그곳이라고 해서 겨울이 비껴가지는 않았을 터였다. 우물가에는 비눗물이 두껍게 얼어있었을 것이고 펌프로 뽑아 올린 우물물은 금방 얼어붙었을 것이다. 얼어붙은 건 순이의 손도 아이의 뺨도 마찬가지였을 것이다. 그런 건 보지 않아도 충분히 짐작할 수 있을 만큼 순이의 세탁부 시절은 자신의 뇌리에 아주 깊이 각인되어 있다고 피드질은 말했다.

"그날 처음으로 순이의 눈물을 보았소. 하지만 많은 눈물은 아니었소. 아주 잠깐 흘리다 만 몇 방울의 눈물이 다였소. 순인 잘 울지 않아서 난 그 눈물 몇 방울만으로도 울 만큼 울었다고 생각하오. 지금도 그 눈물방울들이 눈에 선하오. 정작 소리 내어 운 건 나였지만."

그날의 감격이, 얼마나 흘렀는지 세지도 못할 세월의 무게에도 여전한지 피드질의 말소리가 떨렸다. 두산은 새삼 네헤마는 왜 하고 많은 일 중에서 하필 세탁부로만 돌았을까를 생각했다. 할 수만 있다면 좀 더 편한 일을 할 수도 있었을 텐데, 네헤마의 파랗게 질리던 얼굴이 어른거렸다. 입술을 떨면서 소리치던 약간의 탁성인 말소리도 들렸다. 양공주가 어때서요? 양공주는 사람이 아닙니까?

그때처럼 네헤마가 다시 묻는다면 뭐라고 대답해야 할까를 생각하며 두산은 멀리 구릉 쪽으로 시선을 던졌다. 별빛에 선연히 드러나는 구릉의 등선 너머 인디언 쑥밭에 쪼그리고 앉아 눈물을 쏟던 네헤마가 어렴풋이 비쳐 보였다. 그때 네헤마의 눈물을 머금은 인디언 쑥이 지금도 어딘가에 한 그루쯤은 남아있지 않을까 생각하는데 어디에선가 희미하게 무슨 소리가 들렸다. 휘파람 소리 같기도 하고 바람 소리 같기도 했다. 보호구역 밖이면 절대 들리지 않을 정도의 희미한 소리는 끊겼다가 다시 들리곤 했다. 같은 소리가 두어 번 더 반복되자 피드질이 의자에서 느릿하게 일어서며 말했다.

"모야그 노인이 어딘가 불편한 모양이오. 잠시 살펴보고 올 테니 좀 기다려주시겠소?"

두산은 같이 가겠다고 했지만, 피드질은 별일 아닐 거라며 만류하고는 거실에서 랜턴을 찾아 어둠 속을 비추며 혼자 계단을 내려갔다.

모야그 노인은 이제 부락의 최고 어른으로 10여 년 전 언덕 위로 관광객을 쫓아낼 때 가장 험악하게 눈을 부릅뜨던 노인이었다. 낮에 호끼와 함께 들여다봤을 때는 별 이상이 없어 보였는데 그사이 어디가 나빠진 건 아닌지 걱정하며 두산은 허물어진 초막 사이로 사라지는 피드질의 등 굽은 실루엣을 지켜보았다. 잠시 뒤에는 거실로 들어가 크로스 백 안의 휴대전화를 꺼내 시간을 보았다. 한밤중인 줄 알았는데 시간은 고작 열 시를 조금 넘기고 있었다. 목이 마르고 맥주 생각이 났다. 그는 휴대용 아이스박스에 넣어둔 맥주를 떠올렸지만, 부락 앞 둔덕 위의 자동차까지는 가고 싶지 않았다.

그는 잠시 데크를 서성거리다가 다시 의자에 앉아 낮은 등받이에 허리를 대고 길게 다리를 뻗었다. 목조가옥의 짧은 처마 위에서 별들이 곧장 눈으로 쏟아져 들어왔다. 망막 가득히 별빛이 현란했다. 별들도 참 많다. 그는 중얼거렸다.

8

스물세 번째 닐-치-쪼 (큰바람 11월)의 달

천정에서 비쳐든 손바닥만 한 작은 빛이 둥그런 원뿔 모양으로 빛살을 넓히며 기둥처럼 바닥에 내려와 꽂혀있었다. 햇빛이 지붕 위 가까이에 와 있는 모양이었다. 빛은 여느 때처럼 맑고 투명하지가 않았다. 어젯밤, 때 이른 흙바람으로 지붕의 유리에 흙먼지가 끼어서일 것이다. 큰바람의 달이긴 해도 아직 흙바람이 불 때는 아니었다. 하지만 바람이란 언제 어떻게 불지는 알 수 없는 일이었다. 다만 이제부터는 자주 불 것은 분명했다. 그리고 바람은 날이 갈수록 차가워질 것이었다. 그러기 전에.

네헤마는 침대에 모로 누워 원뿔 모양의 빛기둥을 쳐다보며 바람이 더 심해지기 전에 해야 할 일들을 생각했다. 가장 먼저 해야 할 일은 부락의 어른인 닐따 시체이를 만나 부락 회의에 대해 의논하는 것이었다. 바깥마당에서 열어야 하는 부락 회의는 날씨가 추워지고 바람이 심하면 할 수가 없었다. 그다음으론 딸 예파를 돌보는 일이었다. 조금 전 살며시 들어와 자신의 기색을 살펴보고 나가던 예파의 부른 배가 눈앞에 어른거렸다. 예파에게서 풍기던 냄새도 생각났다. 예파가 땀 천막에서 몸을 씻은 일이 언제였는지 생각도 나지 않았다. 아무튼 아이를 낳기 전에 몸을 청결하게 하는 것도 급했다. 그러려면 기운을 차리고 일어나야만 했다. 한데 기운이 하나도 없었다. 손가락 하나도 까딱할 힘이 없는 것 같았다. 벌써 한 달째였다.

한 달째이긴 하지만 내내 누워만 지낸 건 아니었다. 조금씩 움직이고 이따금씩 할 일을 찾아 하곤 했지만 자주 기운을 잃고 드러누워 지내는 날이 훨씬 많았다. 어떤 때는 며칠을 꼼짝 않고 누워있기도 했다. 아무리 기운을 차리려고 해도 잘 되질 않았다. 어디가 아픈 건 아니었다. 그런데도 아팠다. 어디라고 딱히 꼬집어 말할 수 없는 고통으로 간간이 이불을 덮고 오한으로 떨기도 했다. 이제 그렇게까지는 아니지만, 기운을 차리지 못하는 건 여전했다. 그래도 마냥 누워있을 수만은 없었다.

네헤마는 몇 번 몸을 뒤척이다가 억지를 쓰듯 자리에서 일어나 앉았다. 핑, 현기증이 일었다. 오래 누워있었던 탓일 것이다. 네헤마는 잠깐 얼굴을 감싸 쥐고 현기증을 가라앉혔다. 그런 다음 수건을 찾아들고 화덕 가까이로 갔다. 화덕 안에선 화력을 가라앉힌 장작 숯이 뭉근히 타고 있었다. 화덕 위의 무쇠솥에선 물 끓는 소리가 났고 화덕 옆에는 호두죽이 담긴 토기 그릇이 놓여있었다. 아침 일찍 피드질이 끓여놓은 죽이었다. 피드질은 부락의 아이들을 학교로 데려다주러 가고 없었다.

네헤마는 화덕 옆에 쪼그리고 앉아 먼저 호두죽을 먹었다. 입맛이 없었지만 뭐라도 먹어야 할 것 같아서 먹었다. 먹으면서 출입문 쪽을 쳐다보았다. 천정의 빛은 흐린데 오래된 나무문 틈사이마다 새어드는 빛은 밝고 맑았다. 옆의 문기둥에 새겨진 가로금들이 훤히 보일 정도였다. 네헤마는 가로금들을 멀거니 쳐다보다가 죽 그릇을 내려놓고 쇠꼬챙이를 찾아들고 문기둥으로 다가갔다. 그리고는 손가락으로 하나하나 가로금을 짚어가며 소리 내어 세어보았다. 하나, 둘, 셋, 넷, 모두 스물두 개였다. 네헤마는 쇠꼬챙이로 스물두 개의 가로금 밑에 하나를 더 그었다. 힘주어 또렷하게 그었다. 지지난달 그어야 했을 금이었는데 깜박 잊고 있었다. 금은 이제 스물세 개로 늘어났다. 여기 온 햇수도 이제 스물세 해가 되었다.

스물세 해. 참으로 오래 살았다 싶었다. 이만큼 오래 살았는데, 네헤마는 또다시 스멀스멀 달라붙는 부락탐방 팀을 떨쳐내려 애쓰며 수건을 찾아들고 무쇠솥의 뚜껑을 열었다. 솥 안에 갇혀있던 김이 한꺼번에 피어올라 사방으로 흩어졌다. 사방으로 흩어진 수증기는 흙벽에 적절히 스며들어 건조의 뒤틀림을 막아줄 것이었다.

네헤마는 허리를 굽히고 무쇠솥 위로 가만히 얼굴을 들이밀었다. 솥 안에서 피어오른 따뜻한 김이 얼굴을 뭉근하게 감쌌다. 따뜻한 김은 오래지 않아 얼굴에 수없이 많은 작은 입자로 송글송글 맺히기 마련이었다. 그러면 수건으로 닦아냈다. 네헤마는 그러기를 서너 번쯤 반복했다. 시간이 좀 걸리긴 하지만 물이 부족한 곳에 살면서 나름대로 터득한 세수 방법이었다. 네헤마의 세수 방법이 부락 사람들 모두의 아침 세수가 된 건 오래전 얼굴 푸석한 이웃의 젊은 부인에게 넌지시 한번 권해 준 뒤부터였다.

수증기 세수를 하고 난 네헤마는 붉게 익은 얼굴로 감은 지 오래인 거칠고 푸석한 머리를 빗어 한 가닥으로 땋은 후 뒤통수에 동그랗게 말아 붙였다. 그리고는 세탁해둔 옷으로 갈아입은 후 보라색 숄을 걸치고 호건을 나섰다. 어젯밤 때 이르게 불던 흙바람은 자고 중천 가까이 떠오른 햇빛은 그지없이 맑고 따뜻했다. 언덕 아래로 내려다보이는 부락도 호건의 흙벽이 훤히 비쳐 보일 듯 밝았다. 네헤마는 부락 안 구석구석을 둘러보다가 저만치 자신의 호건 앞에서 햇볕을 쬐고 있는 예파를 보았다. 등받이가 동그란 의자에 기대어 앉아 멀리 구릉 쪽을 바라보고 있는 예파의 배는 어제보다 좀 더 부풀어 오른 듯 보였고 등 뒤로 풍성하게 늘어뜨린 머리의 절반은 여전히 노란색이었다. 가위가 있으면 당장 노란 부분을 잘라버리고 싶은 충동을 느끼며 네헤마는 예파에게로 갔다. 예파는 네헤마가 다가가는 것도 모르고 구릉 쪽을 보고 있었다. 구릉 쪽을 보고 있어도 그 너머 더 먼 곳을 보고 있다는 걸 네헤마는 알았다. 먼 곳을 보고 있는 것은 누군가를 그리워하는 거라는 것도 알고 있었다. 자신이 그랬고 로빈도 그랬기 때문이었다. 로빈은 모뉴먼트 밸리에 있을 때도, 부락에 머물러 있을 때도 자주 먼 곳을 바라보곤 했었다. 로빈이 먼 곳을 바라보기 시작한 것은 예파가 집을 떠나 하이스쿨에 입학하면서부터였다.

예파보다 여섯 살 많은 로빈이 예파가 하이스쿨을 졸업하기만을 손꼽아 기다린다는 걸 모르는 사람은 부락에 아무도 없었다. 하지만 예파는 냉정했다. 절대로 보호구역에서 일생을 보내지 않을 거라고 공공연하게 떠들고 다니는 것으로 로빈의 사랑을 거부했다. 로빈은 그래도 포기하지 않고 예파의 마음을 얻기 위한 노력으로 보호구역 밖으로 나가 한동안 일을 하다 되돌아왔다. 돌아온 이유는 보호구역 밖의 생활이 마치 콜로라도강의 거친 물살을 거꾸로 거슬러 오르는 것 같아서라고 로빈은 말했다.

로빈은 비록 보호구역 밖 생활에 적응하지 못했지만 예파를 사랑하는 마음만은 변함이 없었다. 반대로 예파는 로빈의 마음 따윈 아랑곳도 하지 않고 하이스쿨의 동급생인 백인 남자와 사랑에 빠져 임신까지 하고 말았다. 그러다 버림을 받고는 학교도 그만두고 돌아와 있었다. 백인 남자와의 사랑에서 남은 건 배 속의 아이뿐이었다.

네헤마는 처음 임신해 돌아온 예파를 봤을 때 너무도 기가 막혀 말이 나오지 않았다. 부락의 누구도 예파를 흉보거나 손가락질하지 않았지만, 네헤마는 자기 일인 양 부끄러웠다. 한국에선 미혼의 여자가 임신을 하면 큰 흉이 되어 주변의 멸시와 냉대를 받았다. 네헤마는 그런 걸 영화를 보면서 알았고 실제로 아들 존을 임신했을 때 직접 겪은 일이기도 했다.

한국에서 세탁부로 일하며 지낼 때 친구 따라 몇 번 본적이 있는 1960년대의 한국 영화는 아무도 가르쳐주지 않는 많은 것을 알게 해주었다. 세상을 살아가는 인간의 도리와 여자의 바른 몸가짐과 예절 같은 것이었다. 세탁부로 일하는 혹독한 고달픔과 기지촌 주변의 화려한 유혹과 틈틈이 자신을 노리는 주변의 음흉한 시선들 속에서도 꿋꿋이 자신을 지켜냈던 건 영화 속의 가르침 때문인지도 몰랐다. 그럼에도 열여덟의 나이로 피드질을 받아들인 건 하나뿐인 친구를 잃고 달리 기댈 곳이 없어서였다. 꼭 친구를 잃어서만은 아니었다. 피드질을 받아들인 이유는 많았다.

우선 피드질은 부드럽고 맑았다. 아무리 봐도 음흉한 빛이라곤 찾아볼 수가 없었다. 오래도록 집 주변을 서성거리면서도 막상 얼굴을 대하면 고개도 들지 못하는 수줍은 모습은 네헤마로선 신기하기만 했다. 데이트 신청하면서 거절당할 것을 두려워하던 순진한 얼굴과 PX에서 산 것들을 건네줄 때 눈치를 보며 겁먹던 모습은 그때까지 누구에게서도 보지 못한 것이어서 지금도 이곳에서 기억을 꺼내보면 미소가 떠오르곤 했다.

사랑은 그렇게 아무런 거짓 없이 자연스럽게 다가오는 것이라야 하는 것이었고, 귀대명령을 받고 돌아간 피드질이 영영 돌아오지 않을 것이라 여기고 포기하고 있었음에도 데리러 와준 것처럼 사랑은 약속이고 도리이고 신의여야 하는 것이었다. 함부로 농락하고 떠나 버리는 것이 아니었다.

예파에게 그런 걸 말해주고 아이아버지를 만나러 가자고 무섭게 다그쳤다. 만나서 진심을 다해 얘기하면 마음을 바꾸지 않을까 했지만 예파는 완강하게 고개를 저으며 말했다.

그 사람은 나를 버리고 싶어 버린 게 아니야. 다만 자신은 백인이라서 원주민인 나와 함께 할 수 없어서 헤어지는 것뿐이라고만 했어.

네헤마는 예파에게 되물었다. 엄마는 한국 사람이야. 엄마는 원주민이 아닌데도 네 아빠를 따라 여기로 왔어. 뭐가 다른 거지?

부모의 부재가 얼마나 힘들고 서러운지 예파는 모르겠지만 태어날 아이는 알게 될 것이다. 하지만 어찌할 것인가. 어찌할 수가 없어 예파가 더 미웠고 한동안 딸을 냉대했었다. 이제는 정말 어찌할 수가 없어 네헤마는 크게 숨을 들이마셨다가 내쉬었다. 숨소리에 예파가 의자에서 벌떡 일어섰다. 만삭으로 휘어진 몸이 곧 넘어질 것 같아 네헤마는 얼른 예파의 손을 잡았다.

"다칠라. 조심해라."

예파의 눈이 동그래졌다. 네헤마를 쳐다보는 시선이 의아함으로 가득 찼다. 네헤마는 못 본 척하며 어깨의 숄을 벗어 예파에게 둘러주며 말했다.

"앉아만 있으면 아이가 숨 막혀 한다. 산책이라도 좀 다녀오렴."

그 말이 기쁜 듯 예파는 미소를 지었다. 볼에 보조개가 옅게 패였다.

"지금 닐따 시체이한테 가려고 한다. 저 아래까지 데려다주마."

여태 한 번도 없던 일이어서 예파는 어리둥절했지만 내미는 엄마의 손을 뿌리칠 이유가 없어 얼른 손을 잡았다. 언덕을 내려가며 네헤마는 타일렀다.

"바삐 걷지 말고 천천히 걸어라. 어머니 대지는 틀림없이 네게 기운을 불어넣어 주실 것이다."

어머니 대지가 어떤 신령한 힘을 지니고 있는지 모르나 여기 이 골짜기로 온 이래 수도 없이 들어온 말을 네헤마는 자신도 모르게 따라 했다. 말의 감응을 느껴서인지 예파는 순순히 고개를 끄떡이고는 목조가옥 앞의 마당을 거슬러 구릉 쪽으로 걸음을 떼놓았다. 걷다가 믿기지 않는지 뒤를 한번 돌아보고는 다시 걸었다. 뒤뚱거리는 걸음에 힘이 올라 보였다. 그런 걸음으로 예파는 이제 구릉 아래 옥수수밭 주변을 거닐 것이다. 바람은 없으나 약간 차가워진 맑은 공기를 마시며 계절의 변화와 땅의 감촉을 느끼며 걷다가 돌아올 것이다. 변화는 현재를 밀어내고 다음을 끌어오는 미세한 움직임이다. 그것을 감지한다면 그 자체가 바로 치유의 시작인 것이다. 딸은 그렇게 서서히 슬픔을 이겨내고 아픔을 견뎌 나갈 것이다. 분명 그럴 것이다. 스스로에게 확신하듯 생각하며 네헤마는 절벽 모퉁이 쪽에서 저만큼 물러앉은 산기슭을 따라 닐따 노인의 초막으로 갔다.

노인은 문을 활짝 열어놓고 깊은 명상에 잠겨 있었다. 자주 보는 모습이어서 네헤마는 문밖에서 노인의 명상이 끝나기를 기다렸다. 앞이 확 트인 곳이어서 티 없이 파란 하늘이 한눈에 들어왔다. 생채기 같은 구름 한 점 없었다. 저 하늘도 이제 곧 구름이 많아질 것이었다. 구름이 많아지면 비나 눈이 내리기 마련이었다.

네헤마는 구름은 지상의 온갖 불순물의 수분이 증발해서 만들어지는 거라던 피드질의 말을 떠올렸다.

지상의 온갖 불순물의 수분이 조금씩 조금씩 하늘로 올라가 커다란 덩어리가 되는데 우린 그걸 구름이라고 부르지. 구름은 여기서만 만들어지는 게 아니고 세상 곳곳에서 만들어져 바람에 날려 다니다가 어느 날 한데 뭉쳐져 커다란 먹구름이 되기 마련이오. 그렇게 먹구름이 된 구름은 스스로 제 무게를 견디지 못하고 천천히 조금씩, 때론 사납게 아래로 떨어져 내리는데 우린 그걸 또 비라고 부르오. 비가 되어 내릴 때는 위대한 정령께서 나쁜 성분을 모두 정화해 버리기 때문에 우린 그걸 물로 받아 목을 축일 수 있는 거요. 그런 현상을 자연의 정화라고 하지.

명상을 마친 닐따 노인이 문기둥을 탁탁 쳤다. 오랜만에 대하는 노인의 표정이 반가움으로 환했다. 네헤마는 먼저 두 손을 가슴에 대고 호조니! 하고 인사한 후 초막 안으로 들어가 화덕을 가운데 두고 노인과 마주 앉았다.

노인은 네헤마에게 말린 로즈메리가 담긴 작은 바구니를 내밀었다. 네헤마가 사양하자 노인은 앙상한 손가락으로 한 꼬집 집어서 자신의 입 안에 넣고 오물거리며 말했다.

"이렇게 추장을 대하니 대단히 기쁘오. 우리 모두는 추장의 베인 마음이 얼른 낫지 않으면 어찌하나 무척 걱정했다오.

네헤마는 걱정해 준 고마움의 답례로 자신의 손에다 살며시 입을 맞췄다. 그러고는 찾아온 용건을 말했다.

"이제 그만 추장 자리에서 물러나려고 합니다. 어른께서는 하루빨리 부락 회의를 소집해 다른 분으로 추대해 주셨으면 합니다."

노인은 이미 예상하고 있었다는 듯 깊이 생각하지 않고 바로 말했다.

"우린 그들의 말을 알아듣지 못하니까 추장의 마음이 얼마나 크게 베였는지는 모르오. 그러나 그들의 말이 날카로웠다는 건 충분히 짐작할 수 있었소. 내가 보기엔 그들은 오래 생각지 않고 말을 마구 하는 것 같았소. 오래 생각하지 않는 말은 칼날 같아서 함부로 마음을 벨 수 있지만 대신 말의 진심과 가치는 떨어지는 법이요. 그러니 추장은 부디 그들의 말에 오래 상심하지 않았으면 좋겠소. 상심은 분노를 키우고 결국은 자신을 해하기 마련이라오. 시간의 힘은 틀림없이 당신의 베인 마음을 치유해 줄 테니 이제 그만 그 일을 잊어버리길 바라오."

조용하고 힘 있는 어조였다. 네헤마는 시선을 내리고 노인의 말을 들었다. 부족의 언어는 여전히 모국어를 거쳐야 이해되는 것이지만 마음을 편안하게 해주는 어떤 기운이 있었다. 어쩌면 언어 자체가 움직이는 탓에 말이 눈에 보이듯 하기 때문인지 몰랐다. 특히 노인들의 말이 더 그런 것 같았다. 때문에 노인들의 말을 듣고 있으면 이상하게 마음이 편해지곤 했다. 닐따 노인의 말이 그랬다. 노인은 다시 한 꼬집의 로즈메리를 입 안에 넣으며 말을 이었다.

"추장 직을 그만두겠다는 추장의 청은 허락할 수 없소. 왜냐하면 추장은 잘못한 게 아무것도 없기 때문이오."

"하지만 부락에 폐를 끼쳤습니다."

"그건 추장의 잘못이 아니오. 잘못은 부락 사람들의 인내심 부족에도 있었소."

닐따 노인은 위로처럼 말했지만 잘못은 부락 사람들의 인내심 부족만은 아니었다. 부락을 탐방하러 온 그 사람들에게도 있었다. 그들이 부락 안을 구경하면서 무슨 행동을 했는지는 곁에서 지켜보지 않아서 자세히는 모르지만, 안내를 맡은 피드질의 표정과 판매대에 서의 행동으로 보아도 어느 정도는 짐작할 수 있었다. 다 그런 건 아니었다. 탐방 팀마다 유독 행동이 거슬리고 불편하게 하는 사람 두서너 명은 꼭 끼어있었다. 그래도 그 정도의 불편은 부락에서 참아주지 않을까 했던 기대는 어긋났다. 탐방 팀이 네 번인가 다섯 번인가 다녀간 뒤부터는 부락 사람들은 슬슬 모습을 감추기 시작했다. 탐방 팀에게 보여주기로 사전에 약속했던 아따할네(그가 방해하다)의 호건과 이스카(밤이 지나갔다)의 초막은 탐방 팀이 오는 날엔 문이 굳게 잠겨 열리지 않았고 세공품 만드는 걸 보여주기로 한 작업장에도 사람들은 나타나지 않았다. 불길한 낌새에 마음이 점점 불안해져 갔지만 탐방 팀과의 약속 때문에 섣불리 그만둘 수도 없었다. 그래도 협조적인 몇몇 사람들이 있어 겨우겨우 탐방을 이어가던 중 일이 터진 건 피드질의 친구 쩨가 가족과 함께 부락을 떠나겠다며 짐을 꾸리면서였다. 탐방 팀이 오기로 한 하루 전이었다. 쩨가 떠나겠다고 하자 다른 가구들도 함께 떠나겠다며 나서는 것이었다. 부락은 순식간에 소란스러워지고 혼란에 빠졌다. 네헤마는 당황하지 않을 수 없었다. 부락을 살기 좋은 곳으로 만들려고 했던 일이 되레 부락민들을 떠나게 만든 것 같아 어찌할 바를 몰랐다. 마침 피드질은 토닐싼으로 물 길러 가고 없었다. 사태를 어떻게 처리해야 할지를 몰라 쩔쩔매는 네헤마를 대신해 닐따 노인이 서둘러 부락 사람들을 공터로 불러 모았다.

닐따 노인은 먼저 부락민들에게 무엇이 문제였는지를 차례로 말하게 했다. 부락민들은 이런저런 문제들을 늘어놓았지만, 요지는 탐방 팀들의 무례였다. 어느 정도 짐작은 했지만 정말 그랬을까 싶은 무례도 있었다. 어쨌든 네헤마는 부끄러웠다. 같은 동족이어서 그들의 무례가 더 창피했다. 네헤마는 사과했다. 자신이 잘못 판단했다고 말했다. 물 길러 갔던 피드질이 뒤늦게 합류해서 자신은 이런 일이 있을 걸 미리 예상했었다면서 왜 처음부터 반대하지 않았는지를 물었다. 닐따 노인은 대답했다.

"그 문제에 대해선 이 늙은이가 답을 해야 할 것 같소."

좀처럼 일어서는 법이 없던 닐따 노인은 자리에서 일어나 목소리를 높였다.

"우리는 이곳에서 아버지의 아버지 그 이전의 아버지 대부터 살아왔소, 누구의 방해도 받지 않고 아무 욕심도 부리지 않고 하루하루를 소중히 여기며 조용히 살아왔지. 이곳은 오랜 핍박에 시달리던 우리 선조들이 선택한 가장 안전한 장소로 이곳이 우리에게 준 불편은 오직 물뿐이었소. 물론 우리 조상들이 이곳을 선택할 당시엔 그렇지 않았지. 저기 계곡 아래에 물이 흐르고 있었으니까. 그 물이 말라붙은 이유는 우리 모두가 다 잘 알고 있을 줄 아오. 그 때문에 우린 오랫동안 물 부족으로 여간 고생을 하지 않았소. 하지만 그 고생도 오래 전 우리에게로 온 여기 이 추장의 지혜로 사라지고 우린 한동안 참으로 편안히 살 수 있었소. 지금도 추장에 대한 우리의 감사는 여전하다오. 그런데 우리에게 물을 주던 토닐싼의 물이 또다시 말라붙으면서 우린 지금 여간 불편을 겪고 있는 게 아니오. 이 불편을 또다시 해결해 보려고 추장이 현재 여간 애를 쓰지 않는다는 건 여러분도 잘 알고 있을 거요. 우리가 어찌 존경과 애정을 보내지 않을 수가 있겠소."

닐따 노인의 말에 사람들은 일제히 고개를 끄떡였다. 그때까지 언짢아 찌푸렸던 표정들도 하나둘 펴지기 시작했다. 닐따 노인은 기운이 달리는지 자리에 앉겠다고 하고는 작은 의자에 쇠약해진 몸을 앉혔다. 그리고는 입이 간지러워 끼어들려는 모야그 노인을 손으로 제지하며 말을 이었다.

"하지만 존경과 애정이 추장에게 무슨 도움이 되겠소. 그래서 우린 추장의 뜻을 존중해 받아들이는 것으로 더 큰 도움이 되고자 했던 거요. 그런데 막상 그들이 오면서부터는 물이 주는 불편보다 더 불편한 걸 어찌할 수가 없었소. 사실 자신의 생활을 외부인들에게 구경거리로 내놓는다는 건 쉬운 선택은 아니었소. 자신의 치부를 보여주는 거나 마찬가지이니까. 그런데도 우린 견뎌보려고 노력했다는 것만 추장이 알아주길 바라오."

닐따 노인은 네헤마를 돌아보았다. 네헤마는 아무 말도 할 수가 없어 고개를 숙였다.

"사실 이번 일은 그들만의 잘못이라고는 할 수 없소. 다른 어느 민족이어도 마찬가지였을 테니까. 실제로 우릴 존중해주는 부족은 세상 어디에도 없소. 그저 우리 부족을 미개하다고 얕보고 침탈하려고만 하지. 우리 선조들이 오래전부터 외부인의 발길을 꺼려 온 이유도 그런 것 때문이 아니겠소."

피드질이 끼어들었다.

"그걸 다 아시면서 찬성표를 던지자고 하신 분은 어른이셨습니다."

닐따 노인은 피드질을 보며 빙그레 웃었다.

"난 자네가 아내를 정말 사랑하는지 의심스럽구먼."

닐따 노인은 고개를 흔들었고 부락 사람들은 딱하다는 듯 피드질을 노려보았다. 닐따노인은 사랑하는 딸을 쳐다보듯 네헤마를 쳐다보았다.

"우리 모두가 찬성표를 던진 건 추장을 도와주려는 뜻도 있었지만, 그보다는 다른 어떤 것을 봤기 때문이었지. 자넨 아마 못 봤을지도 모르지. 동족이 찾아올 때마다 기쁨으로 환해지던 추장의 얼굴을. 우리는 셀 수 없을 만큼 많은 날을 함께 보냈지만, 그때처럼 추장의 얼굴이 환해지는 걸 한 번도 보지 못했다. 다들 그렇지 않소?"

닐따 노인의 물음에 여기저기서 그렇다는 대답이 툭 툭 튀어나왔다. 닐따 노인은 흡족해하며 말을 계속했다.

"우린 추장이 미소 짓는 걸 볼 때마다 여간 기쁘지 않았소. 또 동족과 함께 어울려 얘기하는 모습을 보는 게 무척 흐뭇했었소. 그러면서 한편으로는 다들 가슴 아파했지. 추장이 저 먼 동양에서 온 이래로 한 번도 고향엘 가지 않았다는 걸 우리 모두 잘 알기 때문이었지. 인간은 누구나 고향을 그리워하기 마련인데 추장이라고 왜 그긴 세월 동안 고향이 그립지 않았겠소. 그래서 우린 급히 추장 몰래 합의를 봤던 거요. 우리가 추장에게 해줄 수 있는 건 추장의 작은 행복을 절대 방해해서는 안 된다고. 부락을 개방하면 겪을 어떤 불편도 언짢음도 추장을 위해 참아내자고. 대신 파이프 비용만 마련되면 끝내기로 추장 몰래 합의를 봤던 거요. 그래서 부락 회의 때 모두 찬성표를 던졌던 거지. 그게 촌락개방을 찬성했던 이유요."

닐따 노인의 긴 얘기를 떠올리며 네헤마는 두 손을 앞으로 모아 쥐었다. 살면서 한 번도 받아보지 못했던 귀한 배려에 새삼 눈물이 날 것 같아 힘주어 입술을 앙다물었다. 그때처럼 말로만 듣던 존중의 의미를 구체적으로 느껴본 적은 한 번도 없었다. 감동으로 떨리는 가슴을 진정시키며 주저할 것도 없이 당장 부락탐방 따위 끝내겠다고 선언했지만 대신 탐방 팀으로부터 지독한 수모를 당해야 했다. 그때 그들이 던진 수모의 말을 아무도 알아듣지 못하는 걸 다행으로 여겼지만 불행하게도 그 말을 귀담아들은 사람이 있었다. 예파였다. 예파는 피드질에게 물었다. 대디, 양공주와 양갈보가 무슨 말이야? 비록 기지촌의 유흥가에는 얼씬도 하지 않았던 피드질이지만 오며 가며 주워들은 말의 뉘앙스는 알고 있었던지 피드질은 버럭 화를 내며 물었다. 그들이 정말 그런 말을 했소? 차마 그렇다고 할 수가 없어 대답을 피했지만 피드질은 그냥 넘기지 않았다. 좀처럼 하지 않는 욕설을 내뱉으며 소릴 질렀지만 그렇다고 뭘 어떻게 할 수 있는 일은 아니었다. 부락탐방은 그렇게 해서 막을 내렸지만 마음속엔 딱히 정체를 알 수 없는 화가 부글거리기 시작했다. 그러면서 가슴 한가운데가 뻥 뚫린 듯 찬 바람이 횡횡 불었다. 춥고 떨렸다. 덩달아 기운도 빠지고 맥이 풀렸다. 자리에 누워 한동안 일어나지 못했다. 하지만 이제는 화를 떨쳐내야만 했다. 더 이상 정체 모를 화에 마냥 짓눌려 지내고 싶지 않았다. 무엇 때문에 가슴이 추운지도 알 필요가 없었다. 닐따 노인의 말처럼 베인 마음은 스스로 치유해야만 했다. 이런 건 스스로 치유하지 않으면 절대 낫지 않는다는 걸 언젠가 경험했던 것도 같고 아닌 것도 같았지만 막연히는 알고 있었다.

네헤마는 마른침을 삼켰다. 닐따 노인은 입속의 로즈메리를 삼키고는 단호하게 말했다.

"추장은 오직 부락을 위해서 그랬던 것뿐이었소. 부락 사람들 모두는 그걸 잘 알기 때문에 추장을 탓할 사람은 아무도 없소. 그러니 추장을 그만두겠다는 말은 부락민 모두를 대표해서 내가 거절하겠소."

네헤마가 추대되기 전까지 줄곧 부락의 추장이었던 닐따 노인은 크고 우락부락한 생김새만큼이나 권위가 있어서 거역할 힘을 잃게 했지만, 네헤마는 조금 더 고집을 피워볼까 하다가 말았다. 그러나 추장을 더 유지할 생각은 조금도 없었다. 그냥 부락민의 한 사람으로 돌아가 예파를 돌보다가 예파가 아이를 낳으면 아이나 키울 생각이었다. 닐따 노인의 초막을 나온 네헤마는 곧장 자신의 호건으로 갔다. 예파에게로 가서 함께 구릉 너머 쑥밭으로 가볼 생각이 사라진 건 맥이 풀리고 기운이 없어서였다.

날이 점점 추워지고 있었다. 바람도 한결 잦아졌다. 바람 없는 날이 차츰 드물어져 가는 건 얼어붙은 눈의 달이 다가오고 있었기 때문이었다. 닐따 노인의 호건을 다녀온 다음 날부터 네헤마는 자리에 눕지 않았다. 누워 지낼 수만은 없어서였다.

먼저 해산을 기다리는 예파를 돌봐야 했고 간간이 피드질이 주문받아 온 세공품도 만들어야 했다. 노환을 앓고 있는 카키 노인과 웨노나를 돌봐야 했고 남편 없는 이웃의 아낙네와 엄마를 잃어버린 호끼도 돌봐야 했다.

호끼의 엄마가 집을 나간 건 일 년 전이었다. 호끼의 아버지가 도박중독으로 자살한 건 이 년 전이었다. 아들과 둘만 남겨진 호끼의 엄마 치말리스(파랑새)를 네헤마는 신경 써서 보살폈지만 혼자서는 도저히 살 수가 없었던지 어느 날 자취를 감추고 말았다. 호끼는 아홉 살이긴 하지만 아직은 누군가의 보살핌을 받아야 하는 나이였다. 게다가 호끼는 이따금 목조가옥으로 들어가 나무함을 건드리곤 했다. 나무함에는 파이프 경비를 모으기 위한 부락민들의 성의가 들어 있었다. 성의는 부락민들이 매달 받는 정부 보조금에서 얼마간씩 떼어 넣는 것으로 누가 얼마를 넣는지 얼마나 모였는지는 아직 아무도 모르는 상태였다. 그 나무함에서 호끼가 얼마를 꺼내 가져가는지는 모르지만, 돈을 꺼낸 다음 날 하교 시간에 맞춰 피드질이 데리러 가면 호끼는 일찌감치 학교에서 사라지기 일쑤였다. 그러다 며칠 후면 돌아오긴 했지만, 그 며칠 동안 네헤마는 내내 마음이 쓰여 몸이 다 아플 지경이었다. 호끼를 보살피는 이유였다.

예파의 해산이 가까워지면서 네헤마는 예파와 자주 산책을 다녔다. 산책의 목적은 해산을 앞둔 예파의 체력을 끌어올리기 위해서였고 딸과 좀 더 가까워지고 싶어서이기도 했다.

백인 남자의 아이를 임신해 학교도 그만두고 돌아온 딸에게 실망해서 한동안 냉정하게 대하긴 했지만, 딸을 사랑하지 않았던 건 아니었다. 아들도 마찬가지였다. 네헤마는 누구보다 아이들을 사랑했지만 표현을 잘 하지 않았을 뿐이었다. 표현하려고 해도 어쩐지 어색하고 서름해서였다. 하지만 이젠 아낌없이 드러내 보이기로 네헤마는 마음먹었다. 마음속으로 아무리 사랑한다 해도 표현하지 않으면 아무도 알아주지 않는다는 걸 알았기 때문이었다.

네헤마는 바람 자고 햇볕 따뜻한 날을 잡아 목욕하는 날로 잡았다. 날이 더 추워지기 전에 부락민 모두 몸을 씻고 싶어 하기도 했지만, 해산을 앞둔 예파도 씻겨주기 위해서였다.

목욕은 아침 일찍부터 부락 전체가 분주히 움직이는 것으로 시작되었다. 움직임은 누가 특별히 지시하지 않아도 제각기 일을 찾아서 하는 것이었다. 나이 많은 노인들과 몸이 불편한 환자 외에는 꾀를 부리거나 몸을 사리는 사람은 아무도 없었다. 부락의 장정들은 계곡 너머 큰길로 나귀를 몰고 나가 땔감을 실어다 나르거나 장작을 패고 부락 안의 땅 천막 아궁이마다 불을 지폈다. 피드질은 젊은이 몇 명과 함께 트럭에 물통을 싣고 멀리 떨어진 토닐싼을 찾아다니며 물을 길어다 날랐다.

목욕 방법은 간단했다. 먼저 땀 천막의 바닥에 깔린 돌멩이들을 뜨겁게 달군 다음 물을 흠뻑 뿌려 수증기를 피워 올리며 땀을 빼는 것이었다. 그런 다음 땀 천막에 미리 넣어두어 데워진 양철통의 물을 한두 바가지씩 끼얹고 나오면 되었다. 물이 흔할 때는 끼얹는 물을 넉넉하게 쓸 수 있었지만, 물이 귀한 지금은 아낄 수밖에 없었다.

목욕은 부락의 노인들부터 시작되었다. 땀 천막은 넓지 않아서 한 번에 두세 명밖에 들어갈 수 없어 시간이 오래 걸렸지만, 부락 사람들은 느긋하게 차례를 기다렸다가 땀을 빼고 나오곤 했다. 부락민들 모두가 목욕을 끝내는 데는 이틀이 소요되었다.

맨 마지막으로 땀 천막에 들어간 사람은 네헤마와 예파였다. 날이 어둑해질 무렵이었다. 네헤마는 예파와 땀을 빼면서 말했다.

"이제 아이를 낳게 되면 너는 학교로 돌아가거라. 아이는 내가 잘 돌볼 테니까."

이제 겨우 열여덟 살인 예파가 마음의 상심을 이기고 다시 자신의 인생을 살아내려면 무언가 할 일이 있어야 할 것이다. 네헤마는 예파의 젖은 머리를 쓰다듬으며 당부했다.

"그리고 선생님이 되어라."

예파는 대답하지 않았지만 예파를 선생님으로 키우고 싶은 건 네헤마의 오랜 꿈이었다. 어릴 때 주인집 아이를 업고 골목 안을 서성거리면 넌 학교에 안 가니? 하고 물으며 가여운 시선으로 쳐다봐 주던 이웃집 여선생님은 네헤마가 꿈꿀 수 있는 유일한 대상이었다. 그 밖에 무수히 많은 다른 꿈의 대상이 있다는 걸 네헤마는 알지 못했다.

"선생님이 되고 나면 그땐 로빈과 결혼해."

로빈이 과연 아이가 달린 예파와 결혼해 줄지는 알 수 없지만, 네헤마는 로빈이 그렇게 해주길 바라며 말했다. 예파는 고개를 저었다.

"로빈은 이제 그러지 않을 거예요."

이따금 부락에 머물며 예파의 부른 배를 안타까이 훔쳐보던 로빈을 떠올리며 네헤마는 한숨을 쉬었다. 로빈이라고 다른 남자를 사랑해서 아이까지 낳은 여자와 함께하고 싶을까. 그렇지만 얘기는 해볼 필요가 있었다.

땀 천막에서 목욕을 한 다음 날 카키 노인은 산속의 오두막으로 가겠다고 고집을 피웠다. 피드질은 노인의 생명이 얼마 남지 않은 걸 직감하고 네헤마와 함께 노인의 임종을 맞을 준비를 서둘렀다. 먼저 노인을 깨끗한 흰옷으로 갈아입히고 묽게 끓인 호두죽을 먹게 한 다음 머리를 빗겼다. 머리는 피드질이 호두 기름을 발라가며 빗겼다. 그런 다음 두 갈래로 나누어 붉은 실로 여러 번 매듭을 지어가며 묶었다. 매듭을 지을 때마다 피드질은 노인이 부락과 부족에 끼친 공로를 문밖에서 지켜보는 부락 사람들에게 큰 소리로 외쳤다. 먼저 노인이 부락의 땔감을 도맡아 나르던 수고를 외쳤고 눈 속에 쓰러져 죽어가는 이웃 부락의 젊은이를 구한 것을 말했고 오래전 산속을 헤매고 다니는 네헤마를 찾아주었던 고마움을 들먹였다. 부족의 시위에 빠짐없이 참석해서 부족의 일원으로 의무를 다한 것을 칭찬했고 파이프 공사를 벌일 때 누구보다 열심히 땅을 판 노동력에 대해 감사를 말했다. 그 밖에도 소소한 것들을 들먹이며 피드질은 노인의 머리를 묶었다. 붉은 실이 남지 않도록 열심히 노인의 공을 찾아 말하면서 묶었다. 네헤마는 옆에 앉아 노인의 머리카락을 주워 모았다. 머리카락은 노인의 아들들에게 전해줄 것이었다. 단장을 마

친 노인은 팔을 뻗어 네헤마의 손을 더듬어 잡았다. 시시각각 생명
이 꺼져가는 노인은 아무 말도 하지 않았지만, 네헤마는 노인의 말
을 다 알아들었다. 말은 원래 마음으로 하고 마음으로 알아듣는 거
라는 걸 네헤마는 부락에서 살면서 배웠다. 노인은 말했다. 그동안
나를 잘 돌봐줘서 참으로 고맙소. 이제 곧 행복한 나라로 돌아가면
위대한 정령께 당신에게 항상 축복과 행운을 내려주라고 부탁할 참
이오. 니욜아쉬키도 부디 무사히 돌아와 당신을 안심시키길 빌겠소.

노인은 산속의 오두막으로 가지 않고 자신의 호건에서 눈을 감
았다. 부락은 깊은 정적에 잠겼고 야단스럽지 않은 슬픔으로 고요했
다.

노인의 장례를 치르고 나서는 바람이 부쩍 심해졌다. 곧 야스-닐-
떼스(얼어붙은 눈 12월)의 달이 다가오고 있어서인지 한번 불기 시
작한 바람은 질기고 날카롭기가 짜-아스-지 줄기 같았다. 기온도 뚝
떨어졌다. 세공품 만드는 일도 뜸해지고 파이프 비용 마련의 길은
요원했다. 네헤마는 자주 부락이 사라지는 꿈을 꾸었다. 사람들이
뿔뿔이 흩어지는 꿈은 악몽에 가까워서 가위까지 눌릴 지경이었다.
가끔 아들 니욜아쉬키가 집을 찾지 못해 헤매고 다니는 꿈을 꾸기도
했다. 니욜아쉬키는 여전히 소식이 없었다.

피드질이 바깥세상에서 추수감사절마다 친척들이 모여 먹는다는
칠면조를 사가지고 와서 몇몇 부락 사람들과 나눠 먹은 날 저녁은
바람이 몹시 불었다. 그리고 마침내 기다리던 예파의 산고가 시작되
었다. 예파의 산고는 곧 네헤마의 고통이 되었다.

네헤마는 첫아들을 낳을 때 아이를 받아주러 온 산파의 혀 차는
소리를 기억하며 예파에게 먹일 호두죽을 끓였고 어린 나이에 친정

어미도 없이 아이를 낳다니, 하는 산파의 동정을 생각하며 물을 데웠다. 그때 아무도 돌봐 주는 사람 없는 혼자만의 기나긴 외로움은 산고의 고통을 넘어 가슴속에 못이 되었다. 못은 그 뒤 예파를 낳을 때도 날카롭게 가슴을 찔러대곤 했었다.

네헤마는 한시도 떠나지 않고 예파의 곁을 지켰다. 고통에 신음하는 딸의 손을 잡아주고 이마의 땀을 닦아주었다. 어미가 옆에서 지켜주는 것만으로도 딸은 힘을 얻을 것이라고 굳게 믿고 격려했다. 예파의 산고는 길었다. 밤부터 시작한 산고는 다음 날 해가 저물도록 끝나지 않았다. 다시 또 밤이 지나고 새벽이 되었다. 바람은 어딘가로 사라지고 대신 눈발이 날리기 시작했다.

눈이 내릴 때 예파가 여자아이를 낳으면 아이 이름은 제 어미의 이름인 예파로 지어질 것이고 남자아이면 야스(눈)로 지어질 것이었다. 하지만 예파는 눈이 그쳐도 아이를 낳지 않았다. 아이는 세상으로 나오는 문이 좁아서인지 좀처럼 세상 밖으로 나오지를 못했고 예파는 길고 긴 고통과 싸우느라 기진맥진해져 갔다. 예파의 머리카락은 땀에 젖은 지 오래였고 해산을 도와주는 알고마(꽃의 계곡)의 주름진 입술이 부르틀 지경이었다. 부락에서는 부족의 주술사를 불러와 기도를 올리기 시작했다.

꽃가루 여자아이를 낳게 하소서.
버펄로 닮은 남자아이를 낳게 하소서.
옥수수 딱정벌레 여자아이를 낳게 하소서.
꿈을 가진 남자아이를 낳게 하소서.
오래 삶을 누릴 여자아이를 낳게 하소서.
나를 둘러싼 행복 속에서 축복을 받으며 낳게 하소서.

아이가 더디 나오지 않게 하소서.

아이가 더디 나오지 않게 하소서.

네헤마도 차가운 땅바닥에 엎드려 빌었다. 예파만 무사히 아이를 낳으면 무엇이든 하겠다고 신에게 맹세도 했다. 아이가 더디 나오지 않게 하소서. 아이가 더디 나오지 않게 하소서. 주문의 후렴구를 따라 부르며 네헤마는 밤하늘을 올려다보았다. 눈발 그친 밤하늘은 청대 빛으로 어두웠고 십자가 모양의 별 하나가 반짝 빛을 발했다. 샛별이었다. 누군가의 영혼이 샛별이 된 모양이구나 생각하자 얼음처럼 차가운 냉기 한줄기가 싸아하니 등짝을 훑으며 지나갔다. 네헤마는 극심한 한기와 함께 걷잡을 수 없이 몸이 떨리는 걸 느꼈다. 누군가가 등을 가만히 감싸 안았다. 로빈이었다.

로빈은 나직하게 속삭였다.

"예파가 무사히 아이를 낳으면 함께 보호구역 밖으로 나가 살겠습니다. 허락해 주시겠습니까?"

네헤마는 주저 없이 고개를 끄떡이며 예파가 로빈의 말을 전해 듣는다면 당장 힘을 얻을 것이라고 말했다. 하지만 기도의 후렴구를 외치는 네헤마의 목소리는 무엇인가에 짓눌려 나오지를 않았다.

아이가 더디 나오지 않게 하소서! 아이가 더디 나오지 않게 하소서!

알고마가 호건의 문을 열고 네헤마를 손짓해 불렀다. 네헤마는 급히 안으로 달려갔다. 알고마는 머리를 흔들었고 예파는 거의 의식을 잃고 있었다. 네헤마는 예파의 손을 잡고 사정했다.

"로빈이 밖에서 기다린다. 조금만 더 힘을 내보자."

예파는 아무런 반응을 보이지 않았다. 이미 모든 기운을 소진한 듯 얼굴이 창백했다.

네헤마는 예파의 젖은 머리를 쓸어내리고 뺨을 어루만졌다. 어떤 알 수 없는 힘이 자꾸만 등줄기를 서늘하게 훑어 내리는 걸 뿌리치며 예파에게 속삭였다.

"아이가 태어나면 로빈과 결혼해라. 로빈은 평생 널 잘 돌봐 줄 것이다. 그리고 학교 선생님이 되어라."

예파가 가늘게 눈을 떴다. 그리고는 들릴 듯 말 듯 네헤마를 불렀다. 네헤마는 귀를 대고 예파의 말을 들었다.

예파의 마지막 말은 부족어가 아니었다. 어린 예파를 무릎에 앉히고 몇 번 가르쳐 준 적이 있었던 말, 네헤마는 아득히 멀어지는 의식으로 예파의 마지막 말을 들었다.

엄마!

9

피드질

생각조차 하기 싫어도 기억은 실타래처럼 얽혀있어서 하나를 꺼내면 여러 개가 꺼들러 나오기 마련이었다. 이유도 모른 채 부락에서 쫓겨난 뒤의 일이 새삼 떠오르는 건 피드질의 얘기와 네헤마와 순이의 얘기가 서로 뒤얽혀서일 것이다.

그날 두산은 버스에 오르기가 무섭게 관광객들의 거센 항의와 환불 요구에 부딪혔다. 다행히 사리 밝은 사람의 중재로 불편하고 어색하게나마 나머지 일정을 마칠 수 있었지만, 그 일로 인해 한인 커뮤니티에서의 인지도는 형편없이 추락해버리고 말았다.

네헤마에 대한 온갖 억측과 함께 허가도 받지 않은 곳으로 함부로 관광객들을 인솔해 간다는 오해와 비난이 쏟아지면서 여행사의 신뢰도가 급격히 무너져 버린 것이다.

여행객들의 관광 신청이 뚝 끊어진 건 당연한 일이라고 쳐도 타업체의 관광객 양도까지 거부당하는 모욕을 겪어야 했다. 본국에서 연계계약을 맺은 영세관광회사는 언제 사라졌는지도 모르게 문을 닫고 없었다.

십 년 넘게 온갖 궂은일을 해가며 겨우 아메리칸드림의 발판을 만들었다는 자긍심은 맥없이 무너졌다. 사방을 돌아봐도 회생의 여지는 찾을 수가 없었다. 아이들의 학비마저 제대로 줄 수 없어 전처의 노골적인 비웃음을 받아야 했다.

잘난 척 입만 똑똑하지 뭐 하나 제대로 해내지 못할 거라는 걸 내 진즉에 알아봤지.

한때 자신이 사랑했던 여자라고는 도저히 믿어지지 않아 그는 머리를 흔들었지만 별수 없는 일이었다. 그는 오래 고민하지 않고 영업노선을 바꾸었다.

바꾼 영업노선은 카지노 전문수송을 대행하는 것이었다. 카지노 전문수송은 카지노 업체와의 은밀한 거래로 도박중독자들이나 도박을 즐기려는 사람들을 데려다주고 데려오는 일로 여행사를 창업할 때 거래를 제의받은 일이 있어 알게 된 경로였다.

그는 그때 대놓고 거절도 호응도 하지 않았지만, 여행코스의 일정을 짤 때면 의식적으로 카지노 지역을 배제하곤 했다. 무슨 거창한 이유나 신념이 있어서가 아니었다. 교민들을 위한 동족애 때문만도 아니었다. 그저 자신의 고객들에게 도박중독의 빌미를 주고 싶지 않았을 뿐이었다. 도박이란 우연찮은 기회로도 얼마든지 중독될 수 있는 위험천만이라는 걸 코리아타운에 떠도는 수많은 도박중독자와 그 폐해에 대해 보고 들었기 때문이었다. 그는 관광코스 일정을 짤 때는 대놓고 카지노 도시를 피했다. 고객들 대부분이 카지노 도시를 선호한다는 걸 잘 알면서도 그렇게 했다. 남들은 괜한 오지랖이고 괜한 군걱정이라고 했지만, 그는 고객들에게 도박중독의 기회를 손톱 끝만치도 주고 싶지 않았다. 정히 피할 수 없을 때는 카지노 도시의 허름한 외곽지대 모텔에서 하룻밤을 묵는 일정을 짰다. 당연히 신청자가 많지 않았지만, 그는 자신이 고객을 인솔할 때마다 카지노의 폐해를 누누이 강조하곤 했다. 더러는 호응을 보였지만 대개는 시큰둥한 반응들이었다. 그래도 그는 고집을 굽히지 않았다. 무슨 배짱으로 그랬는지는 자신도 알 수 없었다. 그랬던 그가 카지노 전문수송업으로 눈을 돌린 것이다.

그는 당분간 만이라는 시한을 정해놓고 네바다주의 라스베이거스와 캘리포니아주 곳곳에 산재해있는 군소 카지노들과 연계를 맺고 무가지 신문에 매일 조그마한 박스광고를 내보냈다. 카지노 관광 1박 2일 20불. 광고를 보고 모여드는 신청자들 대부분은 도박중독자들이었지만 잠깐 즐기려고 하는 사람도 많았다. 일은 시원찮은 정상영업보다 훨씬 나았다. 카지노에서 은밀히 건네받는 킥 백도 만만찮았다. 그는 일주일에 두서너 번씩 꾸준히 도박중독자들을 실어 날랐다. 덕분에 은행의 부채를 조금씩 해결해 나갈 수 있었지만, 카지노에서 밤을 새우고 나오는 도박중독자들을 보면 왠지 죄를 짓는 기분으로 한숨이 절로 나왔고 그런 일을 하고 있는 자신에게 심한 환멸과 자괴감을 느끼곤 했다.

그는 학부 시절 농촌계몽 운동에 열을 올렸던 자신의 이상을 조롱했고 민주화운동과 노동자 인권운동으로 여러 차례 연행되곤 했던 자신의 신념에 침을 뱉고 싶었다. 모국에서는 절망적이던 성공을 미국이라는 낯선 나라에서 어떤 근거로 이룰 수 있을 거라고 믿었는지도 알 수 없었다. 알 수 없지만 별수 없이 그는 이 삼일 간격으로 꾸준히 고객들을 실어 날랐다. 한시바삐 그런 일을 하지 않기 위해서도 그 일을 했다. 시간은 가고 세월은 흘렀다. 형편도 조금씩 나아지고 있었다.

네헤마 생각은 거의 하지 않았다. 할 이유도 없었고 하고 싶지도 않았다. 이따금 지역신문에서 보호구역에 관한 기사를 접할 때만 설핏 떠올리다 말뿐이었다.

피드질이 찾아온 날, 그는 모처럼 사무실에서 신문에 내보낼 광고 문안을 새로 작성하고 자잘한 정산업무를 보고 있었다. 정산업무래야 수입과 지출을 챙기고 몇 군데 지급해야 할 곳에 수표를 보내는 정도였다. 시간도 오래 걸리지 않았다. 그는 일을 마치고 나면 곧장 집으로 돌아가 밀린 잠을 잘 생각이었다. 거의 매일이다시피 장거리 운전하고 다니느라 피곤한 몸이 자꾸만 잠을 부르고 있어서였다.

사무실의 단 한 명뿐인 여직원 제니에게서 웬 멕시칸이 찾는다는 말을 전해 들었을 때는 마지막 수표를 봉투에 밀어 넣고 밀봉선에 막 침을 묻히고 난 뒤였다. 찾아올 멕시코 사람이 있을 리 없었지만, 그는 의아해하며 밖으로 나갔다.

찾아온 사람은 뜻밖에도 피드질이었다. 그는 자신도 모르게 와락 피드질의 멱살을 잡을 뻔한 걸 겨우 참았다. 그래도 분통이 터지는 건 어쩔 수가 없어 그는 잠시 피드질을 노려보았다.

채 일 년도 안 된 사이 피드질은 몰라보리만치 초췌해져 있었다. 검붉은 피부의 건강함은 찾아볼 수 없이 꺼칠해 보이고 배가 꺼져 있었다. 어깨도 축 처져있었다. 손에는 부락을 처음 방문했을 때 건네준 명함이 들려있었다. 명함의 주소는 현재의 사무실이 아니었지만, 용케 찾아온 걸로 보아 아마도 전 사무실에 들러 물어보고 찾아온 모양이었다. 그는 가능한 차갑게 물었다.

"여긴 어쩐 일이오."

피드질은 퀭한 눈으로 주변을 돌아보며 찾느라고 애먹었다고 한 후 먼저 뭘 좀 먹을 수 없느냐고 물었다. 그는 어이가 없어 주차장에 세워진 피드질의 낡은 트럭을 흘깃 쳐다보았다. 넓은 주차장 한쪽에 덩그러니 서 있는 트럭은 흡사 먼 길을 밤새 달려온 늙은 군마처럼 피폐해 보였다. 그는 부락에서 LA까지의 먼 거리를 떠올리고 그 길을 따라 쉴 새 없이 달려왔을 시간을 계산해 본 후 자신의 차에 피드질을 태웠다. 하룻낮과 밤을 새워 달려오는 동안 아무것도 먹지 못했다면 금방이라도 쓰러질 것이 분명해서 가까운 햄버거 가게라도 데려갈 생각에서였다. 피드질은 차에 올라 연신 고맙다는 말을 되뇌면서도 차창 밖을 내다보며 이것저것 성가시게 물었다.

"여기가 바로 코리아타운인가요? 오, 맞군요. 저기 저 건물에 코리안 푸드라고 씌어 있는 걸 보니 틀림없군요. 순이도 함께 왔으면 좋아했을 텐데."

그는 피드질을 흘겨보며 한국어로 소리 내어 쏘아붙였다. 순이 좋아하네.

차창 밖을 살피던 피드질이 도로변의 한국식당을 가리켰다.

"폐가 되지 않는다면 한국 음식을 좀 먹어도 될까요?"

그는 왈칵 치솟는 짜증을 누르며 퉁명스레 물었다.

"한국 음식 먹을 줄 알아요?"

피드질은 고개를 끄떡였다. 그는 미간을 있는 대로 찌푸리며 거칠게 한국식당 쪽으로 핸들을 돌렸다.

점심 전의 식당 안은 한산했다. 그는 구석진 자리에 피드질을 밀어 넣고 마주 앉았다. 피드질은 자리에 앉자마자 메뉴판도 보지 않고 김치찌개를 먹고 싶다고 했다. 한국 여자와 살았으니 김치찌개 정도는 알겠지 싶었지만, 그마저도 성가신데 피드질은 망설임 없이 순이에게도 먹게 해주고 싶다며 추가 포장 주문을 부탁했다.

"요즘 순인 통 먹질 않거든요."

그는 왜 그런지 묻지 않았다. 알고 싶지도 않았다. 모처럼의 휴식을 방해받은 짜증만이 울근불근할 뿐이었다. 곧 식탁이 차려졌다. 몇 가지 밑반찬과 함께 뚝배기에서 김치찌개가 보글거렸다. 음식이 나오면 허겁지겁 달려들 줄 알았는데 피드질은 얼른 수저를 들지 않았다. 보글거리는 김치찌개를 한참 들여다볼 뿐이었다. 그가 뒤틀리는 심사를 누르며 먹기를 재촉하자 피드질은 고개를 저었다.

"뜨거운 것은 기다렸다가 먹는 거라고 순이가 그랬소."

그는 콧방귀가 터져 나오려는 걸 겨우 참으며 옆으로 돌아앉았다.

식당 안으로 사람들이 들어오기 시작했다. 한두 명씩, 혹은 두서너 명씩. 그는 짝을 지어 들어와 식탁을 가운데 하고 마주 앉아 메뉴판을 들여다보고 음식을 주문하고 얘기를 나누는 사람들을 멀거니 지켜보았다. 그러면서 아내와 이혼한 후 줄곧 혼자 밥을 먹었다는 것을 생각했다. 가족들과 식탁을 마주하고 앉은 게 언제인가 싶었고 함께 밥을 먹은 적이 있기나 했었나 싶었다.

한국에서는 항상 누구와 함께 밥을 먹었다. 집에서는 제각기 다른 생각을 할지라도 우선은 가족이 다 같이 한자리에 모여앉아 밥을 먹었고 밖에서는 여럿이 어울려 술을 마셨다. 어디서 무얼 먹든 항상 누군가와 함께 있었다. 그는 처음으로 오랫동안 음식의 맛을 제대로 느껴본 적이 없었음을 떠올렸고, 제대로 느껴본 적이 없다는 건 혼자만의 식탁이어서라는 걸 깨달았다. 그는 머릿속으로 아무 때고 함께 밥 먹을 수 있는 사람을 찾았지만 아무리 뒤적여도 없었다. 그는 괜히 소리 없이 밥을 먹고 있는 피드질을 노려보았다. 피드질은 배고픈 사람 같지 않게 천천히 조금씩 먹고 있었다. 어찌나 조용히 먹는지 보지 않으면 먹는지도 모를 정도였다.

그는 작은 양의 먹을 것을 아무 욕심 없이 조금씩 나눠 먹던 부락 사람들을 떠올렸다. 음식 냄새라곤 맡을 수 없던 부락의 청정한 공기도 생각했다. 아침이 되어도 달그락 소리하나 들리지 않던 부락의 고요도 생각했다. 그러면서 마음속 가득히 차오르던 알 수 없는 충만감에 대해서도 생각했다. 그는 식당 안을 가득 채운 음식 냄새와 소리 내어 밥을 먹는 사람들의 부산한 움직임을 잠시 지켜보고는 피드질에게 건너편 햄버거 가게를 손가락으로 가리켜 보이고는 식당을 나왔다. 나오면서 음식값을 대신 치러줄까 어쩔까 하다가 그만두고 햄버거 가게의 창가에 앉아 커피를 마셨다. 점심시간의 한인 타운은 북적이고 있었다. 반은 한국인이고 반은 히스패닉계 사람들이었다. 낯익은 듯 낯설었고 낯선 듯 낯익은 광경을 내다보며 그는 자신이 대체 어디 있는지를 문득 생각했다.

포장한 김치찌개를 들고 피드질이 찾아온 건 커피를 채 반도 마시지 않아서였다. 점심을 먹고 나서도 여전히 떼꾼한 눈인 피드질에게 그는 물었다.

"이제 무슨 일로 나를 찾아왔는지 말해 보시오."

피드질은 주변을 한번 둘러보고는 조심스레 입을 열었다.

"선생께 도움을 청하려고 왔소."

도움이라는 말에 그는 입술을 실그러뜨렸다. 어이가 없었다. 부락을 도와주려는 자신을 쫓아낸 쪽이 누군지를 생각하자 새삼 또 부아가 치밀어 올라 미간이 절로 찌푸려졌다. 그런 그를 피드질은 떼꾼한 눈으로 쳐다보았다.

"물론 선생이 쉽게 응할 거라고는 생각지 않소만 순이가 저렇게 된 건 당신들에게도 책임이 없다고는 할 수 없을 거요."

"뭐요?"

그는 눈을 부릅떴다. 책임이라니! 벌컥 소리 지르려는데 피드질이 먼저 말을 막았다.

"아니라고 하지 마시오. 당신들이 그날 순이에게 무슨 짓을 했는지 잘 알 거 아니오."

무슨 짓이라는 건 전처의 행동을 말하는 거라는 걸 그는 금방 알아챘지만, 전처가 좀 과하기는 했어도 하지 못할 말은 아니었다. 그가 뭐라고 맞대꾸를 하려는데 이번에도 피드질의 떨리는 목소리가 먼저 막았다.

"당신들이 무슨 근거로 순일 매춘부라고 손가락질했는지 모르지만 순인 당신들이 생각하는 그런 여자가 아니오. 기지촌에서 일하는 친구와 잠시 살긴 했어도 그게 손가락질받을 일은 아니지 않소. 순인, 오! 맙소사! 순인 그때 고작 하이틴의 나이였단 말이오. 혼자서 힘든 세상을 살아가느라 손이 얼어 터지도록 세탁부 일을 하던 어린 아가씨였단 말이오. 그런 아가씨를 매춘부로 몰아대다니, 어찌 그리 무례할 수가…"

처음 듣는 소리였다. 뜨끔해진 그는 얼른 부릅뜬 눈을 풀었다. 니욜아쉬키의 호건에서 본 앳된 모습의 네헤마 사진이 눈앞에 어른거렸다. 어디에도 유흥가의 흔적이라곤 찾을 수 없던 어린 나이가 다소 의심스럽긴 했어도 줄곧 양공주 출신일 거라는 의심을 버리지 않았던 건 바로 피드질 때문이었다. 그가 파병군인만 아니었어도 사람들에게 기지촌 출신이라고는 말하지 않았을 것이다. 네헤마의 절규가 귓가에서 쟁쟁거렸다.

양공주가 어때서요? 양공주는 사람이 아닙니까? 누군 좋아서 그런 일 한 줄 아세요?

　이십 년 넘게 가두었던 모국어의 말문을 거침없이 터지게 했던 분노와 파랗게 질려 주저앉던 모습이 새삼 마음을 찔렀다. 터무니없는 오해를 받으면 화가 나는 건 당연한 일이지만 네헤마는 왜 그때 단 한마디도 변명하지 않고 오롯이 그 모욕을 받아들였는지가 의아했다. 그러나 어쨌든 미안했다. 미안하지만 선뜻 사과하고 싶은 마음은 들지 않았다. 영문도 모르고 당한 자신의 피해도 적지 않았기 때문이었다. 피드질이 탄식하듯 중얼거렸다.

　"다 내 잘못이었소. 그때 내가 부락만 비우지 않았다면, 순인 훨씬 마음을 덜 다쳤을 텐데,"

　그는 슬쩍 피드질의 눈치를 보며 물었다.

　"그때 부락에 대체 무슨 일이 있었던 거요?"

　피드질은 잠시 그를 노려보았다. 떼꾼한 눈에 원망이 서려 보였다.

　"약간의 분란이 있었소만, 사실 처음부터 부락은 개방하는 것이 아니었소."하고는 피드질은 부락 사람들의 사유적인 생활 습속에 대해 늘어놓았다.

　부족은 상호존중의 삶을 원칙으로 한다. 상호존중의 삶은 상대의 생각과 행동양식과 생활방식을 비난하지 않고 있는 그대로를 받아들이는 걸 의미한다. 상호존중은 상대에게 군림하지 않고 나쁜 말을 하지 않는 것이다. 상대의 허물을 이해하고 상대의 부족함을 고려하는 것이다. 상대의 고난을 도우며 상대의 슬픔을 같이 공감해주는 것이다. 상대를 존중하면 자신도 존중을 받는다. 상대를 존중하면 평화가 따른다. 상대를 존중하면 아무 문제가 생기지 않는다. 상대가 먼저 도움을 청하지 않는 한 어떤 일도 간섭하지 않는 것을 원칙으로 한다. 그것 또한 상호존중의 예의이기 때문이다.

"그런데 당신들은 우리 부족을 무시했소. 당신들은 우리 부락의 생활방식을 지적하고 가난을 경멸하고 부족함을 비웃고 사람들을 깔봤소. 아니라고 하지 마시오. 당신들을 안내한 사람은 바로 나요. 비록 당신들의 말을 알아듣지 못하지만 느낄 수는 있었소. 그렇지 않소?"

그는 부락탐방이 거듭될수록 미소로 일행을 맞아주던 부락 사람들의 얼굴에서 차츰 웃음기가 사라지고 짐짓 보란 듯 열어두던 문을 걸어 잠그고 한두 명씩 모습을 감추던 것을 생각했다. 누구든 타인들에게 구경거리가 된다는 건 모욕적일 수밖에 없을 것이다. 게다가 한두 마디의 조롱과 멸시를 받는다면 불쾌하고 화가 나는 것은 지극히 당연한 일일 것이다. 처음부터 그 점을 걱정하지 않은 건 아니었다. 그래서 부락이 가까워지면 고객들에게 몇 번이고 주의를 당부했지만 어디서든 막무가내인 사람은 반드시 있기 마련이었다. 부락도 그럴 거라는 걸 전혀 몰랐을까. 자신들의 생활철학처럼 이국의 사람들도 같은 생각으로 행동할 것으로 여기지는 않았을 것이다. 자신이 부락을 들락거리며 느낀 것으로는 부락 사람들은 그럴 정도로 무지해 보이지도 않았다. 그럼에도 부락 회의를 열어 부락탐방을 허락했다면 어느 정도의 불편은 감수해야 하는 게 아닌가. 반박하고 싶었지만 어쨌든 애초 자신의 욕심으로 비롯되었음을 부인할 수 없어서 그는 입을 다물었다. 피드질은 부락에서 있었던 소요에 대해 짧게 들려주고는 네헤마를 얘기했다.

"그때 쓰러진 순인 한동안 자리에서 일어나지를 못했소. 그녀가 그렇게 오래 자리에 누워있었던 적은 아이가 태어날 때뿐이었소. 그녀는 어디가 부러졌거나 다치지 않는 한 절대 자리에 눕는 법이 없었소. 그런 순이가 오래 누워있으니까 부락에서도 다들 걱정이 이만 저만이 아니었소."

그러다 자리에서 일어난 건 딸 예파의 해산이 가까워졌기 때문이었다.

예파가 아이를 낳았겠구나. 그는 자신도 모르게 마음속이 환해지는 걸 느끼며 중얼거렸다. 네헤마의 젊은 시절을 닮은 예파의 얼굴이 눈앞에 어른거렸다. 부락 회의가 열리던 날, 예파에게 한국 아저씨다 인사드려라. 차갑게 말하던 네헤마의 얼굴도 떠올랐다. 피드질은 얘길 계속했다.

"자리에서 일어난 순인 예파를 정성껏 돌보기 시작했소. 물론 부락 일도 했소. 하지만 예파 돌보는 데 더 신경을 쓰는 눈치였소. 순인 예파의 머릴 잘라주고 목욕도 시키고 옥수수를 갈아 밀떡을 부쳐주기도 했소. 예파와 함께 자주 산책하러 나갔고 해산에 필요하다며 함께 머그워트 잎도 따러 다니고, 차를 끓여 함께 마시기도 했소. 예파는 행복감으로 점차 얼굴이 환해지고, 나는 또 그 모습들이 얼마나 보기 좋았는지 모르오. 예파는 순이의 다정함으로 남자친구한테 버림받은 슬픔 따윈 얼마든지 견뎌낼 것으로 보였소. 순이와 난 예파가 아이를 낳으면 로빈과 결혼시키려고 미리 합의까지 해두었소. 예파를 어릴 때부터 마음에 두었던 로빈은 예파가 다른 백인 남자와 사귀자 몹시 실망했지만, 아무튼 로빈은 예파가 아이를 낳으면 함께 보호구역 밖으로 나가 살겠다고 했소. 그런데,"

예파 얘기를 하면서부터 점점 아래로 기울어지던 피드질의 얼굴이 어느 순간 푹 꺾였다. 낡은 모자의 애리조나주 풋볼팀 홍관조[1] 로

---

1 NFL 미식축구팀 애리조나 카디널스의 마스코트. 미국에 많이 분포하기 때문에 미국 스포츠 팀의 마스코트로 많이 사용된다. 앵그리 버드의 캐릭터인 레드의 모티브도 이 새이다.

고가 면전에서 눈을 흘기는 것만 같았다. 그는 자신도 모르게 긴장했다. 네헤마를 닮아 원주민 보호구역에서 동양적인 분위기를 한껏 풍기던 예파의 앳된 얼굴이 다시금 눈앞에서 어른거렸다. 자신의 어머니 나라를 궁금해하며 이것저것 물어보던 늦은 밤, 모닥불 그림자가 붉게 비치던 갸쭉한 긴 눈도 생각났다. 언젠가는 꼭 한국에 가볼 거라던 말도 생각났다. 그때 그는 진심으로 예파가 한국에 갈 수 있게 되기를 바랐다. 자신의 어머니가 어떤 곳에서 태어나고 자랐는지를 꼭 한번 볼 수 있기를 빌었었다.

그러나 예파는 한국에 갈 수가 없었다. 피드질이 말해주어서가 아니었다. 다시 고개를 든 피드질의 눈에 맺힌 눈물을 보고 알 수 있었던 것이다. 흘러내린 야구 모자를 밀어 올리는 척 슬쩍 훔치던 피드질의 눈물도 보았다. 피드질은 빠르게 슬픔을 수습하고는 다시 네헤마에 대해 말하기 시작했다.

예파를 잃어버린 네헤마는 한동안 자리에서 일어서지 못할 정도로 기운을 잃었다. 도무지 뭘 먹으려고 하지도 않았다. 네헤마가 그럴 정도로 마음속 깊이 아이들을 사랑하고 있었다는 걸 그때 비로소 알았다며 피드질은 탄식했다.

네헤마가 다시 기운을 차린 건 부족 회의 때문이었다. 부락탐방 사건이 있은 후 네헤마는 추장 자리에서 물러나겠다고 했지만, 부락 사람들은 절대 받아들이지 않았다. 부락 사람들의 네헤마 사랑은 어쩌면 네헤마가 죽을 때까지 계속될지도 모르겠다고 피드질은 말했다. 네헤마는 어쩔 수 없이 추장으로서의 직무를 계속 수행해야 했고 부족 회의에 참석하지 않으면 안 되었다. 부족의 여러 행사나 축제에도 참여해야 했다. 부락 사람들은 일부러 부락 회의를 열 수밖에 없는 문제를 만들어서 네헤마를 밖으로 불러냈다. 세공품도 만들었다. 그렇게 해서 일상으로 돌아오게 했지만 누가 봐도 예전의 네헤마는 아니었다. 어딘지 모르게 넋이 나가고 열의는 사라져 보였다. 부락 사람들은 시간이 지나면 괜찮아질 거라고 했지만 나아질 기미는 보이지 않았다. 오히려 날이 갈수록 더 기운을 잃어가는 것 같았다.

"순인 아무래도 삶의 의지가 꺾인 것 같소. 뭘 먹으려고 하지도 않고 잠도 잘 못 자오. 밤에는 유령처럼 돌아다니기 일쑤요. 저러다 무슨 일이 생기는 게 아닌지, 날마다 내 심장이 다 졸아드는 것만 같소. 그래서 생각해봤는데,"

네헤마를 만나달라는 것이다. 두산은 미간을 찌푸렸다. 미안함이 없는 건 아니지만 다시 먼 길을 달려 사과까지 하러 가고 싶지는 않았다. 그보다는 뇌리에서 차츰 지워져 가는 네헤마를 다시 생각하고 싶지 않은 이유가 더 컸다. 그런데도 간절한 눈빛으로 쳐다보는 피드질의 청을 차마 면전에서 거절하기가 어려웠다. 그는 초췌하고 남루한 모습의 피드질과 김치찌개를 포장한 봉투를 번갈아 쳐다보며 길게 한숨을 내쉬었다. 그는 마지못해 그러겠다고 약속했다.

하지만 그는 피드질이 돌아간 후 약속을 잊었다. 잊은 게 아니고 무시했다고 하는 편이 옳았다. 그는 거의 매일 같이 도박중독자들을 카지노로 싣고 다녔다. LA 인근에 산재해 있는 소형 카지노부터 멀리는 라스베이거스까지 데려다주고 데려오는 일을 하고는 있었지만, 여전히 마음은 편치 않았고 불행했고 외로웠다. 도박중독자들을 카지노에 들여보내고 나오기를 기다리는 동안은 특히 더 그랬다. 그는 잠을 이루지 못할 때가 많았고 늘 피로에 시달렸다. 잠이 오지 않을 때면 카지노 앞 정원에 나가 앉아 지역신문을 보거나 벤치에 누워 밤하늘을 올려다보며 온갖 상념들로 시간을 보내곤 했다.

그러던 어느 날 그는 카지노 앞의 노상 카페에서 커피를 홀짝이며 물 부족에 시달리는 보호구역의 원주민들이 빨랫감을 들고 인근의 도시로 나가 코인 빨래방을 찾기 시작했다는 기사를 읽었다. 신문에는 빨랫감을 안고 코인 세탁기 앞에 서 있는 원주민여자의 사진도 실려 있었다. 코인 세탁기를 찾을 정도면 보호구역의 오지에 살고 있는 것은 아닐 거라고 무심코 중얼거리다가 그는 애리조나 주인지 콜로라도 주인지 경계가 모호한 오지의 '붉은 절벽 아래의 부락'에서는 어떻게 빨래를 해결하는지가 불현듯 궁금해졌다. 그러자 언제나 색 바랜 체크무늬 블라우스와 폭 좁은 긴 치마차림인 네헤마의 모습이 신문지 위로 어른댔다. 그녀가 신고 있던 불그스름한 빛깔의 신발도 떠올랐다. 불그스름한 색이 신발의 원래 색깔인지 그곳의 붉은 흙먼지인지는 알 수 없었다,

그는 그제야 피드질이 돌아간 뒤로 시간이 많이 지났음을 알아챘다. 부락에서 LA까지 밤낮으로 쉬지 않고 달려왔을 피드질의 초췌하고 남루한 모습도 생각났다. 순인 아무래도 자신의 나머지 생을 포기할 생각인 것 같다던 피드질의 퀭한 눈도 떠올랐다. 돌아갈 때 한국마켓에서 만생종 쌀과 김치를 살 수 있게 도와 달라던 피드질의 애틋한 마음과 형편없이 낡은 트럭도 생각났다. 그 트럭으로 과연 무사히 돌아가긴 했을까. 뒤늦은 걱정으로 마음이 무거워진 그는 카지노 주변의 휑한 어둠 속을 밤늦게까지 오래도록 서성댔다.

LA로 돌아온 그는 몇 개의 일정을 취소하고 자신에게 며칠간의 휴가를 허락했다. 그리고는 부락탐방 때 함께 동행했던 고객들을 찾아다녔다. 다행히 명단장부가 남아있어서 찾는 데 별 어려움은 없었지만, 설득과정은 길었다. 사람들은 자신들이 당한 부당함에는 마음을 쉽게 열지 않았다. 그는 고객들에게 자신의 과했던 욕심을 사과

하고 네헤마의 긴 삶의 여정을 들려준 다음 몇 마디 격려의 말을 청했다. 더러는 거부했고 더러는 진심 어린 격려의 말을 해주었다. 그는 격려의 말들만 녹음기에 담았다. 인터뷰에 응해준 사람은 많지 않았지만, 네헤마의 마음을 달래 줄 정도는 충분할 것 같았다.

그는 녹음기를 들고 부락으로 향했을 때는 인디언 섬머가 유난히 극성을 떨던 10월 초순의 어느 날이었다. 자동차 지붕을 달구는 뜨거운 열기로 낡은 차의 에어컨은 하룻낮과 다음날 반나절을 달리는 내내 윙윙, 소리 내어 울었다.

움막의 작업장에서 불려 나온 네헤마는 몹시 수척해져 있었다. 몸도 많이 야위어 보였다. 그래선지 조금 더 나이 들어 보였고 약간 늙어 보였다. 그새 자리에 누웠거나 무슨 변고라도 생기지 않았을까 우려했던 것과는 달리 네헤마는 움막의 작업장에서 부락의 여인들과 세공품을 만들고 있었다. 건강하지는 않았지만 딱히 아파 보이지도 않았다. 두산은 겸연쩍게 인사를 건넸다.

"그동안 잘 지냈어요?"

네헤마는 인사를 받지 않았다. 낯선 사람을 대하듯 멀거니 쳐다볼 뿐이었다.

그는 네헤마가 자신을 보지 않는다는 걸 알아챘다. 보고 싶지 않아서인지도 몰랐다. 옆에서 피드질이 거들었다.

"내가 선생을 초대했소."

네헤마는 고개를 끄떡였지만, 딱히 피드질의 말을 듣는 것 같지도 않았다. 네헤마는 멀리 공터 쪽의 웨노나를 잠시 바라보고는 다시 움막 안으로 들어가 버렸다. 피드질이 어깨를 으쓱해 보이며 말했다.

"시간이 좀 필요할 것 같소."

두산은 알겠다고 했지만 시간이 필요할 만큼 기다리고 싶은 마음은 없었다. 네헤마와는 상관없이 자신의 마음이 가벼워지는 것으로 족하다고 생각하며 그는 안으로 들어가자는 피드질의 권유를 거절하고는 녹음기를 건네주며 작동법을 설명했지만, 암호병으로 복무한 피드질에게는 설명 따윈 아무 필요가 없었다. 그는 마지막이라는 생각으로 부락의 여기저기를 둘러보다가 저만치 떨어진 초막집 그늘 속에 모여 앉은 낯익은 노인들을 보았다. 부락의 원로들이었다. 눈에 띄지 않으면 그냥 돌아갈 생각이었는데 이왕 봤으니 인사는 해야 할 것 같아서 그는 노인들에게로 다가갔다. 피드질이 따라왔다. 모야그 노인이 먼저 인사를 건넸다. 아예떼!

그는 부족의 인사법으로 두 손바닥을 위로 펴고 약간 허리 굽혀 절했다.

"아예떼 쁘에 나니나?"

노인들 뒤에 서 있던 어린 소년이 재빨리 어디에선가 다리 짧은 의자 하나를 가지고 왔다. 노인들은 그에게 의자에 앉기를 권하며 초막의 옹색한 그늘 한 자락을 양보해 주었다. 햇볕 뜨거운 한낮에도 그늘이 시원한 것은 서북부 쪽 날씨의 특징이었다.

피드질이 나바호어로 노인들에게 뭐라고 말했다. 그의 방문 목적을 설명해 주는 거라는 걸 그는 노인들의 표정으로 알아챘다.

따떼(말이 너무 많은 자)라는 이름의 노인이 말했다. 길게 말했다. 피드질이 노인의 말을 통역해 주었다.

"그때 당신이 부락에 도움을 주기 위해 노력했다는 것을 우리 모두는 잘 알고 있고 충분히 감사하게 생각하고 있다. 비록 결과가 좋게 끝나지 않은 것은 유감이지만, 사실 우린 처음부터 부락을 개방

할 생각은 조금도 없었다. 부락을 보여준다는 것은 우리의 자존심을 모두 보여주는 것이었다. 그런데도 우린 부락을 개방하기로 의논을 모았다. 왜인 줄 아는가?"

그야 물 끌어올 경비를 모으기 위해서 아닌가 생각하며 그는 아무 대답도 하지 않았다. 따떼 노인도 그의 대답은 들을 필요 없다는 듯 말을 계속했다.

"우린 보았기 때문이오."

모야그 노인이 옆에서 추임새를 넣었다. 보았지. 암, 보고말고.

"추장은 자신의 감정을 좀처럼 드러내지 않는 사람이지만 처음 당신을 만날 때 기쁨으로 몸을 떨었다. 유심히 보지 않으면 보지 못하는 기쁨이지만 우린 그걸 볼 수 있었다. 당신은 절대 보지 못하는 그런 것이다. 우린 상대방이 말하지 않아도 무슨 말을 하는지를 알아들을 수 있는 심장을 가졌다. 우린 입으로 말하지 않아도 서로 대화를 나눌 줄 아는 부족이다. 우린 추장이 동족을 만나지 않고 보낸 오랜 세월을 잘 알고 있다. 고향이 얼마나 그리운지도 알고 있다. 인간은 누구나 고향을 그리워하는 법이라는 걸 당신도 모르지 않을 것이다. 추장은 당신을 만날 때마다 기쁨으로 얼굴이 환해지곤 했다. 그런 추장을 지켜보는 우리는 모두 마음이 아팠다. 그래서 우린 추장 몰래 급히 의논을 모았다. 우리가 조금 불편해도 추장의 기쁨을 방해하지 말자고. 사실 물은 우리에게 그리 중요한 것은 아니다. 추장이 부락을 위해 애쓴 것에 비하면 우리의 불편은 아무것도 아니다."

통역하는 피드질의 목소리가 약간 떨리고 두산은 뜻밖의 감동으로 숨을 죽였다.

따떼 노인은 목소리를 조금 높였다.

"그런데 당신들은 그런 우리를 조롱하기 시작했다. 부락의 가난을 멸시하고 부락의 부족함을 손가락질했다, 우리를 게으르다고 흉보고 우리의 생활을 미개하다고 동정했다. 물론 정확한 건 아니다. 서로를 알지 못하니 오해할 수도 있다. 혹여 오해였다면 부디 용서하길 바란다. 그렇지만 우린 똑똑히 느낄 수 있었다. 비록 우리의 생활이 바깥세상과는 비교도 할 수 없을 만치 뒤떨어져 있긴 해도 당신들의 무례를 알지 못할 정도로 둔하지는 않다. 조금 전에도 말했듯이 우린 상대방이 말하지 않아도 상대의 마음을 읽을 수 있는 눈을 가졌다는 걸 알아주기 바란다. 그리고 무엇보다도 참을 수 없었던 건 당신 일행들이 우리 추장을 모욕했다는 것이다. 그건 우리 모두를 모욕하는 것과 마찬가지다. 모욕을 당하면 가만히 있을 사람은 없다. 그래서 우리가 당신들을 쫓아낸 것이다. 당신은 거기에 반박할 어떤 변명거리라도 있나?"

두산은 고개를 저었다. 거기에 무슨 변명거리가 있겠는가. 부락 탐방을 거듭할수록 고객들의 태도가 분방해진 것은 사실이었다. 아무리 예의를 지켜달라고 신신당부해도 소용이 없었다. 물론 다 그런 건 아니었다. 어디에든 무슨 일이든 제멋대로인 사람 한둘은 꼭 끼어있기 마련이었고 그들의 행동이 유별나게 두드러져 보이는 건 어떻게 제어할 수 있는 일이 아니었다. 그는 사과했다. 그전에는 굳이 사과할 마음이 없었는데 뒤늦게 진심으로 사과하고 싶어진 건 노인들의 진솔한 얘기 때문이었다. 그가 진심으로 미안하다고 하자 노인들은 손을 내저었다.

"이제 더 이상 미안해할 필요는 없소. 우린 당신의 입장도 충분히 이해하고 있으니까."

모야그 노인이 재빨리 끼어들었다.

"그럼, 이해하고말고. 이해란 상대를 받아들이는 것이기도 하지. 그러니 이제부터 우린 친구가 된 거요. 친구는,"

친구는, 피드질이 통역했다.

"친구는 나의 슬픔을 함께 짊어지고 가줄 사람이라는 뜻이오."

모야그 노인은 마치 선서하듯 말했다.

"지금부터 우리는 서로의 슬픔을 함께 짊어지고 가는 사이가 되었소. 그렇지 않소? 시퀴즈(친구)!"

말을 마친 모야그 노인은 의사를 확인하듯 두산의 얼굴을 빤히 쳐다보았다. 두산은 화끈거리는 얼굴을 고개 숙여 숨겼다. 노인 한 사람이 긴 담뱃대에 불을 붙이고는 길게 연기를 빨아들였다. 그리고는 허공으로 내뱉었다. 연기가 사방으로 하늘하늘 흩어졌다. 담뱃대는 이어 옆의 노인에게로 건네졌다. 옆의 노인도 똑같이 연기를 빨아들여서는 허공에 대고 뱉었다. 친구임을 인정하고 맹세하는 의식이라고 피드질이 설명했다. 그는 담배를 피우지 않았지만, 차례가 오자 기꺼이 한 모금을 빨았다. 그리고는 쓰고 매운 연기에 저절로 찌푸려지는 얼굴을 펴느라 애를 먹었다. 어느새 초막의 그늘이 옆으로 밀려나고 햇빛이 비껴들고 있었다.

그날 두산은 노인들의 권유로 부락에서 하룻밤을 묵었다. 잠자리는 전과 같이 니율아쉬키의 호건으로 정해졌다. 네헤마는 움막 앞에서 잠시 모습을 보였을 뿐 내내 그림자도 비치지 않았다.

그는 피드질이 가져다준 옥수수 밀떡으로 저녁을 먹은 후 부락의 공터에 모닥불을 피워놓고 둘러앉은 사람들 틈에 끼어 앉아 오랜 조상 때부터 구전되어온다는 부족의 여러 역사의 갈래들을 노인들에게서 들었다. 부족의 역사는 주로 닐따 노인이 들려주었다. 네헤마가 추대되기 전까지 부락의 추장이었다는 닐따 노인은 유럽 이주민들과 영토싸움을 벌이던 한 세기 전이라면 족히 부족을 이끌고도 남을 풍모를 지니고 있었다. 노인은 베링해협을 건너 이주해온 수천 년 전의 조상들로부터 초기 미 연방정부로부터 당한 고난의 역사를 들려주고는 부족의 현실을 탄식했다.

"그들은 마땅히 우리 원주민들을 존중해주어야 하지만 농사도 지을 수 없는 불모지로 우리를 몰아넣고는 금을 그어버렸소. 우리 원주민들을 보호한다는 구실로 얼마간의 보조금을 주면서 숨도 쉬지 말고 살라 하고 있소. 우린 허락 없이는 보호구역 밖으로 나갈 수도 없고 여행도 할 수 없소. 보호구역에는 문화시설은커녕 수도도 없고 전기도 없소. 학교도 없고 병원도 없소. 그들은 우리가 얼마나 많은 불편을 견디며 사는지에 대해서는 눈곱만치의 관심도 없소. 그들은 도무지 상호존중의 이치를 모르는 것 같소. 상호존중이 존재의 방식이라는 것조차도 모르고 있는 게 분명하오."

닐따 노인의 목소리는 점점 격앙되어 가고 있었다.

"존중은 조화와 평등을 가능케 하고 상대를 인정하는 것이라는 것을 도무지 모르는 듯하오. 존중은 상대를 불편하게 하는 것이 아니라는 것도 모르고 있소. 저들은 자신들이 편리한 대로만 하려고 하오. 저기 블랙 메사만 하더라도 우리에게 한마디 동의도 구하지 않고 자기들 마음대로 땅을 뒤집고 물길을 막는 바람에 우리가 얼마나 목말라하는지를 도통 모르고 있소. 알아도 관심을 두지 않지만,"

원래 원주민들의 삶의 터전이었던 보호구역은 물이 아주 없었던 것이 아니었다. 오래전에는 곳곳에 콜로라도강의 지류가 흘러 초목이 무성하게 자라고 땅은 기름졌다. 때문에 원주민들은 아무 불편 없이 가축을 기르고 농사를 지으며 살고 있었다. 그러던 것이 영토

싸움에 밀려 보호구역으로 지정되면서부터 백인들의 재산축적 각축
장이 되고 말았다. 광산채굴업자들이 몰려와 함부로 산을 파헤치고
길을 내면서 물길을 돌려놓았고 또 다른 상업적 거대자본이 강물을
막고 댐을 만들어 수천만 킬로와트의 전기를 생산해 네바다주의 도
박 도시를 밤낮없이 밝혀주면서 보호구역을 황폐화 시켜버린 것이
다. 전선이 지나가는 극히 일부 지역에만 전기를 나눠줄 뿐이었다.

"우린 문명의 혜택은커녕 위대한 정령의 보살핌조차 받을 수 없
게 되어버렸소. 생활 여건이 좋아진 곳이 아주 없지는 않지만, 보호
구역의 대부분은 여전히 열악하기만 하다오. 그러니 할 일을 잃고
일자리마저 얻지 못하는 부족의 많은 젊은이들이 정체성을 잃고 술
과 마약으로 병들어 갈 수밖에."

"자살하는 젊은이들도 해마다 늘고 있어서 걱정이 이만저만이
아니오."

다른 노인이 끼어들었다.

"그나마 부족이 멸족되지 않고 자손을 이어가고 있음은 감사한
일이지요."

"그게 다 위대한 정령의 보살핌 때문이 아니겠소."

잠시 침묵이 흘렀다. 다들 생각에 잠겨 모닥불을 바라보고 있었
다. 탁, 탁, 타닥! 이따금씩 불씨가 튀었다. 밤의 공기는 청정했고 적
막은 청아했다. 피드질이 나무토막 몇 개를 불 속에 집어 던졌다. 곧
검은 연기가 몇 가닥 피어오르고는 이내 나무 타는 냄새가 맡아졌
다.

한동안의 침묵을 깨고 모야그 노인이 입을 열었다.

"이제 바라는 건 위대한 정령께서 우리 모두가 고향을 떠나지 않
고 살 수 있게 보살펴주기만을 바랄 뿐이오."

"물 부족만 해결되면 고향을 떠날 이유는 없지."

"그러니까 연방정부와 싸워야지요."

"며칠 뒤에 있을 시위에 참가하려면 추장이 좀 더 기운을 차려야할 텐데,"

그리고는 아무도 입을 열지 않았다. 다들 생각에 잠겨 모닥불만 쳐다볼 뿐이었다. 피드질이 자리에서 일어난 건 한참이 지나서였다. 피드질은 나직하게 말했다.

"난 이제 네헤마에게 선생이 가져온 녹음기를 들려주어야겠소."

그는 고개를 끄떡였다. 피드질이 자리를 뜬 후 노인들도 잘 자라고 인사를 던지며 차례로 거처로 돌아갔다. 모닥불 주변엔 비교적 젊은 축인 몇 사람만이 남았지만, 그들은 좀처럼 입을 열지 않았다. 다들 모닥불에 시선을 던진 채 묵묵히 앉아만 있을 뿐이었다. 그는 간간이 말을 건넸지만, 영어로 대화를 나눌 수 있는 사람은 아무도 없었다. 겨우 짧은 인사 정도만 할 뿐이었다. 그들도 차례로 자리를 뜬 후에도 두산은 혼자 남아있었다. 무엇 때문인지 모르게 오랜만에 마음이 편해지고 온몸을 옭아매는 어떤 것에서 비로소 놓여난 것 같은 자유를 느끼며 오래 앉아있었다. 시간을 알 수 없는 밤하늘의 생기발랄한 별들 때문인지도 몰랐고 청량한 밤공기 때문인지도 몰랐다. 아니면 어떤 잡음도 들리지 않는 완벽한 정적 때문인지도 몰랐다. 그는 듬성듬성 흩어져 있는 어둠 속의 호건과 초막들을 돌아보았고 붉은 절벽 발치에 지어진 목조가옥과 언덕 중턱에 지어진 세 개의 호건을 바라보았다. 생기발랄한 별빛이 희끄무레 비춰주는 붉은 절벽은 암흑색으로 검었고 세 개의 호건은 유택처럼 봉긋이 솟아 보였다. 모두 빛 한 점 없이 어두웠지만, 네헤마의 호건에서는 실핏줄 같은 불빛이 새어 나오고 있었다.

피드질이 네헤마에게 녹음기를 들려주고 있는지 어떤지는 알 수 없었다. 아니면 네헤마 혼자 녹음을 반복해 듣고 있는지도 몰랐다. 녹음을 듣고 네헤마는 과연 무슨 생각을 할지가 궁금했다. 마음이 풀리기나 했을까. 지구의 외딴곳 같은 이곳에서 오랫동안 듣지 못했던 모국어를 듣는 느낌은 어떤 걸까. 피드질과는 평소 무슨 언어로 대화를 나눌까. 부족의 언어일까 아니면 영어일까. 어느 것이든 네헤마에게는 이국의 언어일 뿐이어서 서로의 감정을 얼마만큼 주고받을 수 있는지 의문이었다. 모국어가 아닌 이국의 언어는 직선이 아닌 곡선이기 때문이었다. 듣는 것도 말하는 것도 모국어를 거치면서 직조되기 마련이었다. 흔히들 말보다 눈빛이나 표정이 더 진실하다고 하지만 그건 어디까지나 추상적일 뿐 감각적이고 실제적이 아니어서 카타르시스 적인 언어의 해방감을 안겨주지는 못할 것이다.

불현듯 네헤마가 부락탐방 일행을 기다렸던 건 동포에 대한 그리움에서라기보다는 말의 카타르시스가 필요했던 건 아니었을까 하는 생각이 들었다. 서툰 이국어로는 누구와도 자신의 마음과 생각을 나눌 수가 없어 입을 꾹 다물고 살았던 세월이 이십 년도 훨씬 넘었다. 어찌 모국어에 대한 갈증이 없을 수 있었겠는가. 말이 고픈 사람.

피드질이 멀고 먼 길을 낡은 트럭으로 달려왔던 것도 네헤마의 말의 허기를 헤아려서가 아니었을까. 굳이 사과를 받게 해주겠다는 의도보다 같은 모국어로 얘기를 나누게 해주고 싶어서가 아니었을까. 그럴지도 모르고 아닐지도 모르지만, 그는 지금이라도 네헤마가 밖으로 나온다면 여기 모국어를 할 줄 아는 사람이 있다고 큰 소리로 외쳐주고 싶었다. 그리고는 밤새 얘기를 나누고 싶었다. 자신도 영어가 아닌 모국어로 밤새도록 얘기를 하고 싶었다. 이국어로 에두르지 않아도 되는, 생각이 바로 말이 되어 나오는 모국어를 나누고 싶다는 생각을 하자 갑자기 모국어에 대한 갈증과 함께 지독한 외로움이 느껴졌다. 외로움은 느끼기 시작하면 더 외로워지는 법이었다. 외로워서, 하도 외로워서 그는 헤어진 전처와의 추억까지 꺼내 보았지만, 전처와는 좋은 기억보다 나빴던 기억이 더 많았다. 그는 어쩔 수 없이 네헤마 생각을 더 많이 했다.

그가 눈을 뜬 것은 이튿날 아침이었다. 먼저 시리도록 청청한 하늘이 눈에 들어왔다. 다음에는 독수리 한 마리였다. 독수리는 날개를 퍼덕이며 제자리에서 맴을 돌고 있었다. 그는 잠시 환시를 보듯 멍하니 하늘을 올려다보았다. 맴을 돌던 독수리가 갑자기 지상을 향해 몸체를 거꾸로 세웠다. 그리고는 빠르게 낙하하기 시작했다. 그는 놀라서 자리에서 벌떡 일어나 앉았다. 독수리는 멀리 붉은 절벽 모서리 쪽으로 사라졌다.

그는 바닥에 깔린 두툼한 매트와 자신의 몸을 감싸고 있는 모포를 보고는 어젯밤 늦게까지 모닥불가에 앉아있다가 깜박 잠이 든 것을 알아챘다. 얼마나 깊게 잠이 들었으면 누가 매트를 깔아주고 모포를 덮어준 것도 몰랐나 싶었다. 절대 편할 리 없는 한데 잠인데도 어떻게 그토록 깊이 잠들 수 있었는지도 믿어지지 않았다. 깊고 단잠을 잔 탓인지 정신이 맑고 온몸이 개운했다. 그는 부스스 자리에서 일어나 기지개를 켠 후 모포를 털어 개켰다. 모포를 털자 옆의 모닥불 재가 푸시시 날렸다. 둔덕 쪽에서 비껴든 햇빛이 부락을 건너뛰고 부락은 흡사 아침 명상에 잠긴 듯 고요했다.

그는 천천히 모포를 털어 개키고 매트를 걷어 둘둘 말았다. 목조 가옥에서 피드질이 내다보고 달려왔다. 어제보다 표정이 밝았다. 그는 피드질의 표정이 밝은 이유를 알아챘지만 묻지는 않았다.

목조가옥 데크에서 피드질이 가져다준 아주 적은 양의 물로 고양이 세수를 하고 식탁에 앉아 뜨거운 옥수수죽을 먹고 났을 때까지도 네헤마는 보이지 않았다. 그는 피드질에게 아무것도 묻지 않고 아침을 먹은 후 곧장 떠날 생각을 했다.

피드질이 들창 너머 구릉 쪽을 가리켰다. 그는 고개를 기울이고 구릉 쪽을 내다보았다. 능선은 보이지 않고 구릉 자락 아래로 부락을 건너뛴 아침햇살이 부챗살처럼 퍼진 것만 보였다. 순하고 말간 햇살이었다.

버썩대는 자갈길을 걸어 능선을 오르자 능선 너머로 펑퍼짐하게 내려앉은 마른 풀밭이 나타났다. 마른 풀밭은 다시 건너편 능선을 타고 완만하게 펼쳐져 있었다. 반은 자갈투성이인 마른 풀밭은 예외 없이 거칠었지만, 언뜻 부락이 숨겨놓은 보물창고처럼 느껴진 건 이쪽 능선에서 건너편 능선까지 걸쳐져 있는 널따란 가축우리 때문인 듯싶었다. 하지만 철조망으로 울타리를 두른 우리 안에는 고작 열 마리 남짓의 양들이 갇혀있을 뿐이었다. 철조망 울타리 옆에는 구부러지고 휘어진 노간주나무 두 그루가 지킴이처럼 서 있었고 거기서 조금 떨어진 곳에는 밑둥치가 누렇게 말라빠진 뾰족 잎들의 유카들이 군락을 이루고 있었다. 그 위로 더 치켜 오른 등성이에는 아침햇살이 말갛게 걸터앉아있었고 능선 아래는 아침 그늘이 짙었다.

네헤마는 이쪽 능선 중턱쯤에서 바가지를 들고 서 있었다. 옆에는 큼직한 플라스틱 물통이 놓여있었고 물통 주변으로는 파란빛의 풀밭이 제법 넓었다. 그는 푸석이는 자갈을 밟으며 네헤마에게로 다가갔다. 네헤마가 물을 뿌려주고 있는 것은 인디언 쑥이었다. 여행지에서 간간이 눈에 띄던 회백색 빛깔의 마른 쑥이 아니었다. 검푸

른색의 줄기들이 제법 튼실하고 이파리들은 싱싱했다. 그는 첫 대면 때 여기서도 쑥이 자라냐고 물었던 것을 기억하며 말을 건넸다.

"아이구, 여긴 쑥이 아주 많네요."

네헤마는 돌아보지 않았다. 얼굴에도 아무런 표정이 없었다. 어젯밤 분명 녹음을 들었을 텐데 아직 마음이 풀어지지 않았나보다 생각하며 눈치를 살피는데 뜻밖에 순순한 대답이 돌아왔다.

"키우는데 손이 많이 들어가요."

그는 네헤마의 순순한 대답이 반가워서 얼른 또 물었다.

"그럼, 여기서 꽃도 키울 수 있겠네요?"

이번에도 대답이 순순했다.

"물이 없어서 키우지는 못하고, 그래도 봄이면 사방에서 꽃이 많이 펴요."

그는 네에, 그렇군요. 하며 주변을 둘러보았다. 어디에도 꽃이 필 것 같지 않지만 그래도 피는 꽃은 있는 모양이라고 생각하며 그는 건너편 등성이 쪽을 가리켰다.

"저쪽엔 유카가 아주 많네요. 유카도 꽃이 피던데,"

네헤마는 등성이 쪽을 돌아보는 대신 물통에 바가지를 던져 넣었다. 빈 물통이 덜커덩 소리를 냈다. 네헤마는 덤덤하게 답했다.

"초여름에 많이 펴요. 꼭 촛불을 꽂아놓은 것 같아요."

그는 한 번도 유카 꽃을 촛불 같다고 생각해 본 적이 없었지만, 네헤마의 말을 듣고 보니 정말 촛불 같다는 생각이 들었다.

"저게 한꺼번에 피면 정말 볼 만 하겠네요."

네헤마는 치맛자락에 손을 닦으며 그제야 건너편 등성이 쪽을 향해 돌아섰다. 물통을 사이에 두고 두어 발짝 앞서 엇비슷이 비켜선 네헤마의 모습이 한눈에 들어왔다. 부족 식으로 머리를 묶어 올린 목 뒷덜미가 검었다. 블라우스의 옷깃이 해진 것도 보였다. 네헤마가 나직하게 말했다.

"저 꽃을 본 건 여기 처음 오던 날 밤길이었어요. 그때 자동차 불빛에 비치는 꽃이 꼭 촛불 같아서 어찌나 신기하던지, 해마다 저기 짜-아스-지 꽃이 피면 내가 여기 온 지 얼마나 되었나 하고 손가락으로 꼽아보게 돼요."

처음 들어보는 긴 말이었다. 그는 유카 꽃이 네헤마에겐 해가 바뀌는 기점이 되겠구나 생각하며 첫 대면 때 탁자 아래에서 차례로 접히고 펴지던 네헤마의 손가락들을 생각했다. 까맣고 톱니처럼 갈라져 보이던 손톱도 기억했다.

네헤마가 이곳으로 온 지는 이십오 년째였다. 두산 자신이 네헤마의 존재를 알게 된 건 5년 전이었다. 5년째여도 실제로 얼굴을 보기 시작한 건 4년 남짓 전이었고 얼굴을 대면한 건 채 스무 번도 될까 말까였다. 단둘이서만 얘기를 나눈 적은 한 번도 없었다. 매번 피드질과 함께였고 고객을 인솔하여 부락을 탐방한 것이 전부였다. 단둘이서만 얘기를 나누는 것은 처음이었다. 그는 네헤마가 언제 또 입을 닫아버릴지 몰라 조심스레 물었다.

"그동안 한국엔 한 번도 안 다녀오셨죠?"

네헤마는 이제 대답을 주저하지 않았다.

"갈 일이 없어서요."

건조한 말투였다. 마치 거긴 왜 가느냐는 듯 들렸다. 그는 고개를 끄떡였다. 하긴 갈 일이 없으면 굳이 갈 필요는 없었다. 그래도 한 번쯤은 가고 싶지 않았을까. 그는 꼭이 갈 일이 없어도 이따금씩 한국에 가고 싶은 충동으로 마음이 어지럽고 하던 것을 생각했다. 그런데도 자주 가지 못했던 건 경비 때문이었다. 아무리 어려워도 한

번 정도의 방문은 할 수도 있을 텐데 생각하며 그는 중얼거리듯 말했다.

"그래도 태어나고 자란 곳인데 한 번은,"

채 말을 끝내기도 전에 네헤마가 먼저 퉁명스럽게 그의 입을 막았다.

"태어나고 자랐다고 해서 가고 싶어지는 건 아니지요."

편하지 않은 감정이 느껴졌다. 한국에서 고생스럽게 지내서인가. 그는 흡사 따리 같이 올려붙인 네헤마의 뒷머리에서 흰 머리카락 몇 올을 보았다. 흰 머리카락에서 그녀의 신산한 여정이 언뜻 비쳐 보이는 것도 같았다. 네헤마는 말을 계속했다.

"전 여기가 좋아요. 전기도 없고 물도 귀하고 테레비도 없고, 아무리 애써서 농사지어도 옥수수도 잘 열리지 않고 음식도 입에 맞지 않고, 없는 거 천지지만, 그래도 여긴 참 마음을 편하게 해주는 곳이라서 좋아요. 물 때문에 고생스럽긴 하지만,"

네헤마는 스스로 다짐하듯 자신의 목소리에 힘을 주며 말했다.

"전 여기서 죽고 여기서 묻힐 겁니다."

그러고는 왜 그러고 싶은지를 얘기했다.

처음엔 부족 사람들이 죽을 만치 무서웠다. 한국에서 딱 한 번 본 서부영화에서 달리는 마차에 불을 지르고 사람들의 머리 가죽을 벗기는 잔혹한 인디언들이 바로 부족 사람들과 같은 인디언이라고는 상상도 못 했기 때문이었다. 아무 때고 자신과 아들을 산 채로 죽일 거라는 두려움에 달아날 기회만을 엿보았지만, 한국에서 뒤도 돌아보지 않고 떠나왔듯 여기서도 아무 때고 돌아갈 수 있을 줄 알았는데 아니었다. 어디가 어딘지 알 수 없는 곳을 헤매고 다닐 때의 막막하고 두렵던 공포가 그냥 가만히 앉아 죽임을 당하는 것보다 더 크다는 걸 깨닫고는 달아나는 걸 포기해 버리자 비로소 부락 사람들이 보이기 시작했다. 언제 또 자신이 사라질까 봐 잠을 설쳐가며 자신을 지켜보던 시누이 알고마(꽃의 계곡)가 보였고 붙잡혀 올 때마다 따뜻한 물로 발을 씻겨주던 이웃의 아웬델라(아침)가 있었다. 행여 힘들까 봐 대신 물지게를 져주던 치말리스도 있었고, 온몸으로 손짓 발짓 해가며 매듭지어 머리 묶는 법과 옥수수 밀떡 만드는 법을 가르쳐주던 오킨도 있었다. 그리고 세공품 만드는 걸 열심히 가르쳐주던 눈 침침하던 사니가 있었다. 그러면서 부락 전체에서 서서히 전해지는 온기를 느낄 수 있었다. 무엇보다도 자신을 시샘하거나 해코지하는 사람이 아무도 없다는 것에 마음이 놓였다. 오히려 자신의 솜씨를 부러워하며 어떻게 하는지를 알려달라고 조르는 부락의 젊은 여자들이 친구처럼 동생처럼 정이 가기 시작했다.

"한국에서는 누가 조금만 잘해도 샘을 내고 트집을 잡으려고 하지요. 걸핏하면 시비를 걸고 무슨 해코지 할 게 없나 살피기나 하고,"

그 대목에서 네헤마는 얼굴을 찌푸려졌다. 그는 한국 사람 모두가 다 그렇지는 않다고 하려다가 그만두었다. 어디든 어느 나라든 사람들의 본성은 다 다르기 마련이고 다르기 때문에 사람과 사람 사이에서 갈등과 문제가 생겨나는 법이라고 말해 주기에는 왠지 네헤마의 동족 의식이 많이 비뚤어져 있는 것 같았다. 아마도 사람들로부터 좋지 않은 일을 많이 당한 모양이라고 짐작하며 그는 네헤마의 말에 귀를 기울였다.

따뜻하고 친절하기는 부락의 남자들도 마찬가지였다. 남자들은 차도 없이 먼 길을 걸어 어떻게 구하는지 알 수 없는 쌀을 가져다주기도 하고 보호구역 밖에 나가는 일이 있으면 화장품을 사다 주기도 했다. 부탁하지도 않는데 뭐든 도와주려고 애쓰는 게 훤히 보이는 남자들은 추하지 않게 다정했고 험상궂지 않게 친절했고 심술스럽지 않게 넉넉했다. 생전 받아본 적이 없던 따뜻함이었고 다정함이었다. 그전에는 남자들은 오로지 몸과 마음을 고통스럽게만 하려 드는 사람들인 줄로만 알았다고 말하는 네헤마의 수척한 얼굴에 처음으로 붉은 기가 돌았다.

"그래서 전 이곳을 제 고향으로 삼았습니다. 고향은 이렇게 편하고 따뜻한 곳이어야 하니까요. 제 아이들에게도 오래오래 남겨둘 생각이었습니다. 그래야 죽어서도 아이들을 보러 올 수 있을 거니까요. 그런데,"

네헤마는 뒷말을 잇지 못했다. 그는 네헤마가 왜 그러는지를 알아챘다. 네헤마는 예파를 잃은 지 아직 일 년도 되지 않았다. 일 년이 아니라 더 오랜 세월이 지나도 네헤마는 가슴이 아플 것이다. 가슴 아픈 사람을 어떻게 위로해야 할지를 몰라 그는 건너편 능선 쪽으로 시선을 돌렸다. 능선 위에서 점점 햇살이 번져 내리고 있었다. 능선 아래의 풀밭 그늘도 점차 옅어지고 있었다. 기온도 한결 올라간 듯했다. 인디언 섬머가 오늘은 좀 꺾이려나. 혼잣말로 중얼거리자 우리 쪽에서 양들이 대답하듯 울었다. 그는 양들을 바라보았다. 멀리서도 열 마리 남짓한 양은 하나같이 볼품없고 털은 빈약했다. 그는 반은 자갈투성이인 주변의 메마름과 능선 쪽의 억센 유카와 듬성듬성 박혀있는 세이지 브러시와 누렇게 마른 풀들을 둘러본 후 네헤마를 훔쳐보았다. 물통 너머 두어 발짝 앞선 네헤마는 흡사 웃자란 갈풀 같이 검게 그을린 목 뒷덜미가 길고 가늘었다. 등판도 얇고 어깨가 좁았다. 그는 자신도 모르게 네헤마에게로 뻗치려는 손을 얼른 바지 주머니에 찔러 넣고 노간주나무로 시선을 돌렸다. 마른 땅에서 버티는 노간주나무는 잔뜩 뒤틀려 있었다. 자신도 모르게 단내 나는 한숨이 새 나왔다.

네헤마가 입을 열었다. 그새 평정을 되찾은 듯 말소리가 차분했다.

"처음 로빈에게서 선생님이 절 만나고 싶어 한다는 말을 듣고 사실 몹시 놀랐습니다. 그때까지 절 만나고 싶어 하는 한국 사람이 있을 거라고는 한 번도 생각해 본 적이 없었으니까요."

그는 고개를 끄떡였다. 로빈과 함께 부락을 처음 방문하고 나서 다시 찾은 건 일 년도 더 지나서였다. 그때까지 얼마나 궁금하게 여겼을까 싶었지만 묻지는 않았다.

"전 그때까지 미국이라는 나라에 한국 사람은 저 혼자만 살고 있는 줄 알았거든요. 한국 있을 때 미군 따라간 언니들이 있다는 말은 친구에게서 듣긴 했지만 전 미국이 얼마나 큰지, 여기가 어딘지, 이십 년 넘게 살면서도 잘 몰랐으니까요. 그래서 앞으로도 한국 사람은 영영 못 볼 줄 알았어요. 그런데 선생님이 오셨어요. 너무 놀라고 신기하긴 했지만,"

그는 첫 대면 때 차가운 얼굴로 뚫어져라 쳐다보던 네헤마의 의혹에 찬 시선을 떠올리며 다시 고개를 끄떡였다. 네헤마는 그때 선생님을 좀 반갑게 대했어야 했는데, 하고 미안한 듯 말을 얼버무리고 나서는 자신의 말주변이 없음을 사과했다.

"하지만 선생님과 우리말을 한 건, 마치 꿈을 꾼 것 같았어요. 그러면서 선생님과 좀 더 많은 얘길 하지 못한 것이 어찌나 후회되던지요. 언제 또 우리말을 하게 되나 싶으면서 선생님이 은근히 기다려지고, 그러다 선생님이 오시면 한두 마디라도 우리말을 하는 게 그렇게 좋을 수가 없었어요."

그는 그런 게 모국어가 지닌 힘이라고 말해 주려다 말았다.

"거기다 탐방 팀이 부락으로 오게 되면서부터 잠깐이라도 이런 저런 말을 듣고 하게 되는 게 어찌나 좋고 기쁘던지, 생전 처음으로 우리나라 사람들이 좋아지고 기다려지기 시작했는데, 그만."

"……"

"그날 사람들이 화를 낸 건 당연한 일이었어요. 먼 길을 왔는데 탐방을 막으면 저도 그랬을 거예요. 그래서 전 미안하다고 했어요."

그는 자신도 미안했었다고 사과했다. 모두 자신의 욕심 때문에 생긴 일이라는 말도 덧붙였다. 네헤마는 고개를 저었다.

"아니요. 선생님 잘못은 아닙니다. 그리고 탐방 팀들의 잘못만도 아닙니다. 다른 외부 사람들 누가 와도 부락은 불편해했을 것입니다. 부락은 사실 개방하는 게 아니었어요. 그런데도 부락은 개방을 택했어요. 전 그 이유를 사람들에게 말해 주려고 했어요. 그 전에 어떻게 말을 해야 오해하지 않고 돌아갈까를 생각했지요. 그런데 선생님의 고객들은 기다려주지 않았어요. 그들은 제가 왜 그렇게 하는지를 알려고도 하지 않고 마구 다그치며 화부터 냈고 깊이 생각지 않고 제게 심한 말을 했어요. 그것도 아주 심한 말을,"

전처의 막무가내식 폭언을 말하는 것이었다. 전처만이 그랬던 건 아니었다. 전처의 남자친구도 거들었고 일행들도 수군거렸다. 그럴 때의 수치심과 모멸감이 얼마나 극심했으면 파랗게 질려 주저앉았을까를 생각하며 그는 물었다.

"왜 그때 아니라고 말하지 않았습니까? 아니라고 한마디만 했어도,"

네헤마는 시선을 들고 그를 빤히 쳐다보았다. 물안개 자욱한 강변 같은 눈에 비난의 빛이 언뜻 스쳤다.

"아니라고 하면 사람들이 믿었을까요?"

모르긴 해도 믿으려 하지 않았을 것이다. 자신부터 전후 사정을 알아볼 생각도 하지 않고 로빈에게서 네헤마의 존재에 대해 듣는 순간부터 기지촌 출신일 거라고 단정 짓고 들어가지 않았던가. 편견이란 그처럼 막무가내식이라고 생각하며 그는 뭐라고 사과를 해야 할지를 몰라 그냥 입을 다물었다. 네헤마에게서 짧은 한숨 소리가 새어 나왔다. 얼핏 숨소리 같기도 한 한숨 속에서 슬픔과 탄식 비애 같은 것이 느껴졌다. 더 하고 싶은 말을 그냥 삼키고 마는 체념 같은 것도 느껴졌다. 그는 네헤마가 어떤 말이라도 해주었으며 했지만 더는 어떤 말도 하지 않으리라는 걸 알았다.

그는 이마 가까이로 다가오는 햇빛을 쳐다보았다. 눈이 부셨다. 햇빛은 곧 이쪽저쪽 할 것 없이 쫙 깔릴 것이었다. 그는 등 뒤의 그늘과 쑥밭을 돌아보고는 네헤마를 보았다. 더 이상 아침 그늘이라 할 수 없는 그늘이 네헤마의 꺼칠함을 세세히 드러내 보였다. 색 바랜 체크무늬의 블라우스는 훨씬 낡아 보였고 통치마는 후줄근했다. 슬그머니 통치마 자락을 움켜쥐고 있던 네헤마의 손이 풀리면서 허리께쯤으로 올라가 펴졌다. 네헤마는 자신의 손을 가만히 내려다보았다. 나란히 오므려 편 다섯 손가락의 매듭은 여전히 굵었고 손톱은 우둘투둘 갈라져 있었다. 네헤마는 한참 자신의 손을 내려다보고는 물었다.

"한국엔 봉선화가 지금도 피겠죠?"

뜻밖의 물음에 의아해하며 그는 얼른 대답했다.

"그럼요. 피지요. 피고말고요."

"분꽃도요?"

"그럼요. 분꽃은 여기,"

분꽃은 LA에서도 흔히 볼 수 있는 꽃이었다. 누가 씨를 가져와 뿌렸는지 거리의 팜 트리 가로수 밑둥치 곳곳에서도 볼 수 있었다. 봉선화도 마찬가지였다. 한인 소유의 주택이나 한인들이 많이 거주하는 아파트 화단에는 마치 태극기가 걸리듯 봉선화가 심어져 있기 마련이었다. 그는 니욜아쉬키의 호건에서 본 네헤마의 젊은 사진을 떠올렸다. 사진 속 배경이 화단이었던 것은 생각나는데 화단에 피어 있던 꽃이 봉선화였는지는 미처 보지 못했다. 얼굴만 보느라 꽃에는 관심을 두지 않았던 것이다. 아마도 그 꽃들이 그리운가 보다 생각하는데 네헤마가 말했다.

"봉선화가 피면 친구가 손톱에 꽃물을 들여 주곤 했거든요. 해마다 이맘때쯤이면 생각이 나서요."

그 친구가 피드질이 말해 주던 기지촌 친구인가 궁금했지만, 묻지는 않았다. 한참 자신의 손을 내려다보던 네헤마가 천천히 그에게로 돌아섰다. 그리고는 말했다.

"저를 위해 애 많이 써주셨다고 어젯밤에 존이 그러더군요. 어떻게 고맙다고 해야 할지 모르겠습니다. 선생님이 애써주셔서 마음이 좀 편해지긴 했지만, 괜히 폐만 끼친 것 같아서,"

마음이 편해졌다고 하지만 아주 풀린 게 아님을 그는 네헤마의 어투에서 알 수 있었다. 하긴 그리 쉽게 가셔질 모멸감은 아니지. 중얼거리고 나서 그래도 조금은 다정하게, 조금은 따스하게 말해 주었으면 더 좋았을 텐데, 하고 그는 생각했다. 내가 그 사람들을 찾아다니며 얼마나 애를 썼는데, 뒤늦게 섭섭하고 아쉬운 감정을 되새김해 보는 머릿속이 자꾸만 깜빡깜빡했다. 그는 꺼지려는 불빛을 돋우듯 몇 번 눈을 감았다 떴다 하다가 어느 순간 어둠 속으로 까물까물 빨려 들어갔다.

10

내 슬픔을 함께 짊어지고 가 줄 사람

어디선가 가만가만 낮은 허밍 소리가 들렸다. 꼬리 긴 음을 머금고 오래 목청을 떠는 높낮이 고른 음계의 허밍 소리였다. 두산은 몽롱한 잠결에도 소리가 신비롭다고 생각하며 귀를 기울였다. 어이야이 야이흐~어, 어야이~어흐~ 몇 마디 후렴구가 이어지다가 다시 목떨림의 허밍이 시작되자 그는 얼핏 눈을 떴다. 얕은 처마 위로 무수히 많은 별들이 반짝여서 그는 언뜻 별들이 허밍을 하고 있다고 착각했다. 착각은 등 쪽의 서늘함이 느껴지면서 이내 깨졌다. 그는 자리에서 벌떡 일어나 앉았다. 데크 바닥이었고 몸에 모포가 덮여 있었다. 자신도 모르는 사이 잠이 들어 바닥으로 미끄러져 내린 모양이었다. 모포는 피드질이 덮어주었을 것이 뻔한데, 과연 데크 안쪽에 피드질이 다리를 뻗고 앉아있었다. 벽에 등을 기댄 채였다. 기척을 느꼈는지 피드질이 돌아보았다. 동시에 허밍 소리도 뚝 그쳤다. 피드질은 앉은 채로 말했다.

"선생을 안으로 모시고 싶었지만 기운이 달려서 그냥 있었소. 많이 피곤한 모양인데 이제 그만 호건으로 들어가 주무시지요."

그는 괜찮다고 하고는 모포를 걷어 빈 의자에 걸치며 모야그 노인의 상태를 물었다.

"이제 겨우 잠이 드셨소. 낮에 산책하신 게 무리였던 모양이오. 정신이 혼미하고 어지러운 게 임종이 가까워진 것 같다면서 산속의 오두막으로 가게 도와달라고 급히 신호를 보낸 거였소."

"오두막이오?"

그는 의아해하며 물었다. 피드질은 임종이 가까운 노인은 산속의 오두막으로 가서 홀로 행복한 세상으로 떠나는 게 부족의 오래된 임종 문화라고 말하고는 현대교육을 받은 후손들이 늘어나면서부터 점차 사라져 가는 풍습을 아직도 고집스레 믿는 노인들이 있어 여간 곤혹스러운 게 아니라고 푸념했다.

"모야그 노인 자신도 젊은 시절에 그 풍습을 몹시 반대했는데 이제 그 사실마저도 잊은 것 같소." 하며 뻗었던 다리를 끌어당기는 피드질은 힘겨워 보였다. 그는 자신보다 피드질이 더 쉬어야 할 것 같아 그만 호건으로 들어가 눈을 붙이자고 했지만, 피드질은 잠이 올 것 같지 않다며 고개를 저었다. 그는 잠시 데크를 서성거렸다. 힘들어 보이는 피드질을 혼자 두고 들어갈 수가 없었고 잠깐의 쪽잠이지만 뒤끝도 개운해서 좀 더 얘기를 나누어도 괜찮을 것 같았다. 피드질에게서 들어야 할 말도 있었다. 피드질이 무엇 때문에 오랜 시간 자신을 기다린 건지 알고 싶었다.

그는 일어서려는 피드질에게 접었던 모포를 건네주며 편하게 깔고 앉아있으라고 권했다. 피드질은 웃었다.

"순이도 바닥에 앉을 때면 꼭 뭘 깔고 앉으라고 하더니 선생도 그러시는군요. 하지만 난 한 번도 그녀의 말을 따른 적은 없었소.”

피드질은 모포를 받아 옆에 밀쳐 두며 말했다.

“지금은 많이 바뀌었지만 우리 부족은 본디 대지 밀착형 문화였소. 반세기 전까지만 해도 바닥에 뭘 깔고 앉는 건 생각조차 할 수 없었지요. 어린 젖먹이가 어머니 품을 떠나지 않듯 어머니인 대지를 항상 가까이 느끼기 위해서라는 어른들의 가르침이 있었지만, 문화도 결국은 편의에 따라 점점 바뀌기 마련 아니겠소. 한국의 문화는 어떻소?”

그는 한국도 때에 따라 그냥 바닥에 앉거나 뭔가를 깔고 앉지만, 부족처럼 어떤 의미를 두어서는 아니라고 말했다. 방석 문화가 권력에서 빚어진 것이라는 말은 하지 않았다. 피드질은 고개를 끄떡이고 나서 말했다.

“가만히 생각해 보면 나라마다 다른 문화의 차이란 것도 결국은 관념의 차이일 뿐, 달리 독특하달 수 있는 부분은 극히 드문 것 같더군요. 같은 바닥 밀착형도 편의대로 의미만 부여했을 뿐, 이렇게 앉으나 저렇게 앉으나 바닥에 앉는 건 매한가지이듯 서로 다른 많은 문화들이 결국은 인간 행동 방식의 범위를 크게 벗어나지 않는다는 게 내 생각이오. 물론 많은 나라의 문화를 경험해 본 건 아니오만.”

그는 문득 피드질은 왜 대학엘 가지 않았는지가 궁금했다. 군 모집병에 자원입대한 이유를 대학에 가기 위해서였다고 조금 전에 분명히 말했었다. 대학을 졸업하고 나바호 자치국에서 부족을 위해 일하고 싶어서라고 했는데 군 복무를 마치고 당당히 대학에 갈 수 있었던 사람이 왜 포기했는지가 새삼 의아했다. 넌지시 이유를 물어보려는데 피드질이 그제야 생각났다는 듯 먼저 물었다.

“참, 맥주가 있다는 걸 깜박 잊었소. 한잔하지 않겠소?”

그렇지 않아도 아까부터 맥주 생각이 간절했던 터라 그는 흔쾌히 그러자고 했다. 피드질은 자리에서 굼뜨게 일어나 거실 옆방에서 큼직한 종이봉투를 들고나왔다. 봉투 속에는 여러 개의 캔 맥주가 담겨있었다.

"로빈에게서 선생을 만났다는 말을 듣고 준비해 둔 것이오."

로빈을 만난 후 부락을 찾은 건 두 달이 지나서였다. 두 달 동안 언제 올지 모를 사람을 기다리며 김치를 사다 놓고 맥주를 준비해 둔 피드질에게 새삼 미안함을 느끼며 그는 캔 맥주를 건네받자마자 급히 뚜껑을 따고 단숨에 마셨다. 차게 식히지 않은 맥주는 밍밍했지만, 목이 말라서인지 그런대로 달았다. 그가 캔을 비우자 피드질은 웃으며 하나를 더 꺼내주었다. 그는 뚜껑을 땄지만 이제부터는 천천히 마실 생각이었다. 조금 취기가 올라서였다. 피드질은 입안을 한번 적시고는 더는 마시지 않았다.

그들은 각기 캔을 하나씩 들고 어둠 속을 바라보았다. 시간이 얼마나 됐나 싶었지만 굳이 확인하고 싶지는 않았다. 오밤중의 하늘에는 별들이 한창 찬란했고 부락은 풀벌레 소리 하나 없이 괴괴했다. 한여름의 열기는 식어 선선하고 밤공기는 청정했다. 아름다운 밤이었다. 그러나 부락은 한때 사람들이 두런두런 살았던 흔적으로 서럽도록 적막하고 남아있는 사람들의 시름으로 쓸쓸하기만 했다. 그는 실없이 중얼거렸다.

"너무 적적하네요."

피드질은 대답했다.

"곧 사라져 갈 부락의 침묵 아니겠소."

부락이 사라질 거라는 건 이미 불을 보듯 훤한 일이지만 막상 피드질의 입으로 거론되는 소멸에 가슴이 먹먹해 짐을 느끼며 그는 피드질을 위로했다.

"설마, 그러기야 하겠소. 당신이 있고 호끼와 로빈이 있는데."

피드질은 고개를 저었다.

"난 이미 기운을 잃었소, 그리고 호끼와 로빈은 부락의 구심점이 아니오. 부락엔 이제 순이 같은 구심점이 없소."

구심점이라. 둔덕에서 내려다볼 때 부락이 마치 축이 부러진 회전체처럼 정지되어 보이던 걸 떠올리며 그는 고개를 끄떡였다. 피드질은 들고 있던 캔을 내려놓고 벽에 기댄 등을 곧추세워 앉았다. 그리고는 뻗었던 다리를 끌어모아 책상다리로 앉았다. 곧추세웠던 등은 이내 구부정하게 휘어졌다.

"순인 이국인이었지만 진심을 다해 부락을 보살폈소. 자신 본래의 터전인 양 정성을 다해 가꾸고 다듬었던 거요. 아무런 대가도 바라지 않고 마음 가는 대로 부락의 구석구석을 살피고 다듬었소. 덕분에 우리 부락은 한때 부족 전체에서 가장 깨끗하고 살기 좋은 곳으로 손꼽히기도 했었소. 적어도 저기 토닐싼의 물이 마르기 전까지는 그랬소. 하지만 이제 그녀만큼 부락을 위해 일할 사람은 아무도 없게 되고 말았소."

그랬을 거라고 그는 생각했다. 아무런 대가도 바라지 않고 마음 가는 대로 부락을 살피고 가꾸었던 건 이곳을 자신의 고향으로 삼기 위해서였다. 이곳은 과연 네헤마가 고향으로 선택할 만한 가치가 있는 곳이었을까. 피드질이 탄식했다.

"순이만 병들지 않았다면 부락은 이렇게까지는 되지 않았을 거요."

그릴지도 몰랐다. 네헤마가 병만 들지 않았다면, 그리고 5년이라는 세월도 지났으니 파이프 비용은 충분히 마련되었을지도 모르고,

부락은 다시 물이 흐르고 풍요로워졌거나 아니면 그렇게 될 날을 앞두고 있을지도 몰랐다. 네헤마는 충분히 그렇게 하고도 남았을 것이다.

"하지만 순인 끝내 여기서 버텨낼 환경인자(環境因子)를 가지지 못했소. 언젠가 선생이 가져다준 꽃처럼 말이오."

꽃이라는 말에 그는 이내 아! 하고 기억을 떠올렸다.

피드질이 말한 꽃은 봉선화와 분꽃이었다.

부락과 화해하고 LA로 돌아간 일주일 뒤, 그는 다시 부락을 찾았다.

봉선화와 분꽃을 뿌리째 캐서 상자에 담아 싣고서였다. 둘 다 구하기 어렵지는 않았지만 한창 꽃이 피고 씨앗을 맺는 생장기를 훌쩍 넘긴 때여서 옮겨 심어도 괜찮을지 걱정하며 가지고 왔다. 게다가 부락은 황량하고 척박한 곳이었다. 괜한 헛일 하는 거 아닌가 싶었지만, 자신의 손톱을 내려다보며 친구를 그리워하던 네헤마의 모습이 자꾸만 눈에 밟혀 도저히 그냥 넘길 수가 없었다.

부락으로 가는 날은 더위는 한풀 꺾였지만, 햇볕은 여전히 뜨거웠다. 때문에 달리는 내내 차 안의 온도에 초점을 맞추고 틈틈이 포기에 물을 뿌려주고 신문지를 적셔 덮어주기도 했다. 다행히 포기들은 무사했다. 어떤 것은 더러 꽃망울을 맺기도 했다.

꽃을 본 네헤마는 놀라움으로 눈이 커지고 반가움으로 미소를 지었지만 표정은 바로 사라졌다. 아주 잠깐 좋아하다 만 것이다. 좋은 것을 오래 좋아하지 않는 것이 네헤마의 성격이었다.

꽃은 오래 견디지 못했다. 아무리 정성스레 물을 주고 돌봐도 끝내 뿌리를 뻗지 못하고 시름시름 말라 죽었다고 했다. 그러나 열흘 정도는 견뎌주었다고 나중에 네헤마가 말해 주었다. 분꽃은 그래도 얼마간 더 지탱해 주었지만 시들어 죽은 건 마찬가지였다. 이곳에 옮겨진 후 더 피어난 꽃은 없었다. 가져올 때 피어있던 꽃들은 씨앗도 품지 못하고 차례로 시들고 말라갔다.

네헤마는 가망 없어 보이는 봉선화들을 포기째 뽑아 약간의 소금을 넣고 돌확으로 찧어 부락의 여인들에게 꽃물을 들여 주었다. 대부분은 꽃물이 잘 들지 않았지만 몇몇은 제대로 주황색 물이 들어서 부락의 여인들은 몹시 신기해하더라고 네헤마는 말했다. 말할 때의 네헤마 표정은 쓸쓸했다.

"혹시 알고 있소? 선생이 가지고 온 그 꽃들이 이듬해에 다시 싹을 틔웠다는 거 말이오."

그는 고개를 끄떡였다. 알고 있었다. 그것도 네헤마가 말해 주던 것이다.

열흘 정도 견디다 시들어 뽑아버린 봉선화와 분꽃은 이듬해 봄 뜻밖에 씨앗을 터트렸었다. 마르고 시들어가는 송이들에서 더러 씨앗이 맺혀 있는 걸 보긴 했지만, 이 땅에서는 결코 살지 못할 걸로 여기고 아예 받아둘 생각조차 하지 않았던 그 씨앗들이 흙 속에 묻혔다가 이듬해 봄에 우기철의 습기를 머금고 싹을 틔운 것이었다. 기특하고 대견해서 매일 물을 주고 정성껏 보살폈다. 뜨거운 햇빛을 피하게 해주려고 피드질이 가리개를 세워 덮어주기도 했다. 하지만 끝내 꽃을 피우지는 못했다. 봉선화는 겨우 줄기를 가늘게 세우고 몇 개의 잎사귀를 늘려가다가 시들시들 말라 죽었다. 분꽃도 마찬가시였다. 그래도 분꽃은 생명력이 좀 더 강해서 봉선화보다는 오래 견뎠다.

"순인 그 꽃들을 정말 열심히 보살폈소. 하지만 어떤 생명이든 환경인자가 맞지 않는 곳에서는 살기 어려운 법 아니겠소. 사람도 마찬가지겠지만."

사람은 아마도 네헤마를 가리키는 것이리라.

꽃을 가져다준 후로 네헤마는 어느 정도 마음을 열었다. 어느 정도를 수치로 나타낼 수는 없지만, 그가 부락엘 들리면 전보다는 조금 더 반가워하는 정도였다. 반가워하는 것이라야 고작 간단한 인사 정도였고 차를 대접하거나 먹을 걸 챙겨주는 게 다였다. 단둘이 얘기를 나누거나 부락 사람들과 함께 어울려 담소를 나눈 적은 한 번도 없었다. 그래도 그는 네헤마를 보는 것만으로도 흡족해서 자주 부락을 들락거리기 시작했다. 자주라고 해봐야 그해 10월부터 다음해 가을까지 채 열 번도 되지 않지만 뜸한 걸음이라고는 할 수 없었다. 부락은 이웃 마실 다니듯 아무 때고 편하게 오고 갈 수 있는 곳이 아니기 때문이었다. 걸음 한번 할라치면 앞뒤로 재봐야 할 것들이 많았고 어느 정도의 시간도 투자해야만 갈 수 있었다. 그럼에도 그는 자주 부락으로 갔다.

부락에서의 이야기 상대는 주로 노인들 아니면 또래의 장정들이었지만 장정들 중에서도 대화를 나눌 정도의 영어 실력을 가진 사람은 몇 되지 않아서 항상 피드질이 따라다니며 통역을 해주어야만 했다.

하지만 피드질은 대여섯 번 정도의 방문을 반긴 뒤로는 차츰차츰 드러나게 표정이 달라지기 시작했다. 네헤마의 마음을 달래기 위해 낡은 트럭으로 먼 길을 달려온 사람 같지 않게 그를 대하는 태도가 매번 달라지고 있었던 것이다. 처음엔 통역이 귀찮아서인가 했었다. 다음은 혹 자신을 질투하는 게 아닐까 싶었지만, 그 부분은 모른 척 했다. 부락을 자주 찾는 이유가 꼭이 네헤마 때문만은 아니었지만, 아니라고도 할 수 없기 때문이었다. 그는 삶의 무게에 짓눌려 회의가 느껴질 때면 부락으로 갔다. 마음이 허전할 때도 갔다. 부락엘 가면 이상하게 마음이 편안해지고 왠지 모를 위안을 얻는 것 같아서였다. 특히 밤에 모닥불을 피우고 모여앉아 부락의 노인들로부터 듣는 얘기가 좋았다.

널따 노인의 반듯하고 어긋남이 없는 철학적인 사고가 좋았고 모야그 노인의 미사여구의 화려한 말투도 좋았다. 무엇보다도 부족의 당면문제를 다각도로 분석하고 토론하는 그들의 민주적인 사고방식이 좋았다.

당시 부족에서는 수도인 갤럽에 카지노 유치 문제를 두고 부족의 각 지파끼리 논쟁이 한창이었다. 지파들의 논쟁은 또 각각의 부락민들에게도 당연한 쟁론 거리였다.

'붉은 절벽 아래의 부락'도 예외는 아니었다. 부락에는 카지노 유치를 찬성하는 쪽과 반대하는 쪽으로 나뉘어 있었는데 찬성파는 추장인 네헤마를 비롯한 비교적 젊은 층들이었고 반대파는 널따 노인을 중심으로 나이 많은 사람들이 대부분이었다.

그는 부락의 쟁론이 어떤 결과로 매듭지어질지가 몹시 궁금했다. 카지노 유치에 네헤마가 찬성하고 있었기 때문이었다. 물론 그는 네헤마가 주최하는 부락의 쟁론을 직접 지켜본 적은 없었다. 다만 모닥불 옆에서 몇몇 사람들과 담소를 나누면서 주워들었을 뿐이었다. 네헤마가 카지노 유치를 찬성하는 이유는 물 문제 때문이라는 건 단번에 짐작할 수 있었지만, 그는 네헤마가 어떻게 반대파를 설득하는지 아니면 수용하는지가 무엇보다도 궁금했다. 부락민들의 설전에도 불구하고 카지노 유치 문제는 지지부진 이어지고 있었다.

이듬해 6월, 그는 사무실에서 한국인 남자 한 명이 고급주택가의 어느 집을 무단침입 했다가 주인의 총격으로 사망했다는 한인 커뮤니티의 신문 기사를 읽었다. 신문에 실린 사망자의 얼굴은 카지노 단골 고객이었다. 확인할 수는 없지만 평소 어머니의 웰페어[1]까지 뺏어 카지노를 들락거린다는 소문의 주인공이었다. 가뜩이나 편치 않은 마음으로 겨우겨우 일해오던 그는 적지 않은 충격을 받았다. 심한 죄책감과 함께 자신의 삶에 회의를 느낀 그는 부채를 점검했다. 어느새 은행 빚이 거의 제로에 가까워져 있었다. 그는 이제 그만 자신의 일을 접을 때가 되었다고 생각했지만, 선뜻 결단을 내리지 못했다. 아이들의 학비 때문이 아니었다. 아이들은 어느새 독립하여 자기들만의 찬란한 한때를 보내고 있었다. 얼굴조차 보기 힘든 아이들을 걱정할 단계는 이미 지나가 있었다.

한동안 일을 중단할 것인가 말 것인가를 고민하던 그는 부락으로 향했다. 부락에서 해답을 얻기 위해서가 아니었다. 마음 터놓고 말할 수 있는 곳도 아니었다. 그런데도 그는 부락으로 갔다. 꼭 네헤마를 보기 위해서가 아니었지만, 아니라고 할 수도 없었다.

그는 매번 그랬듯이 네헤마가 먹고 싶어 할 한식 재료 몇 가지와 부락민들에게 나눠 줄 약간의 간식과 음료수를 챙겨갔다. 날씨가 추울 때는 떡과 한식 음료수를 챙겨가기도 했지만 기온이 올라가면 가져갈 수가 없었다. 가는 길이 너무 멀어서 자칫 상할 우려가 있어서였다.

---

1 미국의 65세 이상 저소득층이나 신체장애인 등에 매월 지급되는 생활보조금.

그날은 뜻밖에도 부락 회의가 열리는 날이었다. 미리 알고 간 건 아니었다. 모뉴먼트 밸리에서 민박을 치는 로빈도 와 있었다. 정상적인 여행업을 그만둔 뒤로 처음 만나는 셈이어서 그는 로빈이 몹시 반가웠다. 가뜩이나 피드질의 푸대접으로 소외감을 느끼던 참이었다.

해가 저물자 일상처럼 마당 한복판에 모닥불이 피워지고 일찌감치 저녁을 먹은 부락 사람들이 하나둘 모닥불을 둘러싸고 둥그렇게 모여 앉았다. 그도 가져간 간식과 음료수를 꺼내 들고 사람들 사이에 끼어 앉았지만, 피드질은 줄곧 그를 못 본 척하고 있었다. 회의를 준비하느라 분주한 탓도 있었다.

그가 가져간 간식은 조금씩밖에 돌아가지 않았다. 사람들은 아주 작은 양의 간식을 나눠 먹으며 약초가 많은 산의 정보를 주고받거나 이웃 부락의 소소한 소식들을 얘기하며 조용히 회의를 기다렸다.

이윽고 네헤마가 잔뜩 비틀리고 갈라진 노간주나무 옆에 허리를 꼿꼿이 펴고 앉았다. 그때까지 한 번도 보지 못한 인디언 문양의 짧은 판초 패치를 걸치고 발목이 드러난 치마를 입고서였다. 이마에는 널찍한 흰 띠를 둘렀고 큼직한 독수리 깃털 한 개가 꽂혀 있었다.

부락 회의는 피드질이 주요 안건에 대해 말하면서부터 시작되었다. 안건은 역시 카지노 유치에 관한 것이었다. 몇몇 사람들이 각자의 의견을 펼친 뒤 잠깐의 논쟁이 오갔지만 떠들썩하지는 않았다. 닐따 노인이 로빈을 가리켰다.

"시케는 부락에 머물지 않아서 의견을 말할 기회가 없었으니 이제 어디 한번 자네의 생각을 말해 보게."

로빈은 혼자 떨어져 오래 생각했는지 망설이지 않고 말했다.

로빈은 먼저 부족이 처해있는 문제의 시급성에 대해 말했다. 역시 물 문제였다.

로빈은 물 부족으로 인한 부족의 고통을 해결하기 위해서는 연방정부와 담판을 짓느라 시간 끌 필요도 없이 부족의 힘만으로 콜로라도강에서부터 개관수로(漑灌水路)를 설치해 물길을 터야 한다고 말했다. 그러기 위해서는 막대한 공사비를 산출해 낼 수 있는 수입원으로 카지노 유치 외에는 방법이 없다는 점을 강조하고, 정체성을 잃고 술과 마약으로 인생을 탕진하는 젊은 청년들에게 카지노에서 제공하는 일자리로도 보다 나은 삶의 질을 제공해 줄 수 있는 기회가 될 것이라고 설득했다.

로빈의 차분하면서도 높고 고른 톤의 설득이 끝난 뒤 잠깐의 침묵이 이어졌다. 부락에서는 누군가의 말이 끝나기가 무섭게 반격을 가하거나 반론을 제기하는 일은 없었다. 다들 조용히 상대의 말을 곱씹으며 타당성을 다시 재점검하는 것으로 상대의 의견을 존중한다는 걸 보여주는 것이라고 언젠가 피드질이 귀띔해준 걸 그는 기억했다. 매번 그랬듯 그는 침묵의 여유에 매료되지 않을 수 없었다. 침묵의 여유는 마치 암석 사이의 석간수 한 잔을 마시는 것 같은 청량한 느낌이었고 차갑고 투명한 물 한 모금을 입 안에 넣고 굴리는 맛 같은 느낌을 안겨주었다. 그는 침묵의 여유에 진심으로 감탄하며 지켜보았다.

잠깐의 침묵 끝에 모야그 노인이 입을 열었다. 부족에서 카지노 유치 건을 논의하기 시작할 때 부락의 대표로 대도시의 카지노를 탐방하고 돌아온 적이 있는 모야그 노인은 특유의 미사여구로 자신의 반대이유를 늘어놓았다.

우리는 우리에게 필요한 것들만 필요할 뿐이다. 우리에게는 어머니인 대지의 말을 들을 수 있는 땅과 위대한 정령의 가르침을 배울 수 있는 자연과 우리가 마지막으로 가야 할 행복한 세상만이 필요할 뿐이다. 우리는 어머니인 대지가 우리에게 주는 양식과 식물과 야생 열매만이 필요할 뿐이며 위대한 정령의 자비인 태양의 따스함과 밝음이, 목마름을 적셔줄 비와 바람과 공기만을 필요로 할 뿐이다. 그리고 우리는 둥그런 원처럼 끝없이 돌아가는 밤과 낮 사이로 뭔가를 볼 줄 아는 지혜의 눈을 필요로 할 뿐이다. 지혜의 눈은 우리가 살아가는 이치를 알게 해주고 이치를 알게 되면 살아가는 데 많은 기쁨을 느낄 수 있다. 이치는 어려움을 견디는 힘이 되고 멀고 가까움의 고통을 덜어주는 것이다. 이치는 부족함과 넉넉함의 결핍을 메워주고 보이지 않는 것을 보게 해주기도 한다. 흉한 것에 깃든 아름다움을 알게도 해준다. 우리에게 뭐가 더 필요한가.

모야그 노인의 말이 끝나고 잠깐의 침묵이 이어졌다. 그러고 나서는 다시 다른 젊은이의 반론이 이어졌다. 반론의 요지는 카지노 유치의 폐해는 모야그 노인의 말대로 지혜의 눈으로 이치를 따져 충분히 극복할 수 있다는 것이었다. 반대파의 반론도 만만치 않았다.

두산은 그들의 언어를 한 마디도 알아들을 수 없었지만 말의 톤과 어감만으로도 모두의 열의와 열망을 충분히 읽을 수 있었고, 세상의 징형인 원탁과 테이블의 격론장이 아닌, 너무도 강한 상대를 대상으로 너무도 약한 자들의 생존을 갈구하는 황량한 밤의 풍경에 문득문득 가슴이 아팠다. 마침내 네헤마가 자리에서 일어섰다.

네헤마는 잠시 말없이 모닥불을 처다보았다. 마른 땅을 견디느라 잔뜩 비틀리고 갈라진 노간주나무 옆에서 모닥불의 주홍색 불빛을 전면에 받아 안은 네헤마의 모습은 등 뒤의 어둠을 배경으로 흡사 검은 장막에 비치는 영상 같았다. 두산은 눈을 크게 떴다. 드디어 네헤마가 입을 열었다. 약간의 탁성인 목소리에서 클, 트, 흐, 쓰 같은 발음이 나지막이 흘러나오다가 차츰차츰 억양이 커지고 높아졌다.

부락 사람들의 반응도 술렁임에서 점점 호응으로 달라져 갔다. 알아들을 수 없는 언어가 안타까워서 두산은 연신 옆의 로빈을 툭툭 쳤다. 로빈은 열중해 듣느라 건성건성 몇 마디 통역해 줄 뿐이었다.

"카지노 유치를 찬성하던 추장이 지금 반대의견을 말하고 있어요. 이유는 물이 주는 고통으로 영혼까지 망치지 말자는 요지의 말을 하고는, 물은 원래 부족의 것이니 돌려 달라는 건 당연한 권리라고 하면서,"

뜻밖이었다. 부락에 물을 끌어오기 위해서는 무엇이든 할 것 같던 네헤마가 반대쪽으로 돌아섰다는 게 선뜻 이해되지 않았다. 지금 연단의 상징 같은 노간주나무 옆에 서서 새삼 부족의 영혼을 들먹이며 카지노 유치의 반대를 말하고 있다면 평소엔 그런 것에 대해 알지 못했다는 것인가. 그는 좀 더 자세히 알고 싶어 안달했지만, 로빈이 통역해 준 마지막 말은 연방정부를 상대로 한 개관수로 협상 요구 시위에 부락민 모두의 적극 참여를 독려한다는 내용이었다. 카지노 유치 문제에 대한 부락의 최종결정은 결국 추장 한 사람의 최종판단으로 결정이 났고 회의는 부락민들의 함성이 밤하늘로 울려 퍼지면서 끝이 났다. 물론 모두가 호응한 건 아니었다. 찬성파의 목소리도 만만치 않았다. 하지만 찬성파는 언젠가는 설득이 되거나 다수의 물결에 휩쓸릴 것은 분명해 보였다. 모르겠는 건 네헤마의 갑작스러운 변화였다. 로빈도 추장의 변화에 고개를 갸웃거렸고 얼마간의 시간이 흐른 뒤, 네헤마의 그런 변화에 대해 말해 준 사람은 피드질이었다.

어느 날 밤, 피드질은 네헤마와 함께 호끼가 목조가옥의 나무상자에서 돈을 꺼내는 것을 우연히 보았다. 호끼가 가끔 나무상자에 손대는 걸 어렴풋이 의심하고는 있었지만 직접 눈으로 본 것이 아니어서 어떻게 할 수 없었던 일과 맞닥뜨리게 된 것이다. 피드질은 조용히 호끼에게 돈을 필요로 하는 이유를 물었다. 호끼는 대답하지 않았다. 몇 번을 물어도 입을 열지 않는 호끼에게 화를 내려고 하는 피드질을 만류하며 네헤마는 말했다.

"네가 돈이 필요할 때는 분명 어딘가에 쓰기 위해서일 것이다. 돈이 필요한 일이 뭔지는 묻지 않겠다. 대신 다음에는 반드시 말을 해주면 좋겠다. 말을 하지 않으면 그건 훔치는 것이 되고 우린 널 나쁜 아이로 만들고 싶지 않으니까. 알겠지? 이제 그만 가서 자라."

그렇게 호끼를 타일러 보낸 네헤마는 그 밤에 호끼가 행여 달아날까 봐 잠을 자지 않았다. 그런 네헤마의 걱정을 아는지 이튿날 아침 일찍, 호끼는 호건의 문밖에 서 있었다. 네헤마는 안으로 데리고 들어와서 옥수수죽을 먹이고 양젖을 마시게 했다.

호끼는 눈물을 흘리면서 카호(엄마)가 학교 앞에서 자신을 기다리고 있을 거라고 말했다. 남편이 마약과 도박중독으로 자살한 뒤 어린 호끼를 두고 사라진 줄 알았던 치말리스는 이따금 학교로 찾아와 돈을 요구한다는 것이었다. 호끼의 말에 놀란 네헤마는 호끼 대신 학교 앞에서 만난 치말리스를 보고는 몹시 충격을 받은 눈치였다. 치말리스는 이미 올바른 정신이 아니었고 누구도 손을 잡아줄 수 없을 정도로 망가진 상태였다.

"순인 그때까지 도박의 폐해가 얼마나 심각한지 자세히 몰랐던 거요. 그럴 수밖에 없는 것이 평소 도박에 대한 말들을 듣긴 해도 직접 보거나 겪어본 적이 없었기 때문이었소."

어쨌든 호끼의 일은 네헤마의 청으로 두 사람만의 비밀로 묻어졌고 그때까지 카지노 유치를 찬성하던 네헤마는 반대쪽으로 마음을 돌려 주 정부와 연방정부를 상대로 한 개관수로 공사의 협상에 열성적으로 참여하기 시작한 것이다.

그런 걸 알 리 없었던 그는 부락 회의가 있은 다음 날, 네헤마가 끓여준 라면을 먹으며 갑자기 반대하게 된 이유를 슬며시 물었다. 네헤마의 대답은 간단했다.

부락을 오래 지키려고요.

하지만 네헤마는 부락을 끝까지 지키지 못했다. 지킬 수가 없었다.

네헤마는 여기서 28년을 살았다. 환경에 맞는 인자를 지니지 않았다면 긴 세월을 살았다 할 수 있었다. 세상을 떠난 건 마흔여덟이었다. 환경에 맞는 인자를 지니고 있었다면 너무 빨랐다. 어느 쪽이든 두산은 마음이 아팠다.

"그녀가 이곳에서 오래 살 수 없다는 걸 알았다면 여기로 데려오는 일은 결코 없었을 거요. 그럴 걸 알았다면 어떻게 데려올 수 있었겠소. 아무리 괴롭더라도 혼자 돌아왔을 거요. 그럼요. 절대로, 절대로. 데려오지 않았을 거요."

그는 어쩔 수 없이 한마디 했다.

"먼저 한국을 떠나고 싶어 한 사람은 네헤마라고 하지 않았소."

피드질은 고개를 끄떡이며 말했다.

"그렇긴 했소만, 그녀가 그렇게 한 건 마음이 아파서였을 거요. 사람은 마음이 아프면 어디로든 도피하고 싶어지는 법이지 않소. 순이도 틀림없이 그랬을 거요. 그때 그걸 알아채야 했었는데, 난 순이가 그저 고아인 줄로만 알았소." 하고는 그 오랜 시간 동안 혼자 마음을 앓고 있었는데도 눈치조차 채지 못했다며 자책했다. 두산은 당사자의 아픔은 드러내지 않으면 아무도 모르는 법이라고 말해 주었지만 스스로도 아무 설득력이 느껴지지 않아 그만 입을 다물었다. 하지만 아픔은 언젠가는 반드시 드러나게 되는지 네헤마가 그토록 꽁꽁 싸안고 있던 아픔을 알게 된 건 뜻밖이었다. 그해 가을쯤이었다. 부락에 걸음을 끊지 않았다면 좀 더 빨리 알았을지도 몰랐다.

그는 남은 맥주를 마저 입안에 털어 넣었다. 밍밍한 대로 마실 만하던 맥주가 갑자기 쓰게 느껴졌다. 부락 앞 너덜길 초입에서 불쑥 앞을 막아서며 거두절미 잘라 말하던 피드질의 말만큼이나 썼다.

"이제 부락에 다신 오지 마쇼." 하는 피드질의 말을 언젠가 한 번은 듣게 될 거라는 걸 전혀 눈치채지 못했던 건 아니었다. 네헤마를 위해 낡은 트럭을 몰고 LA 한인타운으로 하룻낮과 밤을 달려왔던 피드질의 절박함과 애틋함은 연이어 잦아지는 그의 방문에 의해 차츰차츰 변질되어 갔던 것이다. 특히 라면이나 쌀, 튀김 같은 한국식 재료를 챙겨갈 때면 필요 이상 낯빛이 달라졌고 그런 것에 네헤마가 조금이라도 기뻐하는 표정이면 드러나게 언짢은 기색을 보이곤 했다. 그런 피드질의 태도에 그는 될 수 있으면 네헤마에게 뭘 가져다주는 걸 자제하려 애를 썼지만 잘 되질 않았다. 무엇이든 자꾸만 가져다주고 싶었고 네헤마가 조금이라도 좋아하는 눈치면 말할 수 없이 흐뭇해지곤 했던 것이다. 그것 외의 다른 뜻은 없었다.

그는 자신의 그런 마음을 설명하며 피드질이 상상하는 불미스러운 마음 같은 건 전혀 없다는 걸 강조하고는 네헤마는 그저 먼 오지로 시집간 누이동생 같을 뿐이고 부락은 잠깐이라도 마음 편히 쉴 수 있는 곳이어서 찾는 거라는 걸 이해시키려 했지만 피드질은 받아들이지 않았다. 피드질은 단호하게 말했다.

"선생의 마음은 고맙소만 이젠 네헤마의 다친 자존심도 많이 나아진 것 같으니 선생도 더 이상 오지 않았으면 좋겠소."

피드질의 단호한 통고에 그는 적이 마음이 상했지만 엄밀하게는 자신도 자신의 마음을 믿지 못할 때였다. 아무리 냉정을 유지한다 해도 언제 무슨 일을 벌일지는 스스로도 장담하지 못할 때였다. 어쩌면 피드질의 말이 옳을지도 모르겠다고 판단한 그는 자꾸만 부락으로 향하려는 자신의 마음을 수없이 담금질하며 그해 여름을 보냈다. 그러면서 고심 끝에 카지노와의 연계사업을 그만두고 회사도 문을 닫았다. 그리고는 가이드로 일하기 시작했다. 이민 온 지 십수 년의 노력이 도로 제자리걸음이 된 셈이었고 남은 건 세월의 무게뿐이었다. 그는 꾸준히 고객이 늘어나는 여행사들을 부러워하고 때론 시기하고 질투하면서 가이드로 일했다. 그는 이제 도박장 코스도 피하지 않았고 관광객들에게 도박의 폐해도 강조하지 않았다. 그는 차츰차츰 무기력해져 갔다. 그나마 다달이 생활해 나갈 수 있을 정도로 차례가 돌아오는 가이드 일을 다행으로 여기며 혼자 자고 혼자 밥 먹으면서 지냈다. 가끔 혼자 영화를 보기도 하고, 베니스 비치의 밤 농구에 끼어들기도 했다. 잠 못 이루는 밤에는 1번 해안 국도를 따라, 갈 수 있는 데까지 달려갔다 되돌아오곤 했다. 달리 마음 둘 데 없는 외롭고 쓸쓸한 나날이었다.

모국에서 어머니의 병환 소식이 날아든 건 한여름 더위가 시르죽고 마지막 인디언 섬머도 넘긴 늦가을 무렵이었다. 이민 온 지 십수 년이 지나는 동안 어머니를 만난 건 두서너 번이 고작인 그는 모국 방문을 서둘렀다. 병환이 위급한 건 아니었지만 언제 마지막이 될지 몰라서였다. 피드질에게서 전화가 걸려온 건 공교롭게도 그때였다.

피드질은 국립공원 기념관에 납품 왔다가 전화한다면서 먼저 자신의 옹졸한 오해에 대해 몇 번이나 사과한 후 네헤마가 오지 않는 선생을 기다리며 걱정한다는 말로 언제든 부락방문을 환영한다고 말했다. 그는 피드질의 사과를 받아들이지는 않았지만, 네헤마가 걱정한다는 말은 믿었다. 그 말이 사실이든 아니든 상관없었다. 네헤마가 자신을 걱정한다는 말만으로도 여간 기쁜 게 아니었다. 사실 네헤마 생각을 접으려 했던 동안은 말할 수 없이 힘들고 허전했던 것이다. 달리 생각할 사람이 없어서 더 그랬고 외로워서도 그랬다. 아이들과는 가끔 얼굴만 볼 정도였다.

그는 서둘러 한국행 준비를 마치고는 이틀간의 틈을 내어 부락으로 달려갔다. 네헤마가 아무리 한국을 등졌다고 해도 소식을 전하고 싶거나 소식을 전해 받고 싶은 사람 한 명쯤은 있지 않을까 하는 생각에서였다. 어쩌면 괜한 짓일 것도 같았지만 피드질로부터 사과 전화도 받은 터에 방문할 핑계나 시기도 어색하지 않을 것 같아 그는 서둘러 부락으로 갔던 것이다.

부락탐방 때의 불화를 씻고 조금씩 마음을 열어 보이던 네헤마는 두어 달 사이 몰라보게 수척해져 있었다. 그는 놀라서 어디가 아프냐고 물었다. 네헤마는 미소를 띤 얼굴로 고개를 저어 보일 뿐이었다. 피드질이 옆에서 거들었다.

"며칠 동안 주 정부청사 앞에서 노상 시위를 하다 어젯밤 늦게 돌아왔소."

카지노 유치 찬성에서 반대로 돌아서더니 이제 본격적인 협상 시위에 돌입한 모양이라고 생각하며 그는 서둘러 달려온 이유를 말했다.

"혹시 한국에 소식 전하고 싶은 데가 없나 해서요?"

그의 모국방문에 흔쾌히 누군가의 소식을 부탁할 줄 알았던 네헤마의 얼굴에서 금방 미소가 사라지고 서서히 표정이 굳어졌다. 그리고는 잠시 기다려 달라 하고는 호건으로 들어가서 한참을 나오지 않앉다. 뭘 주저하는지 알 수 없지만 마음이 바빴던 그는 재촉도 하지 못하고 피드질과 어색하게 마주 앉아 기다렸다. 피드질은 사과 전화 할 때와는 달리 아무 말이 없었다. 표정도 어두웠다. 혹 사과 전화한 게 마음에도 없는 거짓이 아닐까 한참 의심하고 있을 때 호건에서 나온 네헤마의 눈은 부어 있었다.

오래전의 일이지만 네헤마의 부은 눈을 그는 선명하게 기억했다. 갸쭉한 홑겹의 눈꺼풀이 무거워 보일 정도로 부어 있었고 눈동자는 붉게 충혈되어있었다.

그는 네헤마가 건네주던, 얼마나 오래되었는지 가늠조차 안 되던 누런 손수건 뭉치도 또렷이 기억했다. 그때 네헤마는 처음으로 자신의 이름을 말했다. 제 이름은 김순이입니다. 그때 네헤마의 나이는 마흔일곱이었다.

옆에서 가만한 피드질의 한숨 소리가 껴들었다. 어디서 들려오는지 모르게 먼 짐승의 울음소리도 껴들었다. 어떤 짐승의 울음소린지는 알 수 없지만 밤에 우는 짐승의 소리가 몹시 처량했다. 만일 피드질이 먼 들판 어딘가에서 크게 소리 내어 운다면 저런 소리로 들리지 않을까. 그는 생각했다.

11

도정(道程)의 시작

네헤마가 건네준 누런 손수건에는 800불이 꼬깃꼬깃 싸여있었다.

피드질이 본대 귀환 명령을 받고 돌아갈 때 생활비로 주고 간 돈이라고 네헤마는 말했다. 그걸 그 오랜 세월 동안 간직하고 있었다는 것에 피드질이 더 놀랐다. 네헤마는 부탁했다. 이 돈으로 제 동생들 소식 좀 알아봐 주세요. 그녀에게 동생들이 있었다는 것에도 그가 놀라기 전에 피드질이 더 놀랐다.

네헤마에게는 동생들이 있었다. 젖먹이까지 포함해서 셋인지 넷인지 정확히는 모르지만 단 두 명의 이름만은 기억하고 있었다. 영이와 수야라는 이름이었다. 고향은 어딘지 알지 못했다. 바닷가라는 것만 기억했고 집에 감나무가 한그루 있었다고 했다. 채 기억이 여물기도 전에 서울의 어느 집으로 보내졌기 때문에 생각나는 거라곤 그것 외에 아무것도 없다고 했다.

네헤마의 얘길 들으며 그는 입술을 깨물었다. 자신의 누이도 채 여덟 살이 되기 전에 먼 친척 집에 심부름꾼으로 보내졌었다. 대체 여덟 살도 안 되는 어린 딸을 남의 집 심부름꾼으로 보내는 당시의 아버지들이란 어떤 존재였을까. 대체 무슨 생각으로 딸들을 대한 것일까.

네헤마는 보내진 집에 대해서도 잘 알지 못했다. 단 한 가지만 기억했다. 서울 동대문 시장에서 천을 팔았다는 것이었다. 포목을 천이라고 말할 정도로 어린 나이의 서툰 기억이었다. 그 집에서 지낸 기간은 그리 길지 않았다. 초등학교 입학을 앞두고 가서 두 번째의 설날을 지내고 바로 나왔다고 한 걸 보면 일 년 남짓 있었던 것 같았다. 그 집을 나온 뒤의 일은 말하지 않았다. 다만 동생들을 마지막으로 본 게 바닷가 집을 떠날 때였다는 걸로 봐선 그 후 두 번 다시 집으로 돌아가지 않았다는 것만은 알 수 있었다.

서울에 도착한 두산은 며칠간 병원에 입원한 어머니를 간호하면서 시차를 극복했다. 어머니는 노환으로 다행히 그리 위급한 상태는 아니었다. 무엇보다 노년이 구차하지 않아서 그는 마음이 놓였다.

형은 대기업의 임원이었다. 나머지 형제들도 제각기 자신들의 삶을 그럭저럭 살아내고 있었다. 형제들 사이에서 유일하게 누이만 희생된 셈이었다. 그는 아버지가 살아있다면 묻고 싶었다. 정말 누이의 도움이 필요할 정도로 자신이 무능했는지, 집안이 그렇게 가난했는지, 이것도 저것도 아니면 누이를 꼭 그렇게 차별하고 싶었는지 묻고 싶었다. 아버지에게 화를 내는 그에게 노환 중인 어머니가 대신 사과했다.

"다 니 애비 성질 감당하지 못한 내 잘못이 더 크다. 내가 죽기 살기로 덤벼서라도 남의 집엔 보내지 말았어야 했는데,"

네헤마의 아버지도 아버지와 같은 유형이었을까. 아마도 십중팔구는 같은 유형일 거라고 그는 단정 지었다.

서울은 다녀갈 때마다 매번 다른 느낌이었다. 분명 처해진 상황과 입지의 변화가 안겨주는 심리적인 위축감 때문이겠지만 그는 미국 촌사람이 다 되어 연신 사방을 두리번거리며 서울 거리를 돌아다녔다. 자주 현기증을 일으키고 자주 방향감각을 상실하고 자주 걸음을 헛디뎠다. 그는 친구와 지인들을 만나는 틈틈이 동대문 시장을 돌아보는 것을 게을리하지 않았다.

동대문 시장은 군데군데 부분적인 확장이 이루어지고 있었지만, 기존의 건물들은 여전히 고만고만한 가게들을 빈틈없이 끌어안은 채 거대하게 부풀어 오르고 있었다. 금방이라도 한데 와르르 무너질 것 같이 쟁여놓은 상품들 사이로 조밀한 미로를 수없이 나누고 가르며 복닥거리고 있었다. 그는 사람들에 치이고 오토바이와 수레를 피하느라 정신없어하며 포목점을 찾아다녔다. 네헤마가 유일하게 기억하고 있는 건 상점의 상호였다. 그것도 확실한지는 모르겠다고 했지만, 우선은 찾아볼 수밖에 없었다.

그는 며칠이 지나서야 어딜 그렇게 돌아다니는지 캐묻는 어머니로부터 오래된 포목점은 대개 한군데 몰려있다는 정보를 들었다. 동대문 상가 쪽의 포목점을 거의 둘러본 뒤였다. 그는 어머니가 일러준 대로 광장시장으로 갔다. 네헤마가 기억하는 장풍상회는 광장시장 구석구석을 다 훑어도 없었다. 대신 장풍상회를 잘 안다는 한 포목점의 주인을 만날 수 있었다. 포목점의 주인은 초로에 접어든 노부인이었다. 노부인은 장풍상회는 오래전에 문을 닫았다면서 의아한 표정으로 왜 찾는지를 물었다. 그는 말을 꺼내야 할지 말아야 할지를 망설이다가 조심스레 혹 순이라는 여자아이에 대해 아느냐고 물었다. 개량 한복을 곱게 차려입은 초로의 노부인은 단번에 순이를 기억해냈다.

"아이고, 알고말고요. 아주 잘 알지요."

노부인은 몹시 반색하며 다급하게 물었다. 근데 그 아인 지금 어디 있어요? 그는 지금 미국에서 잘살고 있다고만 말해 주었다. 동생들에 관한 것만 알아내면 그뿐 다른 건 자세히 말해 줄 필요는 없었다. 노부인은 몹시 놀라며 거푸 물었다.

"미국에서 살고 있다고요? 아니, 어떻게 그 먼 곳으로…. 혹시 그 아이 남편분 되시나요?"

그는 아니라고 고개를 저으며 순이에겐 남편이 따로 있다고 말해 주었다. 노부인은 의심스러운 표정으로 그의 위아래를 훑어보고는 순이가 혹 입양을 간 건 아닌지를 물었다. 그는 그렇다고 하고는 가족의 소식을 알기 위해 이렇게 찾아다닌다고 말해 주었다. 노부인은 혀를 찼다.

"아이고 저런, 그렇지 않아도 그 애 엄마가 울며불며 돌아간 뒤로 그 애가 제대로 집을 찾아갔는지 어쨌는지 여간 걱정이 되지 않더니만, 그때 그러니까 거리를 헤매다가 결국 미아가 되어 입양을 간 거였군요." 했다.

노부인에게서 순이 엄마라는 말이 나오자 그는 깜짝 놀랐다.

"어머니가 계셨어요?"

노부인은 측은한 표정으로 되물었다.

"왜요? 어머니가 안 계시다고 하던가요?"

네헤마가 동생들을 찾아달라고 할 때 그는 물었다. 어머니는요? 어머니에 대해서는 기억나는 게 뭐 없어요? 그때 네하마는 일 초의 망설임도 없이 어머니는 없다고 잘라 말했다. 표정까지 싸늘하게 변하던 것도 그는 잊지 않았다. 노부인은 혀를 찼다.

"아이고, 제 어미가 얼마나 원망스러웠으면 그랬을꼬. 그 어린 것이,"

순인 품삯을 받으러 온 어미의 치맛자락을 붙들고 발을 동동 구르며 울었다. 제발 집으로 데려가 달라면서 시키는 건 뭐든 하겠다고 어미를 붙들고 통 사정했다. 하지만 어미는 매번 매정하게 뿌리치고 돌아갈 수밖에 없었다.

"이해 못 할 건 없지요. 그 어미의 마음인들 오죽했겠어요. 그 어린 것의 품삯은 이미 다 받아 써버렸고 다시 일 년 치를 사정하러 온 처지에 데려가고 싶어도 데려갈 수가 없었던 거지요. 아마 자기 딸이 어떤 곤욕을 치르는지를 알았다면 그러지는 않았을 거예요. 어떻게 해서라도 데려가도 데려갔지."

곤욕을 말하는 노부인의 얼굴에 혐오감 같은 것이 스치는 걸 그는 놓치지 않았다. 그는 얼굴을 찌푸렸다. 누이는 병들어 돌아왔지만, 병으로 죽은 건 아니었다. 곤욕이라는 말을 들었을 때 갑자기 누이의 죽음이 떠오른 건 무엇 때문이었을까. 겨우 한글을 깨우친 누이가 마지막으로 읽다 만 책은 테스였다.

"다 시절 탓이었지요. 아버지라는 사람은 전쟁터에 나갔다 병을 얻어왔다지, 아이들은 많지, 그 애 엄마라고 왜 힘들지 않았겠어요. 오죽했으면 머리도 채 여물지 않은 어린 딸자식을 남의 집 애보기로 보냈겠어요."

전쟁 직후의 황폐하던 시절이었다. 시대의 격변기에는 반드시 크고 작은 희생양이 따르기 마련이지만 왜 하필이면 순이였을까. 왜 하필이면 누이였을까. 노부인은 얘기를 계속했다.

245

온다간다 말도 없이 순이가 사라지자 이웃에선 다들 집으로 갔으려니 했다. 그런데 일 년쯤 뒤에 나타난 순이 엄마는 집으로 오지 않았다고 했다. 순이 엄마는 땅을 치며 통곡했다. 애를 찾아내라고 소리 지르며 땅바닥을 뒹굴었지만, 그 집에선 눈 하나 깜짝하지 않았다. 미리 받아 간 품삯이나 내놓으라며 되레 윽박지르고 욕설을 퍼부었다. 담 하나를 사이에 둔 이웃이어서 그 모든 광경을 다 지켜볼 수 있었다고 노부인은 증언했다.

"이럴 줄 알았으면 몰래 고향 집 주소나 알아둘걸. 쯧쯧."

땅바닥을 뒹굴며 통곡하는 순이 엄마에게 아무 말도 해줄 수가 없었고 아무것도 물을 수가 없었던 건 주인집에서 이웃의 접근을 철저히 막았기 때문이었다. 평소에도 어쩌다 순일 감싸는 말이라도 하면 원수처럼 대들었다. 노부인은 혼잣말로 중얼거렸다.

"다 지들이 한 짓이 탄로 날까 봐 그랬던 게지. 천벌 받을 인간들 같으니라고."

이야기는 거기까지였다. 노부인에게서 더 알아낼 것은 없었다. 다른 뭔가는 물어도 결코 말하지 않을 거라는 것쯤은 얼마든지 눈치챌 수 있었다.

"참 곱고 예쁜 아이였는데, 잘살고 있다니 마음이 놓이네요."

목소리라도 듣고 싶다며 순이의 전화번호를 알려달라는 노부인의 청을 적당히 둘러대고 그는 가게를 나왔다. 노부인에게 네헤마의 얘기를 들려주고 싶은 마음이 전혀 없었던 건 아니었지만 그러기에는 네헤마와 순이의 여정 모두가 너무 마음을 힘들게 했다.

그는 한동안 거리를 돌아다녔다. 거리는 수많은 사람들로 어지러웠다. 거리는 이웃의 누군가가 사라져도 눈도 깜빡이지 않을 것 같았다. 거리는 따뜻한 것 같으면서도 추웠다. 거리는 부유한 것 같은 데도 인색했다. 거리는 평화로운 것 같으면서도 살벌했다. 그는 여러 번 여기저기서 튀어나오는 오토바이에 치일 뻔하며 한참을 여기저기 쏘다녔다.

그는 사라져 가는 남존여비 사상의 뒷자락을 붙들고 어린 누이를 내팽개친 아버지와 어린 딸자식을 남의 집으로 보내야 했던 병든 순이 아버지에 대해 생각했다. 그는 또 최루가스가 난무하던 유신 시절의 암담함을 생각했고 그 시절의 힘겨운 싸움을 하루아침에 뭉개버리던 그다음 정부를 생각했다. 그는 어쩐지 격류에서 간신히 살아남은 듯 기진맥진한 느낌이었다. 그는 또 오랜 전쟁터에서 돌아온 패잔병 같은 느낌이었다. 네헤마의 동생을 찾는 것은 요원한 일로 여겨졌다.

저녁에 그는 친구를 만났다. 최루탄 가스로 눈물을 줄줄 흘리면서도 각목으로 진압대의 방패를 두드려대던 친구는 역설적이게도 국영방송국의 PD가 되어있었다. 운동권 전력으로 세상으로의 출구가 막혀버린 대부분의 친구들 사이에서 용케 살아난 그 친구는 흡사 강을 거슬러 오른 연어의 인상을 풍겼다. 그렇게 되기까지 얼마나 악전고투를 벌였을지 안 봐도 알겠다고 그는 친구에게 말했다. 친구는 짐짓 엄살을 떨었다.

"말도 마. 등이 있는 대로 다 까지고 지느러미가 모두 찢겨져 물속에 가라앉아 익사할 뻔했다. 다행히 운이 좋아 살아남은 거지."

엄살이 아니라 실제로 그랬을 것 같아 그는 고개를 저었다.

"운도 결국 머리싸움으로 얻어지는 거 아닌가. 피 터지는 싸움터에서 알량한 가치관과 도덕을 우기다가는 총탄 맞기 딱 좋지. 안 그래?"

말해 놓고 그는 자신을 비웃었다. 앞뒤가 맞지 않았다. 그는 참담

한 기분으로 술을 마시기 시작했고, 점점 취해서는 성공한 친구 앞에서 자신의 실패한 인생을 한탄하기 시작했다. 말은 한번 물꼬가 터지면 걷잡을 수 없이 쏟아지기 마련이어서 그는 자신이 무슨 얘기를 하는지 의식하지 못한 채 두서없이 늘어놓았다. 급기야 친구의 입에서 귀국해서 딴 일을 찾아보라는 말을 듣고서야 그는 자신의 밑천이 다 털린 것을 깨달았다. 그는 쓸쓸한 마음으로 술잔을 엎었다.

"그만 마실래."

그리고 자신을 옹호하듯 말했다.

"나바호어로 친구라는 말은 나의 슬픔을 함께 짊어지고 가는 사람이라더군. 뜻이 심오하지 않아?"

친구는 픽 웃었다.

"그래, 알았다. 다른 친구들한테는 아무것도 말하지 말라 이거지."

역시 머리 좋은 친구였다. 그는 네헤마의 동생을 찾을 수 있는 방법을 물었다. 친구는 먼저 심인 광고를 내보라고 조언했다.

친구의 조언대로 그는 구독자가 가장 많은 신문을 골라 사흘에 걸쳐 연달아 심인 광고를 내보냈다. '삼십 년 전 바닷가 마을에서 살았던 김순이가 동생 영이와 수야를 찾음. 밑으로 동생이 더 있지만 이름은 모름. 아시는 분 연락 요망.'

친구는 흡사 간첩 접선 암호 같다고 했지만, 마땅히 더 추가할 내용이 없어 그대로 세 번을 내보냈다. 반응은 심인 광고란이 민망할 정도로 없었다. 당연한 일인지도 몰랐다. 고향도 모르는 찾는 사람의 이름은 전국에 헤아릴 수 없이 많을 김순이였고 동생의 이름인 영이와 수야 역시 전국에 수도 없이 많을 이름이었다. 심인 광고는 결국 사흘 만에 끝을 냈다. 그러는 사이 체류 예정이었던 한 달이 어영부영 지나가고 있었다.

돌아갈 날이 가까워지면서 그는 대부분의 시간을 어머니 곁에서 보냈다. 어머니와 함께 자신의 어릴 적 추억을 꺼내며 웃었고 뒤늦게 형의 잘못을 고자질하기도 하고 동생들을 흉보았다. 누이에 관한 이야기를 나눌 때는 함께 눈물을 흘렸고 아버지를 욕하고 흉보면서 걸핏하면 폭력을 휘두르던 아버지의 일방적인 횡포에 화를 내기도 했다. 그러면서 간간이 TV를 보았다. TV에선 이산가족 찾기 특집이 방영되고 있었다. 몇 년 전 전국을 발칵 뒤집어 놓았던 프로그램으로 미국 LA 한인 커뮤니티에서도 한동안 화제가 되었던 방송이었다. 화면에는 첫 방송부터 마지막 방송까지 이산가족들의 환호와 기쁨과 안타까움과 슬픔과 비탄이 물 흐르듯이 지나가고 있었다. 딱히 찾아야 할 가족이 없는 그는 어머니의 시선을 따라 무심히 보아 넘기다가 언뜻 하나의 화면에 시선을 붙박았다. 화면은 공영방송국 건물 전체를 빼곡히 뒤덮은 전단지를 비추고 있었다. 전단지는 바닥에도 빈틈없이 붙어있었고 그 위로 가을비가 내리고 있었다. 비에 젖은 전단지는 찢기고 떨어지고 너덜거렸다. 우산을 든 남루한 차림의 한 노파가 떨어진 전단지를 주워 유심히 들여다보고는 다시 벽의 빈틈을 찾아 붙여주고 구겨진 건 펴주고 빗물에 젖은 건 눈물 닦은 수건으로 닦아주고 했다. 그러면서 전단지를 하나하나 들여다보며 누군가를 찾아다니고 있었다. 화면 위로는 유명 성우의 내레이션이 깔렸다. 이산가족 찾기 전체의 주제가 한 장면에 압축된 느낌이었다. 어머니가 주름투성이의 눈가를 훔치며 말했다.

"저 장면은 볼 때마다 눈물이 난다."

그는 어머니에게 물었다.

"혹 우리 어머니한테 생사 모르는 자식이 있다면 어떤 심정이실

249

까?"

노모는 그를 흘겨보며 말했다.

"내는 생사 모르는 자식은 없다. 지 나라 버리고 다른 나라로 살러 간 괘씸한 자식은 있어도."

비록 노환 중이긴 해도 노모의 총기가 반가워 그는 노모를 껴안고 볼을 비볐다.

"그러니까 만일에, 만일에 있다면 어떠시겠냐고?"

"아마 애가 타서 명대로 못 살겠지. 죽은 자식은 가슴에라도 묻을 수 있지만, 생사 모르는 자식은 가슴에 흐르는 생피인기라."

그는 순이의 어머니가 땅을 치며 통곡하더라는 노부인의 말을 떠올렸다. 그런 어머니를 네헤마는 일 초의 망설임도 없이 생존을 부정해버렸다. 두 사람 사이의 간극이 강물처럼 아득히 넓고 까마득히 깊어 보였다. 간극 사이에는 분명 소통하지 못한 오해와 원망이 끼어있을 터였다. 그는 국영방송국의 친구에게 바로 전화를 걸었다.

다음날 그는 네헤마의 얘기를 간단히 들려주었다. 원주민 보호구역에 살고 있다는 것은 뺐다. 추장이라는 말도 하지 않았다. 그냥 한인타운에 거주하는 교민이라고만 둘러댔다. 친구는 PD였다. 어떤 것이라도 화면에 담을 사람이었다. 사실대로 말해 주면 자신보다 먼저 카메라를 둘러메고 나설 것이었다. 그는 친구보다 부락 사람들을 먼저 생각해야만 했다. 네헤마 생각도 하지 않을 수 없었다. 오랜 침잠의 생활로 외부인의 발길을 꺼리는 부락에 친구를 불러들여 세상에 알릴 수는 더더구나 없었다. 언젠가는 사실대로 말해 줄 수 있을지 모르지만 당장은 아니었다.

그는 친구에게 비를 맞으며 자식을 찾아다니는 노파의 모습만 편집해 달라고 사정했다. 그는 출국 날짜를 연기하고 기다렸다. 오래지 않아 친구가 건네준 것은 편집된 VHS 비디오테이프 하나였고 전기가 없는 야외에서 비디오테이프를 재생할 방법은 파워 제네레이터라 불리는 이동식 발전기로 전기를 만들어 TV 모니터에 연결해 볼 수밖에 없다며 물었다.

"그건 그렇고 그 여자와는 대체 어떤 관계인데 그렇게 열심이냐?"

그는 한 마디로 잘라 말했다.

"내 슬픔을 함께 짊어지고 가 줄 사람."

12

해원(解冤)

　두산은 크리스마스 무렵에 LA로 돌아왔다. 12월 중순쯤이었다.

　한국은 스산하게 추웠지만 크리스마스 무렵의 LA는 따뜻했다. 그는 곧장 부락으로 달려가고 싶은 충동을 누르고 몇 번 가이드로 나섰다. 당장의 생활비와 장비대여 비용을 벌어야 했기 때문이었다. 겨우 한숨 돌린 건 해가 바뀐 이듬해 일월 중순쯤이었다.

　그는 단골 정비소에서 파워 제네레이터를 빌리고 작동 방법을 배웠다. 몇 번의 시험가동을 하고는 기름을 가득 채웠다. 그런 다음 작은 픽업트럭을 빌려서 비디오 플레이어가 내장된 낡은 소형 TV와 함께 싣고 혹시 있을지 모를 차량 통제구간을 걱정하며 부락으로 향했다. 겨울에도 비교적 온화한 날씨인 LA와는 달리 중서부 북부는 추위가 한창이었다. 기온은 고산지대로 올라갈수록 더 낮아지고 바람이 거세게 불었다. 부락으로 들어가는 너덜길을 지나 계곡으로 이어지는 짧은 구간을 지날 때는 차가 흔들릴 정도였다.

하지만 둔덕 위에서 내려다보는 부락은 지형적인 아늑함을 풍기고 있었다. 병풍처럼 뒤를 막아선 절벽과 겹겹이 구불거리는 앞쪽의 구릉들 때문이었다. 띄엄띄엄 흩어져 있는 초막과 호건의 연통들마다에는 가느다랗게 연기가 피어오르고 있었다.

그는 바깥 날씨와는 아무 상관없이 늘 일정한 온도를 유지하던 호건의 흙벽을 떠올리며 픽업트럭의 덮개를 벗겼다. 단단한 금속의 파워 제네레이터가 육중한 무게감을 뽐내며 대번에 주변의 황량함을 압도했다. 누군가의 도움이 필요해서 부락을 내려다보는 시야에 로빈과 피드질이 달려오고 있었다. 로빈이 먼저 그를 보고는 피드질을 불러 함께 오고 있는 것이었다. 피드질은 전에 없이 그의 손을 잡아 오래 흔들었고 할머니 웨노나의 건강이 부쩍 나빠져 곁을 지키고 있다는 로빈은 호기심을 숨기지 못했지만 길게 설명해 줄 시간이 없었다. 픽업트럭의 장비는 다른 건장한 부락 남자들 몇이 가세해 목조가옥 앞으로 순조롭게 옮겨졌다.

떠나기 전에도 수척하던 네헤마는 한층 더 야윈 모습이었다. 검누렇게 그을린 얼굴은 창백해서 하얬고 볼이 약간 꺼져 있었다. 가뜩이나 가늘던 목은 야위어서 사슴처럼 길었다. 그는 어디가 아프냐고 물었고 네헤마는 괜찮다며 미소를 지어 보였다. 한약 같아 기호에 맞지 않던 머그워트 티가 달게 느껴질 정도로 네헤마의 미소는 흡족했지만 건강이 나빠 보여 걱정스러웠다.

그는 장풍상회가 없어졌다는 말과 함께 노부인의 얘기를 자세히 들려주었다. 오랜 세월에도 네헤마는 노부인을 뚜렷이 기억하고 있었다.

"좋은 분이셨어요. 제가 울고 있으면 몰래 빵도 주고 약도 주셨지요."

그 말은 약을 발라야 할 정도로 상처가 났다는 말이었지만 그는 자세히 캐묻지 않았다. 네헤마는 알아내지 못한 동생들에 대해서는 적이 실망했지만, 어머니 얘기에는 대번에 표정이 달라졌다. 그는 어머니 얘기를 조금 부풀려 들려주었다.

"몹시 우시면서 돌아가셨다고 하더군요."

그래도 네헤마의 표정은 풀어지지 않았다.

대략의 소식을 들려준 후 그는 피드질과 로빈의 도움으로 거실의 탁자를 한쪽으로 옮기고 네 개의 의자를 한 줄로 붙여놓았다. 그리고는 탁자 위에 소형 TV를 올려놓은 다음 바깥으로 나가 파워 제네레이터의 전선을 TV와 연결하고는 기계를 작동시켰다. 파워 제네레이터가 돌아가는 우람한 소음이 온통 부락을 뒤흔들었다. 놀란 부락 사람들이 목조가옥 앞으로 몰려들고 호기심에 찬 시선들이 집안을 기웃거렸다. 로빈은 그가 뭘 하려는지 금방 알아차렸지만, 네헤마와 피드질은 줄곧 어리둥절한 표정으로 지켜볼 뿐이었다. 파워 제네레이터가 돌아가며 전기로 변환되는 사이 짧은 겨울 해가 저물고 있었다.

그는 영문을 몰라 하는 네헤마와 피드질을 의자에 앉히고는 비디오기기에 테이프를 넣고 스위치를 켰다. 행여 작동되지 않을까 은근히 걱정했던 것과는 달리 TV 화면에 뜬 영상은 밝았다.

영상은 한 이산가족이 만나는 것으로 시작되다가 이내 노파의 모습으로 채워졌다. 그는 로빈과 함께 네헤마의 등 뒤에서 화면을 지켜보았다. 문 입구에도 몇 명의 얼굴이 들어와 있었다. 처음에는 다들 어리둥절해 하며 화면을 보았다. 화면에 깔리는 내레이션은 네헤마만이 알아들을 뿐이었지만 그녀 역시 영문을 알 수 없어하기는 마찬가지였다. 편집된 영상은 10분짜리였다. 그는 멀뚱히 눈을 껌벅이

는 사람들 앞에서 테이프를 되감은 후 한 번을 더 돌렸다. 두 번째는
다들 뭔가를 이해하려 애쓰는 듯했지만 잘 되질 않는 표정들이었다.
그는 다시 한번을 더 돌렸고 네헤마는 마침내 울음을 터트렸다. 네
헤마의 울음소리는 조금씩 커지다가 차츰 통곡으로 변해갔다. 사람
들은 놀라서 그를 쳐다보았다. 그는 나직하게 영상의 내용을 통역해
주면서 자신이 영상을 보여주는 의도를 설명해 주었다. 피드질이 네
헤마를 껴안으며 눈물을 글썽였고 네헤마는 더욱더 큰 소리로 울었
다. 울음 속에서 오랜 세월 동안 가두고 살았던 미움과 원망, 서러움
들이 격랑처럼 일렁거리는 게 느껴졌다. 피드질이 네헤마를 달래는
사이 로빈은 물을 가져와 마시게 했다.

　급히 마신 물로 사레들린 기침을 뱉으며 간신히 마음을 진정시
킨 네헤마는 그에게 영상을 한 번 더 보여 달라고 하고는 화면 가까
이로 다가가 영상 속의 노파를 유심히 들여다보았다. 그리고는 후줄
근한 모습의 노파를 연신 손으로 쓰다듬었다. 가능한 소리 내지 않
으려 안간힘 쓰는 사이로 어쩔 수 없이 울음소리가 다시 비어져 나
왔다. 그런 네헤마의 모습에 그도 그만 가슴이 먹먹해져 옴을 어쩌
지 못했다. 네헤마가 아무리 영상을 쓰다듬어도 실제로는 도저히 만
져볼 수 없듯 어쩌면 네헤마의 어머니도 딸의 모습을 영원히 만져볼
수 없을지도 모른다는 생각에 가슴이 아팠다. 네 번의 상영 뒤에 피
드질은 기진한 네헤마를 호건으로 데려가고 그는 집 앞에 모여선 사
람들을 위해 TV를 데크로 내어놓고 영상을 보여주었다. 로빈이 부
족어로 내용을 설명해주었지만 부락 사람들에게 진의가 얼마나 전
달되었을지는 알 수 없었다. 기름이 바닥나서 더 이상 화면을 보여
줄 수 없게 되자 로빈과 몇몇 장정들의 도움으로 기기들을 픽업트럭
으로 날라다 실었다. 마지막으로 전선을 감아주면서 로빈은 말했다.

"오늘 예파의 아버지도 마음이 많이 아팠을 겁니다. 추장은 지금 건강이 안 좋으니까요."

어디선가 낯선 소리가 들렸다. 싸악, 싸악, 쓰윽! 소리는 아주 가까이에서 들렸다. 그는 의자에서 일어나 데크 아래쪽을 살펴보았다. 어두웠다. 별빛은 아무리 밝아도 지상까지는 닿지 않았다.

"가시도마뱀이 우는 소리요."

피드질이 말했다. 보지 않고도 뭐가 우는지 다 아는 모양이었다.

"여기 올라오지 않을까요?"

파충류라면 거부반응부터 일으키는 그는 얼른 난간에서 몸을 뗐다. 피드질은 그를 안심시켰다.

"걱정 마시오, 여기까지 올라온 적은 한 번도 없었으니까."

피드질의 말에도 안심이 되지 않아 그는 마룻바닥 틈새를 이리저리 살핀 후 의자에 앉았다. 피드질은 자세를 바꾸며 콧등에 침을 세 번 발랐다. 오랫동안 한 자세로만 앉아있은 탓에 쥐가 난 모양이었다. 그는 픽 웃었다.

"다리 저릴 때 침 바르는 건 우리 민족과 같군요."

피드질은 고개를 저었다.

"아니요. 이건 순이가 가르쳐준 거요."

다리 저려하는 피드질에게 세 번 침 바르는 걸 일러주는 네헤마를 그려보자 슬며시 미소가 지어졌다. 마루 밑에서 다시 바닥 훑는 것 같은 소리가 났다. 싸악, 싹, 쓰윽! 피드질이 신발을 벗어들고 바닥을 탁탁 쳤다. 소리가 뚝 그쳤다. 아무래도 가까이 있는 것 같아 은근히 신경이 쓰였다. 혹시나 싶어 다시 마루 틈새를 들여다보는데 피드질이 말했다.

"순이도 파충류를 싫어했는데, 선생도 어지간히 싫은 모양이오."

그는 파충류를 좋아할 사람은 없을 거라고 말하면서 언젠가 구릉 너머에서 꼬리 긴 누런 도마뱀을 보고 필요 이상 놀라던 네헤마를 떠올렸다. 그때 마을 추장도 파충류 싫은 건 어쩌지 못하는구나 예사로이 넘겼던 그는 누가 뒤통수를 치듯 생각하나가 뇌리를 스치는 걸 의식하고는 미간을 찌푸렸다. 피드질은 말을 이었다.

"여긴 파충류가 많아서 순인 자주 놀랐소. 작은 실뱀이 지나가도 몸서리를 치곤 하더니 옷까지 짧은 건 절대 입지 않았소. 혹시나 파충류가 몸에 달라붙지 않을까 두렵다는 게 이유였소. 어떤 때는 악몽까지 꾸더군요."

실제로 네헤마는 언제나 낡아빠진 체크무늬의 블라우스와 폭 좁은 긴 회색 치마만 입었던 것 같았다. 매양 같은 차림만은 아니었을 테지만 눈에 익은 모습은 그 차림뿐이었다. 다른 옷을 입은 모습은 상상이 가지 않았다. 겨울에도 별반 다르지 않았다. 다만 인디언 무늬의 보라색 솔을 두른 것만 달랐다.

"악몽까지 꿀 때는 반드시 그에 상응하는 어떤 이유가 있는 법인데," 하며 말을 계속하려는 피드질을 보고 그는 그만 파충류 얘기는 끝내야겠다 싶어 잘라 말했다,

"어릴 때 뱀에 물린 적이 있다고 하더군요."

피드질은 그럴 줄 알았다는 듯 고개를 끄떡였다.

"그런데 그 얘긴 누구한테 들었소?"

"한국에서 만난 포목점 아주머니에게서요."

입맛이 썼다. 그는 몸을 뒤척여 앉았다. 불편했다. 작고 좁은 의자 탓인지 아니면 좀처럼 떠나지 않는 파충류의 이미지 때문인지 알 수 없었다. 그러나 허리가 아프고 등이 배기는 건 분명 의자 탓이었

다. 피드질은 불편하면 자신처럼 바닥에 내려앉으라며 자신의 옆자리를 가리켰다.

"의자보다는 편할 거요."

그는 잠시 머뭇거리다가 피드질 옆으로 내려앉았다. 그리고는 다리도 길게 뻗었다. 피드질의 말대로 편했다. 오밤중에 다 늙어가는 남자 둘이 다리 뻗고 앉아 뭐 하는가 싶어 실소가 터지려는 걸 겨우 참는데 피드질이 말했다.

"순이 하고도 이렇게 나란히 앉아 자주 밤을 새우곤 했소. 순인 잠을 잘 이루지 못해서 밤을 새울 때가 많았지요."

"자주 그랬나요?"

"거의 매일이라고 해도 좋을 정도로."

"당신이 많이 힘들었겠소."

"그래도 선생이 영상을 보여준 며칠 동안은 무척 편안해 보였소. 처음으로 잠도 잘 자는 것 같았고, 그렇게 깊이 잠든 모습을 본 건 아마도 그때가 처음이었던 것 같소."

피드질의 말소리가 쓸쓸했다.

비디오테이프를 보여준 다음 날 아침에 본 네헤마의 표정은 실제로 밝았다. 마치 늘 쓰고 있던 검은 베일을 벗어 던진 듯한 인상이었다. 눈은 퉁퉁 부어 있었다.

네헤마는 부은 눈을 쑥스러워하며 아침 인사로 잘 잤느냐고 묻기까지 했다. 몇 번 부락에서 밤을 보냈지만 아침 인사를 받은 적이 한 번도 없던 터여서 그는 어색하면서도 기뻤다. 네헤마는 해장용으로 옥수수 수프까지 끓여주었다. 술 마신 사람에겐 콩나물국이 좋은 데 콩나물이 없어서 끓이지 못했다는 말까지 했다. 어떻게 콩나물국을 다 기억하느냐고 묻자 네헤마는 한국에서 지낼 때 친구가 술을 마시면 곧잘 끊여주곤 했다고 말했다.

전날 밤 그는 니욜아쉬키의 호건에서 묵었다. 비디오테이프를 보여주고 나서 서둘러 부락을 나서려는 그를 부락 사람들 모두가 만류했기 때문이었다. 밤길이 어두운데다 갑자기 바람이 심하게 불어 길이 위험하다는 것이었다. 특히 둔덕 너머 계곡 길은 무거운 짐을 싣고 지나가는 건 무리라고 겁을 주었다. 할 수 없이 하룻밤을 묵기로 하고 니욜아쉬키의 호건에서 로빈과 가볍게 맥주를 마셨다. 술자리가 커진 건 피드질이 끼어들면서였다. 피드질은 그에게 정식으로 사과하며 화해를 청했다. 그는 흔쾌히 받아들였지만, 술에 취해 연신 시퀴즈!(친구)를 외쳐대는 피드질의 행동이 어딘지 모르게 흔연해 보이지 않던 것을 그는 기억했다.

그렇게 하룻밤을 묵고 떠나려던 그는 예정에 없던 일주일 동안 발이 묶였다. 전날 밤부터 불던 바람을 시작으로 거푸 최악의 날씨가 이어졌기 때문이었다. 계곡엔 칼바람이 불지 않으면 진눈깨비가 흩날렸다. 흙바람으로 앞이 보이지 않을 때도 있었다. 어찌할 수 없는 최악의 날씨에 빌린 픽업트럭과 파워 제네레이터를 반납해야 하는 초조함을 내려놓고 부락에 발 묶여 지낸 일주일은 자칫 지루할 거라는 문명의 잣대와는 달리 세상과 단절된 완벽한 오지의 생활도 분명 받아들이기 나름이라는 걸 체험할 수 있었던 드문 기회였다.

전기도 TV도 없는 완벽한 정적 속에서 듣는 요란한 칼바람 소리를 태초의 신명(神鳴)인 양 귀 기울여 듣는 것도 좋았고 날이 채 어둡기도 전에 호건에 발 뻗고 눕는 시간의 억압을 무시하는 자유로움도 좋았다. 조금씩만 먹을 수밖에 없는 거친 음식도 몸을 가볍게 해서 좋았다. 불편에 적응하는 건 단 몇 번의 체득으로도 충분했다. 불편을 못 견디게 하는 상대적인 것이 완벽하게 배제된 곳이라서 가능했는지도 몰랐다.

그는 며칠을 씻지 않아도 견디는 법을 습득했고 험악한 기온을 어떻게 내 것으로 받아들이는지도 알아갔다. 부락의 노인들 틈에 끼어 앉아 명상하는 법을 배웠고 자연과 대화하는 법도 배웠다. 부족의 여러 풍습도 접했다. 그렇다고 쉽사리 통달할 수 있는 건 아니었다. 피드질의 통역으로 부락 사람들의 깊은 사유를 다 이해하기란 불가능한 일이었고 머문 시간도 짧았다.

일주일을 머무는 동안 세 번 눈이 내렸다. 드물게 많이 내렸다. 눈이 내리면 쌓인 눈을 물탱크에 퍼다 담는 피드질을 도왔고 설피를 얻어 신고 로빈을 따라 주변의 야산을 돌며 고라니를 찾아다녔다. 바람이 잠잠해지는 틈을 타서 낡은 자동차 엔진을 손보는 피드질을 거들었고 호건의 연통을 고쳐 매거나 이웃의 초막지붕을 삽으로 두드려 다지는 일을 도왔다. 눈 오는 날 가출한 호끼를 찾아 주변을 샅샅이 뒤지고 다니는 부락 사람들 틈에 끼기도 했고 국도변의 너덜길에 부려진 땔감을 져다 나르는 장정들과 함께 생전 처음 나귀를 몰아보기도 했다. 틈틈이 은을 녹이는 피드질을 도와 풀무를 돌리고 모루에 쇠붙이를 올려놓고 두드려 펴는 일을 거들기도 했다. 움막에서 부녀자들의 세공품 작업을 구경하기도 했다. LA 같은 대도시에서는 도저히 경험할 수 없는 실질적인 체험으로도 부락은 충분히 지낼만한 곳이었다.

처음으로 네헤마와 길게 얘기를 나눌 수 있었던 것은 부락에 머문 다음, 다음 날로, 잠깐 바람이 잠잠해진 틈을 타 구릉 너머 양을 돌보러 가는 피드질을 따라가서였다.

이틀 동안의 바람이 얼마나 심했는지 등성이 너머의 유카는 절반이 뽑혀 있었고 어디서 날아왔는지 텀블링 브러시들이 함부로 나뒹굴고 있었다. 가축 울타리의 철책 한 귀퉁이가 무너지고 울타리 옆의 노간주나무도 몸통에서 뻗쳐나간 가지가 꺾인 채였다. 그곳에 뜻밖에 네헤마가 있었다.

네헤마는 인디언 무늬가 수놓아진 보라색 숄을 두르고 말라빠진 그루터기들뿐인 인디언 쑥밭에 쪼그리고 앉아있었다. 평소 물을 담아두었던 플라스틱 물통은 바람에 날려 건너편 능선 아래에 처박혀 있었다.

발자국 소리에 네헤마는 숄 자락을 여며 쥐고 자리에서 일어섰다. 평소 동그랗게 땋아 뒤통수에 단정하게 말아 붙였던 머리를 한 가닥으로 길게 묶은 모습이 낯설었다. 그는 처음 보듯 네헤마를 쳐다보았고 피드질은 연민 가득한 눈으로 네헤마를 보았다. 울고 있었는지 붓기가 가라앉아가던 네헤마의 눈꺼풀은 다시 퉁퉁 부어 있었고 눈도 붉었다. 피드질은 잠시 네헤마를 쳐다보고는 양을 살펴보고 오겠다며 능선 아래로 미끄러지듯 내려갔다.

그는 말 걸기가 주저되어 발치에 걸리는 텀블링 브러시를 주워 멀리 내던졌다. 큰바람은 가라앉았지만 대신 불고 있는 잔바람에 내던진 텀블링 브러시는 멀리 날아가지 못하고 저만치에 떨어져 스르르 굴렀다. 하늘은 잔뜩 흐려있었다. 흐린 하늘이 심상치 않은지 양들이 울었다. 양들은 울타리가 무너졌는데도 달아나지 않았고 그런 양들을 쓰다듬듯 잔바람이 성긴 털을 헤집는 게 멀리서도 보였다. 네헤마는 무너진 울타리를 손보는 피드질을 멀뚱히 바라보다가 먼저 입을 열었다.

"제 아버지는 폐병 환자였어요."

전쟁에 참전했다 얻어왔다는 아버지의 병이 결핵이었구나 생각하며 그는 포목점 노부인에게서 들어 알고 있다고 말해 주었다. 노부인을 떠올리는 네헤마의 표정이 아련해졌다.

"그 아주머니, 주인집에 절 달라고 하셨다가 대판 욕을 먹었지요. 포천에 있을 때 몇 번 그분을 찾아갔지만 찾지를 못했어요. 저한테 잘해주셔서 가끔 생각이 나곤 해요."

그는 그렇지 않아도 그분이 목소리라도 듣고 싶다면서, 하다가 슬며시 뒷말을 삼켰다. 전화번호를 묻더라는 말을 차마 할 수가 없어서였다. 네헤마가 전화의 존재를 알고 있는지 어떤지는 알 수 없지만, 전화조차 없는 곳에 살고 있다는 걸 새삼 환기시켜 주고 싶지 않아서였다. 네헤마도 더는 묻지 않았다. 커다란 나무통에서 한 아름 마른 검불을 꺼내 양들에게 흩뿌려주는 피드질을 말없이 바라볼 뿐이었다. 검불에 달려드는 양은 두 마리뿐이었다. 그는 그제야 양이 두 마리밖에 남아있지 않은 걸 알아챘다. 나머지는 다 어디 갔나 의아해하는데 네헤마가 쑥밭으로 돌아서며 띄엄띄엄 말했다.

"여기서 쑥을 키운 건, 차로 마시기 위해서가 아니었어요. 제 아버지를 위해서였어요. 쑥이 폐병에 좋다고 해서요. 여기서 직접 쑥을 드릴 수는 없지만, 멀리서라도 여기 이 쑥의 기운을 받아 병이 낫기를 빌면서요. 그래야 동생들만이라도 잘 돌봐 줄 수 있을 거라는 생각이 들어서,"

의외의 말이었다.

"동생들 걱정을 많이 했군요."

"제가 고생을 해봐서요. 동생들이라도 그런 고생은 하지 말아야지 싶어서,"

그는 고개를 끄떡이며 "아마 기도대로 됐을 겁니다. 기도는 시공을 초월하는 힘이 있거든요." 위로하고는, 다시 기도는 거리가 아무리 멀어도 닿는다고 고쳐 말했다. 그러면서 자신이 무의식중에 네헤마를 얕보고 있는 건 아닌지를 생각했다. 네헤마는 뭔가를 잠시 생각하는 듯하더니 선생님이 영화를 가져와 보여주신 걸 보면 정말 그런 것 같다 하고는 "죄송해요. 그게 다 선생님이 생각해 내신 거라는 거 알아요." 하며 감사를 표한 후 말을 이었다.

"알면서도 테레비를 보고 나서 아버지 병 낫게 해달라는 저의 기도를 어머니도 멀리서 들었구나 싶은 게, 아버지를 위해 기도할 때마다 어머니에 대한 원망의 말도 마구 쏟아내곤 했거든요. 이젠 안 그래야지, 하면서도 저도 모르게 원망과 미움이 불같이 일면서 저절로 욕이 튀어나오는 걸," 하며 뒷말을 얼버무렸다.

그는 네헤마의 눈시울이 다시 붉어지는 걸 보았다. 눈물을 보이지 않으려고 애쓰는 것도 보았다. 포목점 노부인이 말해주던, 어머니의 치맛자락을 붙들고 발을 동동 구르며 집으로 데려가 달라고 통사정하더라는 어린 순이의 모습이 선명하게 그려지면서, 그랬을 때의 절박감이 얼마나 심했으면 아직도 원망을 거두지 못할까를 생각하자 가슴이 아팠다. 네헤마가 더듬더듬 말했다.

"어머닌 멀리서도 제 원망을 들은 게 틀림없어요. 그래서 그게 아니라고, 아니라는 말을 해주고 싶어서, 아니라는 마음을 보여주려고 선생님께 테레비를 가져가시게 한 건 아닐까 하는 생각이 자꾸 드는 게,"

그는 얼른 네헤마의 말을 거들었다.

"그럴지도 모르지요. 아니 분명 그럴 겁니다. 세상에는 보이지 않는 힘도 있으니까요."

네헤마도 그렇게 믿고 싶은지 고개를 끄떡이고는 그에게 사과했다.

"죄송합니다. 선생님이 애써 주신 공도 모르고 엉뚱한 생각만 해서,"

그는 괜찮다고 손을 내저었다. 상관없었다. 누구의 공이든 두 사람의 틈이 조금이라도 좁혀지면 그것대로 헛일은 아닐 것이기 때문이었다. 한번 말문이 터져서인지 네헤마는 계속 말했다.

"지난번에 예파를 잃고 나서 처음으로 어머니 생각을 해봤어요. 우리 어머니, 어린 딸을 남의 집에 떼놓고 갈 때 어떤 마음이었을까 하고요. 아무리 미워도 딸은 딸인데, 딸이 집에 데려가 달라고 매달리는데 정말 모르는 척 마음 편히 갈 수 있었을까 하고요."

그는 네헤마의 말을 거들어주었다.

"그럼요. 절대 편한 마음으로 가지 않으셨을 겁니다. 자식을 가진 부모의 마음은 누구나 다 똑같으니까요."

"정말, 그랬을까요?"

동의를 구하듯 되묻는 네헤마의 눈에 어쩔 수 없이 눈물이 고였다.

"전 소식 없는 아들 때문에 잠도 잘 못 자는데, 우리 어머니도 제 소식을 모를 때 저처럼 그렇게 걱정했을까요?"

"그럼요. 소식 없는 자식은 가슴에 흐르는 생피라고 하더군요."

"생피?"

처음 들어보는 소린 듯 네헤마는 가만히 되뇌었다. 두 눈 가득 고였던 눈물이 기어이 볼을 타고 흘러내렸다. 네헤마는 중얼거리듯 말했다.

"이제 원망 같은 거 다 그만두고 싶어요. 누굴 미워하는 것도 힘들어서 더는 못 하겠어요."

마치 미워하는 데 온 힘을 다 소진한 듯 들렸다. 그는 그럼요. 잘 생각했어요. 말해 주는 대신 진심으로 고개를 끄떡여 보였다.

다시 쑥밭을 등지고 돌아서는 네헤마의 묶은 머리카락이 잔바람에 슬몃슬몃 날렸다. 건너편 능선 쪽에서도 떨어진 유카의 마른 잎들이 들썩였다. 잔바람이 다시 광풍의 시작인지 아니면 잦아드는 바람의 끝자락인지는 알 수 없었다. 두 마리뿐인 양들이 다시 울었고 피드질은 어느 틈에 가고 없었다.

바람이 더 심해지기 전에 내려가야 하는 거 아닌가 싶었지만, 건너편 능선 쪽을 바라보는 네헤마는 움직일 기미가 없었다. 차림새만 다를 뿐 먼 곳을 바라보고 서 있는 모습이 목조가옥에 걸린 추장 차림의 전신사진과 흡사해 보였다.

시선이 가 있는 곳에는 반드시 그리움이라는 추가 매달려 있기 마련이었다. 어쩌면 네헤마는 자신도 의식하지 못하는 사이 저렇게 떠나온 곳을 자주 그리워하지 않았을까. 그는 문득 생각했다. 아무리 이곳에 마음을 내려놓는다고 해도 먼 곳에 대한 그리움이 있는 한, 마음은 반쪽일 수밖에 없을 것이다. 그리움이 미움이든 사랑이든 상관없는 일이었다. 지금 네헤마는 누구를, 무엇을 그리워하는 걸까. 궁금해하며 그는 주변을 서성거렸다. 발밑에서 마른 땅이 버썩거렸다. 발치에 걸리는 앙상한 풀 가시는 검질겼다. 그는 자신의 가슴 속에 도사린 연민을 슬며시 한숨으로 토해냈다.

잠시 후 네헤마가 물었다.

"우리나라는 어떤 나라에요?"

뜻밖의 물음이었다. 어리둥절해진 그는 멀거니 네헤마를 쳐다보았다. 네헤마는 여전히 건너편 능선 너머로 시선을 던진 채 말했다.

"가끔 우리나라는 어떤 나라인가 생각했어요. 여기 부족이 부족의 정신이니 정체성이니 할 때마다 우리나라는 어떤 정신을 가졌는지 무슨 정체성을 지녔는지 궁금해서요. 하지만 물어볼 데가 있어야죠."

물론 네헤마는 정체성이라는 단어를 말하지는 않았다. 정신이니 정체성이라는 단어를 나름대로 이런저런 말로 덧대고 풀어서 물었다. 단번에 아무렇게나 말해 줄 수 있는 문제가 아니어서 적당한 말을 찾아 이리저리 생각을 굴리는데 네헤마는 말할 틈을 주지 않았다.

"전 우리나라에서 이십 년을 살았지만 한 번도 우리나라가 어떤 나라인지 생각해 본 적이 없었어요. 생각할 일이 없어서였지만 여기선 무슨 일이 생기면 먼저 부족의 정체성이니 정신이니 하는 걸 내세우곤 해서, 부족 일을 처리하는 데는 그런 게 필요한가 싶더군요. 그래서 저도 덩달아 우리나라 생각을 하게 되는데, 우리나라가 어떤 나라인지 알 수도 없고 물어볼 데도 없었어요. 그저 생각나는 거라곤 싫은 기억들뿐이고, 죽은 친구의 아버지 같은 사람들만 사는 것 같고,"

죽은 친구는 해마다 손톱에 봉선화 꽃물을 들여 주었다던 그 친구를 말하는 거라는 걸 그는 금방 알아챘다. 그 친구에게도 아버지는 어떤 존재일까 궁금해하는데 네헤마는 내심 작정한 듯 가둬둔 자신의 얘기를 풀어놓기 시작했다. 친구는 주인집을 나와 떠돌아다닐 때 만났다고 했다.

"열다섯 살 때였어요. 저보다 두 살 많았지만 친구처럼 지냈어요. 언니 같은 친구였어요."

친구의 도움으로 미군 부대 세탁부로 들어가 일하기 시작하면서부터 비로소 마음 놓고 고단한 몸을 눕힐 수 있는 주거의 안정을 누릴 수 있었다. 친구와 나란히 누워 밤 깊도록 이런저런 얘기를 주고

받으며 잠드는 것이 그렇게 좋을 수가 없었다. 두 살 많은 친구도 학교라곤 딱 석 달밖에 다니지 못했지만 아는 것이 많아서 많은 것들을 가르쳐 주었다. 초등학교 입학하고 어렴풋이 깨우친 글자로 이름 쓰는 것과 숫자 세는 것도 가르쳐주었다. 그러면서 해 짧은 겨울이 지나고 낮이 긴 여름이 되면 의정부에 있는 야간학교라도 같이 다니자고 별렀지만 끝내 가지 못했다. 친구는 자신의 월급을 모두 집으로 보냈지만, 동생들은 매일 굶주림으로 울었다. 월급이라야 실제로 얼마 되지 않아서 친구의 월급은 병든 아버지의 치료비로도 모자라서 어쩔 수 없이 친구의 동생들을 대신 먹여 살리지 않을 수 없었다. 고향에 두고 온 동생들을 생각해서라도 그렇게 했다. 친구의 아버지는 몇 년간 치료했지만 낫지 않아서 결국 수술을 해야 했고 친구는 수술비 마련을 위해 어쩔 수 없이 기지촌의 양공주가 되었다.

그래서 그랬구나. 그는 속으로 중얼거렸다. 자신에 대한 오해와 손가락질에도 변명 한마디 없이 양공주가 어때서요? 양공주는 사람이 아닙니까? 파랗게 질려 소리치던 이유가 그랬구나. 그는 생각했다. 그런 사정 따위 알기도 전에 처음부터 기지촌 여성이었을 거라고 속단부터 한 자신의 편견이 부끄러워서 그는 발끝으로 괜히 마른 땅을 긁었다. 그러면서 네헤마의 얘기를 아프게 들었다.

친구는 진저리를 치면서 그 일을 했다. 죽고 싶다는 말도 자주 했다. 그러면서도 같이 일하자는 말은 절대 하지 않았다. 오히려 친구가 나가는 살롱의 주인이 틈만 나면 함께 일하자고 꾀었다. 그럴 때마다 친구는 살롱의 주인과 무섭게 싸웠다. 친구의 그런 보호가 아니어도 일할 생각은 조금도 없었다. 차라리 죽고 말지 그런 일은 하고 싶지 않았다. 그러면서 존은 왜 받아들였는지, 기지촌의 양공주와 뭐가 다르냐고 다들 손가락질했지만 당시 주변의 여러 험악한 눈빛과 위험을 막아내는 방법은 존 밖에 없었다. 존은 자신이 아는 모든 남자들 중에서 유일하게 행동이 반듯했고 지저분하지 않았다. 친구도 그런 사람은 없다고 했다. 친구도 존을 좋아했다. 다 같이 쉬는 날에는 함께 영화도 보고 밥도 먹었다. 서로 잘 알아듣지 못해도 손짓발짓 해가며 얘기도 나눴다. 살면서 가장 편하고 행복했던 순간들이었다. 그러나 그 행복마저도 한순간에 끝나고 말았다. 어느 날 친구가 자살해버리고 만 것이다. 평소에도 늘 조마조마 마음을 졸였는데 기어이 일을 저지르고 만 것이다.

그는 조심스레 이유를 물었다. 그를 힐끗 돌아보는 네헤마의 표정이 싸늘했다. 네헤마는 쉼표처럼 잠시 뜸을 들인 후, 마치 오래 참았던 욕설을 내뱉듯이 말했다.

"친구는, 그 아버지가 죽인 거나 마찬가지였어요."

어느 날, 수술로 병을 고친 아버지가 동생들을 데리고 찾아왔다. 그리고는 다짜고짜 공장에 다니는 줄 알았다며 펄펄 뛰면서 이제 남 부끄러워 어떻게 사느냐며 발로 마구 짓밟고 때리기 시작했다. 집안에 먹칠을 했다며 머리채를 잡아끌고 욕설을 퍼부으며 차라리 목을 매서 죽으라는 말까지 서슴지 않았다. 동생들이 지켜보는 앞에서 갖은 욕설과 폭행을 가하는 친구의 아버지를 옆에서 말리는 것도 힘들었다. 보다 못해 친구를 거들고 나섰다. 누구 때문에, 누구 때문에 그런 일을 했는데, 딸이 번 돈으로 병을 고쳤으면서 어떻게 아버지라는 사람이 미안하지도 않으냐고 악을 쓰고 대들었다. 악에 받치니까 친구의 아버지고 동생이고 보이지 않았다.

이 대목에서 네헤마는 말을 멈추고 하아! 숨을 내뱉었다. 짧고 깊고 뜨거운 한숨이었다. 가까이 손을 대면 데일 것 같은 분노가 느껴졌다. 그 한숨만으로도 당시의 고통을 알 것 같았다. 새삼 북받치는 감정을 어쩌지 못하겠는지 숄 자락을 움켜쥔 네헤마의 손이 바르르 떨었다. 목소리도 높아졌다.

"제가 대들자 친구 아버지는 제 뺨도 때리고 손가락질을 했어요. 그러면서 머리에 피도 안 마른 것들이 못된 짓만 골라 한다면서, 자기 딸이 그렇게 된 건 저 때문인지도 모르겠다면서 마구 욕을 퍼붓더군요. 그땐 정말 저도 콱 죽어버리고 싶었는데, 친구는 오죽했을까요."

그러고 나서 얼마 뒤 친구는 죽었다. 친구의 장례식을 치르면서 존을 따라 어디든 다른 곳으로 가서 살아야겠다고 결심을 굳혔다. 그때처럼 한국이 싫고 주변의 모든 사람이 싫어진 적이 없었다. 물론 모든 사람이 그렇지 않다는 건 알지만 아무튼 지긋지긋했다. 유일하게 의지하던 친구마저 없어진 곳에서 그대로 눌러살다가는 자신도 어떻게 될지 몰라 두려웠다. 아무리 마음을 단단히 먹는다고 해도 세상은 사람의 마음 따위 아무렇지 않게 뭉개버리는 힘이 있었다. 그것을 알기 때문에 더 겁이 났다. 그래서 존을 따라왔지만 여기 오기까지는 쉽지 않았다. 아무튼 그래도 왔고 비행기에 오르면서 다시는 오나 봐라. 다짐했던 대로 한국 생각은 조금도 하지 않고 살았다. 그렇게 이십몇 년을 살았다. 그런데, 조금도 생각하지 않고 살았다고 여겼던 우리나라는 늘 마음 저 아래에 깔려 있었다는 걸 최근에야 알았다. 부족 말을 우리나라 말로 바꿔가며 배우려고 애를 쓰는 한, 나라 생각을 전혀 하지 않을 수 없다는 걸 깨달은 건, 처음부터였을 수도 있었고 얼마 전부터일 수도 있었다. 다만 모른 척했을 뿐이라는 걸 비로소 알아챘던 것이다. 그래서 자주 생각하게 되었다. 우리나라는 대체 어떤 곳일까. 그곳에서 태어나고 이십 년 동안 살았지만 좋은 기억이 별로 없는, 늘 춥고 배고프고 힘들고 아픈 기억뿐인 곳이 왜 잊히지 않고 걸핏하면 생각나는지 알 수가 없었다. 무엇 때문에 그런 걸까.

네헤마의 말은 결코 달변이랄 수는 없었다. 요소요소에 적당한 단어들이 장착되지 않은 말은 거칠고 어눌하고 서투르기 짝이 없었다. 때론 저급한 어휘들도 섞여 있었다. 그래서 어떤 꾸밈도 없었다. 꾸미지 않아서 되레 거치적거리지 않고 그대로 온전히 마음속으로 스며들었다. 그런데도 그는 어떤 말도 해줄 수가 없었다. 그저 멍하니 네헤마를 바라보기만 했을 뿐이었다.

구릉에서 내려온 그날 밤 네헤마는 자리에 누웠다. 약간 열이 있을 뿐이라고 피드질이 말해 주어서 다들 큰 걱정은 하지 않았지만, 많이 아프다고 해도 병원에 데려갈 상황은 아니었다. 눈이 내렸기 때문이었다. 눈은 드물게 아주 많이 내렸다. 삽시간에 주변이 하얗게 덮일 정도로 내렸다. 부락에서는 위대한 정령의 선물이라며 눈 오는 걸 반겼지만 돌려주어야 할 파워 제네레이터와 반납해야 할 트럭 때문에 그는 여간 초조한 게 아니었다. 그렇다 해도 어쩔 수 없는 일이었다. 부락에 발 묶여 있을 동안은 별수 없이 신경을 무디게 가질 수밖에 없었던 그는 쌓인 눈을 물탱크에 퍼다 나르는 피드질을 도왔다. 물탱크에 눈 녹은 물이 그득해질 때까지 퍼다 날랐다. 부락의 남자들은 화덕마다 무쇠솥을 올려놓고 불을 피워 눈을 녹였고 부락의 여인들은 눈 녹은 물로 빨래를 빨았다. 많은 빨래는 아니었다. 수건이나 양말 같은 간단한 것들을 유카뿌리로 문질러 빨았다. 유카뿌리가 비누로 쓰인다는 걸 그는 처음으로 알았다.

그는 로빈을 따라 고라니 사냥도 나갔다. 로빈이 가르쳐주는 부족의 전통식 활쏘기로는 아무것도 잡을 수 없을 것 같았지만 어릴 때 자신의 아버지로부터 활 쏘는 법을 배운 로빈은 야생토끼 한 마리를 잡았다. 잡은 토끼는 네헤마의 기력을 보충하는 데 쓰기로 하고 피드질이 손질을 맡았다.

니욜아쉬키의 호건에서 몸을 녹인 그는 저녁 무렵 피드질이 토끼 손질하는 걸 구경했다. 피드질은 먼저 호건 앞에 불을 피우고 물을 끓였다. 그런 다음 배를 가르고 창자를 꺼냈다. 차갑고 청량한 대기 사이로 역한 피비린내가 퍼져나가고 하얗게 쌓인 눈 위로 붉은 핏물이 점점이 튀었다. 속이 메슥거리는 걸 참으며 지켜보고 있는데 네헤마가 보라색 숄을 두르고 나왔다. 얼굴이 몹시 창백했다. 그는 물었다.

"좀 어떠세요?"

네헤마는 괜찮다며 난로 곁에 쪼그리고 앉아 피드질이 토끼 껍질을 벗기는 걸 지켜보았다. 익숙하게 봐온 듯 얼굴에는 어떤 표정도 나타나지 않았다. 피드질이 네헤마에게 말했다.

"이걸로 당신 털모자를 만들어 줄 생각이오."

네헤마는 고개를 끄떡였지만 별로 좋아하는 것 같지는 않았다. 대신 피드질에게 물었다.

"어젯밤에 나 또 구릉 쪽에 가지 않았나요?"

피드질은 두산을 흘깃 올려다보고는 대답했다.

"어젯밤에는 눈보라가 아주 심했소. 만일 당신이 구릉 쪽으로 갔다면 눈보라에 휩쓸려 가서 지금 여기 없을지도 모르오."

장난처럼 피드질이 말했지만, 어젯밤 눈보라를 헤치고 구릉 쪽으로 가는 네헤마를 먼저 본 사람은 두산 자신이었다. 밤늦도록 니욜아쉬키의 책을 읽다가 볼일 보러 밖으로 나오면서였다. 그는 급히 피드질을 깨웠다. 날씨가 좋았다면 뒤를 밟으며 가만히 지켜봤겠지만, 어젯밤에는 그럴 수가 없었다. 잠에서 깬 피드질은 허겁지겁 달려가 눈보라에 젖은 그녀를 조심스레 껴안았다. 그러자 네헤마는 거짓말처럼 전신을 축 늘어뜨렸고 그는 늘어진 그녀를 등에 업는 피드질을 도왔다. 눈보라 치는 밤의 몽유는 그렇게 덮을 수 있었지만 네헤마에게는 꿈으로 기억된 모양이었다.

"어젯밤에도 뭘 찾으러 다니는 꿈을 꿨어요. 뭘 찾는지를 모르겠어요. 그냥 뭘 잃어버린 것 같아서 찾아다녔는데 그곳이 어딘지는 모르겠어요."

처음 영어로 시작된 네헤마의 말은 이내 한국말로 바뀌었다. 네헤마가 한국말을 하면 표정이 달라지던 피드질이어서 그는 신경이 쓰였지만, 피드질은 별다른 반응 없이 토끼 손질을 계속할 뿐이었다.

"그런 꿈을 자주 꾸는 편입니까?"

그는 물었다. 네헤마는 거의 매일 그런 꿈을 꾼다고 했다.

"언제부터요?"

"오래전부터요."

피드질이 껍질 벗긴 토끼털을 펼쳐 들고 마른 수건으로 피를 닦았다. 짐승의 날비린내가 코를 찔러 미간이 절로 찌푸려졌지만, 네헤마는 눈도 깜빡이지 않았다. 비위가 강한 건지 생각이 딴 데 가 있어서인지는 알 수 없었다. 피드질의 토끼 손질이 끝날 때쯤 네헤마가 혼잣말처럼 나직하게 말했다.

"우리나라에 가고 싶어요."

다음날, 네헤마는 한글을 배우고 싶다고 했다. 한국에 가려면 어느 정도 글을 읽고 쓸 수 있어야 하지 않겠냐고 했다.

그는 니욜아쉬키의 책상을 뒤져 흰 보드지를 찾아 한글의 자음과 모음을 썼다. 그리고 한글의 원리를 설명했다. 부락에 머문 지 4일째 되는 날이었다. 저녁 시간을 빌려 한두 시간 할 수밖에 없는 한글 공부는 단시간에 한글의 법칙을 완전히 이해하기는 어려운 일이었다. 하지만 나바호 언어보다는 쉬울 것이었다. 그는 궁금했다. 나바호어는 고유의 글자가 없었다. 영어로 표기해서 쓰고 있지만 네헤마는 영어도 쓰지 못했다. 그는 물었다.

"나바호 언어는 굉장히 복잡하고 어려운 것 같던데 그걸 어떻게 배웠어요?"

네헤마의 입가에 수줍은 미소가 어른거렸다. 미소에는 얼마간의 겸연쩍음과 약간의 자랑스러움이 배어 있었다. 그는 니욜아쉬키의 오래된 헌 노트를 만지작거리는 네헤마의 매듭 굵은 손과 톱니처럼 깨진 손톱을 보며 따라 미소 지었다. 날씨가 추워지면서 세공품 만드는 일이 줄어든 때문인지 깨진 손톱에 꺼먼 때는 끼어있지 않았다.

네헤마는 대수롭지 않다는 듯 그냥 자꾸 듣고 따라 하면 배우게 된다면서 영어는 세탁부로 일할 때 부대에서 반복되는 일상어로 익혔지만, 나바호 말은 신경을 곤두세우면서 배운 것이라고 말했다. 말은 글자로만 배울 수 있는 건 아니었다. 시간이 걸리지만 눈치로도 배울 수 있는 것이었다. 그렇지만 능숙하게 대화를 이어가기까지는 몹시 힘이 들었다. 이국의 말은 항상 모국어를 거쳐야만 수용되는 것이어서 저 말은 무슨 뜻이지? 어떻게 하라는 것이지? 뭘 원한다는 거지? 먼저 모국어로 이해해야만 대응할 말이 찾아지고 행동을 취할 수 있는 게 이국의 말이었다. 모국어를 거치지 않고는 어떤 것도 알아들을 수 없어서 아무리 세월이 흘러도 힘들고 번거로운 건 여전했다. 가끔 두통을 앓았던 건 그래서일지도 모르겠다고 네헤마는 말했다.

"한 번씩 우리말이 하고 싶어서 혼자 미친 것처럼 중얼거리곤 했어요. 그냥 생각이 말이 되어 술술 나오고 상대의 말을 오래 생각하지 않아도 금방 알아들을 수 있는 우리말이 얼마나 하고 싶던지요."

그는 왜 그렇지 않았겠냐고 말해 주는 대신 덥석 손이라도 잡아 보고 싶었던 충동을 어떻게 누를 수 있었는지는 자신도 신기할 정도였다.

네헤마의 한글 공부는 겨우 모음과 자음을 익히는 것으로 끝을 내야 했다. 부락에 머문 지 일주일째였다. 날씨가 좋아진 틈을 타서 그는 다시 오겠다는 약속을 하고 서둘러 부락을 나섰다. 한국방문 때 네헤마가 동생들 찾는 데 써달라며 건네준 800불을 몰래 호건에 두고 나오는 것도 잊지 않았다.

부락을 빠져나가는 길 주변은 온통 잔설이 반짝이고 있었다. 햇볕에 눈 녹는 것도 빨라 둔덕 너머 황톳길은 온통 진흙탕으로 질퍽거렸고 계곡의 좁다란 길은 낭떠러지 쪽으로 비스듬히 기울어져 있었다. 그는 앞서간 바퀴 자국을 따라 천천히 느리게 트럭을 몰았다. 진흙탕에 찍힌 바퀴 자국은 피드질의 낡은 트럭 자국이었다. 피드질은 한발 앞서 국립공원 기념품 가게에 세공품을 배달해야 한다며 일찍 부락을 나갔던 것이다.

그는 천천히 계곡을 빠져나가 초입의 너덜길로 꺾어나갔다. 너덜길은 곧바로 넓은 비포장도로와 이어지고 진입로 옆에는 땔감 나무가 무더기로 쌓여있었다. 부족의 자치국에서 고사목을 가져다 부려놓은 것이었다. 부락에서는 그것을 가져다 땔감으로 쪼개어 쓰고 있었다. 그곳에서 피드질이 기다리고 있었다. 피드질은 젖은 생나무

더미에 숨듯이 기다리고 있다가 트럭 앞을 막아서며 말했다.

"선생 좀 도와주시오."

네헤마에는 여권이 없었다. 원래 없었다. 여권이라고는 아예 가져본 적이 없었다. 어느 나라든 여권 없이는 입국을 허락하지 않는 게 세계의 통상법인데 네헤마가 여권 없이 미국으로 올 수 있었던 건 피드질이 파병군인이기 때문이었다. 파병군인의 가족이면 누구나 수송기를 타고 입국할 수 있었던 건 1970년대 초의 허술한 행정 덕분이었다.

"그럼 지금이라도 신분증을 가지고 대사관에 가서 다시 여권 신청을 하면 돼요."

그는 대수롭지 않게 말했지만 피드질은 고개를 저었다.

"그럴 수 있으면 얼마나 좋겠소. 순인 신분증도 가지고 있지 않소."

"분실 신분증도 대사관에서 다시 발급받을 수 있어요."

"그렇게도 할 수 없는 것이 순인 한국에 있을 때부터 신분증이라고는 어떤 것도 가져본 적이 없었소."

그는 그럴 리가 없다고 말했다.

한국에서는 18세가 되면 누구나 주민등록증을 발급받을 수 있게 법으로 정해져 있었다. 주민등록증은 대한민국 국민임을 국가가 입증해 주는 신분증명서로 네헤마라고 해서 안 받았을 리가 없었을 것이다. 꼭이 본적을 몰라도 현 거주지에서도 얼마든지 받을 수 있는 것이 주민등록증이었다. 스무 살에 이곳으로 왔다면 충분히 주민등록증을 발급받고도 남을 나이였다. 그런데 아예 신분증을 가져본 적이 없다니, 믿어지지 않았다. 아무리 어릴 때부터 떠돌아다녔다 해도 주변의 한두 사람만 이웃이라는 걸 증명해 주면 얼마든지 발급받을 수 있는 게 주민등록증이었다. 그런데도 발급받지 않았다면 도와주는 사람이 아무도 없었다는 뜻이었다. 그렇다면 신분증 없이 미군 부대에는 어떻게 출입할 수 있었던 것인지, 의아해하는 그에게 피드질이 덧붙었다.

"군용기 타기 전에 몇 번을 물어봤소. 혹 신분증을 보여 달라면 보여주어야 하니까. 다행히 그런 일은 없었지만, 그때 신분증이 없어 혹 탑승을 거부당하지 않을까 얼마나 마음을 졸였는지 모르오."

신분증이 없다면 이곳에서의 신분에도 문제가 있을 수밖에 없을 것이어서 그는 현재의 신분에 관해 물었다. 피드질은 머뭇거리며 대답했다.

"레저베이션 안에선 별문제가 없소만,"

보호구역 밖에선 불법 체류자라는 말이었다. 그는 기가 차서 물었다. 신분증도 없는 불법 체류자 신분이면 피드질과의 결혼 신고는 어떻게 되어있는지, 그 신분으로 어떻게 부락의 추장으로 지낼 수 있는지, 아이들의 출생신고는 어떻게 했는지를 거푸 물었다. 피드질은 보호구역의 일을 이민국에까지 굳이 말할 필요는 없었고 이민국에서도 보호구역의 일을 단속하는 일은 없다고 했다. 아이들의 출생신고도 무리 없이 해두었다고 했다. 다만 모계의 혈통이 다른 부족으로 되어있을 뿐이라고 했다. 그러니까 네헤마는 보호구역 안에서만 살아갈 수 있다는 말이었다. 문제는 보호구역 밖이었다. 네헤마는 보호구역 밖에서는 어디에도 갈 수가 없었던 것이다. 아니 갈 수는 있었다. 그러나 언제 적발될지 모를 위험을 각오해야만 했다.

그는 으스스 몸이 떨리는 걸 의식했다. 추워서인지, 한 여자의 각박한 삶의 여정이 시려서인지는 알 수 없었다. 그는 주변을 서성거리며 코리아타운에서 비밀리에 거래되는 여러 신분 취득 방법을 생각했다. 방법이 전혀 없는 건 아니었다. 문제는 비용이었다. 그는 피드질을 힐끗 쳐다보았다. 피드질은 낡은 트럭에 기대어 고개를 숙이고 있었다. 바람에 얇은 점퍼 자락이 나풀거렸다. 이 추운 날, 변변한 외투 하나 없나 싶었다. 그런 피드질에게 비용 문제를 말하는 건 무리일지도 몰라 망설이는데 피드질이 문득 고개를 치켜들며 탄식했다.

"다 내 잘못이오. 그때 시민권을 받게 해주는 건데, 그 기회를 놓치게 해버렸으니,"

13

마음으로 쓰는 편지

그는 피드질을 흘겨보았다.

"그때 당신을 흠씬 두들겨 패주고 싶은 걸 간신히 참았던 거 아시오?"

"그러지 그랬소?"

심각하게 으르렁거렸던 일도 시간이 지나면 알맹이가 삭아버리는지 피드질은 시큰둥하게 말했다.

"난 그래도 당신을 선량한 사람으로 여겼었는데,"

피드질은 신분을 취득할 수 있었던 유일한 기회를 네헤마에게 주지 않았다.

피드질이 말한 기회는 미 연방정부가 1924년 보호구역의 모든 원주민들에게 시민권을 부여한 이래 원주민들의 협조가 필요할 때면 아주 드물게 베푸는 선심용으로 보호구역 내의 모든 신분 미확인자에게 시민권을 부여해 주는 일이었다. 흔치 않은 일이었고 언제 또 그런 기회가 올지 알 수 없는 드문 기회라 할 수 있었다. 그 기회를 피드질은 네헤마에게 말 한마디 하지 않고 숨겨버린 것이었다. 네헤마는 당연히 그런 걸 알 리가 없었다. 네헤마는 피드질이 말해주지 않으면 어떤 것도 알지 못하는 완벽한 이방인이었던 것이다.

그는 왜 그랬냐고 화를 냈다. 무섭게 화를 내며 따졌다. 피드질은 순이가 한국으로 가버릴 것이 두려워서 그랬다고 했다.

"순인 예파가 태어날 때까지도 부락에 마음을 붙이지 못하는 것 같았소. 순이 자신은 잘 지내려고 애를 쓰고 있었지만 난 항상 겁이 나고 불안하기만 했었소. 언제 마음이 변해 한국으로 돌아가겠다고 할지 몰라 여간 마음을 졸인 게 아니었소. 그럴 때 내가 할 수 있는 게 뭐였겠소?"

"아무리 그래도 그렇지, 어떻게 그런 절호의 기회를,"

안타까움으로 분노가 치밀어도 그가 할 수 있는 말은 그것뿐이었다.

코리아타운의 불법 거래자가 요구한 금액은 삼만 불이었다. 피드질이나 그나 도저히 감당할 수 없는 금액이었다. 돈을 마련한다고 해도 몇 년이 걸릴지 모를 액수였다. 비용을 들이지 않고 해결할 수 있는 방법이 전혀 없는 건 아니었다. 여러 가지가 있었다. 하지만 그런 것 역시 모두가 불법이었다. 자칫 추방당해 영영 돌아오지 못할 위험이 있었다. 돌아오지 못하면 조국에 눌러앉는 것도 나쁘지 않겠지만 네헤마가 수용할지는 의문이었다. 네헤마에게 의향을 물어보면 되겠지만 피드질은 한국방문이 가능해질 때까지 네헤마가 모르기를 원했다. 만에 하나 한국에 영영 갈 수 없게 되면 얼마나 실망이 클지 두렵다는 이유에서였다. 아예 가지 못할 가능성도 있었다.

부락에서 일주일을 묵고 돌아온 다음 한차례 심한 감기몸살을 앓은 그는 틈틈이 불법 거래에 대해 알아보다가 다양한 수법의 위험과 고비용을 택하기보다는 차라리 합법적인 취득 방법을 찾아보는 게 낫지 않을까 하는 것으로 점차 생각이 기울었다.

네헤마의 한국방문은 아무래도 가족 찾기가 될 것이고 가족 찾기는 일회성으로 끝날 일이 아닐 것이기 때문이었다. 가족 찾기로 이어질 게 뻔한 잦은 방문은 불법으로 취득한 여권으로는 위험할 수밖에 없을 터이고 그런 불안함을 안고 한국을 오가게 할 수는 더더구나 없었다. 그는 네헤마의 자유로운 한국행을 안겨주고 싶었고 불법의 오점도 남겨주고 싶지 않았다. 네헤마는 어쩐지 그래야 할 것 같았고 그럴 자격이 있을 것 같았다.

그는 가이드로 일하는 틈틈이 대사관에 들락거리며 신분 취득 방법을 문의하기 시작했고 그러다 외무부에 탄원서를 보내보라는 한 직원의 조언을 받아들여 오랜 시간 동안 탄원서를 썼다.

그가 다시 '붉은 절벽 아래의 부락'으로 향했을 때는 긴 장문의 탄원서를 써서 한국의 외무부로 보내고 난 4월 초순의 어느 날이었다.

애리조나와 콜로라도주 경계선에 걸쳐진 부락으로 가는 길은 봄이 되어도 추웠다. 먼 산에 드문드문 쌓인 눈으로 바람은 차가웠지만 흙먼지는 날리지 않았다. 건기 철의 혹독한 갈증을 견딘 길가의 잡목들도 잠시나마 목마른 고통을 내려놓고 편안히 찬바람을 타고 있었다.

절벽 건너편 둔덕에 차를 세우고 내려다본 부락도 한여름 건기 때보다는 한결 녹녹해 보였다. 부락 앞의 구릉들은 연초록으로 푸르고 늘 힘없이 늘어져 있던 부락의 노간주나무도 바늘잎을 바짝 세우고 있었다. 호건의 황토색도 한여름보다는 좀 더 붉은 빛을 띠고 있었고 초막지붕의 풀들은 빳빳이 일어나 있었다. 이곳에 비만 자주 온다면 그런대로 살아갈 수 있을 거라고 그는 생각했지만, 한겨울 눈 내리던 날, 축복처럼 쌓이는 눈을 부산히 끌어모아 물탱크로 퍼다 나르고, 불을 지피고 눈을 녹여 빨래를 하고 땀 천막에서 노인들이 목욕을 하느라 다 같이 분주히 움직이던 일이 실제로 있었던 건지 의심스러울 정도로 부락은 왠지 무겁게 가라앉아 보였다. 어귀 쪽 마당 한 귀퉁이에서 낯익은 노인이 아이 둘을 앞에 세워놓고 바닥에 쪼그리고 앉아 뭔가를 그리고 있었고 멀리서 장정 한 사람이 장작을 패고 있을 뿐이었다. 콜로라도강 언저리의 라플린에서 하룻밤을 묵고 달려오면 언제나 정오가 가까워지는 시간이어서 부락도 으레 한나절이기 마련이었다. 한나절은 모두 일을 하거나 햇볕을 쬐며 담소를 나누고 아이들이 뛰어놀고 모루에 쇠붙이 두드리는 소리가 들려야 하는 시간이었다.

부락이 조용한 건 아직 날이 추워서일 거라고 여기며 그는 천천히 부락으로 내려갔다. 부락 어귀를 들어서는 그를 본 아이 한 명이 급히 목조가옥 쪽으로 달려가고 낯익은 노인은 그에게 인사를 건넸지만 얼굴에는 미소가 없었다.

앞서 달려간 아이에게 불려 나온 네헤마는 몇 달 사이 몰라보게 야위어 있었다. 네헤마는 그에게 미소를 지었지만, 보조개는 보이지 않았다.

"얼굴이 말이 아니네요, 어디가 안 좋으세요?"

그는 놀라서 물었지만 네헤마는 아니라며 고개를 젓고는 그를 목조가옥으로 안내했다. 피드질은 세공품 주문받으러 월넛 캐니언에 갔다며 곧 돌아올 거라고 했다. 그러면서 네헤마는 존이 많이 기다리는 눈치였다면서 그동안 바빴냐고 물었다. 그는 조금 바빴다고 대답하고는 가방에서 가져온 것들을 꺼내 탁자 위에 늘어놓았다. 그가 챙겨온 것은 초등학교 한글 교재본과 글씨 연습 공책과 동화책 한 권이었다. 네헤마는 입학을 앞둔 아이처럼 그가 늘어놓은 것들을 하나하나 들춰보며 수척한 얼굴 가득히 차오르는 배움의 열망과 기대감을 숨기지 않았다. 그는 쓰기 연습 공책의 글자를 모두 익히면 무슨 책이든 다 읽을 수 있다고 말해 주었다. 그러면서 네헤마가 가장 먼저 읽어야 할 책으로는 뭐가 좋을지를 생각했다.

여름방학 한 달 동안 한글을 깨친 누이가 제일 먼저 읽은 건 간단한 동화책이었다. 그다음은 표지가 떨어져 나간 작자미상의 소설책이었고 그다음은 야담집이었다. 집에 책이 많지 않아서 눈에 띄는 대로 읽을 수밖에 없었던 누이가 마지막으로 읽다 만 책은 토머스 하디의 '테스'였다. 비록 읽다가 말았지만, 그 책을 읽으면서 누이는 무슨 생각을 했는지를 새삼 궁금해하다가 그는 문득 우리나라는 어떤 나라냐고 묻던 네헤마의 말을 떠올렸다. 우리나라가 어떤 나라인지를 알고 싶어 하는 네헤마에게 무턱대고 역사 교과서를 들이밀 수는 없었다. 먼저 흥미를 끌 수 있는 역사소설을 읽게 한 다음 역사를 알게 하는 게 좋을 것 같아 그는 네헤마에서 어떤 책을 읽고 싶으냐고 물었다. 네헤마는 읽을 수 있는 것은 뭐든 좋다며 수척한 얼굴로 수줍게 웃었다. 웃는 얼굴이 아이처럼 붉었다. 저녁에 돌아온 피드질을 붙들고 그는 따지듯 물었다.

"대체 어디가 아픈 거요?"

피드질은 대답에 앞서 자신이 알고 싶은 것부터 먼저 물었다.

"어떻게, 여권은 알아봤소?"

네헤마는 부족 병원에서 몇 번의 치료를 받았지만, 병명도 모른 채 시름시름 앓다가 숨을 거뒀다. 부고를 전해준 사람은 로빈이었고 이미 장례식이 끝난 뒤였다. 그는 부고를 받은 지 삼 개월이 지나서야 부락으로 향했다. 삼 개월은 상실감을 가라앉히는데 넉넉한 시간은 아니었지만 한 번쯤은 얼굴을 내비쳐야 할 것 같아서 부락으로 갔다. 그 사이 피드질은 몰라보리만치 폭삭 늙어 있었다. 사람이 그렇게 빨리 늙을 수 있다는 것이 도저히 믿기지 않을 정도로 피드질은 이빨이 몽땅 빠지고 눈이 퀭하게 꺼져 있었다. 머리도 거의 반백이 되어있었다. 젊은 날 암호병으로 한국에 파병까지 되었던 군인이라고는 도저히 상상이 가지 않을 정도였다.

그때보다 상태가 더 나빠 보이는 피드질이 힘없이 중얼거렸다.

"난 아무래도 벌을 받은 것 같소. 그렇지 않고서 어떻게 가족 모두를 잃을 수 있겠소. 난 분명 벌을 받은 게 틀림없소."

만일 그게 벌이었다면 벌치고는 가혹한 벌이었다. 하지만 피드질의 잘못은 그런 가혹한 벌을 받을 만큼은 아니었다. 약간의 죄책감만으로도 충분한 것이었고 시간도 많이 지났다. 고통도 받을 만큼 받았을 것이다. 그는 피드질을 위로했다.

"그건 당신의 잘못이 아니오. 운명일 뿐이지."

피드질은 고개를 저었다.

"아니요. 설령 그게 운명이라고 해도 내가 지은 죄와 무관하다고 할 수는 없소. 가족 중 누구 한 사람이 잘못을 저지르면 가족 전체가 영향을 받듯 내 경우도 그렇게 된 거요. 그걸 운명이라고만은 할 수 없소."

굳이 벌을 자청할 정도로 아직도 네헤마에 대한 죄책감을 버리지 못했나보다 생각하며 그는 피드질을 위로하는 대신 남은 맥주를 마저 마셨다. 그새 김이 빠져버린 맥주는 쓰기만 할 뿐 아무 맛도 없었다.

그는 빈 캔을 내려놓으며 피드질의 얼굴에 서린 비탄을 보았다. 헐렁한 셔츠 위로는 앙상한 어깨뼈가 도드라져 보였다. 앞으로의 생이 얼마나 더 이어질지는 알 수 없지만 남은 생의 무게를 감당해 낼까 싶게 부실해 보였다. 한때 무거운 통신장비를 메고 군사훈련을 받았을 어깨라고는 믿어지지 않아서 그는 물었다.

"당신은 대학엘 가기 위해 군에 입대했다고 했는데 대학엔 왜 가지 않았던 거요?"

피드질은 그를 힐끗 돌아보고는 머리를 흔들었다.

"내 평생에 가장 많이 받았던 질문을, 선생도 빼놓지 않는군요."

당연한 일로 누군들 궁금하지 않았을까. 그는 대답을 재촉하듯 피드질 쪽으로 자세를 약간 고쳐 앉았다. 피드질도 한쪽 다리를 끌어다 무릎을 세우고는 팔을 얹었다. 피드질은 천천히 말했다.

"내가 대학에 가지 않았던 건 순이에게 최선을 다하기 위해서였소. 난 이곳에 마음 붙이지 못하는 순일 혼자 두고 도저히 대학엘 갈 수가 없었고 멀리 일을 찾아갈 생각도 전혀 하지 않았소. 순인 이곳에서 완벽한 이방인이었고 이곳으로 잘못 날아든 새 같아서 내가 보호하고 보살피지 않으면 안 된다고 여겼던 거요. 그래서 대학을 포기했소."

후회나 회한 같은 건 조금도 느껴지지 않는 담백한 어투였다.

"그보다는 나 자신이 어떻게 변할지를 몰라서도 그랬소. 인간의 마음이란 완전한 자신의 것이 아니어서 나 역시 순이를 향한 내 마음이 어떻게 달라질지 알 수 없었던 거요. 선생도 알다시피 순인 글을 모르는 문맹이었고 세상과 격리된 곳에 살고 있어서 어떤 지식도 얻을 수가 없었소. 그런 순일 두고 나 혼자 대학엘 가고 세상일에 눈을 뜨고 이상의 지평을 넓히다 보면 언제 어떻게 변해버릴지 누가 알겠소. 난 대학에 가서 얻게 될 지식과 얄팍한 신념으로 순이와 보이지 않는 격차를 벌리고 싶지 않았고 그것으로 순이에게 불행을 안겨주고 싶지도 않았소. 말하자면 순이와는 그 어떤 틈새도 만들고 싶지 않았던 거요."

말을 멈춘 피드질은 옆의 캔을 집어 들고 맥주 한 모금을 마셨다. 목이 마른 모양이었지만 목 넘김 소리는 들리지 않았다. 그래선지 겨우 입만을 적신 피드질의 이어지는 말소리는 메말랐다.

"물론 마음 한편에는 부족을 위해 뭔가를 해야겠다는 생각이 아주 없었던 건 아니었소. 군병 모집에도 나름의 사명감으로 자원입대했을 정도였으니까. 하지만 내겐 순이가 더 소중했고 그녀만 행복하면 더 바랄 게 없었소. 그래서 부족을 위해 일하겠다는 생각도 대학도 기꺼이 버릴 수 있었소."

마른 말소리와는 달리 표정은 밝았다. 그는 물었다.

"후회한 적은 한 번도 없었소?"

피드질은 단호하게 대답했다.

"없었소. 선생도 알다시피 순인 현명하고 지혜로워서 오히려 내게 부족을 위해 일할 수 있는 기회를 더 많이 만들어주었소. 비록 순이의 등 뒤에서이긴 했지만."

자칫 자조적으로 들릴 법한 등 뒤라는 말에서는 어떤 구차함도 느껴지지 않았다. 피드질 스스로가 만족해서일까. 아마도 그럴 거라고 단정 지으며 그는 이제 피드질이 오래도록 자신을 기다리고 있었던 이유를 물어야 할 때라고 생각했다. 밤도 많이 깊어진 듯했다. 밤하늘에서도 찬란했던 별빛이 점점 빛을 잃어가는 듯했고 별무리도 한결 성글어진 듯했다. 어쩌면 새벽이 오고 있는지도 몰랐다. 그는 마침내 물었다.

"이제 밤도 매우 깊은 것 같으니 말해 줄 수 있겠소? 나를 그토록 기다린 이유가 무엇인지."

피드질은 바로 고개를 끄떡였다. 마치 그렇게 말해 주기를 기다린 것처럼 몇 번이나 끄떡였다. 그리고는 비스듬히 기댄 상체를 곧추세워 앉았다. 하지만 활처럼 휜 등은 곧게 펴지지 않았다. 저렇게 등 굽은 몸으로 저녁을 대접해주고 싶어 할 정도의 기다림이 대체 뭘까. 그는 자못 궁금해했고 피드질은 손에 들린 캔을 두어 번 흔들고는 맥주를 마셨다. 이번에는 목 넘김 소리가 몇 번 들렸다. 꿀렁, 꿀렁, 사방이 적막해서인지 맥주 마시는 소리마저 쓸쓸했다. 피드질은 빈 캔을 내려놓고 다시 상체를 꼿꼿이 세워 굽은 등을 폈다. 대신 배가 푹 꺼졌다. 피드질은 말했다.

"우리는 지금까지 순이에 대해 많은 얘길 나누었소. 그렇지 않소?"

"그렇지요."

"선생은 내가 여태 선생께 들려준 순이의 얘기를 모두 기억할 수 있겠소?"

"그럼요. 기억하고말고요."

"좋소. 그럼, 내 부탁 하나만 들어주길 바라오."

뭔지 모르지만 그는 흔쾌히 그러겠다고 했다. 피드질은 만족스러워하며 목소리를 조금 돋우었다.

"이다음에, 만일에, 혹 위대한 정령이 도와서 순이의 가족을 찾게 된다면 내가 여태 선생께 들려준 얘기를 순이 가족에게 모두 들려줄 수 있겠소?"

"가족에게요?"

"그렇소. 순이 가족들은 틀림없이 순이가 여기서 어떻게 지냈는지를 알고 싶어 할 거요. 그렇게 생각지 않소?"

그는 그야 당연히 그렇겠지요, 했다.

"그게 바로 내가 선생을 기다린 이유 중의 하나요. 내가 만일 한국어가 유창했다면 선생을 기다릴 필요 없이 편지를 썼을 거요. 하지만 불행하게도 난 한국어를 잘 모르오. 편지를 쓰고 싶어도 쓸 수가 없소. 때문에 여태 선생께 들려준 순이 얘기는, 순이 가족에게 꼭 들려주고 싶은 내 얘기라고 할 수 있소. 말하자면 마음으로 쓴 편지라고 할 수 있을 거요."

"마음으로 쓴 편지?"

"그렇소."

그러니까 나더러 자신의 마음을 전해달라는 거였군. 그는 속으로 중얼거렸다. 하지만 나쁘지는 않았다. 어차피 네헤마를 위한 일이었다. 기꺼이 그렇게 해줄 생각이었지만 과연 가족을 찾을 수 있을지는 의문이었다. 피드질은 가족 찾는 걸 낙관하듯 말을 이었다.

"아까도 얘기했듯 난 한국으로 갈 계획이었소. 물론 순이 가족을 만나기 위해서요. 가족을 만나면 들려주고 싶은 얘기가 많았고 가족들 얘기도 듣고 싶어서였소. 가족들 얘기는 돌아와서 순이에게 들려주기로 임종 때 약속을 했었거든요. 그래서 난 니욜아쉬키를 기다리고 또 기다렸소. 그 애와 함께 한국에 가기 위해서요. 그 애도 평소 자신이 태어난 곳을 가보고 싶어 해서 함께 갈 생각을 했던 거요."

피드질의 얼굴이 찡그려졌다. 얼굴 가득 서린 고통이 어스름한 어둠 속에서도 역력히 드러나 보였다.

"하지만 그 애는 아무리 기다려도 오질 않소. 대체 어디서 뭘 하는지, 난 이제 기다리다 지쳤고 기력도 날마다 잃어가고 있소. 다행히 선생이 이렇게 와주어서 얼마나 마음이 놓이는지, 정말 감사하게 생각하오."

그는 사양하는 대신 두어 번 고개를 끄떡여 보이고는 물었다.

"내게 부탁할 다른 하나는 뭡니까?"

"편지요."

"편지요?"

그는 놀라서 되물었다.

"네헤마가 편질 썼단 말이요?"

피드질은 그렇다고 대답한 후 잠시 기다려 달라는 말을 하고는 자리에서 일어나 랜턴 불을 밝히고 계단을 내려갔다. 그는 한발 한발 느리게 계단을 내려가는 피드질의 굽은 등을 보며 중얼거렸다. 편지를 썼다면 글자를 다 깨쳤다는 건가?

눈앞으로 연습용 점선 글씨체가 굵은 고딕체로 변한 네헤마의 한글 연습 공책이 떠올랐다. 그럴 정도로 연습하려면 밤에 잠을 자지 않았을 것이지만 정작 받아쓰기 시험에는 많이 틀렸다. 주로 어려운 글자들이긴 했다. 틀린 글자의 철자법을 설명해 줄 때는 안개 낀 강변처럼 고적해 보이던 갸쭉한 홑겹의 눈매가 말갛게 개는 건 보기좋았지만 대신 얼굴이 날로 수척해져 가고 있었다.

그때만 해도 네헤마의 병이 심각하다는 걸 아무도 모르고 있었다. 네헤마는 그저 배가 자주 아프고 가끔 등이 아팠을 뿐으로 달리어떤 증세를 보인 것도 아니었다. 네헤마 자신도 사소한 잔병쯤으로 여기고 별로 신경을 쓰지 않았다. 다만 입맛을 잃어 먹는 것이 시원찮았고 나날이 수척해가는 것만이 모두를 걱정하게 했을 뿐이었다. 그런데도 자리에 눕는 일은 좀처럼 없었다. 늘 한결같았던 일상을 흐트러짐 없이 이어가며 파이프 공사비용을 마련하기 위한 세공품 작업에 열성을 기울이는 한편으로 부족 회의에 빠짐없이 참석해서 끝없이 이어지는 카지노 유치 논쟁에 반대의 목소리를 높였고 주변의 만류에도 가두시위에 나서 힘차게 발을 구르며 구호를 외치기도 했다. 그러면서 매일 소식 없는 니욜아쉬키를 기다렸다. 네헤마는 그렇게 몇 달을 견뎠다.

네헤마가 견딘 몇 달 동안 한국의 외무부로 보낸 탄원서는 아무런 답이 없었고 그는 두 번인가 세 번인가 부락으로 갔다. 거리상 잦은걸음이라 할 수 있었다. 한 번의 걸음도 쉽지 않은 그 먼 거리를 잦은걸음 한 건 네헤마에게 하루라도 빨리 무엇이든 읽을 수 있게 해주고 싶었고 책을 가져다주기 위해서였다. 하지만 네헤마는 책을 술술 읽을 정도로는 글자를 깨치지 못했다. 낮에는 이런저런 일을 하느라 틈이 없었고 밤에는 불이 어두워 편안히 공부할 수가 없었다. 그보다는 통증 때문에 아무것도 할 수 없었다고 하는 게 옳았다. 아무것도 할 수 없을 만치 밤마다 앓았다는 건 나중에 들어서 알았다.

그는 받아쓰기 시험을 보게 해달라는 청을 받고 네헤마의 호건에 들어갔던 부락에서의 마지막 날 밤의 정경을 떠올렸다. 그날의 호건은 매번 연필로 그린 원시시대의 판화처럼 떠오르곤 했다. 둥그런 원통형 지붕과 지붕 아래로 각을 이루며 흘러내린 팔각형 흙벽과 실내 한가운데에 놓인 두툼한 진흙 난로와 난로 위에서 뭉근하게 김을 피워 올리는 커다란 무쇠솥과 연한 감색 불꽃이 일렁이는 난로 곁에서 허름한 차림의 남자가 똑같이 허름한 차림의 여자의 등을 주물러주고 있는 광경은 남루하면서도 아름다웠고 언짢으면서도 애틋했었다.

그가 인기척을 내고 들어가자 네헤마는 찡그렸던 얼굴을 얼른 폈고 피드질은 재빨리 눈물을 닦았다. 등불이 밝지 않아서 그들의 표정을 훤히 볼 수는 없었지만 어둡다고 보이지 않은 건 아니었다.

그는 고통을 견디는 사람과 받아쓰기를 한다는 게 내키지 않았지만, 네헤마가 원하는 일이어서 어쩔 수 없이 받아쓰기를 했다.

그는 동화책을 뒤적여 '훨훨 날아가고 싶다'라는 문구를 찾아 불렀다. 네헤마는 작은 탁자에 엎드려 볼펜을 움켜쥐고 힘주어 받아썼다. 그러나 훨훨을 헐헐이라고 썼다. 그는 헐과 훨이 어떻게 다른가를 설명해 주고는 정확한 의미의 쓰임새를 여러 예를 곁들여가며 설명했다. 네헤마는 금방 알아듣는 듯 했지만 막상 새가, 키가, 나이가, 배춧값이, 상처가, 하는 문제를 냈을 때는 뒷말을 정확히 골라 쓰지 못했다. 자꾸만 헐과 훨을 혼동했다. 그는 네헤마가 좀처럼 집중하지 못하는 걸 알아챘다. 그렇다고 그만둘 수는 없었다.

"회초리를 맞아야겠습니다."

그는 짐짓 장난스레 말하면서도 마음이 아팠다. 네헤마는 억지로 웃었다. 수척하지만 웃는 얼굴이 예뻤다. 저 나이에도 웃는 게 저렇게 이쁠 수가 있구나, 그는 내심 감탄하곤 했다. 받아쓰기를 하고 나서는 함께 시집을 읽었고 혼자 읽어보게도 시켰다. 네헤마는 더듬거리며 읽었다.

[1]달이 암만 밝아도 쳐다볼 줄을 예전엔 미처 몰랐어요.

이제금 저 달이 설움인 줄은 예전엔 미처 몰랐어요.

다 읽고 나서는 무슨 내용인 줄 알겠느냐고 물었다. 네헤마는 평소 무심히 보던 것을 다시 보게 되는 의미가 있다고 수줍게 말했고

---

1 김소월 시인의 詩 "예전엔 미처 몰랐어요"의 일부.

그는 그런 의미로도 읽을 수 있지만 다른 의미로도 읽을 수 있다며 시인이 살았던 일제 강점기의 시대적 배경과 빼앗긴 나라에 대한 시인의 애틋한 마음을 설명해 주었다.

"옛날에 독립군이 일본과 싸우는 영화를 한 번 본 적이 있어요."

언제 적인지 모를 기억을 꺼내며 네헤마가 말했지만, 영화 한 편으로 자신이 태어난 나라에 대해 다 알 수는 없었다. 그는 네헤마가 하나라도 더 알기를 바라는 마음에서 우리나라가 어떤 혹한기를 겪었는지 얘기해 주었다. 네헤마와 오래 마주 앉아있고 싶어서도 얘기했다. 이따금씩 어두운 구석 저만치 혼자 떨어져 앉아 나무로 뭔가를 만드는 피드질을 훔쳐보며 길게 얘기했다.

"그렇게 일제 강점기와 6·25 동란을 거치면서 많은 사람들이 희생되었지요. 수많은 아버지와 형 동생들이 죽거나 다치고 여자들은 서럽고 힘든 시기를 살아낼 수밖에 없었습니다."

네헤마는 귀를 기울여 들었다. 반듯하게 허리를 펴고 앉아서 유심히 들었다. 간간이 미간을 찡그리긴 했어도 자세를 흩트리진 않았다.

"우리나라가 그렇게 험한 난리를 겪은 줄은 몰랐어요. 저한테 그런 얘길 해준 사람이 아무도 없어서, 책을 읽게 되면 그런 걸 다 알게 되나요?"

"그럼요. 책은 우리나라 역사뿐 아니라 여기 미국 역사에 대해서도 알게 해주고, 이 세상의 숱한 사람들 이야기도 다 들을 수 있게 해주지요."

네헤마는 잠시 뭔가를 생각하고 나서는 물었다.

"나라가 그랬다면 저의 어머니도, 그럴 수밖에 없었겠군요?"

그는 포목점 노부인의 말을 한 번 더 들려주는 것으로 대답을 대신하고는 덧붙여 말했다.

"아버지들도 그런 사람 많아요. 제 아버지도 제 위의 누님을 남의 집에 보내셨지요."

사정은 달라도 맥락은 같아서 네헤마에게 조금이라도 위로가 되었으면 했지만, 위로가 되었는지는 알 수 없었다. 다만 한마디도 놓치지 않으려고 자신을 빤히 쳐다보는 네헤마의 시선에 수많은 생각의 그림자들이 어른거리던 것만은 또렷이 기억되었다.

피드질이 들고 온 상자는 별로 크지 않았다. 흔히 볼 수 있는 중간 크기의 정사각형 상자였다.

"순이의 유품 전부요."

피드질이 상자를 열어 보여준 내용물은 네헤마가 겨울철에 자주 둘렀던 보라색 솔과 은으로 직접 만든 세공품 몇 개와 편지 한 통이 전부였다. 그리고 되돌려준 800불이 들어있었다. 유품이라고 하기에는 너무도 초라했다.

"이걸로는 순이 가족을 찾는 데 큰 도움은 안 되겠지만 조금이라도 보탬이 되면 좋겠소."

피드질이 누런 손수건 뭉치를 꺼내 보이며 미안해했다. 그는 모든 방법을 다 써서라도 찾아보겠다고 했지만 솔직히 자신은 없었다. 그래도 할 수 있는데 까지는 해볼 생각이었다. 피드질도 꼭 그래 주길 바라는 듯 말했다.

"어려운 일이라는 건 알지만, 순이의 마지막 얼굴이 워낙 간절해서, 이렇게 선생께 부탁하는 것이오."

피드질의 말이 아니어도 그는 이미 네헤마의 간절함을 알고 있었다.

부락에서 마지막 밤을 묵고 난 다음 날 네헤마는 직접 나바호 타코를 만들었다. 여태껏 한 번도 음식 대접을 제대로 못 해 드렸다는 이유에서였다. 나바호 타코는 손이 많이 가는 음식이었고 여러 가지 재료가 들어가기 때문에 쉽게 만들어 먹을 수 있는 음식이 아니었다.

　　네헤마는 서둘러 옥수수를 갈아 밀떡을 부치고 콩을 삶고 고기를 볶고 야채를 다졌다. 옆에서 지켜보지 않아 정확히 알지는 못하지만, 네헤마는 음식을 만들면서 아마도 한두 번쯤 힘든 숨을 몰아쉬었을 테고 두서너 번쯤은 신음소리를 냈을 테고 서너 방울 정도의 땀을 흘렸을 것이었다. 그렇게 해서 만든 음식을 그는 좀처럼 먹을 수가 없었지만, 네헤마가 빤히 지켜보고 있어서 억지로라도 먹지 않을 수가 없었다. 음식을 먹고 느지막이 부락을 떠날 때는 여느 때와 달리 부락 앞 둔덕으로 배웅까지 나와 주기도 했다. 네헤마는 띄엄띄엄 마음속의 감사를 드러내며 보답할 게 아무것도 없어서 속상하다고 했다. 그는 그런 말을 들을 정도는 아니라며 오히려 부락에서 배운 게 더 많아서 앞으로도 자주 오고 싶다고 했다.

　　"앞으로 자주 와도 귀찮아하지 않으시겠죠?"

　　네헤마는 가만히 그를 쳐다보았고 그는 깊고 어두운 강물 같은 눈에 여러 감정들이 스치는 걸 보았다. 물론 그 감정들이 무엇인지는 정확히 알지 못했지만 갸름한 눈 한가운데서 드러나지 않게 반짝이는 어떤 감정 한줄기는 알아보았다. 그는 자신의 가슴이 뛰는 걸 의식하며 서둘러 자동차 키를 꺼내는데 네헤마가 살며시 무릎을 꿇고 앉았다. 그리고는 그의 한쪽 다리를 가슴팍에 꼭 끌어안고 나직하게 속삭였다.

"선생님, 고맙습니다. 선생님의 은혜 절대 잊지 않겠습니다."

부족의 최상의 인사법이었다.

그는 다리로 전해지던 네헤마의 차가운 체온과 황망히 일으켜 세울 때 만져지던 네헤마의 야윈 어깨를 기억했다. 그리고 네헤마의 마지막 말을 기억했다.

"우리나라에 가고 싶어요. 갈 수는 있을까요?"

한국의 외무부에서 답문이 온 건 세 번이나 탄원서를 보낸 뒤였다. 답문에는 이렇게 쓰여 있었다.

'귀하의 탄원서는 사실 여부의 확인이 어려운 관계로 반려합니다.'

14

토템 폴

피드질이 상자에서 꺼내 보여준 편지 봉투는 얇았다. 도무지 안에 뭐가 들어있을 것 같지가 않은 봉투를 피드질은 손으로 가만히 쓰다듬었다. 마치 소중한 것을 마지못해 내놓는 것 같은 행동이었다.

"순인 고통으로 신음하면서 이 편지를 썼소. 탁자에 엎드려 쓰고 또 쓰고 했소. 뭘 쓰는지 모르지만 지우고는 다시 쓰고 또 썼소. 밤새 잠도 자지 않고 편지 쓰는데 온 힘을 기울이는 것 같았소."

그는 그랬을 거라고 생각했다. 글자를 갓 깨친 사람들의 일반적인 행동이라는 걸 그는 누이의 편지를 통해 이미 알고 있었다. 누이가 보내온 편지는 쓰고 지우기를 반복한 흔적으로 지면이 깨끗했던 적은 한 번도 없었다. 한참 편지 봉투를 어루만진 피드질은 상자에 도로 넣으면서 기도처럼 말했다.

"부디 이 편지가 가족에게 전해지기를!"

그러고 나서 한마디 덧붙이는 것도 잊지 않았다.

"내 얘기도 가족들이 꼭 들을 수 있게 되기를!"

그는 스스로 다짐하듯 걱정하지 말라는 말을 반복하지 않을 수 없었고 피드질은 마치 할 일을 다 했다는 듯 무너지듯 벽을 기대고 다리를 길게 뻗었다. 길고 초췌한 피드질의 몸체가 희끄무레 드러나 보였다. 새벽이 오고 있는 게 분명했다. 하지만 날은 아직 밝지 않았다. 그는 거듭 말했다.

"이제 마음 편히 지내세요. 내 꼭 가족을 찾아 전해 줄 테니까."

피드질은 두어 번 고개를 끄떡여 보이고는 눈을 감았다. 지친 기색이 단내로 맡아졌다. 그는 상자를 들어 한쪽으로 치우며 낮에 잠깐 들렀던 네헤마의 무덤을 생각했다.

네헤마의 무덤은 붉은 절벽 끝자락 너머 산속에 있었다. 가파르고 고르지 않은 험한 비탈을 거슬러 올라 골짜기 깊숙이 들어가야만 하는 곳이었다. 부락의 공동묘지였다. 돌멩이로 쌓아 올린 낮은 무덤마다에는 십자가가 꽂혀 있었다. 5년 전 처음 갔을 때 십자가를 보고 놀라서 부락 사람 모두가 기독교인이었냐고 물었던 적이 있었다. 피드질은 부족에서의 십자가는 기독교를 표시하는 것이 아닌 새벽의 별을 상징하는 것이라고 했다. 새벽 별은 죽은 사람의 영혼이 다시 밝은 별로 태어나길 바라는 마음의 기원이라고 했다.

네헤마의 초라한 무덤에도 나무 십자가가 꽂혀 있었다. 옆의 예파도 마찬가지였다.

봉분은 온통 돌멩이들로 덮여 있었다.

그는 주변의 돌멩이들을 하나둘씩 날라다 봉분을 덮었을 피드질의 마음을 헤아렸다. 네헤마의 부고를 받고 어찌할 수 없는 허전함으로 여기저기 돌아다녔던 자신의 마음도 생각했다. 자신의 허전함이 아무리 크다 해도 피드질의 상실감을 따라갈까 싶었지만, 지금의 피드질은 여느 때보다 편안해 보였다. 마치 무거운 짐을 벗어버린 듯 홀가분해 보이기도 했다. 그는 피드질처럼 다리를 뻗고 벽에 등을 기댔다. 저만치 밀쳐 둔 피곤이 기다렸다는 듯 곧장 달려들었다. 눈을 감았다. 감은 눈시울 위로 공동묘지로 올라가는 초입에 서 있던 목각인형이 떠올랐다. 한국의 마을 지킴이인 장승만큼 크지는 않았지만 거의 흡사했다. 5년 전에는 없던 것이어서 피드질에게 언제 만든 것이냐고 물었다. 피드질은 자신의 세 번째 동생 아히가(그는 싸운다)가 와서 만들어 준 것이라고 했다.

아히가는 다른 부족의 여자를 사랑해서 그 부족의 일원이 되었지만, 가끔 네헤마를 보러 올 정도로 그녀를 좋아했다고 했다. 아히가는 분명 네헤마를 모델로 다듬었겠지만, 솜씨는 그다지 훌륭하지 않았다. 그렇다고 네헤마와 전혀 닮지 않은 건 아니었다.

"토템 폴이요."

피드질이 말해 주었다.

토템 폴이라, 그는 중얼거렸다. 네헤마는 영혼마저도 한국엘 가지 못하고 여기 수호신으로 붙들려 있구나 싶었다. 하지만 네헤마는 부락을 영원히 지키지 못할 것이었다. 부락은 언제 사라질지 모르기 때문이었다. 그러기 전에, 그는 네헤마의 가족이 부락을 방문하는 장면을 상상했다. 만일, 만일에 그런 일이 일어난다면, 글쎄, 그런 일이 과연 가능할까는 의문이었다. 그는 네헤마의 고향을 그려보았다. 동네에 바다가 있었다고 했지만, 삼면이 바다인 나라에서 바다를 낀 어촌은 헤아릴 수 없이 많을 것이었다. 그걸 어떻게 찾나. 중얼거리고 나서는 집 마당에 감나무가 있었다고 했는데, 감나무가 해안지방에서도 자라나 의아해하다가 뭐, 자랄 수도 있겠지. 하고 중얼거렸다. 그는 신문에 내보낼 심인 광고 문안과 한국의 친구들과 다른 여러 가지를 두서없이 떠올려 보면서 언뜻언뜻 생각이 끊어지는 걸 의식했다. 그리고는 이내 캄캄한 어둠 속으로 빨려들어 갔다.

텅!

가벼운 쇠붙이 부딪치는 소리에 그는 흠칫 눈을 떴다. 어느새 사방이 훤히 밝아져 있었다. 잠시 눈을 감았던 것이 그만 깜빡 잠이 들었던 모양이었다. 텅, 소리는 곁의 맥주 깡통이 쓰러지면서 난 소리였다. 그는 반쯤 기울어진 상체를 바로잡으며 피드질을 돌아보았다. 피드질은 바닥에 모로 쓰러져 자고 있었다. 잔뜩 웅크린 채였다. 새벽 기온이 제법 차가웠다. 그는 선잠 자락을 떨쳐내며 자리에서 일어나 저만치 밀쳐져 있는 모포를 가져다 피드질을 덮어주었다. 그리고는 잠든 피드질을 들여다보았다. 피드질은 밤새 더 늙은 듯 보였다. 머리는 조금 더 하얘진 것 같았고 홀쭉하니 꺼진 볼은 더 깊게 팬 것 같았다. 눈은 감고 있어서 얼마나 더 퀭해졌는지 알 수 없지만 이마의 주름살은 볼 수 있었다. 그러나 잠든 얼굴은 편안해 보였다. 그는 나직하게 피드질을 불렀다. 시쿼스! 피드질은 눈을 뜨지 않았다.

그는 상자를 들고 거실로 들어갔다. 먼저 자신의 크로스 백을 찾아 가슴에 두른 후 상자를 열어 800불이 싸인 누런 손수건 뭉치를 꺼내 탁자에 올려 둔 다음 상자를 들고 밖으로 나왔다. 피드질은 여전히 잠들어 있었다. 그는 발자국 소리를 죽여 목조가옥 계단을 내려가서는 마른 풀들이 가시처럼 듬성듬성 박힌 부락의 마당을 빠르게 걸어 둔덕 위의 자동차로 갔다. 그는 자신이 한 번 더 부락을 방문할 수 있게 되기를 바라면서 상자를 차에 실었고 그때까지 피드질이 잘 견뎌주기를 빌면서 자동차 시동을 걸었다.

15

에필로그

캘리포니아주 40번 국도변의 풍경은 참 황량하다.

거의 한 시간째 차창 전면을 스쳐 가는 풍경이란 세이지 브러시가 허옇게 말라가는 회백색의 벌판과 벌판 한가운데로 끝없이 이어지는 4차선 도로와 멀리 도로 끝에서 단속적으로 나타났다가 천천히 뒤로 밀려나는 주근깨투성이의 민둥산뿐이다. 방점 같은 나무 한 그루 없다.

두산은 리무진 버스 엔진터널 옆 층계에 걸터앉아 간간이 비어져 나오는 하품을 깨물었다. 한때 자신의 감성을 풍성하게 자극하던 모하비사막의 정취는 세이지 브러시만큼이나 말라비틀어진 지는 오래였다. 잠깐 눈이라도 붙이고 싶었지만 그럴 수가 없었다. 장거리 운전하는 기사 옆에서 가이드가 잠을 잔다는 건 있을 수 없는 일이었다. 혹 졸음에 빠질지도 모를 기사를 지켜봐야 하는 것도 가이드의 의무 중 하나였다. 거푸 새 나오는 하품을 삼키는데 기사가 힐끗 돌아보며 물었다.

"어떻게 속력을 줄일까요?"

언뜻 귀찮다는 생각이 스쳤지만 그는 고개를 끄떡였다. 오랜 습관 탓이었다. 차창 전면으로 자신만이 알아보는 한 지점이 서서히 다가오고 있었다. 자칫 지나치기에 십상인 지점을 이젠 기사도 귀신같이 알아보는 것에 왠지 비밀이 탄로 난 것 같은 허망함을 느끼며 그는 핸드마이크를 찾아들고 출입문 쪽 계단 한 칸 아래로 내려섰다.

대형 리무진 버스 절반을 겨우 채운 관광객들은 햇볕을 피해 한쪽으로만 쭉 몰려 앉아있었다. 다들 점심 식사 뒤의 식곤증에 혼곤히 잠겨 있었다. 그는 그만 지나칠까 망설이면서도 습관처럼 마이크의 스위치를 올리고 손으로 톡톡 두드렸다. 마이크의 공명음이 유리 파편처럼 튀면서 깜짝 관광객들을 깨웠다.

그는 더러 얼굴을 찌푸리고 더러는 선잠 깬 아이처럼 어리둥절해 하는 관광객들에게 잠을 깨운 것에 대해 먼저 사과한 후, "우리는 아직도 캘리포니아주 모하비 사막을 지나고 있습니다. 사막 참 가도 가도 끝이 없죠." 하는 서두를 늘어놓은 다음 창밖을 가리켰다. 마른 풀들 뿐인 회백색의 허허벌판에 듬성듬성 조슈아 트리만 서 있을 뿐 뭐가 보일 리가 없었지만, 그는 시치미를 떼고 말했다.

"저기 시에라마드레 산 아래 가까이로 대리석으로 만든 비개석 (碑蓋石)이 하나 보일 것입니다. 만자라라고 하는 비개석입니다. 아시겠지만 만자라는 불교의 표식인데 그것이 왜 모하비사막 한가운데에 있는지 궁금하지 않으십니까? 이제부터 그 내력을 말씀드리도록 하겠습니다."

1945년 태평양전쟁 때 일본이 진주만을 기습 공격해 막대한 인명피해와 군함을 파괴하자 미 연방정부는 그 보복의 일환으로 캘리포니아주 허허벌판에 겨우 비바람만 피할 수 있는 11개의 천막을 치고 자국에 거주하는 모든 일본인들을 끌어다 강제로 가두어버렸다. 수용소마다에는 삼천 명씩이 갇혀 지내게 되었는데 좁고 허름한 천막에서 삼천 명이 갇혀 지내야 하는 참상을 상상하기란 조금도 어렵지 않다. 추위와 기아와 질병으로 무고한 인명들이 수없이 죽어 나갔다. 일본이 항복한 후 미 연방정부는 수용소 문을 열고 일본인 모두를 석방했지만 이미 삼만 삼천 명 중 삼천여 명이 희생된 후였다. 만자라에는 그때 희생된 사람들의 명단이 빼곡하게 새겨져 있다. 미 연방정부는 그때의 보상으로 벼 생산이 금지된 캘리포니아주에 일본인들에게만 유일하게 벼농사를 허락했는데 지금의 시라기쿠 만생종 벼가 그것이다. 그런 일을 알고 있는 사람들이 많지 않은 데 이유는 일본 정부가 세상에 알려지는 것을 원하지 않기 때문이었다.

"일본 정부가 원하든 원하지 않든 반세기 전까지 함께 숨 쉬고 살았던 우리들만이라도 알고 있어야 하지 않을까 하는 생각에서…."

그는 말끝을 흐리며 관광객들의 반응을 살폈지만, 매번 그렇듯 귀담아듣는 사람은 별로 눈에 띄지 않았다. 지난 수년간 되풀이 들려준 이런 이야기조차 기억하는 사람이 몇이나 될까. 생각하며 그는 요란하게 코를 고는 소리를 들으며 마이크를 껐다.

다시 엔진터널 옆 통로에 앉는데 기사가 물었다.

"다음은 어떡할까요?"

그는 잠시 대답을 미뤘다. 이맛살을 찌푸리는 기사의 얼굴이 전면차창에 둥실 비치는 걸 그는 보았다. 누군가의 코 고는 소리가 한층 더 요란해지자 다른 누군가가 짜증을 냈다. 에이, 씨! 그는 기사에게 말했다.

"이번엔 그냥 건너뜁시다."

건너뛸 곳은 애리조나주 접경 가까이 있는 피마족 원주민 부락이었다. 아직 한참을 더 가야 할 곳을 미리 묻는 건 피마족 부락이 오지로 한참 들어가야 하기 때문이었다. 그곳도 일정에 없는 것이었다. 그는 전면차창에 비친 기사의 찌푸린 얼굴을 흘깃 쳐다보고는 엔진터널 위의 일정표를 집어 들었다. 그리고는 세 페이지짜리 첫 장에 인쇄된 고딕체의 글씨를 한참 들여다보았다. '김두산과 함께 떠나는 대자연의 서사시' 그는 손가락으로 대자연이라는 문구를 손가락으로 톡톡 쳤다. 이미 생동감을 잃은 대자연이라는 단어가 사어(死語)처럼 느껴졌다. 내가 아무래도 가이드 노릇을 너무 오래 하고 있나 보다. 생각하며 첫 장을 넘겼다. 두 번째 장에는 2박 3일간의 일정이 빽빽하게 나열되어 있었다. 본격적인 여행 일정은 두 번째 날부터 시작되었다. 그는 일정 중에 애리조나주 유명 캐니언들 사이에 끼어있는 모뉴먼트 밸리에 시선을 붙박았다.

모뉴먼트 밸리 투어 관광. 원주민 현지 가이드 안내. 세 개의 뷰트와 신의 눈, 코끼리 뷰 등을 감상. 차량 편 무개차 트럭. 입장료 50불. 팁 5불 개인 부담.

오늘 로빈은 팁을 얼마 받지 못하겠군. 그는 속으로 중얼거렸다. 인솔 팀은 채 30명도 되지 않았다. 어느새 눈꺼풀이 처지고 가는 잔주름이 실파 뿌리처럼 퍼진 로빈의 얼굴이 일정표 위에서 실실 웃었다. 그 웃음과 함께 한 지도 꽤 되었다.

로빈은 아직 결혼하지 않았다. 이유를 물으면 어깨를 한번 으쓱할 뿐이었다. 결혼 생각이 있다는 것인지 없다는 것인지 알 수가 없지만 만일 로빈이 결혼하게 된다면 그때는 예파를 잊어버리는 순간이 될 것이었다. 그때가 제발 로빈의 노후가 아니길 빌며 그는 모뉴먼트 밸리 근처에 호건을 지어놓고 방랑객 여행자를 기다리던 스물네 살의 로빈을 떠올렸다. 그때 로빈은 열일곱 살 연인의 성숙을 기다리며 꿈을 꾸고 있었다. 그 꿈을 어쩌면 아직도 꾸고 있는지도 모를 로빈은 자신을 보면 또 이렇게 물을 것이다. 아직도 아무 소득이 없나요?

로빈이 그렇게 묻기 시작한 지도 어느덧 3년이 다 되어가고 있었다. 묻는 말에도 기대치가 낮아져 이제는 으레 건네는 인사로 전락되었을 정도였다. 친구도 전화를 걸면 노골적으로 짜증을 냈다.

이젠 포기해. 없는 사람들을 만들어다 주리?

몇 년 전 국영방송을 정년퇴직한 친구는 한국을 자주 들락거릴 처지가 못 되는 그를 대신해 실종자 신고센터에서 명단을 입수하는 것부터 전국의 김순이라는 이름의 보호자들을 일일이 찾아다니며 확인해 주는 수고를 아끼지 않았다. 그런 친구에게 다시 김순이가 아닌 김영순이라든가 미순, 복순 같은 마지막 이름 끝에 순자가 들어간 실종자들을 모두 알아봐 달라고 부탁한 것은 1년 전이었다. 처음 그런 부탁을 할 때 친구는 대뜸 어떻게 자기 이름을 잘못 알 수가 있겠냐며 타박을 주었지만, 본래의 이름 석 자를 줄여 끝 자만을 부르는 것은 아주 흔한 일이었다. 특히 남쪽 지방이 그랬다. 생각이 그쪽으로 미친 건 순이의 가족 찾기 탐문에 아무런 성과 없이 지쳐가면서였다.

네헤마는 학교에 들어가기도 전에 남의 집으로 보내졌다. 늘 부르던 이름인 순이로. 주변에서 다들 순아, 순아, 불러주니까 당연히 자신의 이름인 줄 알았을 것이다. 요즘처럼 각종 문화 기기들이 발달하지 않을 때여서 아이들의 지적 세계가 넓지 않을 때였다. 생활에 찌들린 부모들은 아이들을 자상하게 가르칠 틈이 없던 시절이었고 아동 대부분이 초등학교에 입학하고서야 겨우 자신의 이름 석 자를 알게 되던 시절이었다. 네헤마가 자신의 이름을 잘못 알고 있을 수 있는 여건으로는 충분했다.

그렇게 번번이 친구를 들볶았지만 친구도 이제는 슬슬 꾀가 나서 피하는 눈치였다. 두산도 모르지는 않았다. 순이의 가족 찾기가 진즉에 불가능하다는 것을.

그는 내일이면 다시 얼굴을 보게 될 로빈이 물으면 또 뭐라고 대답해 주어야 할지를 생각했다. 어쩌면 로빈에게 해줄 대답은 자신에게 들려줄 말일 지도 몰랐다. 이젠 그만 포기해야 할 것 같아.

네헤마는 세상에 존재했었다는 흔적마저 남기지 못하고 떠났다. 그녀가 살았던 기록은 어디에도 없다. 하지만 그녀가 이 세상에 존재했었다는 사실을 남겨주고 싶어서라도 두산은 순이의 가족 찾기를 쉽게 포기할 수가 없었다.

아무리 해도 찾아지지 않는 건 순이의 가족들이 아예 실종신고조차 하지 않았다는 뜻이었다. 집안에 무슨 일이 있거나 아니면 아예 잊어버린 채 살고 있거나 둘 중 하나일 것이지만 그는 후자에 더 무게를 두었다. 아예 잊어버리는 게 가족들이 선택할 수 있는 최상의 방법이었을 지도 모르기 때문이었다.

그렇게 순인 가족들로부터 잊혀졌는지 모르겠지만 네헤마는 차마 행복한 세상으로 가지 못하고 여전히 부락의 뒷산 자신의 묘택에서 기다리고 있을 것이었다. 하지만 이젠 네헤마도 순이를 잊어버리고 피드질이 기다리는 행복한 세상으로 가야 하지 않을까.

피드질의 죽음은 심장정지였다. 네헤마의 유품을 받아들고 부락을 떠나온 지 열흘 뒤였다. 잠자리에 든 피드질이 영영 일어날 수 없게 되었다고 알려준 사람도 로빈이었다.

로빈은 전화로 예파의 아버지가 행복한 세상으로 가버렸어요. 하고 말했다. 로빈은 피드질을 그냥 아저씨라고 하면 될 것을 굳이 예파의 아버지라고 지칭해서 불렀다. 로빈이 그렇게 지칭한 건 예파의 이름을 한 번이라도 더 부르고 싶어서라는 걸 그는 알아챘다. 가엾지만 행복한 놈. 그 행복을 오래 지니기 위해서일까. 로빈은 아직도 붉은 절벽 아래의 부락을 떠나지 않고 그대로 눌러살고 있었다.

부락에 물을 끌어들이기 위한 네헤마의 노력은 네헤마 자신의 죽음으로 흐지부지된 지 오래였고 부족의 오랜 숙원인 개관수로 공사는 아직도 연방정부와 힘겨운 협상을 이어가고 있는 중이었다. 카지노 유치 문제는 주 정부와 부족 자치국에서 합동으로 실시한 여론조사가 유치 불가로 기울어져 그 역시 없던 일이 되고 말았다.

금방 사라지고 말 줄 알았던 '붉은 절벽 아래의 부락'도 예상과는 달리 날마다 피폐해져 가는 채로 사람들이 살고 있었다. 로빈 같은 사람들이었다. 로빈은 모뉴먼트 밸리의 현지 가이드 숙소에 묵으면서 이따금씩 부락을 보살피러 다녀가곤 했다. 만일 네헤마가 병으로 쓰러지지 않았다면 지금쯤 부락은 어떻게 달라졌을까.

그는 일정표를 덮고 어깨를 폈다. 전면차창으로는 여전히 황량한 사막만이 펼쳐져 보일 뿐이었다. 눈에 익은 풍경이 지루하기만 했다. 가만히 앉아있는 것도 권태로웠다. 지루함과 권태로움을 덜기 위해서라도 관광객들에게 뭐라도 들려줘야 하는데 귀찮다는 생각이 먼저 드는 건 아무래도 나이 탓일 것이었다. 이러다 해고되고 말지. 중얼거리며 그는 마이크를 집어 들고 고객들에게 들려줄 얘깃거리를 생각했다. 수많은 얘깃거리 중에서 자꾸만 네헤마의 얘기가 고개를 치켜들었다. 아직 누구에게도 네헤마의 이야길 들려준 적은 없다. 얘기를 꺼내는 순간 그녀에 대한 기억이 왠지 변질되고 퇴색될 것 같은 생각이 들어서였다. 그녀를 좀 더 과장하거나 영웅시할지도 모를 일이었다. 오래전에도 그녀에 대한 소문이 마구잡이로 변질되고 각색되어 퍼진 적이 있었다. 그는 마이크를 만지작거리다 도로 내려놓았다. 네헤마의 얘기는 아무래도 소중히 담아두는 게 나을 것 같았다. 네헤마의 얘기는 자신 말고도 아는 사람은 많이 있었다. 다음에 누군가의 입을 통해 알려지겠지만 자신은 아무에게도 말하고 싶지 않았다. 네헤마의 편지를 몰래 읽었다는 것도 비밀로 간직하고 싶었다.

네헤마의 편지는 길지 않았다. 며칠 밤을 쓰고 또 쓰고 찢었다 또 썼다는 편지는 짧았다. 그는 힘주어 한 자 한 자 눌러 쓴 흔적이 역력한 네헤마의 편지를 읽고 또 읽었다. 편지는 몇 번 읽지 않아도 금방 외워졌고 외운 편지는 언제든 꺼내 읽을 수 있었다. 그는 지그시 눈을 감고 네헤마의 편지를 꺼내 또 읽었다.

어머님 어머니 엄마
세가지 중에서 엄마라넌 말이 제일 부러고 시퍼요.
엄마 보새요
엄마를 오레 미워해서 재송합니다
엄마를 오레 언망해서 미안합니다
엄마를 오레 시러해서 눙물이 남니다
이제는 그러지 안을라고 합니다
그러니 부디 아푸지 마시고 오레 오레 경강하세요

　　　　　　　　　딸 순이가 드림미다 (끝)

이 작품에 등장하는 나바호 인디언의 전통 노래와 인디언 사상의 일부는 류시화 작가님의 2003년 저서인 『나는 왜 너가 아니고 나인가』에서 발췌하거나 참고하였습니다.

에코 페미니즘적 삶의 세계로의 귀의

- 디아스포라 문학의 새로운 지평을 열다 -

조동선
작가

이 소설은 단편소설 『데스밸리』(미국 LA에서 디아스포라적 삶을 살아가는 한국 여성의 기약 없는 삶을 형상화)로 등단한 작가의 첫 장편소설로 현대자본주의 문명에 의해 황폐해져 가는 미국인 디언 부락인 나바호족의 한국인 출신 여성 추장의 삶을 형상화하고 있다.

화자 김두산과 간접 화자인 피드질 두 사람의 시점으로 1970년대 가부장제적 폭력의 희생양이 된 순이라는 여자의 한국에서의 삶과 포천 미군 기지촌에서 만난 나바호족 출신 미군 병사와 결혼한 후 미국으로 이주하여 '째진 눈'이라는 이름에서 '네헤마'(우리들의 어머니)라는 이름으로 거듭나 나바호족 한 지파의 추장으로서의 삶을 기둥 줄거리로 삼고 있다.

LA에서 여행사를 운영하는 화자가 한국인 출신 여성 추장 '네헤마'에게 관심을 가지게 된 주된 이유는 물론 관광상품 개발이라는

목적에 있었지만, '네헤마'의 한국에서의 삶이 가부장제의 희생양이
된 누이의 삶과 겹쳐 보이기도 해서였다.

이 소설의 실질적인 주인공 네헤마의 이주는 자유로운 낭만적 노
마드가 아니라 목숨을 건 이주였고, 그 공간은 신산한 삶의 현장이
면서 또한 에코 페미니즘적 공간이기도 하다.

주지하다시피 여성들은 항상 자기 삶을 지키고 공동체를 안전
하게 하고자 노력하는데 동력이 되어왔다. 에코 페미니즘은 생태학
(ecology)과 여성주의(feminism)의 합성어로 생태주의와 페미니
즘을 동시에 지향하는 사상이다. 따라서 페미니즘의 목표와 생태학
운동의 목표가 같다는 데에서 출발한다. 다시 말해 자연 해방과 여
성해방을 주장하는 에코 페미니즘은 자연에 가해지는 폭력과 여성
에게 가해지는 억압이 서로 상관관계가 있다는 것이다. 인간이 자연
을 타자화하고 착취하는 방식과 기득권층 남성이 여성을 타자화하
고 착취하는 방식에서 그 공통점을 엿볼 수 있다. 여성 및 자연을 물
질적으로 착취하는 행태가 자본주의 가부장제와 구조적으로 얽혀있
기 때문이다.

네헤마가 '순이'라는 이름으로 살았던 포천 주둔 미군 부대 기지
촌에 대해서는 굳이 배경에 대한 설명을 하지 않아도 독자들은 짐작
이 가리라 믿는다. 순이가 미국 인디언 나바호족 출신 병사와 결혼
하여 이주한 공간인 '붉은 절벽 아래 부락'은 애리조나주 북동부와
콜로라도 남서부 접경지역에 펼쳐진 계곡으로 그곳은 자본주의 문
명과 그 제도의 침투를 받으면서 점차 퇴락의 길에 접어든 곳이다.
그곳에서의 네헤마는 대자연 속에서 질박하고 자유롭게 자연 친화
적인 삶을 사는 원주민들 속으로 동화해 들어가려고 부단히 애써도
어딘가 겉돌지만 끝내는 그들 세계로의 귀의하는 삶을 보여준다.

이 소설의 구조는 화자의 현재진행 서사를 겉 이야기로, 피드질을 간접 화자로 해서 들려주는 '네헤마'라는 한국 출신 여성 인디언 추장의 지나온 삶을 속 이야기로 한 일종의 액자형(정확하게는 격자용) 플롯으로 이루어져 있다.

　이 소설의 도입은 화자인 김두산이 애리조나 동북부와 콜로라도 남서부에 걸친 계곡 사이에 위치한 리치 쩨예치 비야 짜호로라니흐(붉은 절벽 아래 부락)을 5년 만에 재방문하는 데서 시작된다. 그의 방문은 두 달 전 모뉴먼트 밸리에서 '호건' 민박을 치는 부락 출신 로빈을 만났을 때 건강이 악화된 피드질이 로빈을 볼 때마다 김두산 씨를 만나게 해달라는 부탁에서 이루어진 것이다.

　김두산은 한국에서 반정부 운동의 위험인물로 낙인찍혀 변변한 일자리조차 얻지 못해 가족을 이끌고 미국으로 이주하지만, 이민자 누구나 그렇듯 10여 년간 막노동으로 전전하다 미국 여행을 원하는 한국인 관광객과 교민들을 대상으로 한 여행사를 차린다. 그는 관광 코스 개발차 모뉴먼트 밸리에 들렀다가 그곳에서 호건을 지어놓고 민박을 치는 나바호족 출신 로빈을 만나면서부터 교류가 시작된다.

　김두산은 로빈으로부터 나바호족 붉은 절벽 아래 부락의 여성 추장 '네헤마'가 물 부족으로 시달리는 부락을 위해 애를 쓰고 있다는 말을 듣게 된다. 붉은 절벽 아래 부락은 물 부족이 갈수록 심각해져 부락민들이 물을 찾아 뿔뿔이 흩어지기 시작해 공동화가 진행되어 조만간 보호구역 내의 다른 부락처럼 사라질 운명에 처했다는 것이다. 붉은 절벽 아래 부락의 물 부족 현상은 부근의 작은 강줄기가 고갈되면서 물 부족이 심각해 20마일 떨어진 콜로라도강 지류에서 물을 끌어올 파이프라인 공사를 자체적으로 이뤄내기 위해 네헤마가 비용마련에 앞장서고 있다는 것이다.

로빈으로부터 네헤마의 이름이 원래 '순이'라는 말을 듣는 순간 두산은 붉은 절벽 아래 부락이 좋은 관광코스가 될 수 있으리라는 기대감으로 추장을 만나게 해달라고 부탁하여 그의 안내로 붉은 절벽 아래 부락을 찾아갔지만, 네헤마와 남편 피드질은 나바호네이션의 수도인 윈도우락의 7일간의 축제와 회의에 참석하기 위해 출타 중이어서 그들은 만날 수 없었다. 그들의 숙원인 파이프라인 공사대금 마련을 위해 나바호족 대추장이 추진하는 카지노 유치 건으로 부족 내 젊은 측과 원로 측의 의견이 엇갈린다. 유치 찬성 측의 주장은 젊은이의 일자리 창출과 개관수로공사 비용마련에 도움이 된다는 것이고, 원로 측의 주장은 그 일자리 창출이라는 게 청소, 경비원 등 허섭스레기 일자리일 뿐 끝내는 자연과 부족 전체의 삶을 병들게 만든다는 것이다. 그럼에도 네헤마는 카지노 유치 쪽에 손을 들어준다.

　　김두산은 붉은 절벽 아래 부락을 두 번째 방문했을 때 비로소 네헤마를 만나게 된다. 첫 대면에서 '민들레' 같다는 인상과 함께 자신을 바라보는 네헤마의 시선에서 마치 아버지에 의해 어린 나이에 식모살이로 내쳐진 누이의 시선을 떠올리고 만다.

　　남편 피드질을 따라 붉은 절벽 아래 부락으로 들어온 네헤마는 낯선 곳에서의 적응에 고생하지만 밭을 일구고 은세공품 만드는 법도 배우기 시작한다, 솜씨 좋은 네헤마의 은세공품은 관광객의 눈길을 끌어 팔려나가기 시작하면서 부락에 모처럼 활기가 살아난다, 네헤마는 물 부족인 부락에 물을 끌어들이는 데 앞장서고 그 공로로 추장에 추대되면서 '네헤마'로 불리게 된다. 나바호족 인디언은 모계 중심 사회이기도 해서 네헤마는 추장으로 자연스럽게 자리 잡는다. 김두산은 첫 만남에서 새로운 관광코스 개발이라는 욕심으로 네헤마에게 세공품 액세서리 판매를 도와주겠다고 약속한다.

LA로 돌아온 김두산은 "인디언 보호구역 원주민 부락탐방, 한국인 여추장이 다스리고 있는 충격적인 현장답사"라는 여행상품을 내걸고 교민들을 상대로 여행객을 모집하여 여러 차례 부락탐방을 이끌지만 열 번을 채우지 못하고 끝나버리고 만다. 그렇게 된 데는 마지막 탐방에 참여했던 관광객과 부락민 사이에 오고 간 말싸움인데 끝내 네헤마는 그들로부터 양공주 출신이라는 매도까지 당하게 된다. 그 사건으로 추장 직을 내려놓겠다는 네헤마에게 파이프라인 공사비용을 마련할 때까지는 추장 자리를 물러날 수 없다고 원로를 비롯해 부락민 모두가 말린다.

　　큰아들이 고등학교를 졸업하고 보호구역 바깥 세계로 나간 지 2년이 되지만 소식조차 없다. 그 밑으로는 고등학생인 딸 예파를 두고 있다. 장래 선생이 되는 것이 꿈인 딸 예파는 하이스쿨을 다니다 백인학생과 관계를 맺고 임신하여 부락에 돌아와 아이를 낳다 죽고 만다. 예파가 죽어가면서 네헤마에게 한 말은 '엄마'였다. 그 말은 네헤마가 어릴 때부터 예파에게 자주 들려줬던 말이었다. 딸을 잃은 네헤마의 상실감은 그녀의 삶에 활기를 잃게 한다.

　　카지노 유치 건으로 찬성에 손을 들었던 네헤마가 원로들과의 견해차를 불식하게 된 데는 한 원로의 "물 부족의 원인은 광산채굴업자의 채굴로 물길을 돌려놓았고 상업적 거대 자본이 강물을 막고 댐을 만들어 전기를 생산해 네바다주의 도박 도시를 밤낮없이 밝혀 주면서 보호구역은 황폐화 되었다" 라는 말을 듣고부터였고, 네헤마는 이후 모금함에 손을 대던 호끼의 엄마가 도박으로 피폐해진 모습을 보게 되면서 마음을 확실히 바꾸게 된다.

　　탐방 관광의 실패로 김두산은 회사를 접고 도박중독자와 도박을 즐기려는 자들을 실어나르는 카지노객 전문수송을 맡아 한다. 그 무렵 그는 피드질로부터 네헤마를 한 번 만나봐달라는 부탁을 받는다. 그 부탁을 들어주기 위해 방문하기 전 그는 네헤마에게 윤락녀라고 상처를 준 교민들을 만나 네헤마에게 건네주는 위로의 말을 녹음해서 분꽃과 봉선화를 들고 출발한다. 분꽃과 봉선화는 환경인자에 맞지 않는지 잘 자라지 못하고 시들고 만다.

네헤마와 화해한 김두산은 어머니의 병환 소식을 듣고 모처럼 귀국길에 오르는데 네헤마로부터 동생들을 찾아봐 달라는 부탁을 받는다. 네헤마가 기억하는 고향마을은 바닷가였고 감나무가 있었고 식모살이로 들어간 집이 동대문 상가 포목점이라는 게 전부였다. 김두산은 그 시절 누이들의 희생이 아니었으면 우리네 가족들이 그 어려운 시절을 버티어 내지 못했을 것이라는 부채감(누이 콤플렉스)에서 네헤마의 가족 찾기에 매달리지만 찾을 길이 막막하다. 그는 이산가족 찾기 특집방송에서 자식을 찾아다니는 노파의 모습을 보고 문득 어쩌면 네헤마의 가족들이 그녀의 존재조차 잊고 있는지도 모른다고 생각한다. 그는 방송국 PD 출신인 친구에게 이산가족 찾기 특집방송을 녹화해달라고 부탁하여 그것을 들고 LA로 돌아온다. 그는 활동 자금 마련을 하기 위해 카지노 객을 실어 나르는 일을 몇 차례 한 뒤 이동식 발전기와 비디오 플레이어가 내장된 낡은 TV를 마련하여 렌트한 픽업트럭에 싣고 네헤마를 찾아가 녹화영상을 틀어준다. 그 영상을 본 네헤마는 울음을 터뜨리고 한국에 한번 가보고 싶다고 말한다.

김두산은 한글을 모르는 네헤마를 위해 우리글 교본을 마련해 주고 글을 가르쳐주기까지 한다, 하지만 문제는 네헤마에게 여권이 없다는 것이었다. 네헤마를 붙잡아 두겠다는 남편 피드질의 짧은 소견으로 신분증을 발급받지 않는 바람에 불법체류자 신세가 되고 만 것이다. 김두산은 네헤마를 위해 LA 주제 한국영사관을 찾아가 여권 취득 방법을 타진해 보지만 신원확인이 안 되기 때문에 불가능하다는 답변을 받는다.

네헤마는 부락에서 28년을 살고 48살 이른 나이에 타계하고 만다.

피드질이 김두산을 찾았던 이유는 네헤마 이야기를 한국의 순이 가족에게 전해달라고 부탁하기 위해서였다. 피드질은 네헤마가 남긴 편지를 두산에게 건네주는데, 엄마를 그리워하는 내용의 서툴게 쓴 한글 편지였다.

그 후 김두산은 가이드 차 모뉴먼트 밸리에 들렀다가 뒤늦게 로빈으로부터 피드질의 사망 소식을 듣게 된다.

이상에서 보았듯 1970년대에서 2000년대에 이르기까지 현재의 시간대에 과거를 교직하면서 네헤마가 겪었던 일들을 회고해가는 격자형에 가까운 구성으로 되어있다.

이 소설을 읽고 난 뒤의 여운은 에코 페미니즘적 삶을 살다간 네헤마의 캐릭터와 자연에 대한 묘사에서 비롯되었다고 해도 과언이 아니다. 하찮아 보이는 세목에서 실존적 의미를 이끌어내는 통찰력이 현실과 과거를 반추하는 화자를 비롯해서 네헤마의 남편 피드질과 그의 자녀들, 화자와 피드질의 매개 역할을 하는 로빈, 부락에서 교감하며 살아가는 원주민들의 이야기 속에 잘 녹아있다. 게다가 붉은 절벽 아래 부락의 퇴락해가는 황량한 풍경 등 작가의 시선이 조그마한 변화도 놓치지 않을 만큼 섬세하고 서정적인 문체의 묘사력은 독자를 끌어들이기에 부족함이 없다.

이 소설에는 많은 은유와 상징과 장치들, 예컨대 나바호족 인물들의 이름짓기와 그들의 주거인 호건의 구조, 노간주나무와 유카, 특히 네헤마의 환경인자를 묘사한 분꽃과 봉선화 등 그 이미지들이 살아있어 머릿속에 선명하게 각인된다.

네헤마가 카지노 업체 유치 찬성에서 원로들의 의견에 동조하는 쪽으로의 심경 변화를 통해 에코 페미니즘적 삶의 세계로의 진입을 구체화한 것은 에코 페미니즘의 좋은 텍스트임은 두말할 나위 없다.

성장 일변도의 신자유주의적 자본주의가 초래한 빈부의 양극화 현상, 지구온난화에 의한 환경파괴, 코로나19 팬데믹 등이 전 지구적 재앙으로 이어지고 있는 이 시대에 자연과 공존하는 삶을 지향했던 네헤마의 캐릭터는 오늘을 사는 우리에게 시사하는 바가 매우 크다.

독자의 한 사람으로 이 작가의 새로운 디아스포라문학 작품을 통해 새로운 상상력의 세계를 볼 수 있기를 기대해 본다.

작가의 말

첫 장편소설이다.

소설이라는 장르에 발을 들여놓은 지 십 년 남짓만이다. 쓰는 게 쉽지는 않았다. 몇 년이 걸린 이유다.

이 작품의 주인공인 순이는 실존 인물이다.

직접 보거나 만난 적은 없다. 얘기만 들었다. 다년간의 이주민생활을 접고 귀국하기에 앞서 잠깐의 틈을 내어 나선 2박 3일간의 서부 여행길에서였다.

이야기를 들려준 사람은 인솔 가이드였다. 퇴직한 전직 교사 같은 중후한 인상의 가이드는, 순이를 알게 된 계기와 추장으로 추대되기까지의 짧은 에피소드 몇 가지를 들려준 뒤 커다랗게 확대된 패널 사진을 보여주었다. 전통 추장 복장 차림의 전신사진이었다.

천연색이 아닌 흑백사진 속의 여자는 갈쭉한 홑겹의 눈을 가진 동양인의 얼굴이 분명했고 체격은 어깨에 걸친 망토가 무거워 보일정도로 가녀렸다.

무엇보다도 시선을 끌었던 건 황량한 들판을 배경으로 홀로 서 있는 쓸쓸함이었다. 그냥 한번 스쳐보고 말 모습이 결코 아니었다.

떠나오기 전 그 사진을 다시 보고 싶어 몇 번 가이드를 찾아갔지만 매번 걸음이 엇갈려 만나지 못하고 그대로 귀국하고 말았다. 어쩔 수 없이 순이의 모습은 기억 속에만 남아있게 되었지만, 이제는 그마저도 흐려져 정말 사진을 보긴 했나 스스로도 의심스러울 지경이다.

처음 쓰게 된 글의 제목은 '인디언 보호구역의 노란 민들레'라는 단편이었고 원고지는 80매였다. 그런데 몇 년을 쓰고 지우고를 반복하다 보니 어느새 나에게 태산준령처럼 아득하게만 느껴지던 장편이 되어있었다.

실제로 존재했는지 아닌지 지금은 그 생의 흔적마저 찾기 어려운 순이라는 여성의 삶을 이제 누군가가 한 번쯤은 읽어주면 좋겠다는 생각으로 부족하지만 세상에 내보내려고 한다.

고마운 사람들이 참 많다. 먼저 늘 옆에서 묵묵히 지켜보며 독려해준 남편과 한편의 작품을 쓸 수 있을 때까지 문학의 길을 밝혀주신 조동선 선생님께 항상 감사드리며 출판을 앞장서 준 복고기봉 출판사와 꼼꼼하게 교정과 교열을 맡아준 임종호 편집장께 한없는 고마움을 전한다.

시월의 마지막 날

네헤마 우리들의 어머니

초판 1쇄 발행 2020년 11월 25일

지은이 김민경
표지 일러스트 임두건

펴낸이 정선화
펴낸곳 복고기봉

편집 김현경
디자인 정인혜
교정/교열 임종호
인쇄 Print X

도서출판 복고기봉
주소 서울시 성북구 삼선교로 14길 69 (삼선동 2가)
대표전화 (02)755-1001   **팩스** (02)755-3113   **이메일** bokokibong@naver.com
블로그 blog.naver.com/bokokibong   **포스트** post.naver.com/bokokibong
인스타그램 www.instagram.com/bokokibong
출판등록 2019년 12월 10일 제307-2019-83호

ISBN 979-11-969433-2-5 03810